Nina Bilinszki

Find Our Way

Das Buch

Jeder Mensch verdient es, so geliebt zu werden, wie er ist

Wenn David Keiran sieht, beginnt sein Herz zu rasen. Aber Keiran hat seine Gefühle mit Füßen getreten und David ist nicht bereit ihm wieder zu vertrauen. Als Keiran zu Hause rausgeschmissen wird, lässt David ihn trotzdem bei sich wohnen. Schnell stellt David fest, der unsichere Student von damals, der nicht öffentlich zu seiner Bisexualität steht, hat sich gewandelt. Das erste Mal in seinem Leben steht Keiran für sich ein und lässt sich nicht von anderen verbiegen. David ist zwischen seinen Gefühlen hin und hergerissen, soll er sich ein weiteres Mal auf Keiran einlassen, oder ist die Gefahr verletzt zu werden zu groß? Und auch Keiran wird von seiner Vergangenheit eingeholt. Nur gemeinsam können sie ihre bisherige Geschichte bewältigen.

Von Nina Bilinszki sind bei Forever by Ullstein erschienen:

At Your Side (Philadelphia Love Storys 1)

Hold You Close (Philadelphia Love Storys 2)

Trust Your Heart (Philadelphia Love Storys 3)

Die Autorin

Nina Bilinszki, ein Kind der 80iger, schreibt schon Geschichten, seit sie einen Stift in der Hand halten kann. Wenn ihr eine neue Idee kommt, zieht sie sich die Laufschuhe an und plottet den Verlauf bei ausgedehnten Jogging-Runden durch den Wald. Sobald sie dann wieder am Schreibtisch sitzt, taucht sie am Laptop entweder in romantische oder fantastische Welten ein, in denen sie ihre Charaktere vor viele Hürden und Probleme stellt. Nachdem sie im Ruhrpott aufgewachsen ist, hat es sie 2009 in ihre Wahlheimat im Rhein-Main-Gebiet gezogen.

Nina Bilinszki

Find Our Way

David & Keiran

Liebesroman

FOREVER

Forever by Ullstein
forever.ullstein.de

MIX
Papier
FSC® C083411

Originalausgabe bei Forever
Forever ist ein Verlag
der Ullstein Buchverlage GmbH, Berlin
November 2019 (1)

Umschlaggestaltung:
zero-media.net, München
Titelabbildung: © FinePic®
Gesetzt aus der Quadraat Pro powered by pepyrus.com
Druck- und Bindearbeiten: CPI books GmbH, Leck

ISBN 978-3-95818-523-4

Für alle, die auf der Suche nach sich sind.
Gebt nicht auf, seid mutig und lasst euch
von niemandem einreden, wie ihr zu sein habt.
Wir sind alle einzigartig. Und wundervoll!

Kapitel 1

David

»Hey, David. Bist du schon aufgeregt wegen morgen?«

Erschrocken wirbelte ich herum und entdeckte Logan vor mir. Seine hellbraunen Haare hingen ihm fast bis in die grau-blauen Augen. Er trug ein rotes T-Shirt, auf dem die Figur irgendeines Computerspiels abgebildet war, das ich nicht kannte.

Logan arbeitete erst seit kurzem in der Galerie, die dem Campus der Temple University angegliedert war, aber er suchte jedes Mal das Gespräch mit mir, wenn ich da war. Erneut hatte er sich unbemerkt an mich herangeschlichen. Er gehörte zu den begnadeten Leuten, die sich fortbewegen konnten, ohne das geringste Geräusch zu verursachen. An seinem verschmitzten Grinsen sah ich genau, dass es ihm ungeheuren Spaß bereitete, sich an mich heranzuschleichen. Leider war er dabei so charmant, dass man es ihm nicht mal übelnehmen konnte.

»Es geht«, sagte ich möglichst cool, obwohl ich sicher war, vor Nervosität heute Nacht kein Auge zubekommen zu können. Morgen war die langersehnte Eröffnung der Ausstellung in der Galerie. Seit zwei Monaten fieberte ich diesem Tag entgegen. Ich konnte es noch immer nicht glauben, dass gleich zwei meiner Werke ausgewählt worden waren und einer großen Anzahl von Kunstliebhabern und Galeristen präsentiert wurden. Danach würde die Ausstellung ein halbes Jahr lang für die Öffentlichkeit freigegeben werden.

Auch wenn die Galerie an die TU angegliedert war, operierte sie unabhängig vom College. Normalerweise stellte sie nur Skulpturen und Gemälde bereits etablierter Künstler aus, daher würde es etwas Besonderes sein, meine eigenen Werke dort zu sehen. Bryan, der Inhaber der Galerie, hatte in Zusammenarbeit mit der Fakultät für Kunst eine Ausschreibung gestartet, zu der die Studenten Gemälde oder Skulpturen einreichen konnten, die dann von einer unabhängigen Fachjury begutachtet wurden.

»Du brauchst dir auch keine Sorgen zu machen. Ich bin sicher, morgen wird mindestens ein weiterer Galerist auf dich aufmerksam, der dich nach Kunstwerken fragen wird, um sie in seiner Galerie zu verkaufen.«

Das würde den Tag perfekt abrunden, aber ich wollte mir nicht zu viele Hoffnungen machen. »Ich weiß nicht so recht, hier sind wirklich viele gute Stücke dabei.«

Logan hob die Schultern. »Aber deine stechen hervor. Sie sind so ... männlich.« Er trat einen Schritt vor und ließ einen Finger über meine Skulptur gleiten. Sie zeigte einen Athleten in gebückter Haltung, der einem Schwimmer auf einem Startblock ähnelte, nur dass die Arme nicht nach unten gerichtet, sondern zu den Seiten ausgestreckt waren. Das Hauptaugenmerk lag auf dem muskulösen Rücken, dessen Konturen Logan mit seinem Finger nachzeichnete.

Ich musste schmunzeln. »Es hat schon einen Grund, warum meine Skulpturen sehr männlich sind.«

Logan blickte zu mir auf, ein verschmitztes Funkeln in den Augen. »Ich finde es gut, dass du dich über deine Kunst ausdrücken kannst. Dass du nicht versteckst, wer du bist.« Er trat näher zu mir, bis unsere Arme sich fast berührten und ich die Wärme spüren konnte, die von ihm ausging.

Ich schluckte. Er flirtete schon wieder mit mir und erneut wusste ich nicht, wie ich darauf reagieren sollte. Meine Zunge fühlte sich wie verknotet an und war nicht mehr in der Lage, Worte zu formen. Dabei fühlte ich mich durch Logans Aufmerksamkeit geschmeichelt. Er machte keinen Hehl daraus, dass er auf Männer stand, und es störte ihn überhaupt nicht, wenn jemand sah, wie er mit mir flirtete. Trotzdem wusste ich nicht, ob ich schon so weit war, mich auf jemand Neuen einzulassen.

»Ich habe nie gelernt zu verstecken, wer ich bin.« Was mir zum Verhängnis geworden war. Vielleicht hätte ich Keiran halten können, wenn ich etwas zurückhaltender gewesen wäre. Vielleicht – nein, ich musste aufhören, die Schuld bei mir zu suchen. Ich hatte nichts getan, was Keirans Ausbruch gerechtfertigt hätte. Ich hatte ihm lediglich mitteilen wollen, dass ich für die Ausstellung ausgesucht worden war, aber er war ausgeflippt, bevor ich überhaupt ein Wort geäußert hatte.

Logans Blick wanderte langsam an meinem Körper herab und wieder hinauf. Ich fühlte mich wie bloßgelegt und konnte mich nicht entscheiden, ob es mir gefiel oder nicht. »Du hast auch keinen Grund dazu.« Er schnurrte regelrecht und ich spürte, wie mir das Blut in die Wangen schoss.

»Logan!«, ertönte Bryans Stimme aus einem der hinteren Räume. Erleichtert atmete ich aus. Ich war noch nie so dankbar gewesen, bei einem Gespräch unterbrochen worden zu sein.

Logan trat einen Schritt zurück und rieb sich über die Stirn. »Sorry, die Arbeit ruft«, sagte er entschuldigend und wandte sich ab. Ich sah ihm hinterher, bis er im Nebenraum verschwunden war und wandte mich wieder meiner Skulptur zu.

Ich wusste nicht einmal, was mein Problem war. Logan war nett, er sah unverschämt gut aus und stand offen zu seiner Sexualität. Eigentlich genau das, was ich mir immer gewünscht hatte. Trotzdem fiel es mir schwer, mich auf sein Flirten einzulassen. Ständig erschien Keirans Gesicht in seiner Anwesenheit vor meinem inneren Auge, obwohl ich mir geschworen hatte, ihn endgültig zu vergessen. Warum war es nur so schwer, mir Keiran aus dem Kopf zu schlagen, nachdem er mich dermaßen gedemütigt hatte? Dabei waren seit diesem Tag fast zwei Monate vergangen.

Mit schnellen Schritten hastete ich über den Parkplatz. Emma und ich hatten gerade erfahren, dass unsere Kunstwerke für die Ausstellung in der Galerie ausgewählt worden waren. Emma wollte unsere Freunde zusammentrommeln, damit sie mit uns feiern konnten, während es für mich nur eine Person gab, der ich die gute Neuigkeit mitteilen wollte. Keiran. Ich wusste, dass er gerade am Sportplatz war und beim Training der Temple Owls zusah. Obwohl Keiran nie wieder selber spielen konnte, hatte es seine Liebe zum Football nicht geschmälert.

Ich ging um die letzte Ecke und sah Keiran zusammen mit Cole Anderson, dem Quarterback der Temple Owls, am Spielfeldrand stehen. Es wirkte, als würden sie den Spielzug diskutieren, der gerade trainiert wurde. Ich beachtete die Spieler auf dem Platz jedoch gar nicht, sondern ging schnurstracks auf Keiran zu.

Er bemerkte mich, als ich nur noch wenige Meter von ihm entfernt war. Mit verengten Augen und geballten Fäusten kam er auf mich zu, was mich sofort innehalten ließ. Seine komplette Körperhaltung strahlte Feindseligkeit aus, was ich bei Keiran noch nie erlebt hatte. Was war geschehen?

»Was willst du hier?«, knurrte er, als er eine Armlänge von mir entfernt stehen blieb. Hinter ihm sah ich, wie Cole und zwei weitere von Keirans Freunden, deren Namen ich mir nie hatte merken können, ebenfalls zu uns stießen.

Meine Kehle war plötzlich staubtrocken, trotzdem zwang ich mich zum Reden. Keiran hatte mir in den letzten Wochen mehrfach gesagt, dass er mir die Daumen drückte und ich ihm sofort Bescheid sagen sollte, wenn ich Näheres erfuhr. Er konnte das eigentlich nicht schlecht aufnehmen. »Heute wurden die Teilnehmer für die Ausstellung bekanntgegeben. Emma und ich sind beide dabei. Ich sogar mit zwei Skulpturen.«

Für den Bruchteil einer Sekunde blitzte etwas in Keirans Augen auf, aber es war so schnell wieder hinter seiner versteinerten Fassade verschwunden, dass ich sicher war, es mir nur eingebildet zu haben. »Warum sollte mich das interessieren?«

Ein schmerzhaftes Ziehen durchfuhr meine Eingeweide. »Du hast mir doch gesagt, ich soll dir darüber Bescheid geben.« Ich hörte mich beinahe flehend an und hasste mich selbst dafür, meine Gefühle nicht besser verstecken zu können.

Keiran hob die Schulter, als wäre es ihm völlig gleichgültig. »Und jetzt hab ich es mir anders überlegt. Zieh ab und such dir jemand anderen, dem du hinterherlaufen kannst.« Ich taumelte einen Schritt zurück, als hätten seine Worte mir einen physischen Schlag verpasst.

»Mann, Keiran. Was ist denn los? David hat doch gar nichts gemacht«, kam Cole mir zu Hilfe. Er griff nach Keirans Arm, um ihn am Gehen zu hindern, doch Keiran riss sich einfach los.

»Gar nichts ist los, die Schwuchtel soll mich einfach in Ruhe lassen«, brüllte er so laut, dass man ihn vermutlich außerhalb von Philadelphia immer noch hören konnte.

Ich schüttelte den Kopf, um mich von diesen düsteren Gedanken zu befreien. Ich hatte mir vorgenommen, diesen Abend zu vergessen und Keiran nicht mehr nachzutrauern. Leider war das einfacher gesagt als getan. Denn das mit Keiran und mir war seit der Highschool ein stetiges Auf und Ab. Dort hatten wir eine heimliche Affäre geführt, die abrupt geendet hatte, als Keiran ohne ein Wort des Abschieds nach Los Angeles gegangen war, um an der UCLA Football zu spielen. Gerade, als ich es geschafft hatte, ihn mir aus dem Kopf zu schlagen, war er zurückgekehrt. Eine Knieverletzung hatte ihn zum vorzeitigen Karriereende gezwungen und anstatt weiterhin in Los Angeles zu bleiben, hatte er es vorgezogen, zurück nach Philadelphia zu kommen. Danach war es richtig kompliziert geworden. Immer wieder hatte Keiran die Nähe zu mir gesucht, bis ich eingeknickt war und mich wieder auf ihn eingelassen hatte – weiterhin heimlich, versteht sich. Doch das *Glück* hatte nie lange gehalten. Sobald Keiran wieder Angst bekommen hatte, jemand könnte herausfinden, dass zwischen uns etwas lief, hatte er mich von sich gestoßen und mich ignoriert, bis er es erneut ohne mich nicht mehr aushielt. Das Ganze hatte sich über das letzte halbe Jahr hingezogen, bis es mit dem Ausraster endete, bei dem er mich eine Schwuchtel genannt hatte. Das hatte das Fass für mich zum Überlaufen gebracht. Ich hatte mir danach geschworen, ihn zu vergessen, was ich bis heute nicht annähernd geschafft hatte.

Ich kannte Keiran schon so lange, dass mich praktisch alles in Philadelphia an ihn erinnerte. Die Temple University, die Waterfront, unsere alte Highschool und alles, was mit Football zu tun hatte, was in Philadelphia – vor allem nach dem Gewinn des Super Bowls – so ziemlich die Hälfte der Stadt war. Er lauerte hinter jeder Straßenecke und selbst bei meinen Freunden musste ich an ihn denken, weil er im letzten halben Jahr sogar Zeit mit meiner Clique verbracht hatte. Es war zum Verrücktwerden.

Ein letztes Mal strich ich über den Rücken meiner Skulptur, dann wandte ich mich ab und trat den Heimweg an.

»Gleich ist es so weit, gleich ist es so weit.« Emma, meine beste Freundin seit Beginn des Studiums, hüpfte neben mir auf den Fußballen herum und wischte immer wieder mit den Handflächen über ihre Jeans. Ihre Augen starrten ins Leere und sie murmelte ununterbrochen vor sich hin. Wenn ich nicht mindestens genauso fertig mit den Nerven wäre und krampfhaft versuchen würde, es nicht zu zeigen, würde mich ihre Rastlosigkeit amüsieren. Was für ein seltsames Bild wir abgeben mussten. Der eine zur Salzsäule erstarrt, während die andere keine Sekunde stillhalten konnte. Dabei konnte uns heute gar nichts passieren. Wir würden für unsere Werke keine Bewertung erhalten, sie wurden lediglich zum ersten Mal einer breiten Masse an Leuten gezeigt. Leute, die Erfahrung in diesem Metier hatten, was genau der Grund war, warum mir der kalte Schweiß ausbrach.

Bryan steckte den Kopf in unseren Raum. »Seid ihr bereit? Ich schließe jetzt auf und lasse die Wartenden rein.«

»Es *warten* schon welche draußen?« Emmas Stimme war drei Oktaven zu hoch und sie blickte sich panisch um.

»Eure Eltern und Freunde zum Beispiel.« Bryan zwinkerte uns zu und verschwand, ehe wir etwas erwidern konnten.

Emma schwang zu mir herum und griff nach meinen Händen. »Es geht wirklich los. Wir schaffen das, wir werden es überleben.«

Lachend zog ich sie in meine Arme. »Es wird alles gut werden, du wirst sehen.«

»Ich hab einfach so eine Angst, dass alle mein Gemälde schlecht finden und sich darüber lustig machen werden. Vielleicht werden sie es sogar mit Tomaten bewerfen, weil sie es für eine Zumutung halten.«

»Emma, stopp. Nichts dergleichen wird geschehen. Dein Gemälde ist umwerfend und das werden die Besucher genauso sehen. Lass die Selbstzweifel nicht gewinnen«, versuchte ich sie zu beruhigen. In gewisser Weise konnte ich sie verstehen. Der Gedanke, meine eigenen Skulpturen schnell zu verstecken, bevor die Besucher eintraten, war gerade äußerst verlockend. Aber wir hatten zu viel dafür getan, um jetzt aufzugeben. Ganze Nächte hatten wir in der Werkstatt verbracht, um unsere Kunstwerke zu perfektionieren. Das heute war sozusagen der Lohn dafür.

Ich schob Emma ein Stück von mir weg, bis ich sie ansehen konnte. »Das ist das, worauf wir die letzten zwei Jahre hingearbeitet haben. Es wird fantastisch werden.« Ob ich damit sie oder mich selbst überzeugen wollte, wusste ich nicht so genau.

Emma nahm einen tiefen Atemzug, schüttelte ihre Hände aus und nickte. »Wir schaffen das und die Besucher werden begeistert sein.«

Sie trat einen Schritt zurück und in derselben Sekunde wurden die Türen zum Ausstellungsraum geöffnet. Die Besucher strömten herein, allen voran meine Mom. Ihre blonden Haare trug sie heute offen und passend zum Anlass war sie in ein beigefarbenes Hosenkostüm gekleidet. Ehe ich mich versah, hatte sie mich in ihre Arme gezogen. »Ich bin so stolz auf dich, mein Junge. Ich wusste, dass du talentiert bist.«

Ich festigte meinen Griff um sie und drückte ihr einen Kuss auf die Haare, weil sie trotz hoher Schuhe einen Kopf kleiner war als ich. »Danke, Mom.« Sie ließ mich los, um Emma ebenfalls zu begrüßen und ich sah mich unter den Ankömmlingen nach meinem Bruder um. Mom hatte mir versichert, dass er heute ebenfalls kommen wollte.

»Wo ist Andrew?«, fragte ich, als ich ihn nicht entdecken konnte.

Moms Lächeln wurde entschuldigend und ich wusste, was kommen würde, bevor sie es aussprach. »Es tut mir leid, Schatz. Aber Andrew schafft es nicht. Sie haben ein zusätzliches Training aufgebrummt bekommen, weil nächste Woche ein wichtiges Spiel ansteht, das er nicht verpassen darf. Aber er will die Ausstellung auf jeden Fall in den Semesterferien sehen.«

Nur mit Mühe konnte ich ein Augenrollen verhindern und versuchte meine Enttäuschung nicht zu zeigen. Früher hatten Andrew und ich ein gutes Verhältnis gehabt. Er hatte hinter mir gestanden, als ich mich geoutet hatte, und war vermutlich der Grund gewesen, warum ich auf der Highschool nie Probleme deswegen gehabt hatte. Doch seit er mit einem Stipendium an der UCLA studierte und Football spielte, war der Kontakt weniger geworden. Anfangs hatten wir noch wöchentlich telefoniert, mittlerweile wusste ich kaum noch, was in seinem Leben vor sich ging. Wenn ich ihn anrief, ging er oft nicht ran und rief auch nie zurück. Ich würde mir gerne einreden, dass ihm schlicht die Zeit dazu fehlte, aber mit Mom sprach er regelmäßig, also konnte es daran nicht liegen.

Eine Hand landete auf meiner Schulter und riss mich aus meinen Gedanken. Als ich mich umdrehte, stand Emmas Freund breit grinsend vor mir. »Glückwunsch, Mann. Ich wusste, dass du es weit bringen würdest.« Jaxon zog mich kurz an sich und klopfte mir auf den Rücken.

»Danke.«

Emmas Schwester Jane erschien neben ihm und sprang mir regelrecht in die Arme. »Ich bin so unheimlich stolz auf euch.« Sie drückte mir einen Kuss auf die Wange. »Jetzt zeigt uns mal eure Werke.«

»Deins zuerst«, sagte ich zu Emma und wir setzten uns in Bewegung. Für die Eröffnungsveranstaltung hatte jeder von uns zwei Karten für Angehörige oder Freunde bekommen. Emma hatte Jaxon und Jane mitgenommen, weil ihre Eltern beide tot waren. Ich hatte mich für Mom und Andrew entschieden, und ärgerte mich jetzt, dass ich die zweite Karte nicht lieber meinem besten Freund Julian gegeben hatte. Er hätte es sich nicht nehmen lassen zu kommen. Aber mein Wunsch, Andrew an diesem Tag dabei zu haben, war einfach größer gewesen.

Ich schob den Gedanken an meinen älteren Bruder und all die enttäuschten Gefühle, die damit verbunden waren, weit weg. Heute wollte ich mich nur freuen.

»Hier ist es.« Wir waren vor Emmas Gemälde angekommen. Es war in der modernen Kunst angesiedelt und aus kleinen Dreiecken angeordnet. Wenn man weiter weg stand, konnte man eine Frau darin erkennen, die den Kopf gesenkt hielt. Die kräftigen roten und orangenen Töne drückten Wut und Verzweiflung aus. Durch den hellen Hintergrund stand die Frau trotzdem im Licht, als würde es für sie noch Hoffnung geben. Es war eins von Emmas besten Werken und ich war froh, dass sie es für die Vorstellung bei der Jury ausgewählt hatte.

»Es ist toll, aber ... was stellt es dar?« Jaxon stand ganz nah am Gemälde und bewegte seinen Kopf vor und zurück, als versuchte er es zu erfassen.

An den Schultern zog ich ihn zurück. »Du musst von hier schauen.«

»Ah.« Seine Miene hellte sich auf und wurde nach einigen Sekunden bewundernd. »Wow.« Er rieb sich über die Arme. »Ich habe keine Ahnung, was es bedeutet, aber es verschafft mir Gänsehaut.«

Emma räusperte sich. »Es spiegelt meine innere Zerrissenheit wider, wenn ich an den Tod meiner Mom denke«, erklärte sie leise. Emmas Eltern waren beide gestorben. Ihr Dad bei einem Autounfall, der ihre Mom in den Rollstuhl und eine tiefe Depression getrieben hatte. Sie war an einer Überdosis Morphium gestorben, als Emma gerade die Highschool abgeschlossen hatte, und es war nicht klar, ob sie die Überdosis versehentlich oder absichtlich genommen hatte. Bis heute hatte Emma ihre Wut darüber, dass ihre Mom nicht stärker gegen die Depressionen angekämpft hatte, nicht komplett ablegen können. Auch wenn sie wusste, dass es eine Krankheit war, die behandelt werden musste. Aber Kinder dachten nicht immer rational, wenn es um ihre Eltern ging, daher konnte ich sie verstehen.

»Es ist total ergreifend.« Mom legte einen Arm um Emmas Schultern und drückte sie kurz. »Wunderschön.«

Jane ging an Emmas andere Seite und griff nach ihrer Hand. »Es ist umwerfend. Warum hast du mir das vorher nicht gezeigt?«

»Weil ich eigentlich ungern meine Sachen zeige. Sie alle sind sehr persönlich und ich kann mit Kritik daran schwer umgehen, weil es sich anfühlt, als würden die Leute meine Gefühle kritisieren«, erklärte sie.

»Wenn irgendjemand es wagt, ein schlechtes Wort darüber zu verlieren, dann bekommt er es mit mir zu tun«, knurrte Jaxon, was Emma ein Lächeln entlockte.

»Ich bin unheimlich stolz auf dich, Schwesterchen.«

Wir blieben noch einige Minuten vor Emmas Bild stehen und ließen es auf uns wirken, ehe wir zu meinen Skulpturen weitergingen. Zuerst führte ich sie zu dem Schwimmer auf dem Startblock, der vor allem von Jane sehr bewundert wurde, ehe es zur zweiten Skulptur ging. Diese war aus mehreren filigranen Metallstäben geformt, stellte jedoch in abstrakter Form ebenfalls einen männlichen Körper dar.

»Es scheint mir, als würdest du in deinen Skulpturen deine Sexualität voll ausleben«, sagte Jaxon schmunzelnd, womit er den Nagel auf den Kopf traf. Meine Sexualität war ein wichtiger Teil von mir und manchmal wusste ich nicht recht, wie viel ich davon ausdrücken konnte. Meine Freunde an der TU waren fast ausschließlich hetero. Obwohl jeder wusste, dass ich schwul war und mich noch nie deswegen verurteilt hatte, hielt ich mich bei ihnen oftmals zurück. Es war nicht mal eine bewusste Entscheidung, aber seit der Highschool hatte ich dieses Verhalten verinnerlicht, sodass ich gar nicht wusste, wie ich es ablegen sollte.

»Hier kann ich mich halt austoben«, stimmte ich Jaxon zu. »Und bisher waren die Skulpturen auch nur für mich bestimmt.«

»In gewisser Weise ist es auch ein wiedererkennbarer Stil bei dir, das ist für Künstler sicher nicht schlecht. Wie bei Picasso, seine Bilder sind immerhin auch einzigartig.«

Emma lachte. »Keiner von uns ist Picasso, wie oft soll ich dir das eigentlich noch sagen? Schließlich wurde er erst nach seinem Tod berühmt und wir würden gerne schon zu Lebzeiten etwas erreichen.«

»Ich bin jedenfalls jetzt schon sehr stolz auf dich«, sagte Mom zu mir und schloss mich in ihre Arme, während sie weitersprach: »Keine Ahnung, ob Picasso das von seiner Mutter sagen konnte, aber das ist mir auch ziemlich egal.«

Wir gingen weiter durch die Ausstellung, während sich die Galerie langsam füllte. Einige der Besucher sahen exzentrisch aus, das waren vermutlich die Künstler. Eine Frau trug einen Hut, der wie ein Kartenhaus aussah, eine andere benutzte eine aus Glasstäben geformte Skulptur als Gehstock, den sie gar nicht brauchte, sondern nur zur Schau stellte. Andere waren elegant gekleidet, in schwarzen Anzügen oder Abendkleidern. Wieder andere waren völlig normal gekleidet, sodass sie nur aufgrund ihres Alters von den anderen Studenten zu unterscheiden waren, deren Werke ebenfalls ausgestellt wurden. Es war eine bunte Mischung und mehr Leute, als ich je in der Galerie gesehen hatte.

Als alle geladenen Gäste eingetroffen waren, klingelte Bryan mit einem Glöckchen, um die Aufmerksamkeit aller zu erlangen. Innerhalb von Sekunden verstummte das muntere Stimmengewirr und alle wandten sich in Bryans Richtung.

»Herzlich willkommen, werte Freunde«, begann er. »Ich freue mich, dass ihr so zahlreich meiner Einladung gefolgt seid. Es ist mir eine besondere Ehre, zum ersten Mal in der Geschichte der Temple University eine Ausstellung mit Werken junger Künstler eröffnen zu dürfen, die ihre Ausbildung noch nicht abgeschlossen haben. Über hundert Einsendungen hat es gegeben, aus denen die besten zehn ausgewählt wurden. Ein großer Dank geht an dieser Stelle an Dekan Wallberg und sein Team, die diese Mammutaufgabe übernommen haben.« Applaus brandete auf und mein Professor verbeugte sich leicht.

Bryan hob die Hände und es wurde wieder still im Saal. »Es war sicher keine leichte Entscheidung, denn ich weiß, dass die TU viele talentierte junge Leute in ihren Reihen hat, aber wenn ich mir die Kunstwerke ansehe, die ausgewählt wurden, haben alle eines gemeinsam: sie berühren mich. Sie lassen mich schmunzeln, Ärger empfinden, vor Freude jubilieren oder verschaffen mir eine Gänsehaut. Aber keines davon lässt mich kalt zurück. Und das ist es doch, was wir von der Kunst erwarten. Sie soll etwas in uns auslösen und uns zum Nachdenken anregen.« Erneuter Applaus ertönte, lauter als zuvor.

Diesmal wartete Bryan, bis der Applaus von selbst versiegte, ehe er weitersprach. »Lasst uns also heute diese begnadeten jungen Künstler feiern, von denen wir sicher noch viel hören und sehen werden. Falls euch ein Werk besonders gefällt und ihr Kontakt zu einem Künstler wünscht, kommt bitte zu mir, dann werde ich euch vorstellen. Im Nebenraum gibt es Snacks und Getränke für euer leibliches Wohl. Und jetzt viel Vergnügen.« Die Gäste applaudierten ein weiteres Mal und die Gruppe löste sich langsam auf. Einige gingen in den Nebenraum, um sich zuerst zu stärken, aber die meisten strömten in die Ausstellung. Gleich drei Leute steuerten meine Skulpturen an. Wild gestikulierend standen sie davor und redeten darüber. Obwohl ich kein Wort verstehen konnte, zog sich mein Magen nervös zusammen. Was dachten sie darüber? Gefielen sie ihnen? Oder fehlte ihnen daran das gewisse Etwas? Vielleicht sahen sie auf den ersten Blick, dass sie noch nicht ausgereift waren, weil es meine ersten Versuche waren und ich noch viel zu lernen hatte.

»Wollen wir uns auch etwas zu essen holen?«, riss Mom mich aus meinen Überlegungen.

»Ich möchte nichts, danke.« Ich würde jetzt nichts runterbekommen. Mein Hals war wie zugeschnürt und mein Magen rumorte. Beim bloßen Gedanken an Essen wurde mir schlecht. Emma lehnte ebenfalls ab. Die Hände krampfhaft verschränkt starrte sie gebannt auf ein Paar, das vor ihrem Gemälde stand. Vermutlich ging es ihr ähnlich wie mir.

Ich legte einen Arm um sie und zog sie an mich. »Schrecklich, wenn die Leute deine Werke beurteilen und du keine Ahnung hast, was sie davon halten, oder?«

»Es ist furchtbar«, stöhnte Emma. »Am liebsten würde ich da hingehen und sie dazu zwingen, mir ihre Meinung zu sagen. Gleichzeitig will ich sie gar nicht wissen, weil ich Angst vor Kritik habe.«

Ich konnte sie sehr gut verstehen. Das hier war etwas völlig anderes als von unserem Dozenten beurteilt zu werden. Auch dort war Kritik nie schön, aber da ging es bloß um eine Note, die nur ein geringer Teil der Endbewertung war. Das hier fühlte sich größer an. Wichtiger. Als würden wir es nie zu etwas bringen, wenn die Meinungen nicht positiv ausfielen.

Mom kam wieder zurück und drückte jedem von uns ein Sektglas in die Hand. »Für eure Nerven«, sagte sie mit einem Augenzwinkern. Emma trank ihr Glas in einem Zug halb leer, während ich nur daran nippte. Ich wollte bei vollem Verstand sein, sollte einer der Galeristen oder Künstler mit mir sprechen wollen.

Dazu kam es jedoch nicht. Wir blieben in unserer Ecke stehen und beobachteten das Geschehen. Es gab einige Gäste, die lange an meinen Skulpturen oder Emmas Gemälde verweilten, doch niemand suchte das Gespräch mit uns. Irgendwie war ich enttäuscht, weil ich gehofft hatte, direkt von jemandem entdeckt zu werden. Aber war das überhaupt normal? Oder dauerte es immer länger, bis sich ein Kontakt herstellte? So verließen wir die Ausstellung mit gemischten Gefühlen, weil wir nicht wussten, ob es ein gutes oder schlechtes Zeichen war.

Kapitel 2

Keiran

»Hast du endgültig den Verstand verloren?« Wutentbrannt kam mein Dad ins Büro gestürmt und schlug die Tür so fest zu, dass sie krachend ins Schloss fiel. Ich zuckte erschrocken zusammen und beeilte mich, den Webbrowser zu schließen, bevor er sehen konnte, dass ich während der Arbeitszeit im Internet surfte. Aber vielleicht hatte mein Plan funktioniert und er würde mich gleich nach Hause schicken.

»Was meinst du?« Tatsächlich gab es mehrere Vorfälle, die ihn zur Weißglut gebracht haben könnten.

Mein Vater baute sich vor meinem Schreibtisch auf und stützte sich mit den Händen auf der Tischplatte ab. »Mr Baker und seine Frau waren gerade hier. Kannst du mir erklären, warum du ihnen erzählt hast, dass wir ihnen den SUV zu einem überhöhten Preis angeboten haben? Und warum wussten sie, dass es ein Unfallwagen ist? Das habe ich mit voller Absicht aus den Dokumenten rausgelassen.«

Shit, so war das nicht geplant gewesen. Dad hätte nie erfahren sollen, dass ich ihn verraten hatte. Wie kam ich aus der Nummer wieder raus? Schweiß brach in meinem Nacken aus, während ich händeringend nach einer plausiblen Erklärung suchte. Dads Blick bohrte sich dabei in mich hinein, als wollte er die Wahrheit aus mir stoßen.

»Ich habe es einfach satt, dabei zuzusehen, wie du deine Kunden über den Tisch ziehst«, sagte ich so ruhig wie möglich, obwohl mein Herz so stark hämmerte, als wollte es aus meiner Brust herausspringen.

Mein Vater war ein furchteinflößender Mann und es war das erste Mal, dass ich mich gegen ihn auflehnte.

Dad hob die Hände und schlug mit den Fäusten auf die Platte. »Bist du von allen guten Geistern verlassen? Ich ziehe meine Kunden nicht über den Tisch«, spie er mir regelrecht entgegen. »Der Wagen wurde durch den Unfall nur an der Stoßstange demoliert und wir haben viel Arbeit investiert, um ihn wieder auf Vordermann zu bringen. Davon abgesehen wurden weder die Karosserie noch der Motor in Mitleidenschaft gezogen. Die Kunden hätten niemals bemerkt, dass es ein Unfallwagen ist, wenn *du* es nicht verraten hättest.«

Trotzdem war es Vortäuschung falscher Tatsachen. Der Kunde hatte ein Recht darauf zu erfahren, in welchem Zustand das Fahrzeug war, für das er sich interessierte. Dazu gehörte auch die Information, ob es in einen Unfall verwickelt gewesen war. Aber es hatte keinen Sinn, mit meinem Dad zu diskutieren. Er war ein Meister darin, die Tatsachen zu verdrehen, bis sie in seine Realität passten, obwohl jeder aus der Familie wusste, dass er nur versuchte, so viel Geld wie möglich aus jedem Deal herauszuholen. Ehrlichkeit stand dabei nicht sonderlich weit oben auf seiner Prioritätenliste. Es sei denn, jemand versuchte ihn übers Ohr zu hauen, dann wurde er fuchsteufelswild und drohte schneller mit seinem Anwalt, als eine Katze einen Baum hoch huschen konnte.

»Na was ist? Hat es dir die Sprache verschlagen? Warst du einfach nur zu blöd, dir zu merken, was du über welches Auto sagen durftest«, herrschte er mich an.

Nicht wirklich. »Ich habe dir gesagt, dass dieser Job nichts für mich ist.« Dass ich den Bakers mit voller Absicht von dem Unfall erzählt hatte, musste Dad ja nicht wissen.

Schnaubend verschränkte er die Arme. »Was gedenkt der feine Herr denn sonst mit seiner Zeit zu tun? Das Studium scheint dir ebenfalls nicht zu liegen. Deine grausigen Noten waren es erst, die mich dazu genötigt haben, dich mit in den Betrieb zu nehmen.«

Er hatte mich dazu gezwungen. *Ich habe dein Herumlungern satt. Entweder gehst du morgen mit mir zur Arbeit, oder du kannst ab sofort unter einer Brü-*

cke schlafen. Das waren seine exakten Worte gewesen, die mir nicht viel Spielraum gelassen hatten.

»Ich will wieder studieren gehen«, sagte ich in einem Anflug nicht zu erklärenden Mutes. Ich hatte meinem Vater nie widersprochen, hatte immer versucht, ihn zufriedenzustellen. Trotzdem hatte es mich in diese ausweglose Situation gebracht. »Lass mich zurück an die TU und ich verspreche dir, dass sich meine Noten bessern werden.«

Ich hätte nie gedacht, das einmal zu sagen, aber nach den letzten zwei Monaten vermisste ich alles am Studium. Die Vorlesungen, meine Dozenten, meine Freunde und vor allem David. Ein schmerzhafter Stich durchfuhr mein Herz, ein Stich, an den ich mich mittlerweile fast gewöhnt hatte. David musste mich hassen und ich konnte es ihm nicht einmal verübeln. Was ich zu ihm gesagt hatte, war selbst für meine Verhältnisse inakzeptabel gewesen. Aber er hatte mich in einer schlechten Situation erwischt und die Worte waren aus mir gesprudelt, ehe ich wusste, was ich tat.

»Das könnte dir so passen«, riss Dad mich aus meinen Gedanken. »Ich werde dich für dein freches Verhalten sicher nicht damit belohnen, dich zurück an die TU zu schicken, wo du wieder den ganzen Tag faulenzen kannst. Du willst doch nur zurück, damit du wieder die Füße hochlegen und zum Footballtraining gehen kannst. Wann kapierst du endlich, dass du nie wieder spielen wirst und sich keiner für deine Erfolge der Vergangenheit interessiert? Du kannst dich nicht ewig auf dem ausruhen, was du auf der Highschool erreicht hast.« In seinem Unterton schwang mit, dass die Erfolge der Schulzeit ohnehin nichts waren, auf das man sich etwas einbilden konnte. Er war nie begeistert gewesen von meinem Wunsch, Footballspieler zu werden. Trotzdem hatte er vor potentiellen Kunden gerne damit angegeben, dass ich ein Stipendium an der UCLA erhalten hatte. Doch seit der Knieverletzung, die mir ein vorzeitiges Karriereende verschafft hatte, wollte er nichts mehr davon wissen.

»Ich will überhaupt nicht faulenzen. Ich werde alles dafür tun, meine Noten zu verbessern«, unternahm ich einen letzten Versuch, meinen Dad zu überzeugen.

Doch er schüttelte den Kopf. »Ich glaube dir kein Wort und will dich hier heute auch nicht mehr sehen. Geh nach Hause und denk über dein Verhalten nach. Wir reden heute Abend, wenn du zur Vernunft gekommen bist.«

Ohne ihm zu antworten, wandte ich mich ab. Ich war froh, endlich dieser bedrückenden Aura zu entkommen, die er ausstrahlte. Gleichzeitig ärgerte ich mich, dass ich ihn nicht davon hatte überzeugen können, mich wieder studieren zu lassen. Aber was hatte ich auch anderes erwartet? Seit ich denken konnte, hatte es meinen Dad nicht interessiert, was ich wollte. Es war ihm immer nur darum gegangen, dass ich ihm irgendwie dienlich sein konnte. Warum sollte sich das plötzlich ändern?

»Und komm bloß nicht auf die Idee, dich mit deinen nichtsnutzigen Freunden zu treffen«, rief Dad mir hinterher, als ich gerade das Büro verließ. Ich konnte die Tür hinter mir nicht schnell genug schließen.

»Mom?«, rief ich, als ich zu Hause angekommen war. Der große Empfangsraum wirkte dunkel und verlassen, aber aus einem der hinteren Zimmer drang leise Jazzmusik zu mir.

»In der Küche, Schatz«, ertönte ihre gedämpfte Stimme.

Ich zog meine Schuhe aus und verstaute sie im Schuhschrank, ehe ich mich auf den Weg machte. Vom Empfangsraum gelangte man in den Essbereich, in dem ein Tisch für zwölf Personen stand, der so gut wie nie genutzt wurde. Das Zimmer erinnerte an einen Trophäenraum. Familienfotos, auf denen wir alle glücklich wirkten, obwohl wir es nicht waren, zierten die Wände. In einem Glasschrank waren dutzende Pokale zur Schau gestellt. Die meisten waren von meinem Dad, der in seiner Jugend ein erfolgreicher Boxer gewesen war. Zwei davon waren von Remy, der eine Zeitlang im Track Team gewesen war, und sogar einer von mir stand darin. Damit war ich in meinem letzten Highschooljahr als bester Quarterback der Saison ausgezeichnet worden.

Ich ging schnell weiter. Vorbei an der Vorratskammer und in die Küche, wo Mom vorm Herd stand. Der Geruch von gedünsteten Zwiebeln drang mir in die Nase und ließ meinen Magen knurren. »Hey, Mom.« Ich beugte mich herab, um sie auf die Wange küssen zu können. Meine Mom reichte mir nur bis zur Brust, doch wenn sie den Pfannenwender so bedenklich nahe an meinem Gesicht schwenkte wie gerade, bekam ich es mit der Angst zu tun.

»Was machst du schon zu Hause? Musst du nicht arbeiten?«, fragte sie, während sie Hackfleisch in die Pfanne schmiss, was ein lautes Zischen zur Folge hatte.

»Dad hat mich nach Hause geschickt.«

Mom seufzte. »Was hast du jetzt wieder angestellt, Keiran? Du wirst deinem Vater noch einen Herzinfarkt verpassen.«

»Wenn er mir endlich mal zuhören würde, was ich mir für die Zukunft wünsche, würde es nicht so weit kommen.«

Mom stach auf das Hackfleisch ein, bis es in kleine Stücke zerfiel. »Dein Vater möchte nur das Beste für dich. Dazu gehört, dass du einen anständigen Beruf erlernst, mit dem du deine Familie ernähren kannst.«

Wie ich diese Aussage hasste. Meine Eingeweide zogen sich schmerzhaft zusammen und jegliches Hungergefühl wurde durch Übelkeit ersetzt. Ich wurde nicht einmal gefragt, ob ich überhaupt eine Familie wollte. Es wurde einfach beschlossen, wie es bei meinem Berufswunsch auch war.

»Mom, bitte.« Ich hatte keine Kraft mehr, auch mit ihr zu diskutieren. Ich hatte gehofft, sie würde mir etwas mehr Verständnis entgegenbringen, so wie früher. Immerhin war sie es gewesen, die meinen Dad dazu überredet hatte, mich auf die UCLA gehen zu lassen, um Footballspieler zu werden. Heute schien ich nicht auf ihren Rückhalt hoffen zu können.

Während Mom von einem Schneidebrett klein geschnittenes Gemüse zu dem angebratenen Hackfleisch in die Pfanne gab, sprach sie weiter. »Es tut mir leid, Schatz. Du hast es nicht leicht, das ist mir klar. Du bist das letzte unserer Kinder, das noch zu Hause wohnt. Dein Vater sorgt sich um dich, weil er in letzter Zeit immer mehr Verhaltensweisen an dir entdeckt, die uns auch an deiner Schwester aufgefallen sind.«

Der Name meiner Schwester war Rachelle, aber außer mir benutzte ihn in dieser Familie niemand mehr. Sie war die Älteste von uns und die Einzige, die sich je getraut hatte, sich unserem Dad zu widersetzen. Dad hatte sie vor fünf Jahren rausgeschmissen, nachdem sie ihm klipp und klar gesagt hatte, dass sie nie in den Familienbetrieb einsteigen würde. Seitdem war es, als hätte Rachelle nie zu dieser Familie gehört. Ich war der Einzige, der noch Kontakt zu ihr hatte, für alle anderen existierte sie nicht mehr. Das war auch der Grund, warum ich meinem Dad nicht sagte, dass ich nie vorhatte, seinen Gebrauchtwagenhandel zu übernehmen. Ich wollte nicht vor die Tür gesetzt und aus der Familie ausgeschlossen werden. Zumindest jetzt noch nicht.

»Vermisst du sie nicht?«, fragte ich Mom.

Mit stärkerem Griff umfasste sie den Henkel der Pfanne und rührte darin herum. Sekunden verstrichen, ohne dass sie einen Ton von sich gab. Ich wollte mich schon geschlagen geben und in mein Zimmer gehen, als ich ihre leise Stimme vernahm. »Jeden Tag.«

Ich lehnte mich mit der Hüfte an die Arbeitsplatte. »Warum rufst du sie dann nicht mal an? Sie ist doch nicht aus der Welt. Und du fehlst ihr auch.«

Moms Schultern bebten, als würde sie weinen, doch als sie sprach, war ihre Stimme klar und fest. »Sie hat Schande über die Familie gebracht.«

Seufzend stieß ich mich ab. »Ich gehe in mein Zimmer.« Ich hatte keine Ahnung, was diese Schande sein sollte. Weder Mom noch Rachelle hatten mir je erzählt, was genau vorgefallen war. Und ich war es leid, wie ein kleiner Junge behandelt zu werden, den man vor irgendetwas schützen musste.

In meinem Zimmer drehte ich die Musik bis zum Anschlag auf und ließ mich auf mein Bett fallen. Laute Rapmusik dröhnte aus den Boxen, die das Gedankenkarussell endlich stoppte. Ich ließ die Beats durch meinen Körper fließen, wippte mit dem Fuß im Takt und hoffte, diesen

Tag einfach vergessen zu können. Was natürlich unmöglich war. Ich war viel zu aufgewühlt, um mich von meinen Gefühlen befreien zu können. Wut und Enttäuschung kämpften um die Oberhand, aber dazwischen tauchte auch immer wieder Sehnsucht auf. Sehnsucht nach David und dem, was wir nie wirklich gehabt hatten.

Ehe ich mir dessen bewusst war, hatte ich mein Handy in der Hand und seine Nummer gewählt. Dabei wusste ich, dass mein Anruf ihn nicht erreichte. Er hatte meine Nummer blockiert, was ich ihm nicht mal verdenken konnte, trotzdem sank mein geschundenes Herz ein bisschen weiter, weil mein Anruf nicht zu ihm durchging. Wie sollte ich mich je bei ihm entschuldigen und ihm erklären, warum ich so gehandelt hatte, wenn ich ihn nicht erreichen konnte? Und wenn ich nie zur TU zurückkehren durfte, könnte ich ihm auch nicht mehr zufällig über den Weg laufen.

Ich stieß einen frustrierten Schrei aus und schmiss mein Kissen durchs Zimmer. Es segelte im hohen Bogen durch den Raum, prallte gegen die Tür und rutschte an ihr herab zu Boden.

Es war einfach zu viel. Egal, was ich versuchte, ich würde meinen Dad ohnehin nie zufriedenstellen. Selbst Remy, der immer vorbildlich alles getan hatte, was von ihm verlangt wurde, schaffte das nicht. Und obwohl Dad Remy gerne dazu benutzte, um mir meine eigene Fehlbarkeit unter die Nase zu reiben, behandelte er Remy nicht liebevoller als mich. Wenn ich nicht wüsste, dass er mit Mom anders umging, würde ich vermuten, dass er Liebe überhaupt nicht empfinden konnte.

Mein ganzes Leben hatte Dad versucht, mir seinen Willen aufzuzwingen, sodass ich gar nicht wirklich wusste, wie meine eigenen Bedürfnisse aussahen. Ich war mir nicht einmal sicher, wer *ich* überhaupt sein würde, wenn ich ich selbst sein könnte, oder wo mein Platz im Leben war. Wie sollte ich da wissen, was ich brauchte, um glücklich zu sein?

Ich stand vom Bett auf und setzte mich an meinen Schreibtisch. Wenn ich innerlich aufgewühlt war wie jetzt, gab es nur eine Sache, die mir helfen konnte, Ordnung in mein Gefühlschaos zu bringen: schreiben.

Nachdem mein Laptop hochgefahren war, rief ich das Dokument auf, an dem ich zuletzt gearbeitet hatte. Ich saß noch nicht lange an dieser Geschichte und hatte mir noch keinen genauen Plot dafür überlegt. Ich wusste den Anfang, das Ende und einige Szenen dazwischen, doch wie ich diese verbinden und mit Leben füllen sollte, musste ich mir noch überlegen. Die Idee dazu hatte mich eines Tages regelrecht überfallen und seitdem nicht mehr losgelassen, daher hatte ich zu schreiben begonnen, ohne mir zuvor einen Plan zurechtzulegen. Das würde ich bald nachholen müssen, aber auch heute verspürte ich keine Lust dazu, sondern tauchte lieber gleich in die Geschichte von Darryl und Kaden ein, die gerade in einen handfesten Streit verwickelt waren.

Kapitel 3

David

»Hey, Logan. Ist Bryan da?«, begrüßte ich ihn, sobald ich die Galerie betreten hatte. Bryan hatte mich heute früh angerufen und mir eher kryptisch zu verstehen gegeben, dass ich nach meinen Vorlesungen vorbeikommen sollte. Natürlich ohne mir zu verraten, worum es ging, sodass ich mir den ganzen Tag den Kopf darüber zerbrochen hatte.

Logan kam hinter dem Tresen hervor und schob sich das hellbraune Haar aus der Stirn. Er trug eine Jeans, die knapp über dem Knie abgeschnitten war, Flipflops und ein T-Shirt mit dem Aufdruck *Love is Love*. Er sah unverschämt gut aus, auch wenn ich das nie laut zugegeben hätte.

»Bryan musste weg, aber er hat mir gesagt, was er von dir wollte.« Logan lehnte sich über den Tresen und zog ein Blatt Papier hervor, mit dem er unter meiner Nase herumwedelte.

»Was ist das?«

»Das, mein Freund, ist eine Liste der Galeristen, die an einer Zusammenarbeit mit dir interessiert sind.«

Für einige Sekunden konnte ich Logan nur anstarren, dann wurde mir die Tragweite seiner Worte bewusst. »Es hat jemand nach mir gefragt?« Ich versuchte Logan den Zettel zu entreißen, aber er zog ihn in letzter Sekunde aus meiner Reichweite.

»Nicht nur einer, sondern gleich fünf Galeristen. Einer möchte den Schwimmer auf dem Startblock kaufen und ist bereit zu warten, bis die Ausstellung vorüber ist. Er hat dir ein Angebot dafür unterbreitet. Die anderen sind daran interessiert, weitere deiner Werke zu sehen und zu erfahren, was du für die Zukunft geplant hast.«

»Einer hat mir ein Angebot für den Schwimmer gemacht?« Es klang so unglaublich, dass ich die doppelte Bestätigung brauchte. Am Freitag hatte keiner der Galeristen mit mir reden wollen und jetzt waren auf einmal gleich fünf an einer Zusammenarbeit mit mir interessiert?

»Jup.« Logan grinste breit. »Laut Bryan sogar ein sehr großzügiges.«

»Gib mir den Zettel.« Ich machte einen Satz auf ihn zu, um ihm das Papier zu entreißen, doch Logan versteckte die Hand hinter seinem Rücken.

»Was bekomme ich dafür?« Er grinste keck und erst jetzt fiel mir auf, wie nah wir uns auf einmal waren. Seine Nasenspitze war nur wenige Zentimeter von meiner entfernt und ich entdeckte die kleinen Sommersprossen darauf, die mir zuvor nicht aufgefallen waren.

»Was möchtest du denn haben?«, fragte ich. Aktuell würde ich mein erstgeborenes Kind dafür hergeben, aber das würde ich Logan sicher nicht unter die Nase reiben.

Logan streckte den Rücken durch und sein Lächeln wurde weicher, fast schon herausfordernd, aber auf eine spielerische Weise. »Geh mit mir aus.«

Ich taumelte einen Schritt zurück, mit dieser Antwort hatte ich nicht gerechnet. »Du willst mit mir ausgehen?« Logan musste mich für schwer von Begriff halten, so oft wie ich seine Worte heute wiederholte.

Er hob die rechte Schulter und sah zu Boden. »Dir ist sicher schon aufgefallen, dass ich dich mag. Gib mir die Chance dir zu zeigen, dass mehr in mir steckt als der flirty Typ, den du bisher kennengelernt hast.«

Eigentlich hatte ich gedacht, dass er mit jedem flirtete wie mit mir, aber ich würde mir eher die Zunge abbeißen als das auszusprechen. »Ich ... ich weiß nicht«, sagte ich zögerlich. Sofort erschien Keirans Gesicht vor meinem inneren Auge und die Tatsache, dass wir nie ein Date gehabt hatten, brannte sich schmerzhaft in mein Herz.

Logans Lächeln wurde breiter, auch wenn es nicht mehr ganz echt wirkte. »Komm schon, gib dir einen Ruck. Ich verspreche auch, dich nicht zu beißen. Oder zumindest nur auf Anfrage.« Er grinste anzüglich, was mir die Röte ins Gesicht trieb. Ich wusste gar nicht, wie ich darauf reagieren sollte. Derart offensichtliches Flirten war ich nur aus dem Club gewohnt und dort waren die Typen nur auf eine schnelle Nummer aus. Wollte Logan dasselbe oder war es ihm ernst? Auf Ersteres könnte ich mich vielleicht einlassen.

»Es liegt nicht an dir«, versicherte ich ihm.

»Das will ich doch hoffen.« Er zwinkerte mir zu.

»Ich habe erst eine ziemlich blöde Geschichte hinter mir. Ich weiß nicht, ob ich schon für etwas Neues bereit bin«, erklärte ich.

Jeglicher Humor verließ Logans Züge und er blickte verständnisvoll zu mir auf. »Ich meine das total ungezwungen. Lass uns heute Abend ein Bier trinken gehen, wie alte Freunde, und dann sehen wir, ob wir überhaupt miteinander auskommen. Vielleicht finde ich dich ja total langweilig und will dich ohnehin nicht wiedersehen«, versuchte er die Situation aufzulockern.

Es klang wirklich gut, wenn er es so ausdrückte. Wenn ich ehrlich zu mir war, mochte ich Logan. Er schien ein netter Kerl zu sein und es imponierte mir, wie selbstverständlich er mit seiner Sexualität umging. Was hatte ich zu verlieren, wenn ich mich mit ihm auf einige Drinks traf?

»Okay«, stimmte ich schließlich zu. »Aber ganz locker, nur ein paar Bier, ohne Hintergedanken.«

»Versprochen.« Das Funkeln in Logans Augen verriet mir jedoch, dass er mehr als nur einen Hintergedanken hatte.

»Gibst du mir jetzt endlich den Zettel?«, fragte ich, als Logan keine Anstalten machte, ihn rauszurücken.

»Oh, sorry.« Verlegen sah er zur Seite und reichte ihn mir. Ich riss ihn an mich und faltete ihn auseinander. Fünf unbekannte Namen standen darauf, ihre Telefonnummern sowie ein Angebotsvorschlag für den Schwimmer. Als ich die Zahl sah, setzte mein Herz für einen Schlag aus, nur um danach in einen wilden Galopp zu verfallen.

»Vierstellig?«, fragte ich und blickte auf.

Logan nickte bestätigend. »Das hast du echt verdient, Mann.«

»Das ist doch viel zu viel.« Ich hatte, wenn überhaupt, mit einigen hundert Dollar gerechnet, aber nicht mit 5 000. So viel Geld hatte ich noch nie besessen und jemand wollte es mir für meine Skulptur geben? Mir war durchaus bewusst, dass in der Kunstszene weitaus höhere Beträge gezahlt wurden, aber dann für Meisterwerke. Ich war jedoch ein blutiger Anfänger, der die meiste Zeit keine Ahnung hatte, was er überhaupt machte.

»Das ist großzügig, aber durchaus angemessen, hat Bryan gesagt«, riss Logan mich aus meinen Gedanken. »Du kannst ihn auch gerne anrufen, wenn du Fragen dazu hast.«

»Alles klar. Vielen Dank, Logan.« Ich faltete den Zettel zusammen und schob ihn in meine Gesäßtasche. Ich würde Bryan bestimmt kontaktieren, aber erst mal musste ich ins Wohnheim, um Emma anzurufen und ihr die gute Neuigkeit mitzuteilen.

»David?«, hielt Logans Stimme mich auf, als ich bereits an der Tür war. »Ich hol dich um acht ab.«

Mist, ich hatte schon wieder vergessen, dass ich mich mit Logan verabredet hatte. »Um acht dann.« Ich rieb mir über den heißen Nacken und verließ fluchtartig die Galerie.

Drei Stunden später holte Logan mich für unser Nicht-Date ab, wie ich es insgeheim nannte. Ich war auf eine seltsame Art nervös, dabei hatte ich gar keine Erwartungen an den Abend. Logan trug dieselben Sachen wie zuvor in der Galerie, was mich ein wenig beruhigte. Wenn er sich nicht umgezogen hatte, war das wirklich kein Date für ihn, oder?

»Du hast dich ja gar nicht aufgebrezelt«, begrüßte ich ihn belustigt.

Logan schnaubte. »Hat dieser Körper das etwa nötig?« Mit den Händen fuhr er an sich herab, als wolle er ihn mir präsentieren. »Und außerdem, sagen nicht nur Mädels *aufgebrezelt*?«

Ertappt zog ich den Kopf ein. »Ich verbringe wohl zu viel Zeit mit meiner besten Freundin«, gestand ich.

Logan legte den Kopf schief und betrachtete mich aus gesenkten Lidern. »Daran ist nichts Verwerfliches. Studiert sie mit dir?«

Ich nickte. »Es ist Emma. Ihr Gemälde hat es auch in die Ausstellung geschafft.«

»Ah, die hübsche Dunkelhaarige. Komm, wir müssen hier lang.« Logan führte mich in die entgegengesetzte Richtung vom Campus.

»Genau die.«

»Was machst du eigentlich, wenn du nicht studierst?«

Ich hob die Schultern. »Nichts Aufregendes. In den letzten Monaten habe ich jede freie Minute in der Werkstatt verbracht, um die Skulpturen für die Ausstellung fertigzustellen. Sonst gehe ich gerne schwimmen oder mit meinen Freunden weg.«

»Was der gute Durchschnittsstudent halt so macht«, grinste Logan. Auf meinen irritierten Blick hin schüttelte er den Kopf. »Das war keine Kritik. Ich bin nicht besser. Neben dem Studium und dem Job in der Galerie bleibt nicht mehr viel Zeit für Hobbys.«

»Was studierst du denn?« Da er in der Galerie arbeitete, tippte ich auf etwas Künstlerisches, obwohl ich ihn noch nie in der Fakultät gesehen hatte.

»Jura«, sagte Logan. Es war so ziemlich das Letzte, mit dem ich gerechnet hatte.

»Dann erstaunt es mich, dass du neben dem Studium überhaupt noch Zeit zum Arbeiten findest.«

»Wie ich das schaffe, weiß ich manchmal selbst nicht, aber ich brauche das Geld. Und das Studium macht mir Spaß. Zumindest bisher, ist ja noch mein erstes Jahr.«

Damit wäre auch geklärt, dass Logan deutlich jünger war als ich, wenn er letzten Sommer erst mit dem Studium begonnen hatte. Wir waren an einer Bar angekommen und Logan zog selbstsicher die Tür auf. Grinsend schob ich mich an ihm vorbei. »Du darfst hier eigentlich noch gar nicht rein, oder?«

Er hob die Schultern. »Ich wurde noch nie nach meinem Ausweis gefragt.«

Wir setzten uns an die Bar und bestellten jeder ein Bier. Während wir auf unsere Getränke warteten, sah ich mich um. Von diesem Laden hatte ich nie zuvor gehört, obwohl er in der Nähe des Campus lag. Die Wände waren mit Holz verkleidet und mit unzähligen Leuchtreklamen behangen. Es war keine große Bar, aber gemütlich, auch wenn noch nicht viele Leute da waren. Dafür waren die Anwesenden ausschließlich männlich.

»Hier sind nur Typen«, sagte ich irritiert zu Logan, der daraufhin die Augenbrauen hochzog, als wollte er »Ach, echt?« sagen. Ich ließ meinen Blick zu einem Tisch in der Ecke schweifen, an dem zwei Männer nebeneinander saßen. Erst jetzt fiel mir auf, wie vertraut sie miteinander wirkten. Sie saßen zueinander gelehnt, ihre Schultern berührten sich und ich war mir ziemlich sicher, dass der rechte unter dem Tisch seine Hand auf dem Bein seines Nachbarn abgelegt hatte.

»Ich wusste gar nicht, dass es in der Nähe der TU eine Gay-Bar gibt«, sagte ich in dem Moment, als der Barkeeper unsere Bierflaschen vor uns abstellte.

»Wir sind auch nicht als solche eingetragen«, erklärte er. »Die Bar hat sich eher langsam dazu entwickelt. Zwei unserer Kellner, die ihre Freunde hierher eingeladen haben, sind schwul. So hat sich rumgesprochen, dass wir gay-friendly sind und mittlerweile kommen viele her.« Er zwinkerte mir zu und ging weiter zum nächsten Gast.

»Woher weißt du von dieser Bar?«, fragte ich an Logan gewandt.

»Durch eine Kommilitonin. Ihr Bruder ist ebenfalls schwul und geht hier öfter hin.«

»Es ist mir fast schon peinlich, dass ich in Philly aufgewachsen bin und noch nie etwas von der Bar gehört habe.« Ich lachte, um meine Verlegenheit zu überspielen.

Stille senkte sich über uns. Weil ich nicht wusste, was ich sagen sollte, zog ich die Bierflasche zu mir und begann am Etikett zu knibbeln. Aus dem Augenwinkel beobachtete ich Logan, der die Unterlippe zwischen seine Zähne gezogen hatte und ebenfalls um Worte zu ringen schien. Sollte es das schon gewesen sein? Fiel uns nicht mehr ein als oberflächlicher Smalltalk?

»Erzähl mir von dem Typen, wegen dem du noch nicht zu einer neuen Beziehung bereit bist.« Logans Worte waren wie ein Schlag in die Magengrube.

Kurzzeitig blieb mir die Luft weg und ich schüttelte den Kopf. »Ich will nicht darüber reden.« Ich wollte nicht mal an Keiran denken, während ich mit einem anderen Mann zusammen war, aber jetzt drängte er sich unwillkürlich wieder in den Vordergrund. Mit Keiran hatte ich nie Probleme gehabt, ein Gesprächsthema zu finden. Selbst wenn wir nicht geredet hatten, war unser Schweigen einvernehmlich gewesen, und ich hatte mich trotz der Stille nie unwohl gefühlt. Nicht wie jetzt, wo ich das Bedürfnis hatte, die Stille auf Teufel komm raus mit Worten zu füllen.

»Hattest du schon mal eine Beziehung?«, wollte ich wissen.

»Leider nein. Ich komme aus einem kleinen Ort in Colorado, wo die Leute noch sehr konservativ sind. An der Highschool wussten nur meine engsten Freunde, dass ich schwul bin. Ich habe mich nicht getraut, das öffentlich zu machen. Und am College ist irgendwie niemand an einer Beziehung interessiert. Alle wollen nur ihren Spaß haben und sich *austoben*, als wäre eine Beziehung etwas, das einen daran hindern würde.«

Ich konnte seinen Frust verstehen, aber auch die andere Seite. »Ich glaube, das liegt mit an dem, was du erlebt hast. Heteros müssen sich nie verstecken, müssen keine Angst davor haben, sich auf offener Straße zu küssen, oder für ihre Sexualität verprügelt zu werden. Die meisten von uns haben sich jedoch während der kompletten Highschool versteckt, haben sich vielleicht sogar durch eine Beziehung mit einer Freundin gequält, nur um nicht aufzufallen. Das College ist oft der Ort, wo wir uns zum ersten Mal trauen, wir selbst zu sein. Viele wollen dann einfach so viel wie möglich ausprobieren, alles nachholen, was sie verpasst haben, und sich nicht festlegen.«

Logan betrachtete mich nachdenklich. »Von der Seite aus habe ich das noch nie gesehen.« Er trank einen Schluck aus seiner Flasche. »Findest du Football eigentlich genauso schrecklich wie ich?«

»Nein, überhaupt nicht. Mein Bruder spielt an der UCLA und wann immer ich es einrichten kann, schaue ich mir die Spiele der Eagles an.« Dass vor allem Keiran es war, der während der Highschool meine Liebe zum Football geweckt hatte, erwähnte ich an dieser Stelle nicht.

»Oh.«

Als wir zwei Stunden später bezahlten – jeder seine eigene Rechnung -, war klar, dass Logan und ich nicht viele Gemeinsamkeiten besaßen. Obwohl er ein wirklich netter Typ war, hatte es immer wieder Gesprächspausen gegeben, in denen keiner gewusst hatte, was er sagen sollte. Wir waren leider nicht auf einer Wellenlänge, trotzdem war es kein schlechter Abend gewesen.

Überwiegend schweigend verbrachten wir den Rückweg zum Campus. Es tat mir fast schon leid, aber ich war froh, wenn ich gleich alleine war und mir nicht mehr krampfhaft ein Gesprächsthema überlegen musste. Logan schien sich genauso unwohl zu fühlen. Er hatte die Hände tief in den Hosentaschen vergraben und die Schultern nach vorne geschoben.

An der Gabelung zu meinem Wohnheim blieb ich stehen. »Danke für den Abend«, sagte ich, obwohl uns beiden klar sein musste, dass er kein Erfolg gewesen war. »Ich gehe mit einigen Freunden regelmäßig in einen Gay Club in Downtown, vielleicht hast du ja mal Lust, uns zu begleiten.« Vielleicht würde er dort finden, wonach er suchte.

»Mal sehen.« Ein Lächeln umspielte seine Lippen, als er einen Schritt näher trat und seine Hand an meine Wange legte. Ehe ich reagieren konnte, beugte er sich vor und presste einen Kuss auf meine Lippen. Seine fühlten sich warm, weich und leider völlig falsch an. Sie lösten überhaupt nichts in mir aus. Ganz im Gegensatz zu Keiran, der mit einem simplen Kuss ein wahres Feuerwerk der Gefühle in mir entfachen konnte.

Ehe Logan auf die Idee kam, den Kuss zu vertiefen, zog ich mich zurück. »Sorry«, entschuldigte ich mich.

Logan lächelte wehmütig. »Da ist nichts zwischen uns, oder?«

Ich schüttelte den Kopf. »Leider nein.«

»Dachte ich mir schon. Aber es war einen Versuch wert.« Er seufzte. »Ich komme sicher auf dein Angebot mit dem Club zurück. Mach's gut, David.«

Ich sah ihm noch mit einer seltsamen Mischung aus Erleichterung und Enttäuschung hinterher, ehe ich zum Wohnheim ging.

Hey David. Rückblickend muss ich sagen, dass ich unser Treffen sehr genossen habe und uns gerne eine zweite Chance geben würde. Hättest du Lust auf ein richtiges Date?

Irritiert betrachtete ich Logans SMS. Nach unserem Treffen vor zwei Tagen hatte ich gedacht, dass die Lage zwischen uns klar war. Ehrlich gesagt hatte ich seitdem keinen Gedanken an Logan verschwendet und vermutet, dass es ihm genauso ging. Zwischen uns hatte es nicht gefunkt, wir hatten nur wenige Gemeinsamkeiten und nach nicht einmal zwei Stunden waren uns bereits die Gesprächsthemen ausgegangen. Logan war wirklich ein toller Typ, aber ich hatte mich völlig deplatziert neben ihm gefühlt. Vor allem hatte ich das Gefühl gehabt, dass es Logan genauso ergangen war. Warum wollte er dann jetzt erneut mit mir ausgehen?

Während ich überlegte, wie ich ihm möglichst schonungslos absagte, ohne ihn zu verletzen, erreichte mich eine weitere Nachricht. Drei Totlach-Smileys waren zu sehen, dahinter stand: *Sorry, war nur ein Witz. Eigentlich wollte ich fragen, ob das Angebot noch steht, dass ich euch in den Club begleiten darf?*

Erleichtert atmete ich aus. Für einen Moment hatte ich tatsächlich befürchtet, er könnte es ernst meinen. Ich wollte ihm gerade antworten, als es an der Tür klopfte. Ich sah auf, als könnte ich durch das dunkle

Holz der Tür erkennen, wer davor stand. Ich erwartete niemanden. Oder war Marc schon zurück und hatte seine Schlüsselkarte vergessen? Eigentlich hatte er die ganze Woche bei Michaela bleiben wollen. Achtlos schmiss ich das Handy auf mein Bett und ging zur Tür. Als ich sie aufzog und mein Gegenüber sah, blieb mir beinahe das Herz stehen.

Es war Keiran.

Im ersten Moment konnte ich ihn nur anstarren. Ich hatte ihn seit Wochen weder gesehen noch etwas von ihm gehört. Es fühlte sich unwirklich an, dass er plötzlich vor mir stand. Aber es war ganz eindeutig Keiran. Dasselbe schwarze Haar, das ihm bis zu den Ohren reichte, dieselbe braune Haut und die grünen Augen, die aus dem dunkeln Teint herausstachen.

Meine zweite Reaktion war, ihm eine reinhauen zu wollen. Wegen dem, was er zu mir gesagt hatte. Weil er danach einfach von der Bildfläche verschwunden war und ich mich um ihn gesorgt hatte. Und weil er die Dreistigkeit besaß, nach all dem einfach bei mir aufzutauchen, als wäre nichts geschehen. Ich wollte ihn schütteln, anschreien und ihm begreiflich machen, dass er mich nicht so behandeln konnte. Ich war kein Objekt, das man zur Seite legen konnte, wenn es gerade unpassend war, und nur dann hervorholte, wenn man es brauchte. Letztendlich ballte ich aber nur wütend meine Hände zu Fäusten.

»Was willst du hier?« Ich war versucht, ihm die Tür vor der Nase zuzuschlagen. Ich konnte nicht fassen, dass er die Frechheit besaß, bei mir anzuklopfen.

»Ich wusste nicht, wohin ich sonst gehen sollte.« Beim Klang seiner Stimme blickte ich in Keirans Gesicht, sah ihn mir zum ersten Mal richtig an, und meine Wut trat in den Hintergrund.

»Was ist passiert?« Er sah aus wie ein geprügelter Hund. Ich hatte Keiran schon in vielen Stimmungen erlebt. Euphorisch, fröhlich, niedergeschlagen und sehr oft wütend, aber noch nie so voller Verzweiflung wie jetzt. Seine Augen drückten einen Schmerz aus, der mir die Kehle zuschnürte und den Wunsch in mir weckte, ihn in den Arm zu nehmen.

»Mein Dad hat mich rausgeschmissen«, sagte er völlig tonlos. »Ich kann sonst nirgendwohin.«

»Scheiße.« Hatte sein Dad rausgefunden, dass Keiran bi war? Wir hatten nie darüber gesprochen, aber ich vermutete schon länger, dass sein Vater mit der Grund war, warum Keiran so eine Angst davor hatte, sich zu outen.

Ich trat einen Schritt zurück und zog die Tür ganz auf. »Komm erst mal rein.«

Nur zögerlich kam er meiner Aufforderung nach, obwohl er schon dutzende Male hier gewesen war. Er ließ den Rucksack von seiner Schulter gleiten und stellte ihn neben die Tür. »Sorry, dass ich dich so überfalle, aber ich wusste nicht, wohin ich sonst gehen sollte.«

Ich schüttelte den Kopf, denn egal, wie sauer ich auf ihn war, ich würde ihn in so einer Situation nie abweisen. »Mehr hast du nicht dabei?«, fragte ich und deutete auf den Rucksack.

»Ich hab erst mal nur das Nötigste mitgenommen, den Rest hole ich später.« Keiran sah sich um, als würde er die WG zum ersten Mal sehen, dabei hatte sich seit seinem letzten Besuch kaum etwas verändert. Sein Blick war völlig leer und ausdruckslos. Es tat mir in der Seele weh, ihn in diesem Zustand zu sehen.

»Setz dich, ich hole uns erst mal was zu trinken.« Ich nickte zur Couch und verschwand in der Küche, wo ich meine Stirn an die kühle Oberfläche des Kühlschranks lehnte. Mit einigen tiefen Atemzügen versuchte ich mein aufgewühltes Inneres zu beruhigen. Die Wut auf Keiran war noch immer da, und gemeinsam mit der Sorge um ihn drohte sie mich in einen Strudel aus Gefühlen zu ziehen.

Als ich mich etwas beruhigt hatte, holte ich zwei Bier aus dem Kühlschrank und ging damit zu Keiran zurück. Ich stellte eine Flasche vor ihm ab und setzte mich mit der zweiten in den Sessel. »Was ist passiert?«

Keiran nahm das Bier in die Hand, doch anstatt den Deckel abzuschrauben, begann er an dem Etikett zu knibbeln. »Ich weiß nicht, ob dir aufgefallen ist, dass ich seit Wochen nicht mehr an der TU war.«

»Natürlich.« Dass ich über Marc versucht hatte herauszufinden, wo er abgeblieben war, ließ ich an dieser Stelle besser aus.

»Meine Noten waren nicht berauschend, weil mich Wirtschaft überhaupt nicht interessiert. Ein Fach, das ich nur gewählt habe, um Dad zufriedenzustellen. Aber weil ich in allen Fächern durchzufallen drohte, hat mein Dad beschlossen, dass ich besser in der Firma für ihn arbeiten sollte.«

»Welche Firma?« Es war echt traurig, dass ich nicht einmal wusste, was seine Eltern beruflich machten. Aber ich hatte mich nie getraut, Keiran auf Privates anzusprechen, aus Angst, ihn damit wieder zu vertreiben.

»Mein Dad leitet einen Gebrauchtwagenhandel mit mehreren Niederlassungen in Pennsylvania. Meinen Bruder hat er schon eingespannt. Er ist direkt nach der Highschool eingestiegen, mit begleitendem Studium. Er hat mittlerweile seine eigene Niederlassung übernommen. Dad wird nicht müde, mir jeden Tag unter die Nase zu reiben, wie weit Remy es schon gebracht hat, während ich noch immer faul herumsitze. Aber ganz ehrlich, kannst du dir vorstellen, dass ich für den Rest meines Lebens gebrauchte Autos verkaufe? Ausgerechnet *ich*?«

Konnte ich nicht, aber hier ging es nicht um mich, sondern darum, was Keiran wollte und sich vorstellen konnte. »Du hast also die letzten Wochen im Autohaus gearbeitet. Was ist passiert, dass dein Dad dich rausgeschmissen hat?«

Mittlerweile hatte Keiran das komplette Etikett von der Flasche geknibbelt und saß in einem Meer aus Schnipseln. Es juckte mir in den Fingern, diese aufzuheben, aber ich zwang mich, meinen Ordnungsdrang zurückzuhalten.

»Ich wollte absichtlich etwas Mist bauen, damit Dad mich wieder zurück an die Uni schickt, weil er mich in der Firma nicht gebrauchen kann, und habe es damit vielleicht etwas übertrieben.« Keiran zuckte entschuldigend mit den Schultern, aber in seinen Augen blitzte Genugtuung auf. »Mein Dad zieht die Kunden reihenweise über den Tisch. Er kauft Unfallwagen auf, repariert diese und verkauft sie als unfallfreie

Gebrauchtwagen zu völlig überhöhten Preisen weiter. Wann immer sich ein Kunde für eins dieser Autos interessiert hat, habe ich ihnen die Wahrheit gesagt und ihnen mehr oder weniger vom Kauf abgeraten. Ich dachte, wenn Dad sieht, dass ich kein Talent als Verkäufer habe, lässt er mich zurück an die TU.«

Nach diesem Geständnis schraubte Keiran den Deckel seiner Bierflasche ab und trank einen großen Schluck. Mein Blick wurde dabei von seinem auf und ab hüpfenden Adamsapfel angezogen. Mein Mund wurde staubtrocken und ich zwang mich dazu, auf einen Fleck auf der Couch zu sehen. »Dein Dad ist dahintergekommen, oder?«

»Ja. Ein Paar hat sich bei ihm über den unmöglichen Verkäufer beschwert, der sie angelogen hat und dem Ruf des Autohauses schaden will. Dad ist völlig ausgeflippt und hat danach die anderen Kunden angerufen, die sich nach einem Beratungsgespräch mit mir nicht mehr gemeldet haben.«

Keiran rieb sich über die Augen und schien ein Stück in sich zusammenzusacken. »Er hat mich danach einfach rausgeschmissen. Er hat mich nicht mal angeschrien, was irgendwie das Schlimmste war. Wenn er tobt und ausflippt, kann ich damit umgehen, aber er war völlig ruhig und emotionslos. Ich glaube nicht, dass ich jemals wieder zurück kann.«

»Ich würde deine Eltern noch nicht aufgeben«, versuchte ich ihn aufzumuntern. »Was ist mit deiner Mom?«

Wenn es überhaupt möglich war, fiel Keirans Miene noch weiter in sich zusammen. »Sie hat nicht mal den Versuch unternommen, Dad aufzuhalten. Sie hat nur zu mir gesagt, ich müsste lernen, die Konsequenzen aus meinem Handeln zu ziehen.« Er stellte die Bierflasche auf dem Tisch ab und sah zu mir auf. Sein Blick war so voller Schmerz, dass ich mich nur mit Mühe davon abhalten konnte, ihm die Hand auf den Arm zu legen. »Was soll ich denn jetzt machen? Ich bin obdachlos, ohne Job, Geld und mit einem Studium, in dem ich durchfallen werde.« Er vergrub das Gesicht in den Händen und ich schloss für einen Augenblick die Augen, um mich zu sammeln.

»Du bist nicht obdachlos«, sagte ich schließlich. »Du kannst erst mal hier übernachten, Marc ist bis nächste Woche ohnehin bei Michaela. Ob du danach weiterhin bleiben darfst, muss er mitentscheiden. Aber wenn nicht, werden wir gemeinsam eine andere Lösung finden.«

Keiran blickte auf, Erstaunen und Verwunderung in den Augen, als könnte er nicht glauben, dass ich ihn nicht einfach vor die Tür setzte. »Ich darf bleiben? Einfach so? Nach allem, was passiert ist ... was ich getan habe?«

Seine Worte ließen die Wut in meinem Inneren erneut aufflammen und ich fragte mich, ob ich wohl einen Fehler beging. Aber wenn ich Keiran so ansah, wie er wie ein Häufchen Elend auf unserer Couch saß, konnte ich nicht anders, als ihm zu helfen. »Darfst du, aber es wird Regeln geben. Ich bin noch immer sauer auf dich, daher werden wir nur das Nötigste miteinander reden. Hier werden keine wilden Partys gefeiert. Und du kannst nicht einfach Freunde mitbringen, ohne mich vorher zu fragen. Kommst du damit klar?«

Keiran nickte sofort und ich wurde das Gefühl nicht los, dass er aktuell jeder Regel zugestimmt hätte. »Kein Problem. Und es tut mir leid, dass ...«

Ich hielt die Hand hoch, um ihn zu stoppen. »Ich will das jetzt nicht hören. Nicht, wenn es nur dazu dient, dich mit mir gutzustellen.«

Keiran ließ den Kopf hängen. »Verstehe.«

»Okay. Ich schaue dann mal, dass ich Bettzeug und eine Schlüsselkarte für dich auftreibe.«

Kapitel 4

Keiran

David brachte mir Kissen, Wolldecke und eine neue Schlüsselkarte von der Wohnheimleitung – wie auch immer er an die rangekommen war – und ließ mich alleine im Wohnzimmer der WG zurück. Kommentarlos verschwand er in seinem Zimmer und schloss die Tür hinter sich. Ich starrte das dunkle Holz der Tür an und wünschte mir, er würde zurückkommen. Um mir den WG-Alltag zu erklären, weitere Regeln aufzustellen ... irgendwas. Ich wollte nicht alleine mit meinen Gedanken sein, die unweigerlich zu der Szene mit meinen Eltern zurückkehrten. Scham wallte in mir auf, wenn ich an den Gesichtsausdruck meiner Mom dachte, als Dad von meinem Vertrauensbruch berichtet hatte. Nie zuvor hatte ich ihn so kühl erlebt, dass es mir Angst machte. Seit ich klein war, war ich es gewöhnt, dass er mich anschrie, anstatt vernünftig mit mir zu reden. Seine Distanziertheit hatte sich angefühlt, als hätte er innerlich bereits mit mir abgeschlossen.

Die Enttäuschung in Moms Blick war noch schwerer zu ertragen gewesen. Ich hatte sie in diese Sache nicht mit reinziehen wollen, dabei hätte ich mir denken können, dass sie davon erfuhr. Aber mir war gar nicht in den Sinn gekommen, dass Dad meine Machenschaften herausfinden könnte. Ich hatte gedacht, er würde mich einfach nur für unfähig halten, auch nur ein Auto zu verkaufen, und mich genervt zurück an die TU schicken.

Tja, klarer Fall von *denkste*. Ich warf einen letzten, sehnsüchtigen

Blick zu Davids Tür und holte meinen Rucksack. Ich konnte es David nicht einmal übel nehmen, dass er so wenig wie möglich mit mir zu tun haben wollte. Nach allem, was ich ihm an den Kopf geworfen hatte, konnte ich froh sein, dass er mir überhaupt die Tür geöffnet hatte, geschweige denn mich hier übernachten ließ. Vermutlich sollte ich mich zügig nach einer anderen Bleibe umsehen, denn von Marc konnte ich sicher kein Verständnis erwarten. Er hatte mich bisher immer sehr kühl und abweisend behandelt, wenn ich bei David gewesen war, und das war, bevor ich mich wie ein Arschloch verhalten hatte.

Seufzend zog ich das Handy aus dem Rucksack und rief meine beste Freundin Natalie an. Wir kannten uns seit Kindertagen und ich hatte ihr bereits mitgeteilt, zu Hause rausgeflogen zu sein, sobald ich die Wohnung verlassen hatte.

Sie ging nach dem ersten Klingeln ran. »Keiran, endlich. Wo bist du?«

»Ich bin bei David untergekommen.«

Stille am anderen Ende der Leitung, dann: »Bei David Moore?«

»Ja.«

»Wieso bei ihm? Was ist mit den anderen?«

Ich schnaubte. »Keiner von ihnen hatte Platz oder Zeit oder was auch immer.« Meine ach so tollen Freunde hatten mich im Stich gelassen. Mit fadenscheinigen Ausreden hatten sie mich abgewimmelt und dann möglichst schnell aufgelegt, als wollten sie mich loswerden. Anscheinend war ich gut genug, wenn ich etwas für sie tun konnte, aber nicht mehr dann, wenn ich selbst Hilfe benötigte.

»Ist nicht dein Ernst?« Natalie hörte sich fassungslos an. »Was für Idioten. Keir, es tut mir echt leid, dass du nicht zu uns kommen kannst …«

»Nat, es ist okay, ich verstehe das.« Natalie wohnte mit ihrer Mom und ihrer Schwester in einem Zwei-Zimmer-Apartment. Dort war kaum Platz für die drei Frauen, geschweige denn mich dazu. Natalie verbrachte so wenig Zeit wie möglich zu Hause, weil sie die Enge erdrückend fand, aber ein Zimmer im Wohnheim konnte sie sich nicht leisten.

»Was hast du jetzt vor?«

Mein Leben neu überdenken, schoss es mir durch den Kopf. Damit meinte ich nicht nur mein Studium, sondern auch grundsätzliche Dinge wie die Wahl meines Freundeskreises. Nur wie änderte man sein ganzes Leben und Denken, wenn man sich die letzten 22 Jahre nicht getraut hatte, zu seinen eigenen Wünschen zu stehen? Gab es dafür einen Schalter, den man umlegen konnte? Wen konnte ich dabei um Hilfe bitten? Und warum hatte es überhaupt so lange gedauert, um zu diesem Punkt zu gelangen?

Weil ich ein sturer Mistkerl war.

»Ich weiß es nicht«, sagte ich zu Natalie. »Ich brauche einen Job, einen dauerhaften Platz im Wohnheim und muss mir überlegen, was ich *wirklich* studieren will. Ich glaube, ich brauche erst mal einige Tage, um mich neu zu sortieren.« Aktuell fühlte ich mich leer und ausgebrannt. Ich hatte keinen Elan, mich überhaupt zu bewegen, oder einen Ausweg aus meiner prekären Situation zu finden.

»Aber du kommst ab morgen wieder an die TU, oder?«

»Klar.« Ich wollte zumindest schon mal nachfragen, ob ich zum Ende des Semesters meinen Studiengang wechseln konnte, auch wenn ich mich noch nicht für ein Fach entschieden hatte.

»Okay, dann können wir morgen weiterreden. Du klingst irgendwie, als könntest du etwas Ruhe gebrauchen.«

»Könnte ich auch. Aber dann ist es zu ruhig hier und ich kann die Gedanken nicht stoppen.«

»Mach den Fernseher an, dann hast du wenigstens das Gefühl, als wärst du nicht alleine.«

»Gute Idee. Bis morgen, Nat.«

Wir verabschiedeten uns voneinander und ich rief auf dem Fernseher Davids Netflix-Account auf. Zuerst suchte ich etwas planlos im Programm herum, ehe ich mich für die neueste Staffel von *The Big Bang*

Theory entschied. Sheldon Cooper hatte mich bisher immer ablenken können.

Am nächsten Tag wurde ich vom Geräusch einer zufallenden Tür geweckt. Ich wollte mich im Bett umdrehen und prallte gegen eine Wand, die sich irgendwie weich anfühlte, als würde sie aus Kissen bestehen. Irritiert öffnete ich die Augen und blickte auf die mit hässlichem braunen Stoff bezogene Rückenlehne einer Couch. Wo zur Hölle war ich? Ich setzte mich auf und sah mich um. Der Raum kam mir bekannt vor, aber es dauerte einen Moment, bis ich ihn als Davids Wohnzimmer erkannte. Erst dann fiel mir wieder ein, dass Dad mich gestern rausgeschmissen und ich vorübergehend bei David Unterschlupf gefunden hatte.

Ich wartete auf das niederschmetternde Gefühl, das mich gestern begleitet hatte. Diese Mischung aus Ungewissheit vor der Zukunft und reiner Existenzangst, die wie ein schweres Gewicht auf mir gelastet und mich gelähmt hatte. Doch es trat nicht ein. Stattdessen fühlte ich mich irgendwie befreit. Als wäre eine Last von meinen Schultern genommen worden, von der ich nicht einmal gewusst hatte, dass ich sie trug. Zwar wusste ich noch immer nicht, wie es weitergehen würde, aber vermutlich zum ersten Mal in meinem Leben konnte ich meine eigene Richtung einschlagen, ohne dass mir jemand reinredete. Diese Freiheit war ein berauschendes Gefühl, wenn auch zugleich etwas beängstigend, denn sollte ich die falschen Entscheidungen treffen, konnte ich niemand anderem die Schuld dafür geben.

Ich sah mich im Raum um und fand die Tür zu Davids Schlafzimmer offen stehend vor. War er schon weg und ich durch die zufallende Wohnungstür geweckt worden? Ein Blick auf die Uhr zeigte mir, dass es gerade einmal sieben war. Ging David immer so früh zur TU? Oder war er so früh verschwunden, um mir aus dem Weg zu gehen? Ein mulmiges Gefühl breitete sich in meinem Inneren aus. Ich wollte nicht, dass David sich wegen mir in seinen eigenen vier Wänden unwohl fühlte. Gestern hatte ich mich zu schnell abwimmeln lassen, aber ich musste unbedingt mit ihm reden und mich entschuldigen.

Natalie wartete vor dem Wissenschaftsgebäude auf mich, wie sie es früher immer getan hatte. Ihre lockigen, rotgefärbten Haare waren zu einem Zopf gebunden und sie trug eins der Comic-Shirts, die sie so sehr liebte. Sobald sie mich entdeckte, breitete sich ein Grinsen auf ihrem Gesicht aus. Sie hopste auf mich zu und sprang mir in die Arme.

»College war ganz schön doof ohne dich«, sagte sie an meiner Brust.

Lachend klopfte ich ihr auf den Rücken, so viel Sentimentalität war ich von Natalie gar nicht gewohnt. »Nicht-College ohne dich auch«, versicherte ich ihr.

Natalie schob mich ein Stück von sich weg und betrachtete mich kritisch. »Und warum hast du dich dann kaum bei mir gemeldet? Ich dachte schon, du hättest neue Freunde gefunden oder so.«

»Niemals. Aber mein Dad hat mich den ganzen Tag eingespannt. Bis acht Uhr abends musste ich im Laden helfen, auch samstags, und wenn er mich doch mal eher entlassen hat, musste ich irgendwelche anderen Aufgaben für ihn erledigen. Er hat mir auch verboten, zum Footballtraining zu gehen, weil ich dort nur wieder *rumhängen und faulenzen* würde.« Mit den Zeigefingern malte ich zur Verdeutlichung Gänsefüßchen in die Luft. Eigentlich war es lächerlich gewesen, dass ich noch immer so oft beim Training zugeschaut hatte. Ich wusste, dass ich nie wieder spielen konnte und hatte das längst akzeptiert. Doch bei den Leuten vom Football hatte ich mich zugehörig gefühlt wie sonst nirgends. Leider hatte ich erst gestern begriffen, dass es ein einseitiges Zugehörigkeitsgefühl war, das von meinen sogenannten Freunden nicht empfunden wurde.

Natalie betrachtete mich eingehend. »Ich wusste nicht, dass es so schlimm bei dir zu Hause ist. Warum hast du nie etwas gesagt?«

Ich zuckte mit den Schultern. Ich hatte nie viel über meine häuslichen Probleme gesprochen. Mit niemandem. Es war mir schon immer unangenehm gewesen, dass mein Dad mich für einen kompletten Versager hielt. Doch es war noch viel mehr als das. Dann hätte ich mir auch eingestehen müssen, dass meine Familie mir von klein auf das Gefühl vermittelt hatte, nirgendwo richtig dazuzugehören.

Ich schob diesen Gedanken schnell weg und bedeutete Natalie, ins Gebäude zu gehen. »Erzähl mir lieber, was ich in den letzten Wochen verpasst habe«, versuchte ich von mir abzulenken.

»Nur das Übliche ... oh, nein. Da war diese Party vor einigen Wochen. Mason hat sich derart abgeschossen, dass er am nächsten Tag während des Spiels mitten auf das Footballfeld und halb auf seinen Gegenspieler gekotzt hat. Totales Chaos danach und der Coach hat einen Tobsuchtsanfall bekommen. Das hättest du echt sehen müssen.«

»Ich kann es mir bildlich vorstellen.« Coach Tiller war ein Choleriker, wie er im Buche stand. Bei jedem Training brüllte er sich die Seele aus dem Leib und bei Spielen stand er wild gestikulierend an der Seitenlinie. Cole hatte ihn mal als Rumpelstilzchen bezeichnet, was ein passender Vergleich war.

»Der Coach hat Mason danach für zwei Wochen aus dem Team geschmissen.«

»Geschieht ihm recht. Mason hatte gestern keinen Platz für mich, weil er *Damenbesuch* hatte. Hat mir gesagt, ich solle nächste Woche noch mal fragen.«

»Ist nicht dein Ernst?!« Natalie wandte sich mit verengten Augen zu mir. »Er hat dich rausgeschmissen, weil er mit irgendeiner Frau ins Bett hüpfen will, von der wir beide wissen, dass sie heute keine Rolle mehr spielen wird?«

»Er hat mich nicht rausgeschmissen, ich war gar nicht da«, stellte ich klar. »Ich habe ihn nur angerufen, wie die anderen auch, von denen ich dachte, sie seien meine Freunde. Dass ich bei David gelandet bin, war eine Verzweiflungstat.«

»Meinst du, ihr kommt miteinander klar?« Natalie wusste von unserem Streit, aber nicht was ihn ausgelöst hatte. Ich hatte ihr nur vage davon berichtet, weil sie nicht wusste, dass ich bi war. Obwohl ich mir ziemlich sicher war, dass sie kein Problem damit haben würde, gab es trotzdem diese unüberwindbare Angst in mir, meine beste Freundin zu verlieren. Sie war die Einzige, die mich immer verstand und zu mir hielt. Ich würde es nicht ertragen, würde sie sich von mir abwenden.

»Bisher scheint David mir aus dem Weg zu gehen, aber ich will später mal versuchen mit ihm zu reden. Ist doch scheiße, wenn er wegen mir nur noch aus seinem Schlafzimmer rauskommt, wenn er fluchtartig die Wohnung verlässt.«

Wir waren an dem Saal angekommen, in dem Natalie ihre erste Vorlesung hatte. Schmunzelnd sah sie mich an und klopfte mir auf den Oberarm. »Ihr rauft euch schon zusammen, immerhin habt ihr euch mal gut verstanden. Sehen wir uns in der Mittagspause?«

Ich nickte. »Mensa wie immer?«

»Du zahlst, weil du mich so lange alleine gelassen hast.« Sie wandte sich ab, hielt aber mitten in der Bewegung inne. »Vergiss, was ich gesagt habe. Du hast kein Geld und keinen Job, ich will dich nicht ausnehmen.«

Lachend schob ich sie von mir weg in den Raum. »Das popelige Kantinenessen kann ich mir gerade noch leisten.« Immerhin hatte ich gestern mein Sparschwein geplündert, ehe ich mein Elternhaus verlassen hatte. Damit würde ich einige Wochen über die Runden kommen.

Es dauerte zwei Tage, bis ich David endlich zu Gesicht bekam. Zwei Tage, in denen er nicht einmal in der WG geschlafen hatte. Die Tür zu seinem Schlafzimmer hatte durchgehend offen gestanden, was ein eindeutiges Zeichen war. Das brennende Gefühl, das sich beim Gedanken, in welchem Bett David die letzten Nächte stattdessen verbracht hatte, in mir ausbreitete, konnte ich erst nach einiger Zeit als Eifersucht identifizieren. Ich versuchte es bestmöglich zu verdrängen, da ich gar nicht wusste, ob er sich bei einem anderen Mann befand. Trotzdem war ich enttäuscht, dass er es keine fünf Minuten mit mir unter einem Dach auszuhalten schien. Gestern hatte ich sogar mein Handy hervorgezogen, weil ich ihm mitteilen wollte, dass ich lieber auszog und mein Glück woanders versuchte, ehe ich ihn aus seiner Wohnung vertrieb. Dann war mir eingefallen, dass er meine Nummer blockiert hatte und ich ihn gar nicht erreichen konnte. Zudem sagte mir eine kleine

Stimme, dass Davids Fernbleiben in gewisser Weise auch sein Vertrauen in mich zeigte. Er ließ mich nicht nur mit seinen, sondern auch mit Marcs Habseligkeiten alleine. Ob Marc mittlerweile wusste, dass ich hier übernachtete?

Als David die Wohnung betrat, saß ich gerade an meinem Manuskript – wenn man es überhaupt als solches bezeichnen konnte. Bisher war es nur eine Ansammlung nicht chronologischer Szenen, von denen ich nicht wusste, ob sie jemals ein vernünftiges Ganzes ergeben würden. Ich verarbeitete darin meine Gefühle und mein Erlebtes. Nicht, indem ich es tagebuchartig wiedergab, sondern indem ich etwas anderes daraus erschuf, das mich trotzdem befreiter zurückließ.

Die zufallende Tür riss mich aus meiner Trance, in die ich oft verfiel, wenn ich in die Welt des Schreibens abtauchte. »Hey, David«, sagte ich vorsichtig, als ich ihn entdeckte.

»Hey.« Er sah mich gar nicht an, sondern wandte mir den Rücken zu, während er sich Jacke und Schuhe auszog. Enttäuschung breitete sich in mir aus, weil sein Verhalten mir das bestätigte, was ich schon vermutet hatte. Er wollte mich nicht hier haben.

»Ist es wirklich okay, wenn ich hier schlafe?«, fragte ich geradeheraus. »Du gehst mir seit Tagen aus dem Weg und wenn du keinen Freund hast, von dem ich nichts weiß, kann es nur wegen mir sein.«

Davids Schultern hoben und senkten sich bei seinem tiefen Atemzug und er rieb sich über die Schläfen. »Ich war bei Emma«, erklärte er und drehte sich endlich zu mir um. Dunkle Ringe lagen unter seinen Augen, als hätte er schlecht geschlafen. »Ich musste mir über einige Dinge klar werden und das kann ich am besten bei ihr.«

Kam mir bekannt vor, so ging es mir bei Natalie auch. »Was für Dinge?« Wenn David mit mir redete, musste ich das ausnutzen.

»Nicht so wichtig.« Er deutete auf mein MacBook. »Was machst du da? Etwa lernen?«

Eine Mischung aus Lachen und Schnauben brach aus mir hervor. »Ganz bestimmt nicht. Ich ... ähm ... schreibe.« Meine Wangen wurden warm und ich dankte einem Gott, an den ich schon lange nicht mehr glaubte, dass man es nicht sehen konnte, wenn ich errötete. Nie zuvor hatte ich jemandem erzählt, dass ich gerne schrieb. Nicht einmal Natalie wusste davon, weil sie *mit diesem ganzen künstlerischen Kram* nichts anfangen konnte. Es David zu sagen, fühlte sich an, wie ihm meine Seele bloßzulegen.

»Du schreibst? Was denn?« Ein interessiertes Funkeln trat in seine Augen und er kam näher, bis er seine Hüfte gegen die Couch lehnen konnte.

»Ein Buch. Zumindest hoffe ich, dass es mal eins wird. Bisher ist es bloß eine Ansammlung einzelner Szenen, die noch nicht zusammenpassen. Ich schreib einfach auf, was mir in den Sinn kommt, ohne einen Plan zu haben, wo es hinführen soll.«

David nickte. »Ich wusste gar nicht, dass du schreiben kannst.«

»Keine Ahnung, ob es überhaupt gut ist, aktuell fühlt es sich einfach gut an, das alles aus mir herausschreiben zu können. Diese ganzen aufgestauten Gefühle, diese Unsicherheit, aber auch die Ideen. Sie sind einfach immer da, weißt du, und sie lassen mich auch nicht mehr los. Egal was ich mache.«

David betrachtete mich, als würde er mich gerade zum ersten Mal sehen. Und da fiel mir auf, dass wir nie zuvor ein derart tiefgründiges Gespräch geführt hatten. Bisher hatten wir eher über oberflächliche Themen gesprochen, vermutlich auch, weil ich jedes private Thema sofort abgeblockt hatte. Ich hatte mich vor ihm immer cool gegeben, wollte keine Schwäche zeigen, und vor allem vor David nicht zugeben müssen, wie sehr mich das Leben zu Hause belastete. Ich hatte ihm eine Fassade präsentiert, wie meinen Footballkumpels auch, die bloß einen kleinen Teil von mir repräsentierte. Den Teil, den mein Dad nach seinen Wünschen konditioniert hatte. Mein Magen fühlte sich seltsam losgelöst an, als mir bewusst wurde, dass ich genau diesen Part gerne loswerden würde.

Ich war mir sicher, dass David gerade dasselbe dachte wie ich und es auch aussprechen würde, doch dann sagte er etwas völlig anderes. »Ist das nicht etwas, was du dir vorstellen könntest? Als Beruf?«

Verständnislos sah ich ihn an. »Schreiben?«

David kam um die Couch gelaufen und setzte sich neben mich. Ein Funkeln lag in seinen Augen, als hätte er die Lösung all meiner Probleme gefunden. »Genau. Offensichtlich macht es dir Spaß und ist dir wichtig.«

»Aber ...« Es gab hundert Gründe, warum ich mich nie ernsthaft damit befasst hatte, doch plötzlich klangen sie alle wie billige Ausreden. »Weißt du, wie schwer es ist, als Autor Fuß zu fassen und davon leben zu können? Ich glaube kaum, dass ich hier einen neuen Bestseller fabriziere, und selbst wenn, hieße das noch lange nicht, dass ich diesen Erfolg auch wiederholen könnte. Und was, wenn mir nach drei Büchern die Ideen ausgehen? Oder ich dem Druck nicht gewachsen wäre, regelmäßig neue Bücher fertigzustellen?« Himmel, ich wusste ja nicht einmal, ob ich dieses eine je beenden würde.

Davids Begeisterung hatte ich durch meine Argumente jedenfalls nicht gedämpft. Sein Grinsen wurde breiter und er nickte aufgeregt. »Na und? Du solltest es wenigstens versuchen, wenn es dir wichtig ist. Schreib dich für Kreatives Schreiben ein und studiere dazu Journalismus. Damit hättest du einen *richtigen* Beruf in der Hinterhand, der trotzdem etwas mit deiner Leidenschaft zu tun hat. Und oh!« David klatschte in die Hände und rutschte ein Stück näher an mich heran. »Du könntest dich doch bei der Temple News bewerben, vielleicht könntest du für die Collegezeitung bereits einige Artikel schreiben.«

Davids Worte klangen so gut, dass sie ein aufgeregtes Kribbeln durch meinen Körper schickten. Wäre das wirklich möglich? Könnte ich meinen Studiengang zu Journalismus wechseln und dort vielleicht sogar etwas lernen, das mich auch bei meinem Buch voranbrächte? Würde man mich bei den Temple News überhaupt nehmen? Ich hatte noch nie einen Artikel verfasst und keine Ahnung, wie man überhaupt einen erstellte. Aber es klang so verlockend, dass ich es zumindest versuchen wollte. Ich konnte mir schon vorstellen, was mein Dad dazu sagen würde, wenn er davon erfuhr. *Das ist doch kein richtiger Beruf. Du willst doch nur weiter faulenzen. Du solltest lieber etwas Anständiges lernen. Oder willst du Schande über die Familie bringen, indem du armen Prominenten auflauerst und Unwahrheiten über sie verbreitest?*

Abrupt setzte ich mich auf. Das wäre genau, was Dad denken würde. Alle Journalisten waren für ihn Paparazzi, die Lügen über bekannte Personen fabrizierten und sie damit in Schwierigkeiten brachten. Aber das war nicht, was mich aufhorchen ließ. Es war das Wort Schande. Das, was meine Eltern über Rachelle sagten. Ich hatte immer vermutet, dass sie etwas Schlimmes verbrochen haben musste, damit mein Dad sie vor die Tür setzte. Dass das, was sie getan hatte, wirklich unverantwortlich gewesen war. Deswegen hatte ich Rachelle nie dazu gedrängt, mir davon zu erzählen. Nach den letzten Tagen war ich mir aber nicht mehr sicher. Auch mich hatte Dad vor die Tür gesetzt und er sprach sehr schnell von Schande, auch wenn es sich um alltägliche Dinge handelte, die bloß nicht in sein verbohrtes Weltbild passten.

»Was ist los?« David war meine Veränderung nicht verborgen geblieben. Echte Besorgnis spiegelte sich in seinen Augen und so gerne ich ihm alles erzählt hätte, konnte ich nicht meine komplette verkorkste Familiengeschichte auf einmal auf ihm abladen. Nicht, wenn wir gerade über etwas anderes sprachen und nicht, wenn wir unseren Streit immer noch nicht geklärt hatten.

»Das könnte tatsächlich funktionieren. Es ist mir nie in den Sinn gekommen, dass ich auch für eine Zeitung schreiben und etwas in die Richtung studieren könnte. Meinst du, sie würden mich bei den Temple News nehmen?«

»Probiere es aus. Mit deiner Vergangenheit wärst du doch hervorragend für die Sportberichterstattung geeignet.« David rutschte etwas näher und versuchte einen Blick auf meinen Laptop zu erhaschen. »Was schreibst du da eigentlich?«

Mein Nacken wurde warm und ich konnte mich nur mit Mühe davon abhalten, den Deckel zuzuklappen, damit er bloß kein Wort erkennen könnte. »Eine Story über einen schwulen Footballspieler, der versucht seine Sexualität mit dem Sport in Einklang zu bringen.«

David grinste und klopfte mir auf die Schulter. Seine Hand verweilte dort nur einen Moment, trotzdem brannte sich der Abdruck in meine Haut und wärmte mich von innen. »Finde ich gut, dass du dein Erlebtes in einem Buch verarbeitest.«

Bis seine Worte zu mir durchgedrungen waren, war David schon fast in seinem Zimmer verschwunden. »Das mache ich nicht«, rief ich ihm hinterher. »Kaden, mein Protagonist, hat ganz andere Probleme als ich«, rief ich ihm hinterher.

David drehte sich zu mir um, ein verständnisvolles Lächeln auf den Lippen. »Trotzdem wird eine Menge von dir darin stecken, was nicht verkehrt ist. Das nennt man *verarbeiten*. Ich mache mit meinen Skulpturen nichts anderes.« Damit verschwand er in seinem Zimmer und schloss die Tür hinter sich.

Ich starrte das dunkle Holz an und war irgendwie enttäuscht, dass unser Gespräch bereits vorbei war. Dabei sollte ich froh sein, dass David überhaupt wieder normal mit mir sprach. Erst als ich mich meinem Laptop zuwandte, fiel mir ein, dass ich mich noch immer nicht entschuldigt hatte.

Kapitel 5

David

»Erzähl mal, wie ist das Zusammenleben mit Keiran?« Cole stellte sein Tablett ab und setzte sich mir gegenüber hin. Ich hatte mich mit den Jungs unserer Clique in der Mensa verabredet und Cole war der erste, der eingetroffen war.

»Ruhig«, gestand ich. »Keiran ist nicht oft da, und wenn er da ist, sitzt er meistens vor seinem Laptop.« Dass er dort an einem Buch arbeitete, verriet ich nicht. Ich konnte mir nicht vorstellen, dass viele davon wussten, daher kam es mir zu persönlich vor, um es einfach weiterzuerzählen.

»Also feiert er keine wilden Partys?« Cole hob die obere Brötchenhälfte seines Burgers an und pulte mit der Gabel die Gurken runter.

»Im Gegenteil. Abends ist er meist alleine zu Hause und trifft sich höchstens mal mit Natalie.« Seit unserem Gespräch waren einige Tage vergangen, in denen ich Keiran zwar nicht mehr ignoriert, aber die Zeit mit ihm auf das Nötigste beschränkt hatte. Keiran drängte mich nicht dazu, mich mit ihm zu unterhalten, wofür ich ihm dankbar war. Aber ich spürte genau, dass ihn unser distanziertes Verhältnis bedrückte. Wann immer er mich sah, trat ein hoffnungsvoller Ausdruck auf sein Gesicht, der in sich zusammenfiel, wenn ich nach zwei Sätzen in mein Zimmer verschwand. Es tat mir leid, dass ich immer so kurz angebunden war, aber in Keirans Nähe gab es eine Blockade in mir, die mich fluchtartig das Weite suchen ließ. Zum einen aus Angst, wieder verletzt zu werden. Aber auch, weil mir klar geworden war, dass ich kaum etwas über Keiran wusste, obwohl wir uns schon so lange kannten. Seit er mir von seinem Dad erzählt hatte, kam er mir wie ein anderer Mensch vor. Als hätte er mir jahrelang etwas vorgespielt.

»Wusstest du, dass er Probleme zu Hause hat?«, fragte ich.

»Nein«, nuschelte Cole mit vollem Mund. »Keiran hat nie viel Privates erzählt. Ich glaube, nicht mal Natalie weiß alles von ihm.«

»Also macht er uns allen etwas vor.« Ich konnte die Bitterkeit nicht aus meiner Stimme heraushalten, aber es frustrierte mich einfach, Keiran nicht durchschauen zu können. Außerdem war ich genervt von mir selber, dass ich es noch immer versuchte.

Cole hob die Schultern. »Das ist eine Weise, sein Verhalten zu interpretieren. Und ich kann vollkommen verstehen, wenn du das beibehalten willst.«

»Wie meinst du das?« Wie konnte man es anders sehen, wenn Keiran uns alle getäuscht hatte?

»Das ist nur so eine Vermutung, aber vielleicht hat Keiran nie gelernt, sein wahres Ich zu zeigen, weil es zu Hause niemand zugelassen hat.«

So viel Einfühlungsvermögen hätte ich Cole, der sonst eher als Spaßvogel bekannt war, gar nicht zugetraut. Aber es ergab Sinn, vor allem vor dem Hintergrund, den Keiran mir erzählt hatte. Bevor ich dazu kam, Cole zu antworten, setzten sich Julian und Jaxon zu uns an den Tisch.

»Habt ihr Samstagabend schon was vor? Wir haben überlegt, ob wir nicht mal wieder eine Spielerunde machen sollen.« Jaxon sah uns fragend an.

»Aber nur wenn ich diesmal Twister mitbringen kann«, sagte Cole breit grinsend.

Julian lachte. »Du kannst es ja mitbringen, aber ob du es auch wirklich auspacken darfst, musst du mit den Mädels ausmachen.«

»Ich fühle mich ein wenig gedisst, weil niemand mit mir Twister spielen will«, grummelte Cole, doch das Funkeln in seinen Augen strafte seine Worte Lügen.

»Ich weiß auch nicht, woran das liegen könnte.« Der Sarkasmus in Jaxons Stimme war nicht zu überhören.

»Nicht wahr? Dabei bin ich so ein toller Mitspieler.«

Ich konnte das Schnauben nicht mehr verhindern. Cole versuchte beim Spielen zu betrügen, wo er nur konnte. Das machte er ziemlich schlecht, sodass wir ihm jedes Mal auf die Schliche kamen. Das einzige Mal, das wir mit ihm Twister gespielt hatten, hatte er ebenfalls mit unlauteren Methoden zu gewinnen versucht. Er hatte uns mit Bodychecks zu Fall gebracht, uns Hände und Füße weggezogen und Jaxon sogar in den Unterarm gebissen, um ihn aus dem Konzept zu bringen. Danach hatten Brittany und Emma verkündet, dass Cole das Spiel nie wieder mitbringen durfte.

»Ich kann am Samstag nicht, ich bin schon verabredet«, sagte ich.

»Och, David, du Spielverderber.« Cole bedachte mich mit einem derart abschätzigen Blick, als hätte ich das nur gesagt, um ihn zu ärgern.

Lachend hob ich die Schultern. »Ich kann doch auch nichts dafür, dass ihr euch das immer so kurzfristig überlegt. Ich habe halt noch andere Freunde.«

Als ich nach Hause kam, war Keiran noch nicht da. Sein Bettzeug lag zusammengelegt auf dem Sessel und seine Klamotten ordentlich gefaltet in seiner Reisetasche. Gestern war mir aufgefallen, dass sie hinter der Tür stand und Keiran wohl noch mal bei seinem Elternhaus gewesen sein musste.

Ich zog mein Handy aus der Hosentasche und setzte mich auf die Couch. Mir fiel ein, dass ich mich noch nicht bei den Galeristen gemeldet hatte, was ich längst hätte tun wollen. Aber für die Telefonate brauchte ich Ruhe und aktuell war mein Leben chaotisch wie nie zuvor. Außerdem musste ich heute zuerst ein anderes Gespräch führen.

Aus meinen Kontakten wählte ich Andrews Nummer und hielt mir das Handy ans Ohr. Es war das dritte Mal, dass ich versuchte, ihn zu erreichen, seit er die Eröffnungsveranstaltung geschwänzt hatte. Ich hatte keine Hoffnung, dass er wirklich rangehen würde, wollte es aber dennoch versuchen.

»Hi, David«, meldete sich mein Bruder nach dem zweiten Klingeln. Ich konnte ihn kaum verstehen. Dröhnende Musik war im Hintergrund zu hören, als würde er sich auf einer Party befinden. Irritiert blickte ich auf meine Uhr. In Kalifornien müsste es immer noch vormittags sein. Wo zur Hölle trieb Andrew sich rum?

»David? Bist du da?«

Ich hatte wohl zu lange geschwiegen. »Hey, Andrew. Was machst du?«

»Warte kurz.« Einige Sekunden später brach die Musik abrupt ab. »Sorry, ich bin mal eben vor die Tür gegangen. Die Jungs feiern eine Party in der Kabine, um sich für das Spiel morgen vorzubereiten. Totales Chaos, sag ich dir. Aber der Coach lässt uns machen, weil wir seit sechs Spielen nicht mehr verloren haben.«

Ich glaubte ihm kein Wort, dabei konnte ich nicht einmal sagen, warum. Aber ich wusste, dass es sinnlos war, ihn darauf anzusprechen. Ohne Beweise würde Andrew nicht mit der Wahrheit herausrücken. »Warum warst du nicht bei der Ausstellung?«, fragte ich stattdessen.

»Ich konnte bei dem Training nicht fehlen. Einige Scouts von NFL-Teams waren anwesend.«

»Also *wolltest* du bei dem Training nicht fehlen«, stellte ich klar.

»David, du musst das verstehen. Die Scouts waren extra wegen mir da. Es ist eine große Chance für mich, direkt nach dem College den Sprung in die NFL zu schaffen. Das konnte ich mir nicht entgehen lassen.«

Das verstand ich auch. Wirklich. Wenn die verpasste Eröffnungsveranstaltung das Einzige wäre, was sich zwischen uns geändert hätte, würde ich dazu gar nichts sagen. Leider war es nur die Spitze des Eisbergs. »Ist das auch der Grund, warum wir kaum noch miteinander sprechen?«

»Wir reden doch jetzt ...« Andrew brach ab und die Musik war wieder zu hören, jedoch nicht so laut wie zuvor.

»Andrew? Kommst du wieder rein?«, fragte eine weibliche Stimme. So viel dazu, dass er beim Training war.

»David, ich muss gehen. Bis die Tage.« Er legte auf, ehe ich auch nur ein weiteres Wort sagen konnte. Für einige Sekunden starrte ich mein Handy an. Was war das gewesen? Was machte Andrew vormittags auf einer Party, wenn er beim Training sein sollte? Viel wichtiger: was war aus dem Bruder geworden, mit dem ich aufgewachsen war? Nicht nur, dass wir immer ein gutes Verhältnis gehabt hatten und mittlerweile kaum noch miteinander sprachen. Andrew liebte Football mindestens genauso sehr wie Keiran. Früher hätte er das nie für eine Party aufs Spiel gesetzt. Ich musste herausfinden, was geschehen war.

Kurz überlegte ich, ob ich Mom anrufen sollte, aber ich wollte sie nicht unnötig beunruhigen. Vielleicht gab es eine logische Erklärung, warum Andrew auf einer Party war und neuerdings nicht mehr mit mir reden wollte. Aber wenn ich Mom jetzt anrief und ihr von meinen Befürchtungen erzählte, würde sie so lange nicht mehr ordentlich schlafen, bis Andrew in den Semesterferien nach Hause kam – *wenn* er nach Hause kam und nicht direkt in die Stadt zog, deren NFL-Team ihn unter Vertrag nahm.

Als ich am nächsten Morgen zur TU gehen wollte, war Keiran bereits wach. Ich hielt in der Bewegung inne und ein undefinierbares Gefühl breitete sich in meiner Magengegend aus. Er war erneut über seinen Laptop gebeugt und hatte mich bisher nicht bemerkt, was mir Zeit ließ, ihn ungeniert zu beobachten. Er hatte die Ellbogen auf den Knien abgestützt und tippte auf der Tastatur herum. Er trug Jeans und ein weißes T-Shirt, das einen starken Kontrast zu seiner dunklen Haut bildete. Keiran war das komplette Gegenteil von mir, was nicht nur auf unsere Äußerlichkeiten bezogen war. Genau das hatte schon immer einen besonderen Reiz auf mich ausgeübt. Wo ich offen war und immer über alles reden musste, war er verschlossen und geheimnisvoll. Ich wusste kaum etwas über seine Familie oder seine Vorlieben, wenn man von seiner Liebe zu Football einmal absah. Ich hätte nie gedacht, dass er künstlerisch veranlagt war, aber wenn er sonst mit niemandem redete, war das vielleicht sein Ventil, um die angestauten Emotionen rauszulassen.

Ich schüttelte den Kopf über mich selbst. Warum dachte ich schon wieder über ihn nach und versuchte ihn zu analysieren? Ich hatte mir geschworen, mich nicht wieder von Keiran einnehmen zu lassen und war ihm – von unserem Gespräch einmal abgesehen – bestmöglich aus dem Weg gegangen. Ich wollte nicht wieder in dieselbe Falle tappen wie zuvor und Gefühle für ihn zulassen, nur um dabei zuzusehen, wie er diese in den Dreck schmiss und darauf herumtrampelte. Es wäre nicht das erste Mal – nicht einmal das zweite -, dass er mich von sich stieß, weil er weder zu seinen Gefühlen noch zu seiner Sexualität stehen konnte. Es wäre das Beste für mich, so wenig wie möglich mit ihm zu tun zu haben, um es nicht mehr so weit kommen zu lassen.

Trotzdem musste ich mir gerade auf die Zunge beißen, um ihn nicht zu fragen, was er da schrieb. Keiran wirkte derart in seine Arbeit versunken, dass er vermutlich gar nicht bemerken würde, wenn ich mich an ihm vorbei aus der Tür schlich. Und obwohl mein Verstand mich regelrecht anschrie, genau das zu tun, konnte ich mich keinen Millimeter bewegen. Mein Herz pochte vor Sehnsucht und Neugierde. Es war ein innerer Drang in mir, mehr über diesen Mann zu erfahren, und das Geheimnis zu lüften, das ihn umgab.

Plötzlich wandte sich Keiran mir zu, als hätte er gespürt, dass ich ihn beobachtete. Sein Blick verhakte sich mit meinem, bohrte sich regelrecht in mich hinein. Die Temperatur im Raum schien um zehn Grad anzusteigen und die feinen Härchen an meinen Armen richteten sich auf. Gleichzeitig schoss mir nur ein Gedanke durch den Kopf: Ich musste hier weg. Aber meine Beine wollten sich noch immer nicht bewegen. Wie erstarrt stand ich da, als wäre ich am Boden festgewachsen.

»Guten Morgen«, begrüßte Keiran mich.

»Morgen.« Wenigstens mein Sprachzentrum schien noch zu funktionieren. »Schreibst du an deinem Buch?«

»Nein. Ich wollte mich an einem Zeitungsartikel versuchen, um mich damit bei den Temple News zu bewerben, aber ich kriege es nicht wirklich hin. Es hört sich eher an, als wolle ich eine Geschichte erzählen als einen Tatsachenbericht.« Er kniff sich mit Daumen und Zeigefinger in die Nasenwurzel.

»Versuch' es einfach weiter, es wird schon noch klappen«, sagte ich wenig hilfreich.

Keiran schnaubte. »Wenn du mich später vor Wut bis zur TU schreien hörst, weißt du, dass es nicht geklappt hat.«

Es kostete mich einiges an Mühe, das Grinsen zu unterdrücken. »Hast du heute keine Vorlesungen?«

»Doch, aber erst später.«

»Ah, okay.«

Stille senkte sich über uns, die sich mit einem Mal unangenehm anfühlte. Wie ein schweres Gewicht drückte sie mich nieder und schnürte mir die Brust zu. Und plötzlich bewegten sich meine Beine wie von selbst auf die Tür zu. »Wir sehen uns heute Abend«, presste ich hervor. Erst als ich die Tür hinter mir zugezogen hatte, konnte ich wieder befreit aufatmen.

»Du bist heute irgendwie nicht bei der Sache.«

Beim Klang von Emmas Stimme direkt neben meinem Ohr zuckte ich erschrocken zusammen. Wir waren gerade in unserer letzten Stunde *Modern Design* an diesem Freitag, bevor wir ins wohlverdiente Wochenende entlassen wurden. Ich hatte gar nicht bemerkt, dass sie sich angeschlichen hatte, so weggetreten war ich gewesen.

»Ich habe keine Ahnung, wovon du redest.«

»Pffft. Du hast seit fünf Minuten mit deinem Pinsel in der Hand deine Skulptur angestarrt.« Emma hob ihre Hand und erstarrte dann, als wolle sie mich imitieren. Ihr Mund stand dabei leicht offen und ihre Augen waren seltsam verdreht, als versuchte sie zu schielen.

Ich schnaubte. »Du bist eine verdammt schlechte Schauspielerin.«

Emma hob die Schultern. »Aber du hast gelacht, das ist alles, was ich erreichen wollte.«

Ich legte den Arm um sie und zog sie zum Dank an mich heran. »Mit Keiran unter einem Dach zu leben ist schwerer als gedacht«, erklärte ich.

»Macht er dir Schwierigkeiten?«

»Gar nicht. Ich versuche ihm auch bestmöglich aus dem Weg zu gehen, aber alleine zu wissen, dass er da ist …« Ich wusste nicht, wie ich den Satz zu Ende führen sollte, weil ich das Gefühlschaos in meinem Innern nicht beschreiben konnte. Aber es kam mir vor, als könnte ich Keirans Präsenz in meiner Wohnung fühlen, selbst wenn ich ihn nicht hören oder sehen konnte. Ich spürte einfach instinktiv, dass er da war, als wären sämtliche Synapsen in mir auf ihn ausgerichtet und sprangen mit Leuchtfeuer an, sobald er in der Nähe war.

Emma nickte, als würde sie mich verstehen. »Hast du jetzt mal mit ihm geredet? Ich meine so richtig?«

Ich schüttelte den Kopf. »Keiran wollte sich am ersten Abend entschuldigen und vielleicht hätte er mir da auch seine Beweggründe erklärt, aber ich habe ihn nicht gelassen. Ich wollte einfach keine Entschuldigung hören, nur weil er sich dazu verpflichtet fühlt, damit ich ihn bei mir wohnen lasse. Ich will, dass er es auch wirklich ernst meint, nicht aus Pflichtbewusstsein. Vielleicht hat er es sogar ernst gemeint, aber es hätte trotzdem einen faden Beigeschmack hinterlassen.«

»Ich weiß, was du meinst, aber Keiran erscheint mir nicht wie der Typ, der sich leichtfertig entschuldigt. Er hat es ja nicht mal getan, als er von der UCLA zurückgekommen ist.«

Das war unsere erste Trennung gewesen. Keiran und ich hatten bereits während der Highschool eine heimliche Affäre geführt. Als angehender Footballspieler hatte er seine Sexualität damals nicht offen ausleben können, was ich vollkommen verstand. Aber das mit uns war etwas Besonderes für mich gewesen, weshalb es mich sehr getroffen hatte, als Keiran von einem auf den anderen Tag abgehauen war, ohne sich zu verabschieden. Von meinem Bruder hatte ich erfahren müssen, dass Keiran ein Sportstipendium an der UCLA erhalten hatte. Anderthalb Jahre hatte ich nichts von Keiran gehört und seine Karriere aus der Ferne verfolgt, indem ich jeden Zeitungsartikel über ihn sammelte. Bis eine Knieverletzung das vorzeitige Karriereende für Keiran bedeutete und er nach der Reha nach Philadelphia zurückgekehrt war.

Aber Emma hatte Recht, Keiran hatte damals mit keinem Wort erwähnt, dass es ihm leidtun würde. Für ihn war immer klar gewesen, dass er aus Philadelphia verschwinden würde, sobald er die Zusage eines guten Colleges hatte. Ich wusste zwar, dass Keiran nicht der Typ für große Abschiedsgesten war, aber zumindest einen Anruf von ihm hatte ich trotzdem erwartet. Dass er sang- und klanglos verschwunden war, hatte mich damals sehr verletzt und es hatte lange gedauert, bis ich mich erneut auf ihn einlassen konnte.

»Du meinst also, ich sollte ihm noch eine Chance geben?«, fragte ich.

Emma hob die Schultern. »Das habe ich nicht gesagt. Aber du solltest dir zumindest anhören, was er zu sagen hat. Vielleicht kannst du ihn danach besser verstehen.«

Kapitel 6

Keiran

»Oh, shit. Sorry.«

Ich hielt mir die Hände vor die Augen und taumelte einige Schritte zurück. So war das nicht geplant gewesen. Ich hatte mir ein Herz gefasst und wollte mich endlich bei David entschuldigen, aber ich hatte nicht damit gerechnet, ihn fast nackt vorzufinden, als ich in sein Zimmer geplatzt war. Ich hatte gedacht, er würde auf seinem Bett liegen und lesen, oder was auch immer er machte, wenn er sich vor mir versteckte. Denn trotz unseres ersten Gespräches über meine Leidenschaft zum Schreiben hatte sich an unserer Situation nicht viel geändert. David ging mir noch immer aus dem Weg und redete nur das Nötigste mit mir. Ich hielt das langsam nicht mehr aus und hatte gehofft, mit einer ernst gemeinten Entschuldigung eine Brücke zwischen uns schlagen zu können.

»Du kannst gucken, ist immerhin nichts, was du noch nicht gesehen hast.« David klang amüsiert, was mich innerlich aufatmen ließ. Wenigstens war er nicht sauer, dass ich einfach so in sein Zimmer gestürmt war.

Ich ließ die Hände sinken und mein Puls schoss in die Höhe, als ich David erblickte. Er hatte sich eine Hose angezogen, die ich noch nie an ihm gesehen hatte. Sie war schwarz, irgendwie glänzend und hauteng. Sie überließ nichts der Fantasie und mein Blick wurde wie magnetisch von der Beule in seinem Schritt angezogen. Mir lief das Wasser im Mund zusammen und sämtliche Gedanken flogen aus meinem Kopf. Warum war ich noch mal hier?

»Keiran?«

Ich zwang mich dazu, meinen Blick zu heben, bis ich ihm ins Gesicht sehen konnte, und räusperte mich. »Ich ... sorry ... bist du verabredet?«

Davids rechter Mundwinkel hob sich ein Stück. »Ich geh mit einigen Freunden weg.«

»Oh.« Ich hatte gehofft, wir könnten etwas zusammen machen, nachdem ich mich entschuldigt hatte. »Wohin?«

Das Grinsen auf Davids Gesicht wurde breiter, irgendwie herausfordernder. »In einen Gay-Club.«

Das Wort *Gay-Club* löste ein seltsames Kribbeln in mir aus. Eine Mischung aus erwartungsvoller Anspannung und Panik, die tief in mir verwurzelt war. Ich hatte es nie gewagt, auch nur in die Nähe eines Gay-Clubs zu gehen. Nicht weil mich dort jemand erkennen könnte, sondern weil ich Angst hatte, mich diesem Teil von mir nicht mehr verschließen zu können, wenn ich einmal davon gekostet hatte. Doch das war jetzt eigentlich auch egal, oder?

»Nimmst du mich mit?«, hörte ich mich fragen.

Davids Augenbrauen wanderten an seiner Stirn hoch, bis sie unter seinem blonden Pony verschwanden. »Ich weiß nicht, ob das so eine gute Idee ist«, sagte er vorsichtig.

Ich konnte ihn verstehen. Ich hatte David bisher keinen Grund geliefert, mir in der Hinsicht zu vertrauen. Eher im Gegenteil. Ich konnte gar nicht mehr zählen, wie oft ich ihn wegen seiner Sexualität oder unserer Beziehung in der Öffentlichkeit vor den Kopf gestoßen hatte. Es war nur natürlich, dass er skeptisch reagierte, weil ich ihn begleiten wollte. Trotzdem konnte ich das bittere Gefühl der Enttäuschung nicht verhindern, das sich durch mein Inneres fraß. »Ist schon okay«, sagte ich und wandte mich ab.

Ich wollte gerade Davids Zimmertür hinter mir schließen, als ich sein resigniertes Seufzen vernahm. »Keiran, warte.«

Ich blieb stehen, wagte es aber nicht, mich zu ihm umzudrehen.

»Warum willst du mitkommen?«

Ich hob die Schultern. »Ich habe keine Ahnung, wo ich hingehöre, Mann. Mein ganzes Leben hat man versucht, mich in irgendwelche Rollen zu pressen, in die ich nicht reinpasse. Football ist immer mein einziger Ausweg gewesen, doch seit ich den nicht mehr habe, habe ich gar nichts mehr. Ich muss einfach lernen, wo ich hingehöre, und diesen Teil von mir zu akzeptieren, den ich immer verleugnet habe.« Das war noch nicht die ganze Wahrheit, aber mehr konnte ich ihm aktuell noch nicht geben.

David blieb für eine lange Zeit still und je länger er schwieg, desto sicherer war ich, dass er erneut ablehnen würde.

»Okay«, sagte er schließlich. »Du kannst mitkommen, wenn du mir versprichst, dich zu benehmen. Meine Freunde sind teilweise etwas speziell und ich möchte nicht, dass du einem von ihnen das Gefühl gibst, als würde etwas mit ihnen nicht stimmen. Als müssten sie sich ändern, um einen Platz in dieser Gesellschaft zu haben.«

Abrupt drehte ich mich zu David um. So etwas würde ich nie tun. Ich wollte gerade protestieren, doch der verletzte Ausdruck in seinen Augen ließ mich innehalten. Hatte ich *ihm* je dieses Gefühl vermittelt? David hatte immer so gefestigt gewirkt, so völlig im Reinen mit sich selbst, dass ich nie vermutet hätte, ihn mit meinem Verhalten treffen zu können. Es schien, als hätte ich mehr wiedergutzumachen als gedacht. Ich könnte damit anfangen, mich heute von meiner besten Seite zu zeigen.

»Das wird nicht geschehen. Versprochen.«

David nickte und deutete mit dem Finger auf mich. »Dann zieh dich um, denn so nehm ich dich nicht mit.«

Ich blickte an mir herab auf das ausgeleierte T-Shirt und die Jogginghose, die ich trug, und musste grinsen. »Gibt es eine Kleiderordnung?«

»Zieh an, was immer dir gefällt, solange es keine Gammelklamotten sind.«

»Wird gemacht.«

Eine Stunde später erreichten wir das ICandy, einen der besten Gay-Clubs in Philadelphia, wie David mir in der U-Bahn erzählt hatte. Wir hatten unterwegs nicht viel miteinander gesprochen. Ich war viel zu aufgeregt, um einen geraden Satz herauszubringen, aber auf eine gute Art. Vorfreude hatte mich erfasst und mein Kopfkino malte sich die wildesten – und vermutlich unrealistischsten – Dinge aus, zum Beispiel wie ich später mit David tanzen würde. Je näher wir dem Club kamen, desto angespannter wurde ich jedoch. Ich fragte mich, was mich dort erwartete und wie Davids Freunde auf mich reagieren würden.

Sobald wir in die Straße einbogen, war der Club anhand seiner pinken Leuchtreklame gleich auszumachen. David ging zielsicher auf eine Gruppe junger Männer zu, die neben dem Eingang warteten. Ob er ihnen von mir und dem, was zwischen uns geschehen war, erzählt hatte? Mein Puls schoss in die Höhe und ich wischte meine Handflächen an meiner Jeans trocken.

»Hey, Leute.« David begrüßte jeden Einzelnen mit einer Umarmung, ehe er sich zu mir umdrehte. »Das ist Keiran«, stellte er mich vor. Die vier Männer starrten mich nur an und einer weitete überrascht die Augen. Sie wussten auf jeden Fall von mir. Vermutlich nichts Gutes.

Mein Magen zog sich zusammen, aber ich zwang ein Lächeln auf mein Gesicht. »Hi«, sagte ich und hob die Hand, weil ich unsicher war, wie ich sie begrüßen sollte.

Es blieb für einige weitere Sekunden still und ich befürchtete schon, dass es das gewesen war. Sie hatten, nicht zu Unrecht, von Davids Erzählungen ein so schlechtes Bild von mir, dass sie mich nicht mehr akzeptieren konnten. Dann zog der Mann rechts von mir mich unvermittelt in seine Arme. »Hey, Darling. Ich bin Eden.«

Ich schaffte es, mich aus meiner Starre zu lösen und Eden auf den Rücken zu klopfen. Er löste sich von mir und lächelte mich an. Erst da fiel mir auf, dass er geschminkt sein musste, denn seine Augen waren schwarz umrandet, was seine grünen Pupillen hervorstechen ließ. Eden legte einen Arm um meine Schultern und deutete mit der freien Hand auf seine Freunde.

»Das sind Max, Nigel und Wyatt«, stellte er sie nacheinander vor. Sie nickten mir zu, auch wenn ihre Mienen deutlich reservierter waren als Edens.

»Wollen wir dann reingehen?«, fragte David ohne mich anzusehen. »Ich hab Hunger.«

Wir stellten uns in die Schlange und während die anderen in ein Gespräch über einen Freund verfielen, der heute nicht mitkommen konnte, betrachtete ich sie genauer. Eden war ein Stück größer als ich, mit glatten, hellbraunen Haaren, die ihm bis auf die Schulter fielen. Wyatt war deutlich kleiner und kräftiger. Seine blonden Haare waren kurzgeschoren und sein rechtes Ohr von Piercings übersäht. Max trug einen Nasenstecker zur Schau, dessen Steinchen in demselben Violett funkelte wie sein hautenges T-Shirt. Ich fragte mich, ob er die Piercings in allen möglichen Farben hatte und sie immer passend zu seinem Outfit trug. Nigel hatte blondierte Haare, aber seine bronzefarbene Haut ließ auf eine südamerikanische Herkunft schließen. Sie wirkten alle so normal, auf der Straße wären sie mir vermutlich nicht einmal aufgefallen. Nach Davids Warnung hatte ich viel ausgefallenere Typen erwartet.

»Darling, wir können reingehen«, raunte Eden mir zu. Seine Hand schob sich unter meine Jacke und lag warm auf meiner Hüfte. Ich musste die tief in mir verwurzelte Reaktion unterdrücken, ihn von mir wegstoßen zu wollen. Mein Leben lang war mir eingetrichtert worden, dass Männer einander nicht auf diese Art berührten. Automatisch spannte ich mich an, obwohl Edens Hand sich nicht unangenehm anfühlte, und ließ mich von ihm in den Club führen.

Sobald wir den Eingangsbereich hinter uns gelassen hatten, fühlte ich mich, als hätte ich eine andere Welt betreten. Kellner in glitzernden Hotpants und High-Heels stolzierten mit nacktem Oberkörper umher und verteilten Getränke. Go-go-Tänzer, die wie Polizisten gekleidet waren, eilten in den unteren Bereich des Clubs, vermutlich um ihre Show zu beginnen. An den Treppen zu den oberen Bereichen machten zwei Männer miteinander rum. Sie küssten sich nicht nur hingebungsvoll, sondern drängten auch ihre Becken aneinander. Von ihrer Umgebung schienen sie nichts mehr mitzubekommen, als würden sie sich keine Sorgen machen, gesehen zu werden. Ich sah mich um, aber außer mir schenkte ihnen wirklich niemand Beachtung.

»Gefällt dir, was du siehst?«, raunte Eden mir zu.

Ich erschrak derart beim Klang seiner Stimme, dass ich einen Satz zur Seite machte. Mit hämmerndem Herzen sah ich ihn an. Ein wissendes Grinsen zierte seine Lippen. »Ich bin nur überrascht von ihrer Freizügigkeit«, sagte ich mit einer Stimme, die nicht mir zu gehören schien.

Eden ging gar nicht auf meinen Einwand ein, sondern reckte den Daumen über die Schulter in Richtung eines Gangs. »Komm, die anderen sind schon vor.«

Ich folgte ihm in einen Raum, der wie eine Lounge aussah. Dunkle Couchen und Ledersessel standen um runde Tische verteilt, auf denen Teelichter eine einladende Atmosphäre verströmten. Die Wände waren mit schwarz-weiß Bildern von Pride Parades behangen und auch hier servierten knapp bekleidete Kellner die Getränke. Die Musik war deutlich leiser, sodass man sich an den Tischen unterhalten konnte, aber die Gespräche an den Nebentischen nicht mitbekam.

Eden führte mich zu den anderen. David saß auf der Couch zwischen Max und Wyatt. Er sah nicht einmal auf, als wir ankamen. Ich schluckte meine Enttäuschung runter, denn seit er mich seinen Freunden vorgestellt hatte, hatte er kein Wort mehr mit mir gewechselt. Das änderte sich auch nicht, solange wir in der Lounge saßen. David redete nur mit Max und sah mich dabei nicht einmal an. Richtig schlimm wurde es, als ein weiterer Mann dazukam. Logan, wie Eden mir mitteilte. Er saß praktisch auf Davids Schoß, berührte ihn immer wieder wie zufällig, wobei seine Hand für meinen Geschmack viel zu lange auf Davids Arm verweilte, und flirtete ununterbrochen mit ihm. Dass es David zu gefallen schien, machte die Sache nahezu unerträglich für mich. Ich versuchte, mir nichts anmerken zu lassen, aber ich konnte nicht verhindern, dass meine Laune in den Keller sackte. Ich klammerte mich regelrecht an mein Bier, das ich viel zu schnell trank, um nicht durch unbedarfte Äußerungen aufzufallen.

Ich machte drei Kreuze, als wir endlich in den Club weiterzogen. Laute Technomusik dröhnte aus den Lautsprechern. Der Bass ließ die feinen Härchen auf meinen Armen vibrieren und pustete einen Teil der Frustration aus mir heraus. Ich ging mit Eden an die Bar, um gar nicht erst in Versuchung zu geraten, David und Logan weiter zu beobachten.

»Ist dein erstes Mal hier, oder?« Eden musste brüllen, um über die Musik hinweg verstanden zu werden.

Ich lachte. »Ist das so leicht zu erkennen?«

Er hob die Schultern. »Du siehst aus wie ich damals, als hättest du eine völlig neue Welt entdeckt.«

Das traf es genau. Ich fühlte mich, als hätte jemand die existierende Welt durch etwas völlig Neuartiges ausgetauscht. »Ich hätte einfach nicht gedacht, dass es Plätze gibt, an denen wir uns nicht verstecken müssen.« Dass mich die Freizügigkeit hier zudem faszinierte, musste Eden nicht wissen.

Eden wandte sich mir zu, Erstaunen stand auf sein Gesicht geschrieben. »Also stehst du jetzt doch dazu, dass du schwul bist?«

Hitze breitete sich auf meinem Nacken aus. Was würde Eden sagen, wenn er es wusste? Würde er mich deswegen verurteilen? Ich hatte Gerüchte gehört, dass bisexuelle Männer in der Community nicht akzeptiert wurden, weil sie sich angeblich nicht entscheiden konnten. Würde Eden genauso reagieren? Andererseits ... was machte es schon, wenn er mich nicht akzeptierte? Ich kannte ihn kaum und würde ihn vermutlich nie wiedersehen. Und ich musste endlich lernen, zu mir zu stehen.

»Ich bin bi«, sagte ich mit mehr Zuversicht, als ich empfand.

Überraschung flackerte in Edens Miene auf, ehe er zu grinsen begann. »Ich finde es gut, dass du dazu stehst.« Er klopfte mir anerkennend auf die Schulter und ich atmete erleichtert aus. »Also, was magst du sonst so?«

»Football«, sagte ich das Einzige, was ich mit Gewissheit sagen konnte.

»Nur Eagles Fan oder spielst du selber?«

»Ich habe gespielt.«

»Warum tust du es nicht mehr?«, wollte er wissen und trank einen Schluck aus seinem bunten Cocktail.

»Ich hatte ein Stipendium an der UCLA, war da aber nur ein Jahr. Bei einem Spiel hat mich ein Gegner von den Beinen gerissen. Ich weiß heute gar nicht mehr, wie es genau passiert ist. Ich erinnere mich nur noch daran, dass sich mein Knie plötzlich angefühlt hat, als hätte es jemand abgerissen. Kreuzband- und Meniskusriss. Ich musste zweimal operiert werden und danach war klar, dass ich nie wieder spielen kann.«

»Fuck, das tut mir leid, Darling.« Aufrichtiges Bedauern schwang in seiner Stimme mit, was mir ein Lächeln entlockte.

»Es ist nicht mehr zu ändern. Ich habe mich damit abgefunden, auch wenn ich noch nicht sicher bin, was ich mit dem Rest meines Lebens anfangen will.«

»Nimm dir alle Zeit, die du brauchst.«

»Was ist mir dir?«, fragte ich, um den Fokus von mir wegzulenken. Ich war es nicht gewohnt, so viel über mich zu erzählen. »Was machst du so?«

»Ich arbeite in einer Bank.«

Überrascht riss ich die Augen auf. »Wie alt bist du schon?« Ich hätte ihn in meinem Alter vermutet.

Eden lachte. »31.«

Er hatte sich gut gehalten. »Und …« Ich zögerte, weil ich ihm nicht zu nahe treten wollte, doch schließlich siegte meine Neugierde. »Bist du dort auch geschminkt?« Irgendwie passte es zu ihm und obwohl ich ihn gerade erst kennengelernt hatte, konnte ich ihn mir nicht anders vorstellen.

Eden schüttelte den Kopf. »Nein. Mein Chef weiß zwar, dass ich schwul bin. Einfach weil ich nie für jemanden arbeiten würde, der mich nicht akzeptiert, wie ich bin. Trotzdem muss ich mich, wie alle anderen auch, an die Kleidungsvorschriften der Bank halten.«

Wir unterhielten uns noch eine Weile, ehe wir zu den anderen zurückkehrten. Eden war wirklich ein netter Kerl, aber je länger ich von David getrennt war, desto unruhiger wurde ich. Was trieben er und Logan? Lief schon länger etwas zwischen ihnen und hatte David mir das bloß nicht sagen wollen? Oder waren sie nur Freunde? Oder etwas ganz anderes? Die Ungewissheit trieb mich langsam in den Wahnsinn.

Max, Nigel und Wyatt hatten einen Stehtisch auf einer Empore besetzt. Von diesem Platz aus konnte man die Tanzfläche überblicken und auch die Go-go-Tänzer beobachten, die auf Podesten tanzten und sich in Käfigen räkelten, die von der Decke hingen. David und Logan jedoch waren nirgendwo zu sehen. Ein mulmiges Gefühl breitete sich in mir aus. Waren sie tanzen? Ich ließ meinen Blick über die Menge gleiten, konnte sie aber nicht entdecken.

»Hey.« David erschien so plötzlich neben mir, als hätte er sich aus reiner Luft materialisiert. »Gefällt es dir hier?«

Ich nickte. »Ich mag die Atmosphäre. Seid ihr oft hier?«

»Als Gruppe ungefähr einmal im Monat. Ich glaube, Eden und Max kommen öfter her ... falls du dich ihnen anschließen willst.« David sagte es beinahe beiläufig, aber der verkniffene Zug um seinen Mund herum sprach eine andere Sprache.

»Warum sollte ich das wollen?«

»Du hast dich ziemlich gut mit Eden verstanden.«

Woher wusste er das? Die Bar war von diesem Tisch aus nicht zu sehen. War er uns etwa gefolgt und hatte uns beobachtet? Aber warum sollte er das tun? Er hatte mir bisher ziemlich deutlich gezeigt, dass er kein Interesse mehr an mir hatte, und zudem sehr offensichtlich mit Logan geflirtet. Ich wusste gar nichts mehr und noch bevor ich zu einer Reaktion fähig war, erschien Logan neben David. Er legte den Arm um seine Schulter, küsste ihn sanft auf die Wange und raunte ihm etwas zu, das ich nicht verstehen konnte. David nickte und schob Logan von unserem Tisch weg, ohne mich noch einmal anzusehen. Bittere Enttäuschung machte sich in mir breit, als ich den beiden hinterhersah, wie sie die Tanzfläche betraten und in der breiten Masse untertauchten. Dachte David wirklich, ich hätte Interesse an Eden, oder wollte er mir damit durch die Blume mitteilen, dass ich bei ihm keine Chance mehr hatte?

Ich trank den Rest meines Biers in einem Zug leer. In der Hoffnung, damit auch meine aufkeimenden Gefühle runterspülen zu können, die mir die Kehle zuschnürten. Aber das Bier verschaffte mir keine Erleichterung, weshalb ich mir einen Weg zur nächsten Bar bahnte, um mir etwas Stärkeres zu holen. Ich hatte so die Befürchtung, dass mir noch ein langer Abend bevorstand.

Kapitel 7

David

Lautes Poltern aus dem Nebenraum riss mich eher unsanft aus dem Schlaf. Stöhnend vergrub ich meinen pochenden Kopf unter meinem Kissen, um die Geräusche auszublenden. Doch es brachte nichts. Jeder Klang von draußen hallte in meinem Schädel nach und verstärkte die ohnehin schon unerträglichen Kopfschmerzen. Was zur Hölle hatte ich gestern getrunken?

Nur langsam kamen die Erinnerungen an den Abend im ICandy zurück. Eden, der sich für meinen Geschmack viel zu gut mit Keiran verstanden hatte. Ich hatte meine Eifersucht kaum im Zaum halten können und mit Logan geflirtet, um nichts Unüberlegtes zu tun. Das wiederum schien Keiran nicht gefallen zu haben. Mit jeder weiteren vergangenen Stunde hatte sich seine Miene schlimmer verfinstert.

Gott, wir hatten uns wie Zwölfjährige verhalten.

Das Geräusch einer zufallenden Tür rüttelte mein Hirn erneut durch. Ich fasste mir an den Kopf, als könnte ich die Schmerzen damit verringern, und robbte mich umständlich aus dem Bett. Irgendwo musste ich noch Aspirin haben.

Ich schlurfte aus meinem Zimmer und kollidierte beinahe mit Keiran, der aus dem Bad gestürmt kam. In der einen Hand hielt er sein Duschgel, in der anderen seinen Kulturbeutel. Kurz weiteten sich seine Augen überrascht, dann senkte er den Blick und setzte sich wieder in Bewegung. »Sorry«, murmelte er im Vorbeilaufen.

Stumm sah ich ihm dabei zu, wie er die Sachen in seiner Reisetasche verstaute. Mein Herz begann unkontrolliert zu pochen, was den Druck in meinem Kopf nur verstärkte. »Was machst du da?«, fragte ich, obwohl es mir eigentlich schon klar war.

»Ich verschwinde«, bestätigte Keiran meine Befürchtung.

»Was? Warum?«

»Was denkst du wohl?«, blaffte er mich an.

Sein Tonfall ließ mich aufhorchen. Erst bei Keirans kühlem Blick fiel mir die Rückfahrt aus dem Club wieder ein. Wir hatten die Fahrt überwiegend schweigend verbracht. Keiran hatte anfangs versucht, ein Gespräch mit mir anzufangen, was ich jedes Mal mit einsilbigen Antworten abgeblockt hatte. Als wir alleine in dem ansonsten leeren U-Bahnabteil gesessen hatten, war da wieder diese Blockade in mir gewesen. Diese Angst, Keiran zu nah an mich heranzulassen und erneut verletzt zu werden. »Keiran, ich …«

Seufzend schüttelte Keiran den Kopf und unterbrach mich. »Es ist offensichtlich, dass du mich nicht hier haben willst. Du konntest mich gestern nicht mal ansehen und hast den ganzen Abend kaum ein Wort mit mir gewechselt. Du erträgst meine Gesellschaft selten länger als einige Minuten am Stück und ich fühle mich mittlerweile wie ein ungewolltes Haustier, bei dem man überlegt, wie man es am besten loswird. Vermutlich hätte ich gar nicht erst herkommen sollen, aber du warst meine letzte Hoffnung …« Er brach ab und rieb sich die Schläfe. »Ich werde dich nicht länger bedrängen. Gib mir zehn Minuten, dann bist du mich los.« Er beugte sich vor, um den Reißverschluss der Reisetasche zuzuziehen.

Ich sollte ihn gehen lassen. Es wäre das Beste für mich, dessen war ich mir sicher. Zwischen uns war zu viel kaputtgegangen, das man nicht mehr kitten konnte. Mein Vertrauen in ihn war zerstört, aber was noch viel schlimmer war, ich traute mir selbst in seiner Gegenwart nicht. Deswegen hielt ich mich so gut es ging von ihm fern. Um nicht durch schöne Worte oder sein unwiderstehliches Lächeln wieder in seinen

Bann gezogen zu werden. Es war reiner Selbstschutz, der mich immer wieder die Flucht ergreifen ließ.

Trotzdem machte sich das schlechte Gewissen in mir breit. Ich hatte Keiran nicht das Gefühl vermitteln wollen, nicht willkommen zu sein. Damit wäre ich keinen Deut besser als sein Dad, der ihn vor die Tür gesetzt hatte, oder seine Freunde, die keinen Platz für ihn gehabt hatten. Und wenn ich ganz ehrlich zu mir war, wollte ich auch nicht, dass er ging.

»Keiran, warte«, sagte ich, als er gerade seine Tasche schulterte. »Bitte geh nicht.«

An der Tür blieb er stehen und drehte sich zu mir um. »Aber du …«

Ich hob eine Hand, um ihn zu unterbrechen. »Ich brauche eine Kopfschmerztablette und einen starken Kaffee, dann reden wir, okay?«

Zweifel standen auf Keirans Gesicht geschrieben, aber er ließ die Tasche von seiner Schulter gleiten, was ich als Zustimmung wertete.

Eine halbe Stunde und zwei Aspirin später ebbte das dumpfe Pochen in meinen Schläfen langsam ab. Keiran hatte Kaffee gekocht, während ich unter der Dusche gewesen war. Ich war zwar noch nicht vollständig wiederhergestellt, fühlte mich aber deutlich menschlicher als zuvor. Vor allem wollte ich endlich Antworten. Am ersten Abend bei mir hatte Keiran sich entschuldigen wollen und nachdem ich es damals abgelehnt hatte, hatte er es nicht wieder versucht. Vielleicht war genau das mein Problem. Weil Keiran mir sein Verhalten nie erklärt hatte, hatte ich Angst ihm zu vertrauen.

»Hier.« Keiran reichte mir eine dampfende Tasse, sobald ich neben ihm Platz nahm.

Ich stellte sie auf den Tisch und wandte mich ihm zu. »Was war an dem Tag beim Footballtraining los?«, fragte ich geradeheraus.

Keirans Augen weiteten sich, als hätte er nicht mit meiner Direktheit gerechnet, dann atmete er geräuschvoll aus und fiel in sich zusammen. Wie ein Luftballon, aus dem man die Luft herausgelassen hatte. »Du hast mich in einem ganz schlechten Moment erwischt. Ne Stunde vorher hatte ich einen Streit mit meinem Dad. Da hat er mich gezwungen, die TU sausen zu lassen und bei ihm im Geschäft anzufangen, weil meine Noten so schlecht sind. Er meinte, ich sei ein nichtsnutziger Faulpelz, der nur zum College geht, damit er die Füße hochlegen kann. Deswegen sollte ich mit ihm zur Arbeit kommen, er würde schon einen respektablen Mann aus mir machen. Doch damit nicht genug. Meine Freunde fand er ebenfalls bedenklich, obwohl er nicht einen davon kennt. Deswegen hat er mir auch verboten, mich abends mit ihnen zu treffen. Er wollte mich da haben, wo er oder Mom mich beaufsichtigen können. Wie ein kleines Kind.«

Keiran rieb sich die Schläfen und sah zu mir auf. Der Schmerz in seinen Augen raubte mir für einen Moment den Atem.

»Ich weiß, dass das, was ich zu dir gesagt habe, nicht zu entschuldigen ist. Und glaube mir, ich habe jedes einzelne Wort davon bereut. Mein Dad hat zu mir gesagt, ich könne diesen einen Abend haben, um mich von meinen Freunden zu verabschieden. Also bin ich zum Training. Ich wollte niemandem etwas sagen, sondern mich einfach nur betrinken und vergessen. Meine Familie hat mir schon immer das Gefühl gegeben, nirgendwo dazuzugehören, und dann hatten sie mir noch das Einzige genommen, was mir zumindest den Hauch von Normalität vermittelt hat. Aber plötzlich warst du da. Alles, was ich mir immer gewünscht habe, aber mich nie getraut hatte zu nehmen. Alles, was ich vermutlich nie wiedersehen würde. Mir sind einfach die Sicherungen durchgebrannt. Es war wie ein Blackout. Ich weiß, dass das alles mein Verhalten in keiner Weise entschuldigt, aber du musst mir glauben, es tut mir so unendlich leid und wenn ich könnte, würde ich die Worte direkt zurücknehmen. Nichts von dem, was ich dir an den Kopf geworfen habe, denke ich wirklich oder würde es im Vollbesitz meiner geistigen Fähigkeiten jemals sagen.«

Für einen Moment konnte ich Keiran nur stumm anschauen. So viel hatte ich ihn noch nie am Stück reden hören. Zudem schwirrte mir der Kopf von den ganzen Informationen, die ich erst mal verarbeiten musste. Aber grundsätzlich glaubte ich ihm. Keiran hatte sich nie abfällig über Schwule geäußert, obwohl das bei seinen Mitspielern im Football gang und gäbe war, er hatte nur nie öffentlich zu mir stehen wollen. Deswegen hatte die Szene beim Training mich auch so verstört.

»Was meinst du damit, deine Familie hat dir schon immer das Gefühl gegeben, nirgendwo dazuzugehören?« Wenn Keiran redselig war, musste ich das definitiv ausnutzen.

Keirans Seufzen schien tief aus seiner Seele zu stammen. »Für dieses Gespräch brauche ich definitiv etwas Stärkeres als Kaffee«, murmelte er. Vermutlich meinte er das nicht einmal ernst, aber das hielt mich nicht davon ab, aufzuspringen und eine Flasche Wein zu holen. Und das, obwohl es erst elf Uhr war und ich noch verkatert vom Vorabend.

»Besser?«, fragte ich, nachdem ich uns beiden eingeschenkt hatte.

Keiran stieß ein ungläubiges Lachen aus. »Unfassbar«, sagte er, nahm jedoch sein Glas und trank einen tiefen Schluck. Und dann noch einen, ehe er das Glas zurückstellte.

»Ich muss dazu etwas weiter ausholen«, begann er. »Mein Dad ist Ire und meine Mom Nigerianerin. Beide sind in ihrer Kindheit mit ihren Familien nach Amerika gekommen. Beide Familien können sich auf den Tod nicht ausstehen. Dads Eltern können bis heute nicht verstehen, dass sein Sohn eine Schwarze geheiratet hat, Moms Eltern können nicht nachvollziehen, dass sie sich für einen Weißen entschieden hat. Seit ich denken kann, ist das Zusammensein von gegenseitigen Anfeindungen geprägt. Mittlerweile bleibt Dad zu Hause, wenn ich mit Mom ihre Eltern besuche, und andersrum dasselbe, wenn ich mit Dad zu seinen Eltern fahre.«

Keiran griff nach seinem Weinglas, aber anstatt daraus zu trinken, schwenkte er es nur ein wenig und starrte hinein, als befinde sich darin die Antwort auf die Frage nach dem Sinn des Lebens. »Wir Kinder haben schon immer zwischen den Stühlen gestanden. Wir haben von beiden Seiten die Anfeindungen mitbekommen und wissen genau, dass sie damit auch einen Teil meinen, der in uns steckt. Wenn meine Granny zu mir sagt, »das hast du von deinem Vater«, dann weiß ich genau, dass sie das nicht liebevoll meint, sondern dass sie es verabscheut. Also habe ich schon früh angefangen, mich zu verstellen, um die Leute zufriedenzustellen. Um ihnen bloß keine Angriffsfläche zu bieten. Wenn wir bei Moms Familie waren, habe ich mich möglichst so gegeben, wie sie es von einem Schwarzen erwarten. In der Schule war es leider nicht anders. Wenn du meine Hautfarbe hast, haben die Leute eine gewisse Erwartung daran, wie du zu sein hast. Und wehe, du erfüllst diese nicht, dann bist du kein richtiger Schwarzer. Einzig beim Football hat es niemanden interessiert, wie ich bin, solange ich meine Leistung auf den Platz gebracht habe.«

Keirans Worte hatten ein riesiges Loch in meine Brust gerissen. Es tat mir weh, dass nicht besser mit ihm umgegangen worden war und er seit seiner Kindheit das Gefühl hatte, sich verstellen zu müssen, um andere Leute zufriedenzustellen. Es erklärte auch sein Verhalten und warum er sich so sehr an den Football geklammert hatte, selbst als er den Sport nicht mehr ausüben konnte. Ich fragte mich, warum ich das nicht eher gesehen hatte, denn plötzlich erschien es sonnenklar für mich.

Ehe ich dazu kam, meine Gedanken zu sortieren, um Keiran zu antworten, sprach er weiter. »Mittlerweile weiß ich gar nicht mehr, wer ich überhaupt bin. Mag ich etwas, weil ich es toll finde, oder weil mir jahrelang eingetrichtert wurde, dass ich es gut finden muss? Ich will meine Vorlieben herausfinden, aber ich spüre bei so vielen Dingen eine Blockade in mir, weil irgendwer mal zu mir gesagt hat, das würde zu mir passen.« Er hob die Schultern und fügte etwas leiser hinzu: »Deswegen mag ich das Schreiben so sehr. Davon hat vor dir niemand gewusst, deshalb konnte mir da keiner reinreden.«

Meine Hand ballte sich zur Faust und ich musste ein Fluchen unterdrücken. Es machte mich wütend, dass sich niemand aus Keirans Umfeld dafür interessiert hatte, was *er* wollte. Dass alle nur ihre eigenen Pläne mit ihm verfolgt hatten. Viel schlimmer war jedoch, dass ich keinen Deut besser gewesen war. Auch ich hatte versucht, ihn dazu zu drängen, zu sich und seiner Sexualität zu stehen, hatte ihn vom Football wegzubringen versucht, weil ich gedacht hatte, dort würde die Ursache von Keirans Angst liegen. Dabei hatte auch ich mehr meine eigenen Interessen als die seinen im Sinn gehabt.

»Keiran, es tut mir so leid«, sagte ich. »Ich weiß, dass ich auch zwischendurch versucht habe, dich in eine bestimmte Richtung zu lenken.«

Er schüttelte bereits den Kopf, bevor ich meine Entschuldigung beendet hatte. »Du wolltest immer nur, dass ich zu mir stehe. Ich weiß nur nicht, wer ich bin. Wo ist mein Platz im Leben? Muss ich Rap-Musik mögen, nur weil ich schwarz bin? Darf ich mich deswegen nicht ausgewählt und akzentfrei ausdrücken? Darf ich kein Football mehr mögen, weil ich bi bin? Muss ich stattdessen mit Regenbogenfahne herumlaufen?«

Keirans Aufzählung hätte witzig sein können, wenn ich die Unsicherheit nicht klar in seiner Stimme gehört hätte. Er meinte das vollkommen ernst und die Verzweiflung darüber war beinahe greifbar. Ich war zutiefst schockiert, wie Eltern ihren Kindern so etwas antun konnten.

»Du *musst* überhaupt nichts«, sagte ich nachdrücklich. »Völlig unabhängig von deiner Hautfarbe oder Sexualität kannst du alles sein oder mögen, was du willst. Niemand anderes kann darüber bestimmen oder hat das Recht, dir da reinzureden.«

»Es klingt so einfach, wenn du es sagst.« Nachdenklich schüttelte er den Kopf. »Ich hab nur keinen Plan, wo ich anfangen soll.«

»Das hast du doch schon«, zeigte ich ihm auf. »Du wirst dein Studienfach zu etwas wechseln, das dir gefällt. Du warst mit mir im Gay-Club und ich sehe dich ständig über deinen Laptop gebeugt beim Schreiben. Das sind schon einige erste Schritte, auf die du stolz sein kannst.«

Keiran ließ sich gegen die Couchlehne sinken und rieb über seine Augen. »Du hast ja recht. Aber aktuell fühlt es sich an, als würde ich auf der Stelle treten.«

Ich konnte ein Grinsen nicht unterdrücken. »So geht es uns allen. Ständig. Also fühl dich nicht schlecht deswegen.«

Keiran öffnete die Augen und lächelte mich schwach an. »Wenn du das sagst.«

»Tue ich«, sagte ich nachdrücklich. »Und jetzt pack gefälligst deine Tasche wieder aus.«

Sofort war die Unsicherheit in Keirans Augen zurück. »Bist du sicher?«

»Absolut. Ich möchte nicht, dass du gehst. Ich habe die Tage auch schon mit Marc gesprochen. Er hat ebenfalls nichts dagegen, wenn du länger bleibst. Er wird später vorbeikommen und einige seiner Sachen holen, damit er länger bei Michaela übernachten kann.«

Keiran verzog das Gesicht. »Ich will ihn aber nicht aus seiner Wohnung vertreiben.«

»Tust du nicht«, sagte ich lachend. »Um genau zu sein, ist er eh mehr da als hier. Manchmal glaube ich, er kommt nur hin und wieder für ein oder zwei Nächte zurück, um mich nicht vollkommen alleine zu lassen.«

Keiran sah mich so lange schweigend an, dass ich sicher war, er würde ablehnen. Er kaute auf seiner Unterlippe herum und sah alles andere als überzeugt aus. »Okay«, sagte er schließlich. »Aber nur, wenn du nicht wieder dazu übergehst, mich zu ignorieren. Ich habe mich in der letzten Woche wirklich gefühlt, als wäre ich ein Eindringling, der dich in deinem Zimmer eingesperrt hat. Außerdem wäre es nett, wenn du meine Nummer nicht mehr blockieren würdest.«

Mein Herz machte einen schwerfälligen Satz, denn es war nicht meine Absicht gewesen, Keiran mit meinem Verhalten zu verletzen. Dass ich seine Nummer gesperrt hatte, hatte ich völlig vergessen, und zog mein Handy hervor, um es rückgängig zu machen. »Versprochen. Aber ich muss auch noch etwas ansprechen.«

Keiran nickte nur.

»Zwischen uns kann nie wieder etwas laufen. Ich verstehe, warum du dich so verhalten hast und es tut mir unheimlich leid, dass du von deinen Eltern so behandelt wurdest. Aber du hast mich damit schwer verletzt und ich kann dir in der Hinsicht nicht mehr vertrauen.«

Während ich sprach rutschte das Lächeln von Keirans Gesicht. Er schluckte sichtlich und ich befürchtete schon, dass er doch gehen würde. Doch dann nickte er. »Kann ich total verstehen«, brachte er hervor.

Blieb nur zu hoffen, dass ich mich an meine eigenen Vorgaben halten konnte.

Kapitel 8

Keiran

Zwischen uns kann nie wieder etwas laufen.

Das war mir schon länger klar gewesen. Seit dem Vorfall beim Footballtraining hatte ich gewusst, dass ich bei David keine Chance mehr hatte. Gerade am Samstag im Club war es mehr als offensichtlich gewesen – ganz unabhängig davon, was zwischen ihm und Logan lief. Trotzdem hatten Davids Worte mich härter getroffen als gedacht. Sie waren wie ein Schlag in die Magengrube gewesen und während der körperliche Schmerz sich mittlerweile verzogen hatte, war der seelische geblieben. Auch wenn ich es ihm nie gesagt hatte, war David der Einzige, den ich je geliebt hatte. Und ich tat es schon so lange, dass ich nicht wusste, wie ich es abstellen sollte.

Dass ich weiterhin bei David wohnen würde, machte die Sache nicht einfacher. Ihn jeden Tag zu sehen würde die Wunde nur wieder aufreißen und sie am Heilen hindern. Es wäre ein täglicher Kampf, doch ich würde ihn auf mich nehmen. Vielleicht konnten wir endlich Freunde werden, denn irgendwie hatten wir es in all der Zeit, die wir uns bereits kannten, nie geschafft, eine Freundschaft zu entwickeln. Zu sehr waren wir in unseren Gefühlen und dem ganzen Mist, den sie mit sich gebracht hatten, verwickelt gewesen. Daher würde ich mir diese Chance nicht entgehen lassen, denn David war es wert, um ihn zu kämpfen.

Ich rückte die Träger des Rucksacks auf meinen Schultern zurecht und betrat den Campus. Ich musste nicht lange nach Natalie suchen, denn sie lehnte an dem Baum, wo sie immer auf mich wartete. Ihre roten Haare wehten im Wind und sie hatte die Hände tief in den Taschen ihres Hoodies vergraben. Sobald sie mich erblickte, stieß sie sich vom Baum ab und kam auf mich zu. »Hey, Keir.« Sie umarmte mich kurz und lief dann neben mir her. »Wie war das Wochenende?«

»Ich war mit David in einem Club«, sagte ich.

»Mit *David*?« Ihre schrille Stimme hallte über den Campus, sodass einige Leute sich interessiert zu uns umdrehten. Augenblicklich lief Natalie rot an und zog den Kopf ein. »Fuck, sorry. Ich war nur überrascht, weil du letztens noch gesagt hast, er geht dir aus dem Weg«, sagte sie deutlich leiser.

»Wir haben uns ausgesprochen. Ich kann auch vorerst dort wohnen bleiben.« Ich fühlte mich schlecht, weil ich ihr nicht die Wahrheit sagte, die sie eigentlich verdiente. Und ich kannte Natalie doch, sie würde mich deswegen nicht verstoßen. Sie setzte sich immer für Vielfalt und Gleichberechtigung von allen ein. Sie würde niemals ein Problem mit meiner Sexualität haben.

Ich öffnete meinen Mund, um ihr endlich reinen Wein einzuschenken, doch kein Wort kam heraus. Meine Kehle war plötzlich wie zugeschnürt, sodass mir sogar das Atmen schwerfiel. Hitze breitete sich in meinem Körper aus, meine Hände begannen zu zittern und das Teufelchen auf meiner Schulter war zurück. *Was, wenn sie danach nie wieder ein Wort mit dir redet? Wenn sie es allen erzählt? Wenn sie sich über dich lustig macht? Wenn sie dir sagt, sie wusste schon immer, dass etwas mit dir nicht stimmt?*

»Hey, hörst du mir überhaupt zu?« Natalie schnippte mit den Fingern vor meinem Gesicht und riss mich aus meiner Trance. Denn genau das war es gewesen. Eine Trance, die mich überfallen und in ein dunkles Loch gesogen hatte. Wir standen mittlerweile vor der Tür zu ihrem Vorlesungssaal und ich hatte keine Ahnung, wie wir hierhin gekommen waren.

»Sorry, was hast du gesagt?«

»Ich wollte wissen, ob es dabei bleibt, dass wir nach den Vorlesungen zur Temple News gehen?«

»Ja, machen wir.«

»Okay, bis später.«

Ich wartete, bis Natalie im Raum verschwunden war, dann trat ich den Rückweg an. Eine weitere Sache, die ich ihr verschwiegen hatte, war, dass ich nicht mehr vorhatte, meine eigentlichen Kurse zu besuchen. Was brachte es mir, wenn ich das Fach zum Ende des Semesters ohnehin wechseln würde? Viel lieber wollte ich bereits in einige Kurse reinschnuppern, die ich danach belegen wollte, um zu sehen, ob mir die Vorlesungen mehr zusagten.

Ich eilte gerade über den Campus, als mein Handy zu klingeln begann. Ich zog es aus meiner Jeanstasche und blieb abrupt stehen, als ich die Nummer darauf sah. Es war Mom. Mein erster Impuls war es, sofort ranzugehen. Sie rief von zu Hause an, also würde sie alleine sein, weil Dad um diese Zeit bereits arbeiten war. Trotzdem zögerte ich. Denn auch, wenn Mom mich nie so offensichtlich zu etwas gedrängt hatte wie Dad, hatte sie in den meisten Fällen auch nichts unternommen, um ihn davon abzuhalten. Es wäre Dad durchaus zuzutrauen, dass er sie darauf angesetzt hatte, mich anzurufen, um mich mit liebevollen Worten davon zu überzeugen, wieder zurückzukommen. Der bloße Gedanke daran, Dad wieder unter die Augen zu treten, ließ mich frösteln. Nachdem ich eine Woche ohne meine Eltern verbracht hatte, fühlte ich mich eigentlich stark genug, mich ihnen zu widersetzen. Aber war ich das wirklich? Ich wusste es nicht und ich wollte es aktuell nicht darauf ankommen lassen.

Ich ließ es klingeln, bis sich die automatische Mailbox einschaltete, und schob das Handy wieder in meine Tasche. Dann eilte ich weiter zu meiner ersten Vorlesung in Kreativem Schreiben.

Knapp vor der Dozentin huschte ich in den Raum und setzte mich auf einen freien Platz in der Mitte. Neben mir saß ein schmaler Typ mit hellbraunen Haaren, der mich interessiert musterte. Durch seine Brille wirkten seine Augen viel zu groß für seinen Kopf, als er seinen Blick über mich gleiten ließ. »Du bist neu hier«, stellte er fest.

Ich nickte. »Ich bin Keiran.«

»Tim. Bist du jetzt erst hergezogen?«

»Nein. Ich habe mich entschieden, zum Ende des Semesters den Studiengang zu wechseln, und dachte mir, ich schaue schon mal in die Kurse rein.« Mein Herz pochte mir bis zum Hals, als ich darauf wartete, ob Tim mich dafür verurteilen würde, bis jetzt im falschen Studiengang festgesteckt zu haben. Doch er nickte bloß, als wäre es nichts Außergewöhnliches.

»Meine Schwester hat auch nach zwei Jahren noch mal gewechselt. Geht ja vielen von uns so, dass sie nach der Highschool noch nicht wissen, was sie eigentlich machen wollen. Ich bilde da aber die Ausnahme, ich wusste schon immer, was ich werden will.«

Ich grinste. »Autor?«

Tim schüttelte den Kopf. »Journalist. Aber nicht irgendein Journalist. Ich möchte aus Krisengebieten berichten. Kriege, Naturkatastrophen, alles in der Art. Ich möchte die Leute hier darüber aufklären, was genau dort vor sich geht. Wie die Menschen unter den Situationen leiden, wie sie sich auf ihr alltägliches Leben auswirken, welche Art von Hilfe sie brauchen. Es ist wichtig für eine Gesellschaft informiert zu sein, denn nur so kann jeder einzelne sich eine Meinung bilden. Unabhängige Berichterstattung ist ein Privileg der Demokratie, welches wir nutzen sollten.«

Erstaunt sah ich Tim genauer an. Mit seiner sehr blassen Haut, der Brille und dem Star-Wars-Shirt hatte ich ihn für einen computerspielenden Geek gehalten, der seine Zeit am liebsten drinnen verbrachte. Für einen von denen, die mehr in den Tag hineinlebten als alles andere. Dass er gerne aus Krisengebieten berichten wollte, war so ziemlich das Letzte, womit ich gerechnet hatte.

Im nächsten Moment wollte ich mich dafür treten. Gestern hatte ich mich noch bei David darüber beschwert, dass viele Leute aufgrund meines Aussehens Schlüsse über mich zogen, die nicht zutrafen. Und jetzt saß ich hier, nicht einmal 24 Stunden später, und tat genau dasselbe? Zwar hatte ich dabei keine bösen Absichten gehabt, trotzdem wurde mir erst jetzt bewusst, dass auch ich an mir arbeiten musste, wenn ich mehr Toleranz von anderen erwartete.

»Das finde ich sehr cool. Die Berichterstattung bei uns ist ja doch sehr einseitig.«

»Wem sagst du das.« Tim verdrehte die Augen. »Vor allem sehr Trump-lastig. In welche Richtung möchtest du denn gehen?«

»Auch Journalismus, aber eher Sportberichte.« Mehr sagte ich nicht, denn ich war noch nicht bereit dazu, Fremden von meinem Autoren-Wunsch zu erzählen.

»Sport ...« Tim betrachtete mich nachdenklich. »Du kamst mir von Anfang an bekannt vor. Bist du Sportler?«

»Nicht mehr. Ich habe früher Football gespielt, aber nach einer Knieverletzung musste ich den Traum an den Nagel hängen.«

»Stimmt.« Tims Miene hellte sich auf. »Du warst an der UCLA, richtig? Ich kann mich noch an den Bericht in der Temple News erinnern, als du zurück nach Philadelphia gekommen bist. Ich kenne mich mit Sport zwar gar nicht aus, aber was wir in der Zeitung schreiben, bleibt manchmal doch hängen.«

Interessiert horchte ich auf. »Du schreibst für die Zeitung?«

»Ja, klar.«

Ein nervöses Lachen entwich mir. »Ihr sucht nicht zufällig noch Redakteure? Ich hatte vor, mich dort ebenfalls zu bewerben.«

Tim grinste. »Wir suchen immer neue Leute. Vor allem, wenn sie sich für Sport interessieren. Komm einfach heute Nachmittag vorbei, dann stelle ich dich allen vor.«

Ich konnte mein Glück kaum fassen. Es schien, als hätte ich mich unwissentlich genau neben die richtige Person gesetzt. Nicht nur hatten wir uns auf Anhieb gut verstanden – so gut, dass ich von der eigentlichen Vorlesung nichts mitbekommen hatte -, Tim hatte mir zudem einen Job bei der Temple News verschafft, ohne dass ich etwas dafür getan hatte. Mein Name hatte ausgereicht, um dem Chefredakteur leuchtende Augen zu verschaffen. Die ersten zwei Wochen würde ich nur einen anderen Redakteur begleiten und ihm über die Schulter schauen. Ich würde auch erst bezahlt werden, wenn mein erster eigener Artikel veröffentlicht wurde, aber es ging mir dabei ohnehin eher darum, Erfahrungen zu sammeln.

Mit beschwingten Schritten betrat ich die WG, wo ich David auf der Couch sitzend vorfand. Er saß über sein Handy gebeugt und bemerkte mich erst, als ich mich neben ihn setzte. »Oh, hey. Du bist schon da.« Nachdenklich drehte er das Smartphone in seinen Händen. Seine Mundwinkel waren nach unten gezogen und seine Stirn gerunzelt.

»Ist alles okay?«, fragte ich vorsichtig. So betrübt kannte ich David gar nicht.

»Hm, was?« David warf einen letzten Blick auf sein Handy, ehe er mich ansah.

»Hast du schlechte Nachrichten erhalten?«, wagte ich einen Schuss ins Blaue.

»Nein, absolut nicht.« Achtlos warf David das Teil auf den Tisch und pflasterte ein Lächeln auf sein Gesicht, das ich ihm nicht abkaufte. »Wie war's an der TU?«

Irgendetwas stimmte nicht. Kurz haderte ich mit mir, ob ich ihn darauf ansprechen sollte, kam dann aber zu dem Entschluss, dass es besser wäre, ihn nicht zu drängen. Daher berichtete ich ihm von Tim und dass ich demnächst für die Temple News schreiben durfte.

»Das ist ja super«, freute er sich. »So schnell kann es manchmal gehen.«

»Ich hätte auch nicht damit gerechnet, dass es so problemlos laufen würde.«

»Heißt das, du brauchst jetzt keinen Job mehr?«

Ich schnaubte leise. »Doch, auf jeden Fall. Die Bezahlung ist eher gering. Pro veröffentlichtem Artikel bekomme ich nur zehn Dollar. Zwar erscheint die Zeitung jeden Dienstag, aber nicht zu allen Ausgaben werde ich Artikel beisteuern können, wenn ich überwiegend die Sportberichterstattung übernehme. Ich brauche also noch einen *richtigen* Nebenjob, um über die Runden zu kommen.«

»Das trifft sich gut.« David grinste zufrieden. »Wenn du möchtest, kannst du dich in der Bar vorstellen, in der Julian arbeitet. Er ist Donnerstag wieder da und wenn Interesse besteht, sollst du während seiner Schicht vorbeikommen.«

Es dauerte einige Sekunden, bis ich die Bedeutung seiner Worte begriffen hatte. »Ernsthaft? Julian hat das gesagt? Ohne dazu gezwungen zu werden?« Julian war Davids bester Freund und wir waren nie miteinander warm geworden. Obwohl wir beide David mochten, hatten wir nie eine Bindung zueinander aufbauen können. Nachdem ich ohne ein Wort des Abschieds nach Los Angeles verschwunden war, war es nur schlimmer geworden. Die Worte, die Julian seit meiner Rückkehr mit mir gewechselt hatte, konnte ich an einer Hand abzählen.

David lachte. »Na ja, sagen wir es so, es war etwas gutes Zureden meinerseits nötig, bis er zugestimmt hat. Aber wenn du hingehst und es nicht versaust, hast du den Job so gut wie sicher.« Sein Blick verhakte sich mit meinem und seine Augen strahlten etwas aus, das ich nicht benennen konnte, aber das mir ein warmes Gefühl in meiner Brust verschaffte, das sich rasch in meine Glieder ausbreitete. Ob ich es wohl festhalten konnte, wenn ich nie wieder von David wegsah?

»Danke.« Dieses Wort war nicht genug. Ich wollte noch viel mehr tun, David umarmen oder in irgendeiner anderen Art berühren. Nach unserem holperigen Start hätte ich nicht damit gerechnet, dass er sich derart darum bemühen würde, mir zu helfen. Ich wusste nicht, wie ich ihm ausreichend danken sollte.

Vielleicht macht er es nur, damit er dich möglichst schnell wieder loswird.

Der Gedanke kam so plötzlich, dass er mich zusammenzucken ließ. Ich wollte ihn als Hirngespinst abtun, als weitere Ausgeburt meines Unterbewusstseins, das mir ständig Steine in den Weg legen wollte, um mein Vertrauen in mich und meine Mitmenschen zu erschüttern. Aber konnte ich das wirklich? David war seit gestern wie ausgewechselt und Tatsache war nun mal, dass ich mich schneller um einen eigenen Platz im Wohnheim kümmern konnte, wenn ich einen Job hatte.

Am nächsten Morgen wartete ich, bis David sich auf den Weg zur TU machte, ehe ich mein Handy hervorholte. Die Vorstellung, dass David mich trotz allem, was er zu mir gesagt hatte, vielleicht loswerden wollte, hatte mich zum Nachdenken angeregt. Zuerst hatte mich der Gedanke tief verletzt, doch je länger ich darüber nachgedacht hatte, desto sinnvoller erschien er mir. Aktuell verbrachten David und ich notgedrungen Zeit miteinander. Schlimmer noch, ich hatte ihn am Wochenende fast schon erpresst, sich auch mit mir zu unterhalten und nicht nur meine Anwesenheit zu dulden. Konnte ich es ihm da wirklich übelnehmen, dass er mich loswerden wollte? *Falls* er das wollte. Falls nicht, würde sich das sicherlich dadurch zeigen, dass wir auch weiterhin Zeit miteinander verbrachten. Dann aber freiwillig, was sich nur positiv auf unsere Freundschaft auswirken konnte.

Aber das alles sollte für mich erst mal zweitrangig sein. Ich musste mein Leben in den Griff bekommen und dazu musste ich zuerst klare Verhältnisse schaffen. Ich nahm einen tiefen Atemzug, wählte die Nummer meiner Mom an und hielt mir das Handy ans Ohr.

»McKenny«, ging sie nach dem zweiten Klingeln ran.

»Hey, Mom.«

»Mein Junge.« Sie seufzte erleichtert. »Ich habe mir solche Sorgen gemacht, weil ich dich gestern nicht erreicht habe.«

»Ich saß in einer Vorlesung.«

Sie zögerte nur einen winzigen Moment, aber es war genug, um mir eine Vorstellung des restlichen Gesprächs zu geben. »Also studierst du wieder?«

Bei meinen nächsten Worten klopfte mir das Herz bis zum Hals. »Ja. Aber ich werde den Studiengang wechseln. Zu Journalismus.«

Eine längere Pause folgte. »Das wird deinem Vater nicht gefallen.« Sie sprach sanft, beinahe vorsichtig, als versuchte sie ein wildes Tier zu besänftigen.

Es hatte eine Zeit gegeben, da hätten mich diese Worte getroffen, doch heute ließen sie mich völlig kalt. »Ich weiß, und es ist mir egal«, sagte ich mit ruhiger, fester Stimme. Es war an der Zeit, dass ich meine eigenen Regeln aufstellte. »Mom, ich werde nicht mehr zurückkommen. Ich habe mir einige Gedanken gemacht. Ich muss endlich meinen eigenen Weg gehen und das machen, was mir guttut. Ich bin nicht als Autoverkäufer geboren. Es tut mir leid, was ich Dads Kunden gesagt habe, aber ich habe keinen anderen Ausweg gesehen. Du weißt, dass er nicht mit sich reden lässt. Und ich war einfach unglücklich.«

»Ich weiß, mein Schatz. Und mir tut es leid, dass ich nicht eingeschritten bin, als Edward dich vor die Tür gesetzt hat. Er hat mich mit seinen Anschuldigungen völlig überrumpelt. Aber das ist keine Entschuldigung, ich hätte das nicht zulassen dürfen.«

Widerstand regte sich in mir. »Hast du das zu Rachelle auch gesagt?« Meines Wissens hatte Mom sich danach nie wieder bei Rachelle gemeldet.

»Das mit deiner Schwester war etwas anderes.« Mom war um einen ruhigen Tonfall bemüht, das konnte ich deutlich hören, genauso wie die unterdrückte Wut.

Ich wollte sie fragen, was vorgefallen war, was Rachelle angestellt hatte, um diese Ausgrenzung zu verdienen, aber ich wusste genau, dass ich keine Antwort erhalten würde.

»Außerdem reden wir gerade über dich«, sagte Mom, als hätte sie meine Gedanken erraten. »Wo bist du untergekommen? Was hast du jetzt vor?«

»David lässt mich bei sich übernachten.«

»Wer ist David?«

»Du kennst ihn, er war auf meiner Highschool. Andrews Bruder«, erklärte ich.

»Ach, der nette junge Mann.«

Ich verdrehte die Augen. David hatte das, was meine Mom als Schwiegersohn-Potenzial bezeichnen würde. Allerdings dachte sie dabei nicht an mich, sondern eher an Rachelle. Ob sie ihn wohl immer noch nett finden würde, wenn sie wüsste, dass er schwul war? Ich schüttelte diesen Gedanken ab. »David hat mir auch dabei geholfen, meinen

Studiengang zu wählen. Und wahrscheinlich habe ich ab nächster Woche auch einen Job.«

»Aber nur, wenn du dich dort nicht so anstellst wie beim letzten.« Sie sagte das so trocken, dass ich ein überraschtes Lachen nicht verhindern konnte.

»Mom!«, schalt ich sie. »Es ist nur ein Nebenjob. In einer Bar.«

»Sorry, den konnte ich mir nicht verkneifen.« Dann wurde sie ernst. »Bist du denn jetzt glücklich?«

Ich begann zu nicken und hielt mitten in der Bewegung inne. War ich das? Glücklich? Ich fühlte mich erleichtert, weil ich dem Einfluss meines Dads entkommen war. Aber konnte man das wirklich vergleichen?

»Ich arbeite daran«, sagte ich schließlich.

Kapitel 9

David

»Du glaubst nicht, was passiert ist.«

Emma rutschte neben mir auf die Bank und sah mich strahlend an. Sie schob mir einen Kaffeebecher zu, den ich dankend annahm. Ich war noch nicht richtig wach heute, weil ich die halbe Nacht nicht schlafen konnte.

»Was?«

»Es haben sich zwei Galeristen gemeldet, die an einer Zusammenarbeit mit mir interessiert sind. Bryan hat es mir gestern gesagt.«

»Emma, das ist großartig. Hast du sie schon angerufen?« Jetzt, da sie es ansprach, fiel mir meine eigene Liste ein. Ich hatte sie völlig vergessen in dem ganzen Chaos um Keiran und Andrew. Wie hatte das nur geschehen können?

»Nein, noch nicht. Ich war gestern erst spät zu Hause, da wollte ich niemanden mehr anrufen. Ich bin echt so erleichtert. Ich hatte befürchtet, dass sich niemand für meinen Kram interessiert.«

Ich schüttelte den Kopf. »Deine Gemälde sind fantastisch. Es war nur eine Frage der Zeit, bis das jemand anerkennt.« Ich war davon überzeugt, dass Emma es einmal weit bringen würde. Sie hatte nicht nur ihren eigenen Stil entwickelt, sondern besaß auch den nötigen Ehrgeiz und die Hartnäckigkeit.

»Aber du weißt, wie es ist. Nicht jeder, der gut ist, schafft auch den Durchbruch.«

»Das stimmt.«

Ich wandte mich meinem Kaffee zu, während Emma ihre Unterlagen für die erste Vorlesung aus ihrer Tasche holte. Es dauerte keine zwei Minuten, bis ich ihre Aufmerksamkeit erneut auf mir spürte.

»Sag mal, ist alles in Ordnung?«

Ich versuchte ein möglichst unbeteiligtes Gesicht aufzusetzen. »Klar.«

Emma zog die Stirn kraus. »Macht Keiran dir Schwierigkeiten?«

»Nein, gar nicht. Wir haben uns ausgesprochen und er hat sich sogar bei mir entschuldigt.«

»Und warum siehst du dann aus, als hätte jemand deinen Hund umgebracht?«

Seufzend rieb ich meine Stirn. Ich konnte Emma nichts vormachen, das hatte ich noch nie geschafft. »Irgendwas stimmt mit Andrew nicht.«

»Mit deinem Bruder?«

Nickend drehte ich den Kaffeebecher in meinen Händen. »Er verhält sich total seltsam in letzter Zeit. Er geht kaum noch ans Telefon, wenn ich ihn anrufe. Zu der Eröffnung in der Galerie ist er nicht gekommen. Letzte Woche war er auf einer Party, als er eigentlich Training gehabt hätte. Er hat zwar versucht mir weiszumachen, die Party fände in der Kabine statt, aber ich habe ihm kein Wort geglaubt. Und gestern ...« Mein Innerstes zog sich schmerzhaft zusammen, als ich daran dachte. »Gestern habe ich ihn gefragt, ob alles in Ordnung ist. Da ist er völlig explodiert. Er hat mich regelrecht angeschrien, dass er ein erwachsener Mann sei und sein Leben im Griff habe. Dann meinte er noch, ich wäre eine schlimmere Glucke als Mom und sollte mich gefälligst um meine eigenen Probleme kümmern.«

»Wow, das ist krass. War er früher schon so?«

»Nein, so hab ich ihn noch nie erlebt.« Andrew war immer ausgeglichen gewesen. Von den üblichen Kabbeleien mal abgesehen, konnte ich mich nicht daran erinnern, dass wir uns jemals ernsthaft gestritten hatten.

»Hast du eine Ahnung, was dahinterstecken könnte?«

Hatte ich. Auch wenn ich es bisher nicht in Betracht ziehen wollte, musste ich endlich jemandem meine Befürchtungen mitteilen. »Ich glaube, er hat jetzt doch ein Problem damit, dass ich schwul bin. Vielleicht hat er dort irgendwelche Teamkollegen, die ihm Sachen in den Kopf gesetzt haben. Ich weiß es nicht, aber es ist auffällig, dass er sich nur mir gegenüber so verhält. Mit Mom redet er immer noch normal, telefoniert jede Woche mit mir, nur bei mir verhält er sich seltsam.« Es war irgendwie erleichternd, es endlich ausgesprochen zu haben, auch wenn ich mich dadurch kein Stück besser fühlte.

Emma schüttelte langsam den Kopf. »Bist du sicher? Ich kann mir das irgendwie nicht vorstellen. Das ist ja nichts, über das man einfach so seine Meinung ändert, und du hast mir doch erzählt, dass er früher immer hinter dir gestanden hat. Auch bei den Idioten an deiner Highschool.«

»Aber was ist es dann? Und warum verhält er sich nur mir gegenüber so?«

Emmas Schulterzucken sagte mir, dass sie darauf auch keine Antwort wusste. »Hast du mal mit Keiran darüber gesprochen? Er war doch ein Jahr mit Andrew an der UCLA. Vielleicht ist ihm etwas aufgefallen.«

»Ich kann ihn mal fragen.« Sicherlich würde es nichts bringen, weil Andrew sich erst im letzten Jahr verändert hatte. Da war Keiran schon lange wieder in Philadelphia gewesen. Trotzdem war es ein Anhaltspunkt, an den ich noch nicht gedacht hatte.

Die Mittagspause verbrachten wir draußen. Das Wetter war schön genug, um es in der Sonne nur im T-Shirt aushalten zu können. Wir waren nicht die Einzigen, die es bei diesen Temperaturen in die Sonne zog, denn der Platz vor der Mensa war prall gefüllt, als Emma und ich ankamen. Zum Glück hatten die anderen bereits einen Tisch besetzt. Cole sprang auf und winkte uns zu, sobald er uns erblickte.

»Hey, Leute.« Ich ließ mich mit meinem Tablett neben Julian nieder, während Emma sich neben ihren Freund Jaxon setzte. »Wie lange seid ihr schon hier?«

»Professor Jackson hat uns früher gehen lassen, daher konnte ich einen guten Platz ergattern«, sagte Brittany.

»Zum Glück«, fügte Julian hinzu. »Denn als wir gekommen sind, war auch schon alles voll.«

Cole hob die Schultern. »Das Tröstliche ist, sobald es noch fünf Grad wärmer wird, verschwindet ein Teil der Leute wieder nach drinnen, weil es ihnen zu warm ist.«

»Habt ihr euch eigentlich wieder für den Marathon angemeldet?«, fragte ich Julian. Mir waren die Plakate aufgefallen, die überall am Campus verteilt hingen. Letztes Jahr hatte Julian mit zwei Freunden teilgenommen und fürs erste Mal gut abgeschnitten.

»Preston und Connor ja, aber ich werde wohl passen.«

»Warum? Du warst doch voll gut. Außerdem wohnst du jetzt praktisch auf dem Land, wo du immer trainieren kannst.«

Julian verdrehte die Augen. »Ich wohne in einem Vorort und ich konnte auch vorher immer trainieren. Die Sache ist einfach, dass die Marathonvorbereitung sehr zeitaufwändig ist und ich diese Zeit lieber mit Lucy verbringen möchte. Wir sehen uns eh nicht oft genug und wenn sie ab August studiert, wird es noch weniger werden.« Er hob die Schultern. »Prioritäten, Mann.«

Ich konnte ihn verstehen. Das Studentenleben hörte sich immer so traumhaft an, wenn man den Gerüchten glaubte. Viel Freizeit, noch mehr Partys und jeder macht, was er will. In Wirklichkeit saßen wir die meiste Zeit jedoch in Vorlesungen oder Lerngruppen und mussten zudem arbeiten, um uns das Studium überhaupt finanzieren zu können. Da blieb für Freunde oder die Freundin nicht mehr viel Zeit, selbst wenn man zusammenwohnte.

Plötzlich stieß Julian mir mit dem Ellbogen in die Seite. »Schau mal, da vorne ist Keiran.«

Mein Blick folgte der Richtung, in die er zeigte, und ich entdeckte Keiran mit einer rotgelockten Frau. Sie standen unschlüssig am Rand und suchten vermutlich nach einem Sitzplatz.

Ehe ich reagieren konnte, war Julian bereits aufgesprungen. »Hey, Keiran«, rief er winkend. »Wir haben hier noch Platz.«

Keirans Augen weiteten sich erstaunt, doch seine Begleitung schien keine Vorbehalte zu haben. Erleichterung zeichnete sich auf ihrem Gesicht ab und sie kam auf uns zu, sodass Keiran keine Wahl blieb, als ihr zu folgen.

»Was hast du vor?«, zischte ich Julian zu. Erst hatte er Keiran einen Job angeboten und jetzt holte er ihn zu uns an den Tisch? Wer war dieser Typ und was hatte er mit dem Julian gemacht, den ich kannte?

»Gar nichts. Die beiden brauchen Platz und wir haben ihn.« Er setzte sich wieder und stocherte mit der Gabel in seinen Nudeln herum.

Mit hochgezogener Augenbraue starrte ich meinen besten Freund an.

»Ehrlich, nichts weiter. Versprochen«, beteuerte er.

Ich wollte noch etwas erwidern, doch da waren sie schon da. Das rothaarige Mädel setzte sich mir gegenüber hin. »Oh, Gott sei Dank. Ich dachte schon, wir müssten drinnen sitzen. Ich bin übrigens Natalie.«

Ich grinste. »Ich hab schon viel von dir gehört.«

»Nur Gutes, hoffe ich.«

»Hm ... und wenn nicht?«

»Dann bekommt er hier«, sie reckte den Daumen in Keirans Richtung, »rechts und links eine von mir verpasst.«

Ich wagte einen Blick in Keirans Richtung. Eine Mischung aus Belustigung und nackter Panik stand ihm ins Gesicht geschrieben. Ich fragte mich, woher Letzteres kam. Dachte er, ich würde etwas ausplaudern, das Natalie nicht wusste? Er sollte mich wirklich besser kennen.

Ich seufzte theatralisch. »Ich muss dir leider sagen ... dass er wirklich nur gut über dich spricht.«

Natalie lachte. »Das will ich ihm auch geraten haben. Du bist David, oder?«

Ich nickte. »Die anderen Chaoten hier sind Julian, Marc, Emma, Jaxon, Brittany und Cole.«

Natalie winkte in die Runde. »Sitzt ihr immer hier?«

»Oft. Irgendwer von uns ist in der Mittagspause meistens hier«, erklärte ich.

»*Manche* von uns«, Jaxon betonte das Wort auf eine Weise, die verdeutlichte, dass er sich damit meinte, »müssen für die Vorlesungen bis zum anderen Ende vom Campus und schaffen es daher nicht regelmäßig. Deswegen muss ich jetzt auch los. Prüfungsvorbereitung für den Bachelor.« Jaxon drückte Emma einen Kuss auf die Wange, verabschiedete sich und verschwand.

Emma wandte sich Natalie zu und deutete von ihr zu Keiran. »Kennt ihr euch schon lange?«

»Seit wir Kinder sind. Mein Dad hat für Keirans Dad gearbeitet und als Kinder haben wir oft im Laden zwischen den Autos gespielt. Hat unsere Väter in den Wahnsinn getrieben, wenn wir mit den Schuhen auf den Autositzen rumgekrabbelt sind oder uns im Kofferraum versteckt haben.« Sie lächelte leicht, wie wenn man sich an eine gute Zeit erinnert, doch mit einem Mal erlosch das Lächeln. »Ich war vierzehn, als Dad uns verlassen hat. Hätte Keirans Dad uns damals nicht geholfen, wären wir auf der Straße gelandet.«

Erstaunt sah ich zu Keiran. Nach allem, was ich bisher über seinen Dad wusste, hätte ich ihm so viel Menschlichkeit gar nicht zugetraut.

Keiran verdrehte die Augen. »Dad hat es nicht aus Nächstenliebe gemacht. Er war sauer, dass Derek einfach abgehauen ist und ihn im Stich gelassen hat. Er hat gehofft, wenn er Linda und den Mädels unter die Arme greift, dass sie im Umkehrschluss für ihn arbeiten würde.«

»Was Mom aber nicht getan hat«, fügte Natalie an.

»Dad war fuchsteufelswild, als sie ihm gesagt hat, sie würde lieber kellnern gehen als Autos zu verkaufen. Es war ein glorreicher Moment. Nicht viele trauen sich, meinem Dad die Stirn zu bieten.«

Was sie erzählten, passte genau in das Bild, das ich bisher von Keirans Dad hatte. Ein Mann, der seine komplette Umwelt kontrollieren wollte, und dabei nicht vor unlauteren Methoden zurückschreckte. Ich konnte mir nicht vorstellen, wie es sich angefühlt haben musste, unter dieser Übermacht aufzuwachsen. Wenn jegliches Aufblühen von Vorlieben, das nicht in sein engstirniges Weltbild passte, im Keim erstickt wurde. Ich verstand immer besser, woher Keirans Probleme kamen.

Mein Nacken begann zu kribbeln, als ich Keirans Blick auf mir spürte. Für einen Moment versuchte ich es zu ignorieren, doch nachdem ein warmer Schauer über meinen Rücken raste, konnte ich mich nicht mehr dagegen wehren. Ich sah zu ihm rüber und erschrak bei der Fülle an Gefühlen, die in seinen Augen lag. Zum ersten Mal ließ er mich all das sehen, was in ihm vorging. All die Verzweiflung und den Schmerz, den er empfand, aber auch die Hoffnung, es endlich bessermachen zu können. Ich wollte mich abwenden, weil ich an seinen Emotionen zu ertrinken drohte, aber ich konnte mich nicht rühren. Seine Augen waren wie ein Sog, der mich immer tiefer in den Strudel hineinzog.

Als ich nach Hause kam, war Keiran noch nicht da. Das gab mir die Chance, in Ruhe die Galeristen anzurufen, was ich schon längst hätte tun sollen. Ich zog den Zettel mit den Telefonnummern aus meiner Nachttischschublade heraus und setzte mich damit an meinen Schreibtisch. Das Herz klopfte mir bis zum Hals, während ich überlegte, wen ich zuerst anrufen sollte. Den Galeristen, der mir ein Angebot für den Schwimmer gemacht hatte? Das wäre sicher das einfachste Gespräch. Einerseits ein leichter Einstieg, andererseits würde es danach nur schwieriger werden. Ich haderte kurz mit mir und wählte dann eine der anderen Nummern an. Das Tuten aus dem Telefon und das Pochen meines Pulses schienen sich in der Lautstärke übertrumpfen zu wollen, während ich darauf wartete, dass jemand abnahm.

»Galerie Holmes, was kann ich für Sie tun?«, sagte eine Frauenstimme.

»Hier ist David Moore. Ich würde gerne mit John Carmichael sprechen.«

»Einen Moment, ich hole ihn.« Ein Klacken, als das Telefon zur Seite gelegt wurde, sich entfernende Schritte und unverständliches Gemurmel im Hintergrund.

Kurz darauf wurde der Hörer wieder aufgenommen. »John hier.«

Mein Herz überschlug sich fast und mir blieb die Stimme weg. Ich räusperte mich. »Hier ist David Moore. Sie ...«

»Ah, David«, unterbrach er mich. »Schön, dass du dich meldest. Ich habe deinen Schwimmer bei der Ausstellung gesehen. Er hat mich wirklich fasziniert. Diese Mischung aus Stärke und Sinnlichkeit. Dazu die filigrane Handarbeit. Einfach großartig.«

Seine Worte lösten ein warmes Kribbeln in meinem Inneren aus. Mein Dozent hatte ähnlich über den Schwimmer geschwärmt, aber es von einem Galeristen zu hören, den ich gar nicht kannte, fühlte sich noch einmal ganz anders an. »Vielen Dank.«

»Als ich die Skulptur betrachtet habe, ist mir eine Idee gekommen. Ich würde in meiner Galerie gerne eine ganze Reihe an Sportlern in ähnlicher Ausführung ausstellen. Alle aus verschiedenen Sportarten, dabei gerne auch welche, die außergewöhnlich sind. Was hältst du davon?«

Vor meinem inneren Auge erschienen die verschiedensten Ideen, wie ich Sportler darstellen könnte. Kickboxer beim Roundhouse-Kick, Bergsteiger, die sich an einer Wand hochhangelten, Diskuswerfer, die gerade den Diskus losließen. Das altbekannte Kribbeln in meinen Händen setzte ein, bei dem ich am liebsten sofort mit der Arbeit beginnen würde. »Klingt gut«, sagte ich vorsichtig, weil ich nicht zu viel von meiner Begeisterung zeigen wollte.

»Sehr schön. Allerdings hätte ich einen Verbesserungsvorschlag. Ich möchte keine männlichen Sportler, sondern weibliche. Ist auch viel ästhetischer, findest du nicht auch?«

Ich fühlte mich, als hätte mich jemand mit Eiswasser übergossen. Er wollte Frauen haben? Das war so typisch. Er wollte also gar nicht meine Skulpturen haben, sondern seine Ideen von mir umgesetzt wissen? »Nein, finde ich nicht«, sagte ich tonlos. Ich würde niemals die Marionette von anderen Leuten werden.

»Aber warum denn nicht?« Er klang ehrlich überrascht.

Ich seufzte. Here we go. »Ich bin schwul, ich habe kein Interesse daran, weibliche Körper darzustellen.«

Stille am anderen Ende der Leitung. Vermutlich wusste er nicht, was er dazu sagen sollte. »Oh, also kommen wir hier nicht zusammen?«

»Leider nicht.«

»Schade, trotzdem danke für deinen Anruf.« John legte auf, ehe ich mich verabschieden konnte.

Frustriert schmiss ich das Handy auf den Tisch und strich Johns Namen auf der Liste durch. Dabei drückte ich so fest auf, dass ich das Papier zerstörte. Das Gespräch war pure Ernüchterung gewesen. Ich hatte vorher gedacht, dass die Galeristen an *meinen* Ideen interessiert waren, doch John wollte nur seine eigenen Ziele verfolgen. Würde es mit den anderen genauso laufen? Waren auch sie nur daran interessiert, mich in eine Form zu pressen, in die ich nicht hineinpasste? War das normal? Würde ich meinen Stil ändern müssen, um jemals eine reelle Chance auf dem Markt zu haben?

Plötzlich musste ich an Keiran denken. In gewisser Weise hatte sein Dad dasselbe mit ihm gemacht. Er hatte eine gewisse Vorstellung davon, wie Keiran zu sein hatte, und dann versucht, ihn nach seinen Wünschen zu formen. Damit hatte er schon sehr früh begonnen, sodass Keiran nie das Selbstvertrauen aufbauen konnte, das ich mittlerweile besaß. Das Selbstvertrauen, das mir riet, meinen eigenen Weg zu gehen und mich nicht verbiegen zu lassen. Das mir sagte, irgendwo da draußen würde es jemanden geben, der mein wahres Potenzial erkannte. Das wusste, dass ich gut genug war.

Genau deswegen würde ich mich nicht darauf einlassen, wenn Galeristen Dinge von mir verlangten, die nicht meinem Wesen entsprachen. Ich würde mich nicht verbiegen, um Werke zu erschaffen, die vielleicht Erfolg hatten, aber hinter denen ich nicht zu hundert Prozent stand. Ich würde nicht einmal stolz darauf sein können, wenn es nicht meine Idee gewesen war.

Kapitel 10

Keiran

»Bruderherz, was verschafft mir die Ehre deines Anrufs?«, fragte Rachelle gutgelaunt, nachdem sie abgehoben hatte.

»Ich wollte nur hören, wie es meiner Lieblingsschwester geht«, sagte ich, worauf ein sarkastisches Schnauben folgte.

»Ich bin deine einzige Schwester.«

»Deswegen kann ich den Begriff benutzen, ohne jemanden zu kränken.« Das war unser übliches Geplänkel. Auch wenn ich nur eine Schwester hatte, würde ich jedoch sogar so weit gehen zu sagen, dass Rachelle mein Lieblingsmensch in unserer Familie war. Sie versuchte mich nie in eine gewisse Richtung zu drängen, sondern akzeptierte mich so, wie ich war.

»Außerdem rufst du mich nie an, um dich nur nach meinem Wohlbefinden zu erkundigen. Also, was ist los?« Sie kannte mich auch leider zu gut.

Ich zögerte kurz, ehe ich sagte: »Dad hat mich rausgeschmissen.«

»*Was*? Spinnt er jetzt völlig? Was hast du angestellt?«

Ich erklärte ihr, wie er mich erst dazu gezwungen hatte, das Studium aufzugeben, um im Laden anzufangen, und mich dann vor die Tür gesetzt hatte, nachdem ich ihn hintergangen hatte.

Rachelle kicherte. »Geil, mein kleiner Bruder wird aufmüpfig. Gefällt mir.«

»Chelle«, mahnte ich sie. »Können wir beim Wesentlichen bleiben?«

»Sorry, aber es war nur eine Frage der Zeit, bis so etwas passiert. Du bist nicht wie Remy, der glücklich damit ist, den Wünschen unserer Eltern zu folgen. Ich habe schon länger befürchtet, dass Dad dich zwingen wird, in den Betrieb einzusteigen.« Sie hörte sich an, als wüsste sie genau, wie sich das anfühlte.

»Hat er das mit dir auch versucht? Hat er dich deswegen rausgeschmissen?«, wollte ich wissen. Es würde Sinn ergeben, wenn sie Vergleichbares erlebt hatte. Aber warum wollte Mom dann noch immer keinen Kontakt zu ihr?

»Ja und nein.« Rachelle seufzte. »Eigentlich wollte ich dir das nicht erzählen, aber ich denke, jetzt ist es auch egal.«

Ich runzelte die Stirn. »Ist es so schlimm, was du angestellt hast?«

»Nein, ich verstehe nur einfach bis heute nicht, was passiert ist.« Ihre Worte am anderen Ende der Leitung klangen resigniert.

»Erzähl«, forderte ich sie auf.

»Als ich damals zu studieren begonnen habe, hab ich Mom und Dad belogen, was ich als Studienfach gewählt habe. Ich wusste von Anfang an, dass sie Sozialwissenschaften nie akzeptieren würden. Also habe ich erzählt, ich hätte mich für Jura eingeschrieben. Vermutlich wäre ich damit auch durchgekommen, aber ich habe mich unglaublich naiv angestellt. Mom hat meine Unterlagen beim Putzen auf meinem Schreibtisch entdeckt. Sie hat es Dad erzählt und es hat einen großen Streit gegeben. Damals hat er auch von mir verlangt, dass ich das Studium aufgebe und stattdessen für ihn arbeite, wenn ich doch sonst nichts Anständiges zustande brächte.«

Ich nickte, obwohl sie das nicht sehen konnte. »Genau dasselbe hat er zu mir auch gesagt. Bei mir aber, weil meine Noten schlecht waren. Dabei habe ich Wirtschaft nur gewählt, um ihn zufriedenzustellen.«

Rachelle schnaubte. »Das Problem ist ja, dass man ihn nie zufriedenstellen kann, egal was man macht. Deswegen hab ich mich damals auch dagegen gewehrt. Ich habe ihm stattdessen aufgezeigt, was man mit meinem Studiengang alles erreichen und wie viel man damit verdienen kann. Er hat mehr oder weniger zugestimmt. Unter der Voraussetzung, dass ich ihm meine Noten offenlege und beweise, dass ich gut darin bin.«

Das klang ganz nach unserem Dad. »Was ist dann passiert?« fragte ich nach. Immerhin würde er sich nicht grundlos umentschieden haben.

»Das ist der Part, den ich bis heute nicht verstehe. Einige Wochen später hat Mom angeblich einen Joint und ein Päckchen Gras in meiner Schreibtischschublade gefunden.«

Ein seltsames Ziehen wuchs in meinem Magen. »Du nimmst Drogen?« Ich hätte Rachelle nie für so eine gehalten.

»Natürlich nicht«, erboste sie sich. »Ich meine, ich habe damals vielleicht ein paar Dinge probiert. Als ich mit dem College begonnen habe, habe ich alle möglichen Wege gesucht, um über die Stränge zu schlagen. Ich habe mich nachts heimlich aus dem Haus geschlichen, um auf Partys zu gehen, hab zu viel Alkohol getrunken und ab und an mal gekifft. Aber ich habe das Zeug nie gekauft und hätte es auch nie in meinem Zimmer deponiert, selbst wenn ich mir jemals etwas besorgt hätte. Ich war so sauer, dass Mom mir das überhaupt zugetraut hat.«

»Hast du je rausgefunden, wie es dahin gekommen ist?« Mein erster Verdacht lag bei Remy. Mit unserem Bruder waren wir noch nie klargekommen. Während wir uns immer gegen Dads Machenschaften gewehrt hatten, war Remy voll in ihnen aufgegangen. Er hatte alles ausgeführt, was Dad verlangt hatte, und nur Hohn und Spott für uns übriggehabt, wenn wir uns Dads Forderungen widersetzt hatten.

»Ich sage es nur ungern, aber ich vermute, dass es Mom und Dad waren.«

»Auf keinen Fall. Ich kann mir nicht vorstellen, dass Mom dazu fähig wäre«, sagte ich sofort. Dad würde ich es vorbehaltlos zutrauen, aber Mom war nicht so hinterhältig wie er.

Rachelles Seufzen schien tief aus ihrer Seele zu kommen. »Mom hat nicht mal überrascht gewirkt, dass sie die Sachen bei mir gefunden hat. Und sie hat sich seitdem nicht ein einziges Mal bei mir gemeldet. Nicht mal um zu hören, ob es mir gut geht. Wer macht so etwas? Wer setzt seine eigenen Kinder einfach vor die Tür und kümmert sich dann nicht mehr darum, wie es ihnen geht?«

Darauf wusste ich auch keine Antwort. »Und das war der Grund, warum du ausziehen musstest?«

»Genau. Dad meinte, ich hätte Schande über die Familie gebracht und seine Gutmütigkeit und sein Geld ausgenutzt, um mich wie eine Wilde zu verhalten. Im Nachhinein bin ich ehrlich gesagt froh, dadurch endlich von ihnen weggekommen zu sein. Auch wenn ich zuerst Angst hatte, als Obdachlose zu enden.«

»Ich kenne das. Anfangs hatte ich Schiss, dass alles den Bach runtergeht, aber nachdem ich eine Woche da raus bin, bin ich einfach nur erleichtert. Endlich kann ich mein Leben so gestalten, wie ich es für richtig halte, ohne dass mir jemand reinredet.«

»Genau. Wo bist du untergekommen?«

»Bei David.«

Rachelle zögerte. Nur einen Moment, aber lange genug, dass mein Herz in einen wilden Trab verfiel. »Kann ich dich etwas fragen?«

Das war er, der Moment, in dem sie es aussprechen würde. Ich hatte mit Rachelle nie über meine Sexualität gesprochen, aber immer vermutet, dass sie es wusste. Ich begann zu schwitzen und wollte am liebsten auflegen und das Handy verstecken. Doch ich zwang mich dazu, ruhig zu bleiben. Wenn ich endlich zu mir stehen wollte, musste ich irgendwo anfangen. »Klar«, brachte ich krächzend über die Lippen.

Ich hatte gedacht, dass sie mich geradeheraus fragen würde, ob ich schwul war, doch stattdessen fragte sie: »Was läuft da zwischen euch beiden? Ich hatte schon immer das Gefühl, dass eine besondere Bindung zwischen euch besteht.«

Irgendwie erleichterte mich ihre Frage. Anstatt sich auf meine Sexualität zu konzentrieren, hatte Rachelle die Bindung zwischen mir und David gewählt. Das musste etwas Gutes bedeuten, oder?

»Momentan läuft gar nichts zwischen uns.«

»Aber es lief mal etwas?«

»Ja.« Meine Stimme war so leise und das Pochen in meinen Ohren so dröhnend, dass ich mich selbst kaum verstehen konnte. Die einsetzende Stille war für mich nicht ertragbar, denn sie ließ Zweifel in mir aufkommen, ob Rachelle mich wirklich akzeptieren würde. »Ich bin aber nicht schwul«, rutschte es mir heraus. Im nächsten Moment wollte ich mich dafür ohrfeigen. Warum sagte ich so etwas? Auch wenn es stimmte, klang es so defensiv, als würde ich mir selbst etwas vormachen.

»Keir, es ist mir egal, ob du auf Männer oder Frauen stehst«, sagte Rachelle. »Ich möchte, dass du glücklich wirst.«

Für einige Sekunden schnürten die Emotionen mir die Kehle zu. Ich hatte nie gedacht, dass Rachelle ein Problem mit meiner Sexualität haben könnte, trotzdem war es unheimlich erleichternd, das auch bestätigt zu wissen. »Das trifft sich gut, denn ich mag beides«, sagte ich leise.

»Seit wann weißt du es?«

Das war schwierig zu beantworten. »Wenn ich mit dem Wissen von heute zurückdenke, habe ich es irgendwie schon immer vermutet. Es hat in meiner Jugend viele Situationen gegeben, in denen ich einen Mann im Fernsehen oder im Team toll fand. Damals habe ich das aber nicht realisiert. Ich habe gedacht, ich würde sie einfach nur bewundern, weil sie etwas gut konnten. Ich habe ihre Körper bewundert, weil ich wusste, wie viel Arbeit dahintersteckt, um so auszusehen. So was in der Art. Erst als ich David kennengelernt habe, wurde es anders. Er ist ja Andrews kleiner Bruder und hat ihn früher zwischendurch zum Training begleitet. Er war damals fünfzehn oder sechzehn? Er war weder gutgebaut noch konnte er etwas herausragend gut, aber seine Augen haben mich fasziniert und die Form seines Mundes. Da konnte ich mir nicht mehr einreden, ich würde ihn bewundern, wobei ich mir die Wahrheit immer noch nicht eingestehen wollte.«

»Wart ihr so früh schon zusammen?« Aus Rachelles Mund hörte es sich wie ein handfester Skandal an, dabei war David nur ein Jahr jünger als ich.

»Nein, das kam erst in meinem letzten Jahr an der Highschool, bevor ich zur UCLA gegangen bin. Und wir waren auch nie wirklich zusammen. Es war so eine heimliche Sache, mehr habe ich mich nie getraut. Nicht auszudenken, was los gewesen wäre, hätte Dad davon erfahren.«

»Dad enterbt dich, wenn er davon erfährt«, erwiderte Rachel nüchtern.

»Das ist mir mittlerweile egal.« In meiner Stimme schwang mehr Selbstbewusstsein mit, als ich empfand. Auch wenn es mich nicht mehr interessierte, was er dachte, war es bei anderen Personen nicht so.

»Du musst es ihm oder anderen ja nicht sagen.« Rachelle schien mich erneut zu durchschauen.

»Ich will mich aber nicht mehr verstecken. Ich will keine Lüge mehr leben und ständig Angst haben, dass jemand die Wahrheit entdecken könnte. Mein ganzes Leben habe ich mich verrenkt, um es anderen recht zu machen, vor allem Dad. Es hat mich nie glücklich gemacht, daher möchte ich es jetzt endlich anders versuchen.«

Rachelle schwieg für einen Moment, dann seufzte sie. »Würde mir genauso gehen. Trotzdem heißt das nicht, dass du dich vor jedem outen musst. Oder bei allen gleichzeitig. Such dir Leute raus, bei denen du sicher bist, dass sie hinter dir stehen und arbeite dich langsam vor.«

»Ich werde bei Natalie beginnen.« Schon länger spielte ich mit dem Gedanken, ihr die Wahrheit zu erzählen, hatte es letztens sogar versucht, aber die Worte nicht über die Lippen gebracht. Aber wenn ich mir einen Tag aussuchte und mich seelisch darauf vorbereitete, würde ich es sicher schaffen. Hoffte ich.

»Nat ist eine gute Wahl.« Im Hintergrund waren Stimmen zu hören, aber ich konnte nicht ausmachen, was gesagt wurde. »Keir, ich muss aufhören, Tyler ist da.« Tyler war ihr Freund, mit dem sie in Allentown wohnte, ungefähr eine Stunde von Philadelphia entfernt. »Wir sprechen bald wieder, ja?«

»Ja, ich melde mich wieder. Grüß Tyler von mir.«

»Mache ich. Bis bald.«

Ich entdeckte David, sobald ich *Barney's Bar* betrat. Er saß am Tresen, ein Glas Bier vor sich, und schien Löcher in die Luft zu starren. Kurz fragte ich mich, ob ich ihn mir bloß einbildete, doch dann drehte er sich zu mir um. Als unsere Blicke sich kreuzten, durchlief mich ein Schauder und die feinen Härchen an meinen Armen stellten sich auf. Die normale Reaktion meines Körpers auf ihn, also musste er wirklich hier sein.

Ich ging auf ihn zu. »Hey. Was machst du hier?«

»Ich dachte, ich leiste Julian etwas Gesellschaft bei der Arbeit. Und dir, obwohl ich nicht sicher war, ob du auftauchen würdest.« Etwas verlegen zuckte er mit den Schultern.

»Du bist wegen mir hier?«, platzte es überrascht aus mir heraus. Auch wenn unser Verhältnis sich deutlich gebessert hatte, war es das erste Mal, dass er aktiv den Kontakt mit mir suchte. Noch beim Mittagessen vorgestern, als Julian uns zu sich an den Tisch gewinkt hatte, hatte David gewirkt, als wäre es ihm nicht recht.

»Na ja ... nicht *nur* wegen dir. Aber ich kann auch gehen, wenn dich das stört.«

»Nein ...«, begann ich, wurde aber von Julian unterbrochen.

»Du darfst nur bleiben, wenn du ihn nicht von der Arbeit ablenkst.«

David lachte. »Bei dir mache ich das auch nie.«

Julian verdrehte die Augen. »Ich bin auch nicht ...« Er unterbrach sich und schien kurzzeitig um Worte zu ringen. »Bei mir ist es auch was anderes.«

David schüttelte den Kopf und ich musste mir ein Lächeln verkneifen. »Also mich stört es nicht, wenn du bleibst«, sagte ich möglichst neutral. Dann sah ich Julian an. »Was soll ich machen?«

Julian stützte sich mit den Ellbogen auf der Theke ab und lehnte sich zu mir. »Ich zeig dir heute alles. Wenn dir der Job zusagt, kannst du am Wochenende gleich anfangen. Es gibt auch nicht viel zu beachten. Du bist für die Bar zuständig, also sowohl für das Austeilen der Getränke als auch dafür, leere Flaschen und Gläser wieder einzusammeln und für Ordnung und Sauberkeit zu sorgen. Wenn nicht so viel los ist und Leute alleine an der Bar sitzen, versuch sie in ein Gespräch zu verwickeln. Je redseliger sie werden, desto länger bleiben sie und desto mehr trinken sie. Das war's eigentlich schon. Ach, eins noch. Kein Flirten mit den

Gästen.« Dabei blickte er jedoch David an, und das so strafend, dass ich das Zucken in meinen Mundwinkeln nicht mehr unterbinden konnte.

»Sollte ich hinkriegen«, sagte ich, nachdem ich meine Gesichtsmuskeln wieder unter Kontrolle hatte.

»Dann komm rüber, ich zeig dir alles.«

Ich ging zu Julian hinter die Bar und staunte nicht schlecht über die Anzahl an Kühlschränken, die unter der Theke versteckt standen. Julian erklärte mir, dass die Kühlschränke nach Getränkesorten unterteilt waren, und was ich in welchem finden konnte. Ich versuchte mir alles zu merken, war mir aber ziemlich sicher, dass ich es bis zu meiner ersten Schicht wieder vergessen hatte.

An der hinteren Wand hingen Regale voller Likör- und Schnapsflaschen. »Was ist damit?«, wollte ich wissen.

»Damit musst du dich erst mal nicht befassen. Du wirst nach und nach lernen, wie welcher Cocktail zubereitet wird, aber vorerst musst du dich nur an Jordan wenden.« David deutete auf einen dunkelhaarigen Mann, der gerade mit dem Cocktailshaker zugange war. »Er bereitet die Bestellungen der Kunden für dich zu. Vor allem wenn es voll ist, also am Wochenende oder wenn die Eagles spielen, hast du dafür sowieso keine Zeit und kannst dich stattdessen besser um den nächsten Kunden kümmern.«

Ich nickte. »Macht Sinn. Und was ist, wenn die Kunden etwas zu essen bestellen?« Wir waren selber schon mal hier gewesen, nach Julians Marathon im letzten Jahr, und hatten auch etwas gegessen. Daher wusste ich, dass es eine Küche geben musste.

Julian grinste breit. »Das ist eine hervorragende Frage, denn sie schafft eine Überleitung zu unserer Kasse.« Julian schob mich vor einen Bildschirm, der ein bisschen Ähnlichkeit mit einem aufgehängten iPad hatte. »Die Bedienung ist eigentlich simpel, du musst nur die Anordnung der Felder lernen. Am ersten Schirm ist das recht einfach, der ist in Getränke und Essen unterteilt. Wenn du beim Essen etwas auswählst, gibst du mit an, an welchem Tisch diejenigen sitzen. Das wird dann automatisch an die Küche weitergegeben und die Kellner wissen, wohin sie es bringen müssen. Bei den Getränken ist es etwas komplizierter.« Julian berührte das Icon mit den Gläsern und ein zweiter Schirm öffnete sich, auf dem mehrere Icons in unterschiedlichen Farben angeordnet waren.

»Das ist der Part, den du lernen musst. Jedes Feld steht für eine Getränkegruppe. Rechts oben sind Biere, daneben Softdrinks, Kaffee, und so weiter. In diesem Heftchen hier«, Julian klopfte auf ein ledergebundenes Buch, das neben der Kasse lag, »sind die einzelnen Bedeutungen erklärt, aber wenn es voll ist, ist es natürlich von Vorteil, wenn du es aus dem Kopf weißt.«

Mein Nacken begann zu kribbeln, als ich Davids Blick auf mir spürte. Ich versuchte, ihn zu ignorieren und mich weiter auf Julians Erläuterungen zu konzentrieren, aber ich kam nicht dagegen an. Davids Aufmerksamkeit war wie ein Sog, der mich aus der Situation herauszuziehen versuchte. Wie von einer unsichtbaren Macht getrieben, wandte ich meinen Kopf in seine Richtung. Als unsere Blicke sich kreuzten, begann mein Herz aufgeregt zu flattern. Er sah mich nicht an, als wolle er mich einfach nur beobachten. In seinen Augen lag ein Feuer, eine Mischung aus Erkenntnis und Verwunderung, als würde er mich gerade zum ersten Mal sehen.

Julians Räuspern ließ mich erschrocken zusammenfahren. Schuldbewusst drehte ich mich zu ihm um. Mit verschränkten Armen und verkniffenen Augen betrachtete er mich. »Hast du ein Wort von dem verstanden, was ich zu dir gesagt habe?«

»Natürlich«, log ich und versuchte dabei möglichst überzeugend zu klingen.

Julian schnaubte. »Ich glaub dir kein Wort.« Er wandte sich David zu. »Trink aus und bestell was Neues.«

»Was?« David lachte, doch als er Julians eiserne Miene betrachtete, erstarb es schnell. »Du meinst das ernst?«

»Selbstverständlich. Ich habe dir gesagt, du sollst ihn nicht ablenken, also trink gefälligst aus und bestell ein neues Getränk. Und zwar kein Bier, das ist viel zu einfach.«

David warf mir einen entschuldigenden Blick zu, setzte die Flasche an und trank den Rest aus. »Einen trockenen Rotwein, bitte«, sagte er und schob mir die Flasche zu.

Ich wandte mich dem Bildschirm zu und drückte zielsicher auf den Icon mit den Getränken. Doch schon danach kam ich ins Schwitzen. Die kleinen Vierecke waren zwar in unterschiedlichen Farben angeordnet, ließen davon abgesehen aber keine Rückschlüsse darauf zu, welche Getränkesorten sich dahinter befanden. Das Einzige, was ich mir gemerkt hatte, waren die Biere an der ersten Stelle. Aber das hatte David nicht bestellen dürfen. Vermutlich genau aus diesem Grund.

Julian räusperte sich neben mir und schob mir das Lederheftchen zu. Ich schlug es auf und auf der zweiten Seite fand ich die Erklärung der einzelnen Farben. Wein und Sekt war die dritte Stelle in der zweiten Zeile. Ich drückte darauf und ein neuer Bildschirm öffnete sich. Dort waren die Wein- und Sektmarken angegeben, genauso wie die Menge und der Preis. Da ich mich mit Wein überhaupt nicht auskannte, sagten mir die Begriffe jedoch gar nichts.

»Steht in dem Buch eine Erklärung dazu?«, fragte ich Julian.

Er begann die Seiten umzuschlagen. »Ja, weiter hinten. Hier.« Er hielt mir die aufgeschlagene Seite hin. »Der trockene Rotwein ist dieses Feld.« Julian drückte darauf und ein neues Feld öffnete sich. »Jetzt kannst du entweder die Bestellung abschließen oder weitere Sachen hinzufügen.«

Ich betätigte das Feld zum Abkassieren. »Das macht drei fünfzig«, sagte ich zu David.

Er schob mir einen Fünf-Dollar-Schein zu. »Stimmt so.«

Ich wollte gerade protestieren, dass es viel zu viel Trinkgeld war, als Julians Hand auf meinem Unterarm landete. »Diskutiere niemals mit einem Kunden über das Trinkgeld, egal ob du es zu wenig oder zu viel findest«, raunte er mir zu.

»Und wenn er gar keins gibt?«

Julian grinste. »Dann solltest du dich fragen, woran das wohl liegen mag.«

»Vielleicht, weil du so unglaublich langsam bist«, warf David ein. Mit verengten Augen wandte ich mich ihm zu. Natürlich war ich noch langsam, das war mein erster Versuch. Doch David wirkte nicht verärgert. Ganz im Gegenteil. Seine Augen funkelten vergnügt und ein verschmitzter Zug lag um seine Lippen. Er zog mich bloß auf. Etwas, das er früher oft getan hatte und das ich schmerzlich vermisste, seit ich aus Los Angeles zurück war.

Herausfordernd baute ich mich vor ihm auf. »Sei bloß nett, sonst bekommst du deinen Wein gar nicht mehr.«

Ich war viel zu früh.

Unruhig tigerte ich durch die Bibliothek und wartete darauf, dass Natalie endlich kam. Sie hatte noch eine Viertelstunde Zeit, trotzdem sah ich im Zehnsekundentakt auf meine Uhr, als könnte ich den Prozess damit beschleunigen. Dabei hatte Natalie mir versprochen, direkt nach ihrer letzten Vorlesung zu kommen. Sie hielt ihre Versprechen immer ein, auch wenn es sich um etwas derart Banales handelte, und trotzdem malte ich mir gerade ein Horrorszenario nach dem anderen aus, wie sie aufgehalten werden könnte.

Ich wischte meine verschwitzten Hände an meiner Jeans ab und versuchte mich auf die Bücher zu konzentrieren, die vor mir im Regal standen. Vielleicht konnte ich mich ablenken, indem ich nach Lernmaterialien für meine neuen Kurse schaute. Allerdings war ich wohl in der medizinischen Abteilung gelandet, wie mir jetzt erst auffiel. Ich drehte mich um, um in einen anderen Gang zu gehen, und prallte fast mit Natalie zusammen, die direkt hinter mir stand.

»Whoa, Keiran, du bist aber stürmisch heute.« Sie kicherte, doch sobald sie einen Blick in mein Gesicht warf, erstarb das Kichern auf ihren Lippen. »Alles in Ordnung?«

Ich brauchte drei Anläufe, bis ich meine Stimme gefunden hatte. »Ich wollte mit dir reden. Können wir uns setzen?«

Natalie nickte und wir setzten uns an den Tisch, auf dem ich meine Tasche zuvor schon abgelegt hatte. Sie sah mich abwartend an und sofort schnürte sich meine Kehle zu. Wie beim letzten Mal schien mein Körper etwas dagegen zu haben, dass ich darüber sprach. Ich versuchte den Mut und die Worte aufzubringen, um Natalie endlich die Wahrheit zu sagen, doch je länger ich schwieg, desto unmöglicher erschien es mir.

»Ist irgendetwas passiert?«, half Natalie mir auf die Sprünge.

Ich konnte nur den Kopf schütteln, da ich noch immer keinen Ton über die Lippen brachte. Warum war es nur so schwer, darüber zu reden? Natalie war ein aufgeschlossener Mensch. Sie hatte andere noch nie nach ihrer Sexualität oder ihrem Aussehen beurteilt. Sie würde mich niemals deswegen verstoßen, dessen war ich mir absolut sicher. Woher kam dann diese schier unüberwindbare Blockade?

»Du machst mir Angst, Keiran.« Natalie griff nach meinen Händen, die zitternd auf der Tischplatte lagen.

Sorry, wollte ich sagen, doch nur ein heiseres Krächzen kam heraus. Ich hasste mich selbst dafür, nicht einmal dieses eine Wort zustande bringen zu können, aber mein Hals verengte sich immer mehr. Als würde eine Schlinge darum liegen, die sich bei jedem weiteren Versuch etwas zu sagen mehr zuzog. Natalies besorgtes Gesicht zu sehen, machte die Sache nur schlimmer. Ich schloss die Augen und versuchte mein rasendes Herz mit einigen tiefen Atemzügen zu beruhigen. Das konnte doch nicht so schwer sein.

»Bist du krank?«, fragte Natalie plötzlich.

Überrascht riss ich die Augen auf. »Was?«, krächzte ich. Na also, ging doch.

Natalie hob die Schultern. »Na ja, hast du erfahren, dass du eine schlimme Krankheit hast? Oder jemand aus deiner Familie?«

»Nein, überhaupt nicht«, beeilte ich mich zu sagen. Oh Gott, warum zog sie gleich solche Schlüsse? *Weil das dein aktuelles Verhalten ausdrückt*, sagte eine Stimme in meinem Kopf. Ich hielt inne. Denn so fühlte ich mich tatsächlich, wenn ich jemandem davon erzählen wollte. Als würde ich etwas Schlimmes verkünden, wie eine unheilbare Krankheit, die ich nie wieder loswerden würde. Dabei war es das eigentlich gar nicht. Ich hatte kein Problem mit meiner Sexualität, aber ich wusste, dass nicht jeder nach meinem Outing zu mir stehen würde. Ich wollte ein Netz aus Personen um mich ziehen, die mich akzeptierten, wie ich war, aber dazu würde ich mich öffnen müssen. Ich würde mich angreifbar machen, ohne zu wissen, wie die Reaktionen ausfielen. Aber die Leute, die danach noch zu mir hielten, würden mir auch mehr Sicherheit verschaffen. War es das nicht wert?

Ich holte tief Luft, blickte Natalie fest in die Augen und sagte: »Ich bin bi.« Eine Tonnenlast fiel mir von den Schultern, dass ich es endlich ausgesprochen hatte, und ich konnte wieder befreit atmen.

Natalie blinzelte. Einmal. Zweimal. Dann erschien ein Lächeln auf ihren Lippen. »Ich wusste es.«

»Echt?« War ich so leicht zu durchschauen?

»Nicht direkt, aber du stehst auf David, oder?«

Ich konnte nur resigniert seufzen. »Ich dachte echt, ich hätte mich besser unter Kontrolle.«

Natalie kicherte. »Ich glaube nicht, dass es außer mir jemand bemerkt hat. Es ist nicht super auffällig oder so, aber ich kenne dich mittlerweile gut genug.«

Für einige Sekunden konnte ich sie nur anstarren. Die Erleichterung, dass sie noch normal mit mir redete, überschattete alles andere. Dann kamen die Fragen. »Warum hast du nie etwas gesagt?«, platzte es aus mir heraus.

»Ich war mir nie absolut sicher. Du warst schon immer so verschlossen, was private Dinge betrifft. Ich wollte dir nicht zu nahe treten oder dich versehentlich outen. Das hätte ich mir nie verziehen. Außerdem hab ich gehofft, dass du zu mir kommen würdest, wenn du dazu bereit bist.« Ein kleines, sehr persönlich wirkendes Lächeln trat auf ihre Lippen. »Und genau das hast du gemacht. Ich bin unheimlich froh darüber.«

»Es ist nicht so, als hätte ich dir nicht eher vertraut«, sagte ich. »Ich wollte es dir schon so oft sagen, aber da war immer diese Angst in mir, du könntest dich wider Erwarten von mir abwenden. So oft habe ich es mir vorgenommen, aber dann hat mich kurz vorher immer der Mut verlassen.«

Natalie griff erneut nach meiner Hand und diesmal entzog ich sie ihr nicht. »Ich weiß, bei Brenda war es genauso.«

Verständnislos sah ich sie an. »Deine Cousine?«

»Ja, sie ist lesbisch, hab ich dir das nie erzählt?«

»Nein ... was ... wie?« Ich begann zu stottern, während ich mir das Hirn zerbrach, ob Natalie jemals darüber geredet hatte. Ich war mir absolut sicher, nie davon gehört zu haben, denn sonst hätte ich mir doch nicht solche Sorgen gemacht. Oder?

Natalies verkniffenem Gesichtsausdruck nach dachte sie genauso angestrengt nach wie ich. Schließlich schüttelte sie den Kopf. »Ich weiß es nicht. Sie hat sich geoutet, als ich gerade mit dem College angefangen habe. Du warst damals in L.A. und es kann sein, dass ich es vergessen hatte, bis du wieder zurück warst. Es war keine große Sache. Keiner in meiner Familie, so verklemmt sie ja manchmal sein mögen, hatte ein Problem damit. Na ja, jedenfalls meinte Brenda, sie wüsste es schon viel länger und wollte es uns immer erzählen, aber die Angst, verstoßen zu werden, hat sie davon abgehalten.«

Es war keine große Sache. Keiner hatte ein Problem damit.

Die Worte hallten wie in Endlosschleife in meinem Kopf wider. Ein seltsames, ziehendes Gefühl breitete sich in meinem Herzen aus, das ich erst nach einigen Sekunden als Neid identifizieren konnte. Das wünschte ich mir von meiner Familie auch. Aber sie hatten mich noch nie wegen mir akzeptieren können, vor allem mein Dad würde mich danach restlos enterben.

»Aber genug von Brenda.« Natalie drückte meine Hand und lenkte meine Aufmerksamkeit damit zurück auf sich. »Erzähl mir von David. Was läuft da zwischen euch? Aber keine Details bitte.«

Herausfordernd sah ich sie an. »Gefällt dir die Vorstellung von zwei Männern zusammen nicht?«

Natalie verzog den Mund, als hätte sie in etwas Ungenießbares gebissen. Für den Bruchteil einer Sekunde befürchtete ich, mit meiner

Aussage recht gehabt zu haben. »Du bist wie ein Bruder für mich«, erklärte sie dann. »Ich will keine Details aus deinem Liebesleben wissen. Egal ob mit Frauen oder Männern.«

»Kein Problem, denn da gibt es nichts zu erzählen.«

»Warum?«

»Weil ich ein Idiot bin.«

Natalie schlug mir leicht auf den Oberarm. »Du bist kein Idiot, sag so etwas nicht.«

»Du wirst deine Meinung gleich ändern.« Ich erzählte ihr alles, was zwischen uns vorgefallen war. Dass wir eine heimliche Affäre in der Highschool gehabt hatten, die wir nach meiner Rückkehr aus Los Angeles weitergeführt hatten. Wie ich ihn mehrfach vor den Kopf gestoßen hatte, bis David endgültig genug von mir hatte. »Wir haben uns zwar ausgesprochen und es ist so weit wieder alles okay zwischen uns, aber David hat betont, dass nie wieder etwas laufen kann.« Das Wissen darüber verschaffte mir noch immer ein flaues Gefühl im Magen. Auch wenn ich Davids Wunsch nachvollziehen konnte, suchte ich insgeheim weiterhin nach einem Ausweg, wie wir vielleicht doch wieder zusammenkommen konnten.

»Ach, Keiran. Du hast es echt versaut, oder?«

Ich konnte nur nicken.

»Aber du solltest dein Glück nicht von jemand anderem abhängig machen. Schau, was du heute erreicht hast. Du hast deine Angst überwunden und dich mir anvertraut. Sei stolz auf dich. Ich bin es. Und jetzt komm, das muss gefeiert werden.«

Kapitel 11

David

Das Geräusch der zufallenden Wohnungstür riss mich eher unsanft aus dem Schlaf. Ich rieb mir über die Augen und sah mich um. Draußen war es bereits dunkel und Netflix war auf dem »Schaust du noch?«-Bildschirm zwischen zwei Folgen *Queer Eye* stehen geblieben. Ich angelte nach der Fernbedienung und schaltete den Fernseher aus, während ich meinen schmerzenden Nacken rieb. Dann wandte ich mich der Tür zu.

Keiran stützte sich mit einer Hand an der Wand neben dem Eingang ab und versuchte sich mit der anderen die Schuhe von den Füßen zu streifen. Es wirkte ein wenig tollpatschig, wie er für den rechten Schuh vier Anläufe brauchte, außerdem schwankte er leicht.

»Bist du betrunken?«

Beim Klang meiner Stimme zuckte Keiran zusammen und wandte mir den Kopf zu. Dabei verlor er komplett das Gleichgewicht und landete auf seinem Hintern. »Shit.«

Ich biss mir auf die Unterlippe, um nicht lachen zu müssen, während Keiran sich langsam wieder aufrappelte. Nachdem er es endlich geschafft hatte, seine Schuhe auszuziehen, griff er nach seinem Rucksack und kam zu mir. Er ließ sich neben mir auf die Couch fallen und zog eine Flasche Sekt aus der Tasche. »Es gibt etwas zu feiern«, verkündete er.

»Was denn?«

Mit einem *Plopp* zog Keiran den Korken aus der Flasche und hielt sie triumphierend in die Höhe. »Ich habe Natalie heute endlich die Wahrheit gesagt. Sie weiß jetzt, dass ich bi bin, und es hat unserer Freundschaft nicht geschadet. Du kannst dir nicht vorstellen, wie erleichtert ich bin.«

Erstaunt sah ich zu ihm auf und rieb mir den Schlaf aus den Augen. Keiran schwankte auch im Sitzen leicht, daher nahm ich ihm vorsichtshalber die Flasche aus der Hand. »Hast du echt gedacht, Natalie hätte ein Problem damit? Ich kenne sie zwar erst kurz, aber sie scheint recht aufgeschlossen zu sein.«

Keiran ging gar nicht darauf ein, sondern stand auf. »Wo hast du Gläser?«

»Im Schrank über der Spüle.«

Er schmiss den Sektkorken weg und kam mit zwei Gläsern in der Hand zurück. »Eigentlich war ich mir sicher, dass sie es gut aufnehmen würde«, erklärte er, während er die Gläser füllte. »Gleichzeitig war da diese unerklärliche Angst in mir, dass mich alle verstoßen, wenn sie davon erfahren. Und je länger ich geschwiegen habe, desto unüberwindbarer wurde die Hürde. Aber ich wollte mich ihr endlich stellen. Ich will mich nicht für den Rest meines Lebens verstecken müssen.«

Ich hielt Keiran mein Glas zum Zuprosten hin. »Das hast du geschafft. Und es wird mit jedem Mal leichter.«

Keiran stieß mit mir an und trank sein Glas in einem Zug halb leer. Als er es auf den Tisch stellte, bildete sich eine Falte auf seiner Stirn. »Aber muss ich mich jetzt vor *jedem* outen? Das hört doch dann nie auf.« Er ließ sich zurückfallen und schien beim Ausatmen in die Kissen zu sinken.

»Du musst gar nichts. Ich erzähle es auch nur Leuten, die zu meinem inneren Kreis gehören. Die meisten geht es doch auch gar nichts an. Heteros müssen sich doch auch nicht outen, also warum müssen wir es jedem erzählen? Ich lasse die Leute denken, was sie wollen, und sage es nur denen, die mir wichtig sind.«

Keiran drehte den Kopf in meine Richtung. Seine Augenlider waren etwas gesenkt und verliehen ihm ein schläfriges Aussehen. »Aber bei dir weiß es doch jeder.«

»Aber nicht von mir. Der Buschfunk erledigt den Rest.«

Keiran rieb sich über die Schläfe. Mit einem Mal wirkte er um zehn Jahre gealtert. »Können wir über was anderes reden? Das ist mir grad zu anstrengend.«

Ich betrachtete Keirans Profil, während ich überlegte, worüber wir reden könnten. Seine leicht krumme Nase, die vollen Lippen und die tiefschwarzen Haare waren mir so vertraut wie mein eigenes Spiegelbild. Trotzdem entdeckte ich jeden Tag etwas Neues an ihm, sodass ich mich manchmal fragte, ob ich ihn früher überhaupt gekannt hatte. Er kam mir wie eine völlig andere Person vor als der Keiran, den ich auf der Highschool kennengelernt hatte. Zwar verstand ich jetzt, dass Keiran sich nicht absichtlich verstellt hatte, um mich zu täuschen, trotzdem fühlte es sich seltsam an, neben ihm zu sitzen, wenn er mir gleichzeitig so vertraut und wie ein Fremder vorkam, den ich gerade erst kennenlernte.

Plötzlich fiel mir mein Bruder wieder ein, der sich ebenfalls bis zur Unkenntlichkeit verändert hatte. Ich räusperte mich. »Hast du in letzter Zeit mal mit Andrew gesprochen?«, wollte ich wissen.

Keiran hob den Kopf und blinzelte einige Male. »Schon länger nicht mehr. Als ich im Krankenhaus und in der Reha war, hatten wir noch regelmäßig Kontakt. Doch seit ich zurück in Philly bin, ist er langsam eingeschlafen. Lag vermutlich daran, weil er dann häufiger eingesetzt wurde und seine Karriere in Gang gekommen ist.«

»War es sehr schwer, sich im College-Football zurechtzufinden?« Sowohl Keiran als auch Andrew hatten anfangs kaum Spielpraxis bekommen, ich fragte mich schon länger, woran das gelegen hatte.

Keiran kicherte – *kicherte!* – und schüttelte gleichzeitig den Kopf. »Es ist eine ganz andere Welt, Mann. An der Highschool waren wir die Stars der Mannschaft, am College hat man uns nur müde belächelt. Die Konkurrenz dort war der Wahnsinn. Alle waren breiter, stärker und schneller als wir und die Erfolge aus der Highschool haben nicht mehr gezählt.

Ich habe meine Chance dann recht schnell bekommen, weil der Quarterback sich verletzt hat, aber Andrew hatte weiterhin Probleme, sich einzufinden.«

»Aber mittlerweile hat er sich durchgesetzt. Meinst du, der Erfolg ist ihm zu Kopf gestiegen?«

Keiran zog die Stirn kraus. »Warum?«

»Weil er sich auch bei mir gar nicht mehr meldet. Er geht kaum noch ran und ruft auch nie zurück. Wenn ich ihn überhaupt mal an die Strippe bekomme, muss er nach wenigen Minuten wieder auflegen. Und beim letzten Mal war er, glaube ich, bei einer Party, obwohl es seine Trainingszeit war.«

»Das ist wirklich merkwürdig.« Keiran sah mich nachdenklich an. »Vielleicht wächst ihm dort alles über den Kopf und er ist so kurz angebunden, damit ihr nichts bemerkt?«

Ich schüttelte den Kopf. »Mit dem Verhalten macht er sich doch erst recht auffällig. Außerdem telefoniert er mit Mom weiterhin jede Woche. Ich vermute daher etwas anderes dahinter.«

Keiran schien darüber nachzudenken, hob dann jedoch die Schultern. »Und was?«

»Ist doch offensichtlich. Er hat ein Problem mit mir, was auch immer das sein mag.« Ein schmerzhafter Stich durchfuhr mein Herz bei dem Gedanken. Noch immer war es nicht leicht zu ertragen, diese Ablehnung von ihm zu erfahren. Je länger ich darüber nachdachte, desto schwieriger wurde es.

Keiran verzog skeptisch das Gesicht. »Nein. Auf keinen Fall. Andrew liebt dich«, sagte er voller Überzeugung. »Kannst du dich noch daran erinnern, wie Andrew abgegangen ist, als er nur dachte, dieser Colton hätte ein Problem mit deiner Sexualität? Dabei hat sich im Nachhinein rausgestellt, dass er auf dich stand und nicht mehr wusste, wie er mit dir umgehen sollte.«

Ein überraschtes Lachen entwich mir. Das hatte ich total vergessen. Vermutlich, weil ich zu dem Zeitpunkt schon so sehr auf Keiran fixiert gewesen war, dass ich nichts anderes mehr mitbekommen hatte. »Andrews Gesicht, als Colton ihm das gesagt hat, ist echt Gold wert gewesen. Aber das würde er heute sicherlich nicht mehr machen.« Die Enttäuschung lag wie ein schweres Gewicht in meinem Magen, das mich tiefer in die Couch zu drücken schien.

»Doch«, widersprach Keiran. »Was auch immer mit ihm los ist, es hat bestimmt nichts mit dir zu tun. Soll ich mal mit ihm reden? Vielleicht komme ich zu ihm durch.«

»Das würdest du tun?« Ich sah zu Keiran und stellte fest, dass er mir viel näher war als zuvor. Unsere Schultern berührten sich fast und sein Gesicht war nur Zentimeter von meinem entfernt. Sein Blick war voller Verständnis, aber auch etwas anderes loderte darin, das meinen Puls in die Höhe schnellen ließ.

»Natürlich.« Keirans Stimme war deutlich rauer als zuvor und jagte einen Schauer über meinen Rücken. Sein Blick zuckte zu meinen Lippen, die augenblicklich zu kribbeln begannen, denn ich wusste noch genau, wie es sich anfühlte, von Keiran geküsst zu werden.

Ich schluckte. Keirans Atem traf auf meine Lippen und er schien mir nun noch näher zu sein. Ich konnte nicht einmal sagen, wer von uns beiden sich bewegt hatte. Das Blut rauschte in meinen Ohren und wie von einer unsichtbaren Macht getrieben lehnte ich mich weiter zu ihm. Das war genau die Situation, die ich zu verhindern versucht hatte.

Mit einem Ruck entriss ich mich Keirans Anziehung und setzte mich gerade auf. Mein Blick flog nach vorne und ich versuchte mein rasendes Herz zu beruhigen. Ich wollte mich nicht mehr von Keiran vereinnahmen lassen. Ich hatte gute Gründe dafür, warum es besser war, mich von ihm fernzuhalten. Also warum wurde ich so schnell wieder schwach?

»Hast du Bock auf *Queer Eye*?«, fragte ich mit einer aufgesetzten Fröhlichkeit, die ich mir selbst nicht glaubte. Ohne Keiran anzuschauen, griff ich nach der Fernbedienung. Ich konnte die Enttäuschung in Keirans Blick auf mir lasten spüren, was es mir noch schwerer machte, mich ihm nicht wieder zuzuwenden.

»Wenn du willst«, sagte Keiran schließlich tonlos. Ich bemerkte, wie er es sich neben mir bequem machte. Aus dem Augenwinkel wagte ich einen flüchtigen Blick in seine Richtung. Er saß deutlich weiter weg von mir als zuvor, die Füße auf dem Tisch abgelegt und die Arme vor der Brust verschränkt. Eigentlich sollte ich froh darüber sein. Das war es doch, was ich gewollt hatte. Trotzdem konnte ich die bittere Enttäuschung nicht verhindern, die mich durchfuhr.

»Hast du die Galeristen mittlerweile angerufen?«

Julians Stimme ließ mich innehalten. Ich senkte die Hanteln, die ich in den Händen hielt und wandte mich ihm zu. Wegen des schlechten Wetters hatten wir unsere Sporteinheit ins Fitnessstudio der TU verlegt und bisher hatten wir eher schweigend unsere Gewichte gestemmt. Julian wirkte nachdenklicher als gewöhnlich, als hätte er etwas auf dem Herzen, wusste aber noch nicht, wie er es ansprechen sollte. Ich hatte ihn in Ruhe gelassen, weil ich wusste, dass er reden würde, sobald er bereit dazu war, weshalb seine Frage etwas unvermittelt kam.

»Einer steht noch aus, den wollte ich später anrufen«, sagte ich, als ich mich gefangen hatte.

»Ist bisher was rumgekommen?« Julian legte die Hanteln zurück und ging zum Bankdrücken weiter.

Ich folgte ihm und half dabei, die Gewichte aufzulegen. »Nicht wirklich. Den Schwimmer habe ich an den Interessenten verkauft, wobei wir das erst abschließen können, wenn die Ausstellung vorbei ist. Die anderen Galeristen ... Vielleicht hatte ich einfach falsche Vorstellungen davon. Ich dachte, sie wären an meinen Ideen interessiert, aber stattdessen wollten sie bloß, dass ich ihre umsetze. Einer wollte, dass ich eine Sportreihe für seine Galerie erstelle, aber mit Frauen, immerhin würde das die *meisten* Männer interessieren. Der nächste wollte gleich, dass ich etwas Pornografisches für ihn darstelle. Zwar waren ihm die Geschlechter dabei egal, trotzdem ist das nichts, was ich verfolgen möchte. Und der letzte wollte einfach, dass ich etwas für seine Freundin zum Jahrestag mache. Da überlege ich noch, weil ich die Idee dahinter ganz nett finde, aber auch das ist nichts, was in einer Galerie ausgestellt wird.«

Julian war mit seinen Wiederholungen fertig und machte die Bank für mich frei. »Ist das normal? Hast du Bryan mal gefragt?«

»Ich hab morgen gemeinsam mit Emma einen Termin bei ihm.« Sie hatte Ähnliches erlebt und war genauso gefrustet wie ich. »Es ist einfach so demotivierend. Sind meine Ideen wirklich so schlecht, dass sie unverkäuflich sind, oder wollen die Galeristen uns für ihre Belange ausnutzen, weil wir jung und unerfahren sind?«

»Du bist nicht schlecht«, widersprach Julian sofort. »Aber es ist sicherlich sinnvoll, Bryan deswegen zu fragen. Er kennt sich in der Szene aus und kann euch sagen, ob das normal ist.«

»Das dachten wir uns auch.«

Wir gingen zum nächsten Gerät und verfielen in Schweigen. Normalerweise störte mich das nicht, aber Julian wirkte weiterhin, als würde ihn etwas bedrücken. Er kaute auf seiner Unterlippe herum, den Blick in die Ferne gerichtet, als wäre er nur halb da. Ich wollte ihn gerade fragen, was los war, da drehte er sich abrupt zu mir um.

»Du musst mir mal helfen. Lass dir mal was einfallen, wie ich Jaxon ärgern könnte.«

Im ersten Moment war ich zu geschockt, um zu reagieren, dann warf ich den Kopf in den Nacken und brach in Gelächter aus. »Ist das dein Ernst?« Er und Jaxon waren in irgendeinen Wettkampf verwickelt, seit sie mit ihren Freundinnen zusammen in ein Haus gezogen waren. Keiner von uns verstand so genau, was das zwischen ihnen war, aber sie schienen ihren Spaß daran zu haben.

»Ja, Mann. Ich muss mir echt mal was Besseres einfallen lassen, um ihn schlagen zu können.« Julian verengte die Augen, aber er konnte das Zucken in seinen Mundwinkeln trotzdem nicht verhindern.

Noch immer lachend deutete ich mit dem Finger auf ihn. »Dann denk du dir mal schön was aus und halt mich da raus.« Ganz bestimmt würde ich mich nicht von ihm da reinziehen lassen, was auch immer zwischen ihnen lief.

»Spaßbremse.« Julian verschränkte die Arme vor der Brust und betrachtete mich abschätzig. »Wie läuft es mit Keiran?«

Nur mit Mühe konnte ich ein Stöhnen verhindern. Diese Frage stellte Julian mir viel zu oft. Als würde er nur darauf warten, dass wir wieder zusammenkämen. »Wie soll es schon laufen? Er ist mein Mitbewohner, mehr nicht.«

Er hob eine Augenbraue. »Bist du sicher?«

»Natürlich bin ich sicher. Denkst du, ich würde dich anlügen?«

»Nein, das ist es nicht«, beeilte Julian sich zu sagen. »Ihr wirkt einfach nur sehr vertraut miteinander. Und Keiran hat sich echt geändert.«

Das hatte er wirklich. Es war mir schon mehrfach aufgefallen und ich hatte mich gefragt, ob ich zu viel in sein Verhalten hineininterpretierte, weil sich mein Unterbewusstsein genau das wünschte. Doch wenn auch Julian die Veränderung bemerkt hatte, musste etwas dran sein. »Er hat sich vor Natalie geoutet«, rutschte es mir heraus.

»Siehst du.«

»Aber hat er sich geändert, weil er es wollte, oder weil er jetzt praktisch keine andere Wahl mehr hatte?«, sprach ich meine Befürchtung aus.

»Spielt das wirklich eine Rolle? Vielleicht hat er diesen Weckruf gebraucht, um sich klar darüber zu werden, dass es so nicht weitergeht. Wichtig ist doch, was er jetzt daraus macht und dass er zu dem steht, was er sich deswegen vorgenommen hat.«

Julian hatte vollkommen recht, aber das linderte meine innere Anspannung nicht im Geringsten. »Ich hab einfach Angst, wieder verletzt zu werden.«

Seine Hand landete auf meiner Schulter und die beruhigende Wirkung dieser Geste setzte fast umgehend ein. Der Knoten in meinem Magen löste sich und ich konnte wieder freier atmen.

»Völlig verständlich. Diese Angst kann dir auch keiner nehmen. Du musst einfach selber entscheiden, ob Keiran das Risiko wert ist. Ich meine, in der Liebe gibt es einfach keine Garantien. Es kann immer etwas schiefgehen, sonst würde es nicht so viele Trennungen nach zwanzig Jahren geben.«

Etwas in Julians Ton ließ mich innehalten. »Ist bei dir und Lucy alles okay?«

»Klar«, sagte er wie aus der Pistole geschossen, ehe er den Kopf schüttelte. »Ehrlich gesagt, keine Ahnung. Die letzten zwei Wochen waren schwierig. Bei Grace gibt es wohl Komplikationen mit der Schwangerschaft. Sie hat absolute Bettruhe verordnet bekommen, weshalb Lucy die Praxis momentan fast alleine schmeißt. Dadurch sehen wir uns kaum und wenn sie doch mal zu Hause ist, wirkt sie irgendwie abwesend. Ich habe das Gefühl, sie zieht sich immer weiter von mir zurück.«

»Hast du sie mal darauf angesprochen? Vermutlich ist sie einfach nur so gestresst von allem, dass sie etwas Ruhe braucht.«

»Bisher nicht. Ich will sie nicht nerven oder ihr zusätzlich Sorgen bereiten.«

Ich verdrehte die Augen. »Rede mit ihr, Mann. Denn aktuell machst du dir – vermutlich völlig unnötig – Sorgen und das will Lucy bestimmt auch nicht.«

Julians Blick schnellte zu mir. Verwunderung war in seinen Augen zu lesen, als hätte er diese Möglichkeit noch gar nicht in Betracht gezogen. »Wahrscheinlich hast du recht.«

»Ich habe immer recht.«

Er lachte. »Träum weiter. Oh, übrigens. Am Samstag ist Party bei uns. Die Mädels sind ja auf Graces Baby-Party und da dachten Jaxon und ich, wir Jungs könnten auch was veranstalten.«

»Cool, bin dabei. Soll ich irgendwas mitbringen?«

Julian schüttelte den Kopf. »Wir haben alles da. Keiran kann auch kommen, wenn er mag.«

»Tatsächlich? Du lädst Keiran freiwillig ein?«, zog ich ihn auf. Er hatte Keirans Verhalten immer deutlich kritischer beurteilt als ich. Was vermutlich auch daran lag, dass die beiden nie warm miteinander geworden waren.

»Ich sagte ja, dass Keiran sich verändert hat. Wenn du ihn dabeihaben möchtest, ist er herzlich willkommen.«

Das Herz schlug mir bis zum Hals, als ich die Nummer des Galeristen wählte. Eigentlich erwartete ich auch von diesem Gespräch nichts Positives mehr, aber Hoffnung war ein trügerisches Ding. Sie setzte sich in einem fest, redete einem schöne Dinge ein und ließ sich auch mit Objektivität nicht bekämpfen. Mein Kopf wusste, dass das Gespräch vermutlich so ablaufen würde wie die vorigen, aber mein Herz wollte es partout nicht einsehen.

Es klingelte viermal, bis jemand abhob. »Galerie am kleinen Markt«, meldete sich eine tiefe, männliche Stimme.

»Hallo, David Moore hier, spreche ich mit Mr Landon?«

»Ich bin dran, aber du kannst Robert zu mir sagen. Ich habe schon gedacht, du würdest dich gar nicht mehr melden.«

»Die letzten Wochen waren etwas stressig mit College und der Ausstellung. Ich bin leider nicht früher dazu gekommen«, redete ich mich heraus. Dass die anderen Anrufe mich zusätzlich demotiviert hatten, musste er nicht wissen.

»Verständlich. Aber jetzt hast du ja angerufen. Soll ich dir mal sagen, was ich mir für die Galerie vorgestellt habe?«

Das Herz rutschte mir in die Hose. Ich hatte es geahnt. Auch er wollte nur, dass ich seine Vorstellungen umsetzte und war nicht wirklich an meinem Talent interessiert. »Sicher«, sagte ich dennoch.

»Deine Figur auf dem Startblock hat mich fasziniert. Ich wollte dir auch zuerst dafür ein Angebot unterbreiten, aber Bryan sagte mir, dafür gäbe es schon einen Interessenten. Daher wollte ich dich fragen, ob du dir vorstellen könntest eine ähnliche Serie für meine Galerie herzustellen. Ich würde dir dabei auch vollkommen freie Hand lassen. Es müssen nicht nur Sportler sein, vielleicht fällt dir noch was anderes ein, das du umsetzen kannst. Wichtig wäre mir nur, dass sie im selben Stil hergestellt sind wie der Schwimmer. Was hältst du davon?«

Ein aufgeregtes Flattern machte sich in meiner Magengegend breit und vor meinem inneren Auge erschien eine ganze Reihe von Handwerkern und Geschäftsleuten, die ich in ähnlicher Weise darstellen könnte. Es wäre zu schön, um wahr zu sein, wenn ich eine ganze Serie davon fabrizieren könnte. Konnte es wirklich so einfach sein? »Es wären aber alles Männer.« Diesen Punkt wollte ich noch mal verdeutlichen.

Für einen Augenblick war es still, dann sagte Robert: »Davon bin ich ausgegangen.«

»Okay. Super. Und ich hätte wirklich vollkommen freie Hand?«

»Absolut. Für den Anfang hab ich gedacht, wir könnten mit fünf Figuren anfangen. Vielleicht kannst du mir einige Skizzen mit Vorschlägen zukommen lassen, dann suche ich mir daraus welche aus. In der Zeit setze ich einen Vertrag auf und unterbreite dir einen Gehaltsvorschlag. Den kannst du natürlich mit Bryan besprechen.«

»Hört sich gut an. Dann setze ich mich gleich mal hin, ich habe nämlich schon einige Ideen.« Das Kribbeln in meinen Fingern, das mich bei jedem neuen Kreativitätsschub heimsuchte, war zurück. Ich hatte es schmerzlich vermisst. Seit dem ersten desaströsen Anruf hatte ich an keiner Skulptur mehr gearbeitet, weil mir die Motivation gefehlt hatte.

»Deine Einsatzbereitschaft gefällt mir«, sagte Robert mit einem amüsierten Ton in der Stimme.

Wir tauschten noch E-Mail-Adressen aus, verabschiedeten uns und ich legte auf. Ich holte meinen Zeichenblock, setzte mich damit an den Wohnzimmertisch und begann die ersten groben Skizzen zu erstellen. Die Idee mit den Handwerkern hatte sich in meinem Kopf festgesetzt. Fliesenleger, Maler, Dachdecker oder auch Gärtner, die im Sommer ihrer Arbeit draußen mit nacktem Oberkörper nachgingen und dabei unverschämt gut aussahen. Sicherlich eher Szenen, die einem Hollywoodfilm anstatt der Realität entsprangen, aber wer wollte schon kleinlich sein.

Ich wusste nicht, wie viel Zeit vergangen war, bis Keiran nach Hause kam, aber ich hatte einige bemalte Zettel um mich herum verteilt liegen. Der Rücken tat mir vom gebeugten Sitzen weh und ich schüttelte mein schmerzendes Handgelenk aus.

»Hey, was machst du da?« Keiran setzte sich neben mich und deutete auf das Chaos, welches mich umgab. Ein Lächeln lag auf seinen Lippen, welches mir zeigte, dass er wirklich glücklich war. Ich konnte mich nicht daran erinnern, wann ich es zuletzt gesehen hatte. Ein mulmiges Gefühl breitete sich in mir aus, als ich mich unweigerlich fragte, wer oder was dafür verantwortlich war.

»Skizzen für mögliche neue Projekte.«

»Einfach nur für dich oder ...?« Keiran ließ den Rest des Satzes offen, aber ich wusste, was er fragen wollte.

Jetzt schlich sich auch auf meine Lippen ein Lächeln. »Nein, ich habe den letzten Galeristen angerufen und er war tatsächlich an meinen Ideen interessiert. Er wünscht sich etwas Ähnliches wie den Schwimmer, lässt mir beim Was aber völlig freie Hand.«

»David, das ist ja fantastisch.«

Ehe ich wusste, wie mir geschah, hatte Keiran mich in seine Arme gezogen. In der einen Sekunde saß ich unbehelligt auf der Couch, in der nächsten lag ich an Keirans Brust gepresst da. Ich spürte seine harten Muskeln und sein unvergleichlicher Duft drang mir in die Nase. Herb und männlich, aber mit einer frischen Note, wie von Zitrone. Das Blut rauschte in meinen Ohren und Schmetterlinge zogen in meinen Bauch ein. Würden diese extremen Reaktionen auf Keirans Nähe wohl jemals abnehmen?

»Ich wusste, dass jemand dein wahres Talent erkennen würde«, raunte er mir zu und ein Schauer raste über meinen Rücken. Dieses Verhalten war völlig untypisch für Keiran. Selbst als wir *zusammen* waren, hatte er Körperkontakt nie von sich aus initiiert. Selbst wenn es nur eine simple Umarmung war. Ich wollte diesen Moment festhalten, um mich später daran zurückerinnern zu können. Gleichzeitig wollte ich mich von ihm losreißen, denn genau solche Situationen hatte ich verhindern wollen.

Ich schluckte. »Danke.«

Dann ließ Keiran mich wieder los und bei dem plötzlichen Verlust seiner Körperwärme fröstelte es mich. Hoffentlich hatte er nichts bemerkt.

»Ich habe ebenfalls gute Neuigkeiten.«

»Oh? Was denn?« Würde er mir jetzt mitteilen, was ihn in eine solch gute Stimmung gebracht hatte?

»Ich habe vielleicht einen Platz im Wohnheim. Und zwar genau im Gebäude gegenüber.« Keiran strahlte mich an, aber ich konnte seine Freude nicht teilen.

Eigentlich war es genau das, was ich mir wünschen sollte, aber mein Herz zog sich bei dem Gedanken, dass Keiran bald wieder ausziehen würde, schmerzhaft zusammen. »So schnell schon?«

Keiran zog die Stirn kraus. »Ich dachte, du wolltest, dass ich ausziehe?«

»Ja. Nein.« Hilflos hob ich die Schultern. Was war heute nur los mit mir? Hatte Keirans Umarmung mich derart aus der Fassung gebracht? Es war doch mein Wunsch gewesen, dass Keiran schnellstmöglich eine eigene WG fand, damit ich mit der Versuchung nicht mehr unter einem Dach leben musste. Oder war es dafür bereits zu spät?

Keiran sah mich verwirrt an. »Was denn jetzt? Ja oder nein?«

Ich brauchte schnell eine plausible Ausrede. »Natürlich möchte ich, dass du deine eigene WG findest, immerhin kann es für dich auch nicht angenehm sein, auf unserer alten Couch zu nächtigen. Aber ... ich habe das ernst gemeint, was ich zu dir gesagt habe. Ich möchte, dass wir eine Freundschaft zueinander aufbauen und ich habe etwas Angst, dass wir uns aus den Augen verlieren werden, wenn du nicht mehr hier wohnst.«

Das Strahlen in Keirans Augen war zurück. »Das möchte ich doch auch. Ich bin so froh, dass wir endlich wieder normal miteinander umgehen können. Und ... ich habe dich vermisst in den Wochen, in denen wir uns nicht gesehen haben. Deswegen werde ich nicht zulassen, dass es wieder so weit kommt. So schnell wirst du mich nicht los, Moore.«

Erleichterung durchströmte mich und das Lächeln auf meinen Lippen fühlte sich fast echt an. »Okay, dann erzähl mal von dieser WG.«

»Sie wäre mit Tim, dem Typen aus meinem neuen Kurs. Er wohnt dort wohl schon länger alleine, weil mein Vorgänger ausgezogen ist, um mit seiner Freundin zusammenzuwohnen. Er muss noch einige Dinge mit der Wohnheimleitung klären, aber wenn nichts dagegenspricht, kann ich schon in zwei Wochen bei ihm einziehen.«

Zwei Wochen Schonfrist also noch. »Das ist toll. Dann hättest du auch einen Mitbewohner, mit dem du dich verstehst. Oh, bevor ich es vergesse. Am Samstag ist Party bei Jaxon und Julian. Du bist auch eingeladen.«

Keiran riss die Augen auf. »*Ich*?«

»Erstaunlich, oder?«

»Ich wurde noch nie eingeladen.«

»Du hast dich wirklich verändert, das merkt auch Julian«, sagte ich zu ihm. Es war nicht mal eine große Wandlung bisher, aber man spürte bei Keiran den absoluten Willen, diesen Weg weiterzugehen. Ich hoffte nur, dass ihn mögliche Rückschläge nicht zurückwerfen würden. Denn sie kamen immer. Meisten dann, wenn man am wenigsten damit rechnete.

Kapitel 12

Keiran

»Gute Neuigkeiten, mein Freund.« Tim rutschte neben mir auf die Bank im Hörsaal und schob mir einige zusammengeheftete Zettel zu. »Ich habe mit unserer Wohnheimleitung gesprochen. Da du bereits Student an der TU bist, spricht nichts dagegen, dass du bei mir einziehst. Du musst nur das hier ausfüllen und mir bis nächste Woche zurückgeben.«

Ich zog die Blätter heran und überflog sie flüchtig. »Mehr nicht? Das ist ja einfach.«

Tim grinste. »Ich glaube, dein Ruf eilt dir voraus. Mrs Lamberg hat ganz glasige Augen bekommen, als ich deinen Namen erwähnt habe.«

Unwohlsein breitete sich in mir aus. »Was für ein Ruf?«

»Na, du weißt schon, ehemaliger Footballstar an der UCLA und so.«

Erleichterung durchströmte mich. Kurzzeitig hatte ich befürchtet, dass etwas ganz anderes über mich im Umlauf wäre. Das war eigentlich unmöglich, trotzdem wurde ich diesen Gedanken nicht los. »Das war aber nur ein sehr kurzer Erfolg. Der dazu ziemlich jäh vorbei war.«

»Das tut deiner Bekanntheit aber keinen Abbruch. Die meisten kennen deinen Namen und reden sehr positiv über dich.«

Unweigerlich fragte ich mich, ob sie das immer noch tun würden, wenn sie die Wahrheit über mich kannten. Oder würden ihre Aussagen dann einen reservierten oder gar abfälligen Unterton enthalten? Gleich darauf wollte ich mich treten. Ich musste aufhören, so zu denken. Ich konnte nicht beeinflussen, was die Leute über mich sagten oder dachten, und ich sollte mich davon nicht von meinem Weg abbringen lassen. Immerhin hatte ich am eigenen Leib erfahren, dass es mich nicht glücklich machte, einem Ideal hinterherzueilen, das ich ohnehin nicht erreichen konnte. Oder wollte.

»Das fühlt sich trotzdem seltsam an. Die kennen mich doch gar nicht und wissen nicht, wer ich wirklich bin«, sagte ich ausweichend.

Tim schnaubte. »Wer du wirklich bist, interessiert die meisten auch gar nicht. Aber wir kommen vom Thema ab. Ich freue mich, dass ich demnächst wieder einen vernünftigen Mitbewohner habe. Und ich hätte nie gedacht, dass ich das mal über einen Footballspieler sage.«

»Ehemaliger Footballspieler«, erinnerte ich ihn.

»Werd nicht kleinlich«, entgegnete Tim lachend.

Unser Dozent betrat den Raum und sofort herrschte Ruhe im Hörsaal. Ich versuchte mich auf die Vorlesung zu konzentrieren, aber ich war nicht richtig bei der Sache. Meine Gedanken schweiften immer wieder zu der Szene ab, als ich David von meinem bevorstehenden Auszug berichtet hatte. Ich hatte vermutet, dass er erleichtert sein würde, aber er hatte alles andere als begeistert gewirkt. Für einen Augenblick hatte ich überlegt, noch einmal alles über den Haufen zu werfen und Tim abzusagen. Denn ich wohnte gerne mit David zusammen. Ich genoss es, ihn jeden Tag zu sehen, und hatte in den letzten Wochen eine völlig neue Seite an ihm kennengelernt. Ich hatte Angst, dass wir die neue Freundschaft, die wir uns aufgebaut hatten, wieder verlieren würden, sobald ich ausgezogen war.

Andererseits wollte ich nicht den Rest meiner Studienzeit auf Davids Couch verbringen und aus meiner Reisetasche heraus leben müssen. Es fühlte sich wie ein Leben zwischen zwei Stühlen an. Dabei wollte ich endlich irgendwo ankommen und Stabilität in meinen Alltag bringen. Ein eigener Platz im Wohnheim war dafür unabdingbar. Außerdem würde die räumliche Trennung zu David zeigen, ob unsere Freundschaft wirklich bestehen konnte. Wenn sie uns wirklich wichtig war, würden wir weiterhin Zeit miteinander verbringen, und das war mehr wert als sich jeden Tag zu sehen, nur weil man es nicht verhindern konnte.

Die Stunde verging wie im Flug, auch wenn ich mich am Ende nicht an den Stoff erinnern konnte. Ich packte meine Sachen zusammen, verabschiedete mich von Tim und machte mich auf den Weg zur Bibliothek, wo ich mich mit Natalie treffen wollte. Kaum war ich aus dem Gebäude getreten, stoppte mich der Anblick einer Gestalt. Ich erkannte ihn sofort, weil er auf dem Campus auffiel wie ein bunter Hund.

Mein Dad war wie immer in einem maßgeschneiderten Anzug gekleidet. Dazu hielt er sich so gerade, wie es keiner der Studenten vermochte. Was machte er hier? Und warum wusste er, dass er mich hier suchen musste? Ich sah mich nach einer Fluchtmöglichkeit um. Vielleicht konnte ich ihm entkommen, wenn ich zurück ins Gebäude verschwand. Doch er hatte mich bereits entdeckt und kam mit zielstrebigen Schritten auf mich zu.

Mein Puls hämmerte in meinen Ohren, aber ich versuchte mir meine Angst nicht anmerken zu lassen. Dad konnte mir nichts mehr anhaben. Ich stand nicht mehr unter seinem Einfluss und er würde das auch nie wieder ändern können. Trotzdem konnte ich das Zittern in meinen Händen nicht unterbinden.

»Wusste ich doch, dass ich dich hier finde«, sagte Dad anstelle einer Begrüßung. Er redete fast im Plauderton, aber ich wusste, wie schnell seine Stimmung umschlagen konnte.

»Was willst du?«, fragte ich, ohne auf seine Bemerkung einzugehen.

Er musterte mich aus kühlen Augen, was einen Schauder über meinen Rücken jagte.

»Wo ist dein Respekt geblieben? Redet man so mit seinem Vater? Ich dachte, ich hätte dich besser erzogen.« Die unterschwellige Wut seiner Äußerung ließ seine Stimme schneidend werden.

Ich wollte ihm sagen, dass er meinen Respekt nicht verdient hatte. Dass er bei meiner *Erziehung* nur auf seinen eigenen Vorteil bedacht gewesen war, ohne meine Wünsche einzubeziehen. Dass er mich mein ganzes Leben unterdrückt hatte, anstatt mich zu fördern, wie Eltern es eigentlich tun sollten. Doch nichts davon kam mir über die Lippen.

Stattdessen sagte ich: »Du hast mich rausgeschmissen. Was erwartest du?«

»Ich hatte erwartet, dass es dir die Augen öffnet und du dir Gedanken über dein unmögliches Verhalten machst. Ich hatte dich für schlau genug gehalten, deinen Fehler einzusehen und dich zu entschuldigen. Wie es scheint, habe ich mich getäuscht.« Mit jedem Wort wurde Dads Stimme eisiger. Sein Blick verhärtete sich und seine Hand ballte sich zur Faust.

Unwillkürlich trat ich einen Schritt zurück. Erst jetzt wurde mir bewusst, dass er nicht hier war, um mich zurückzuholen oder mir einen Deal anzubieten. »Du hast mich erpresst, mich eingesperrt und dazu gezwungen, im Laden zu arbeiten. Und jetzt denkst du, *ich* müsste mich entschuldigen?« Ich wusste, dass auch ich nicht einwandfrei gehandelt hatte. Aber ich hatte es nicht aus Bosheit getan, sondern um diesem Leben zu entkommen, das mir keine Freiheit mehr geboten hatte.

Dad baute sich vor mir zu seiner vollen Größe auf. Ich wollte mich nicht von ihm einschüchtern lassen, aber ich konnte nicht verhindern, dass ich einen weiteren Schritt zurückwich. »Du bist *mein* Sohn. Ich weiß am besten, was gut für dich ist. Ohne mich bist du ein Niemand. Und ohne meinen Einfluss wirst du es nie zu etwas bringen. Du wirst genauso enden wie deine Schwester. Mit einem Job, der euch kaum genug Geld zum Leben einbringt.«

Seine Worte machten mich wütend. Er hatte keine Ahnung, wozu ich imstande war, weil er meine Talente seit jeher unterdrückt hatte. Bei Rachelle war es genauso gewesen. Nachdem sie seinen strengen Regeln und Vorstellungen entkommen war, war sie erst richtig aufgeblüht. Aber ich verstand die Psychologie hinter dieser Vorgehensweise. Er dachte, er könnte mich damit einschüchtern und mich dazu bewegen, wieder zurückzukommen. Aber das würde nicht geschehen. »Versuch es erst gar nicht. Ich werde nicht wieder zurückkommen. Mir geht es so viel besser, seit ich bei euch raus bin, das lasse ich mir von dir nicht kaputt machen.«

Dads Gesichtsausdruck wurde zynisch, regelrecht boshaft. »Denkst du, ich hätte dich nicht längst durchschaut? Ich weiß genau, *was* du bist. Das Passwort an deinem Computer ist nicht besonders sicher, ich konnte es mit Leichtigkeit knacken. Ich habe genau gelesen, dass du deine perversen und abartigen Neigungen dort auslebst. Meinst du wirklich, mit deinen lächerlichen Schreibereien könntest du irgendwas erreichen? Als würde *das* irgendwer lesen.«

Panik schnürte mir die Brust zu und das Atmen fiel mir schwer. Er war an meinem Computer gewesen und hatte das Passwort geknackt? Ich würde ihn ja der Lüge bezichtigen, aber weil er das Schreiben erwähnt hatte, musste er die Wahrheit sagen. Niemand außer David wusste davon und David würde mich niemals verraten.

Hatte Dad nur meine Sachen gelesen, oder noch weiter herumgeschnüffelt? Übelkeit stieg in mir auf, wenn ich daran dachte, was er alles gefunden haben könnte. In meinen gespeicherten Bildern waren einige explizite Fotos, die ihm nicht gefallen würden, und von meinem Browserverlauf wollte ich gar nicht erst anfangen. Wie hatte mein Vater so tief sinken können, mir hinterherzuspionieren?

Das Zittern in meinen Händen nahm zu und ein Rauschen in meinen Ohren setzte ein. Ich war gefangen zwischen dem Wunsch, wegzulaufen und mich irgendwo zu verstecken, und dem Wunsch, mich auf meinen Dad zu stürzen. Eine Wut, wie ich sie nie zuvor verspürt hatte, stieg in mir auf. Doch ich tat nichts davon, blieb einfach nur wie zur Salzsäule erstarrt stehen.

»Hast du nichts dazu zu sagen?«, fragte Dad mit einem zufriedenen Grinsen auf den Lippen. »Lass dir eins gesagt sein. Ich lasse nicht zu, dass mein Sohn zu so einer verkappten Schwuchtel verkommt. Es wäre ein Leichtes für mich, dein Leben komplett zu zerstören. Was meinst du, was deine Freunde sagen, wenn sie erfahren, wie pervers du wirklich bist? Oder alle Leute am College? Oder in Philadelphia? Weißt du, was ich alles über dich verbreiten könnte? Ich habe so viel Material gesammelt, sollte ich das alles rausbringen, wird niemand je wieder mit dir reden wollen oder dich einstellen. Stell dir vor, die ganze Stadt schlägt morgens die Zeitung auf und findet einen Bericht über deine Abartigkeit. Wahrscheinlich würdest du sofort von der TU fliegen. Überleg es dir gut. Das ist deine letzte Chance, zur Vernunft zu kommen. Du hast zwei Wochen Zeit.« Damit wandte er sich ab und verließ stolz erhobenen Hauptes den Campus.

Ich rührte mich nicht, während ich Dad hinterhersah, bis er aus meinem Blickfeld verschwand. Hatte ich ihn richtig verstanden? Wollte er mich outen, würde ich seinem Willen nicht nachgeben? Oder noch Schlimmeres, wenn ich recht über seine Worte nachdachte. Panik breitete sich in mir aus, aber dazu gesellte sich auch eine gehörige Portion Wut. Wie konnte er es wagen, mich erneut zu erpressen? Und wie stellte er sich das vor? Wollte er einen Artikel in der Zeitung veröffentlichen, in dem er mich öffentlich enterbte, weil ich auf Männer stand? Wie lächerlich.

Ein eiskalter Schauer raste über meinen Rücken, denn so würde er es nicht machen. Er würde nicht einfach nur meine Sexualität preisgeben, denn er wusste genau, dass viele das heutzutage nicht mehr schlimm fanden. Wenn er mich bloßstellte, würde er mich gleichzeitig als gefährlichen Triebtäter hinstellen, mit dem niemand auf offener Straße gesehen werden wollte. Er würde mich öffentlich enterben und es so aussehen lassen, dass keine Zweifel daran bestanden, dass ich *wirklich* Schande über die Familie gebracht hatte. Niemand würde danach noch etwas mit mir zu tun haben oder mich einstellen wollen.

Das Zittern in meinen Fingern nahm zu und mich überkam das dringende Bedürfnis, meinen Frust laut herauszuschreien. Es war einfach so verflucht unfair. Ich hatte es gerade geschafft, mich mit der Situation abzufinden und so etwas wie neues Selbstbewusstsein aufzubauen. Ich war so stolz, dass ich endlich über meinen Schatten gesprungen war und Rachelle und Natalie die Wahrheit erzählt hatte. Klar war es nicht viel, aber ein Anfang, auf dem sich aufbauen ließ. Dazu die Aussicht auf einen Wohnplatz bei Tim. Und genau in dem Moment kam mein Dad und verpasste mir den Todesstoß.

Mein Innerstes zog sich schmerzhaft zusammen und die Tragweite dieses ganzen Mists wurde mir erst jetzt bewusst. Wenn Dad es wirklich wollte, könnte er mich zerstören. Er könnte mein Ansehen derart durch den Dreck ziehen, dass ich von allen geächtet wurde. Natürlich wären es nur Lügen, die er über mich verbreitete, aber wen würde das interessieren? Wäre das Unheil einmal angerichtet, bekäme ich das nie wieder gerichtet. Ich bekäme keinen Job, hätte keine Freunde mehr und würde nie meinen Abschluss machen.

Aber die Alternative sah genauso deprimierend aus. Zurück zu meinen Eltern zu ziehen und mich dem Druck meines Dads wieder auszusetzen, war genau das, was ich nicht mehr wollte. Es würde mich niemals glücklich machen, sondern nur immer weiter zerreißen. Mit jedem weiteren Tag würde es etwas mehr von meinem Willen, ich selbst zu bleiben, abtragen, bis nichts mehr davon übrig blieb. Aber was war die Alternative?

Abrupt setzte ich mich in Bewegung, um nach Hause zu gehen. Ich wollte jetzt nicht mehr nachdenken. Ich wollte nur noch vergessen und nichts mehr fühlen müssen. Ich hatte den Punkt erreicht, an dem mir alles zu viel wurde.

Eine halbe Stunde später kam ich mit zwei Flaschen Wodka an Davids Wohnung an. David müsste noch bis nachmittags an der TU sein, was mir genug Zeit ließ, um mich in einen Zustand zu befördern, in dem einfach nichts mehr zählte. Ich musste einfach dieses erdrückende Gefühl loswerden, das mich zu Boden zu pressen schien und mir die Luft abschnürte. Am liebsten würde ich die Emotionen abstellen, die mich zu überschwemmen drohten und in einen Strudel ziehen wollten, aus dem ich nie wieder auftauchen würde. Ich war diese Masse an Gefühl einfach nicht gewohnt und wusste damit nicht umzugehen. Aber ich konnte nicht einfach einen Schalter umlegen, um nicht mehr fühlen zu müssen, daher die zwei Flaschen Wodka, die ich unterwegs im Supermarkt geholt hatte.

Ich atmete erleichtert auf, als ich die Tür zur WG aufschloss. Nachdem ich den Rucksack neben der Tür fallengelassen hatte, ging ich direkt zur Küche, öffnete die erste Flasche und nahm ein Glas aus dem Schrank.

Gerade als ich mich auf die Couch setzen wollte, erklang das Geräusch einer sich öffnenden Tür und David kam aus seinem Schlafzimmer. Er trug eine Jogginghose und ein zerschlissenes T-Shirt. Seine Haare standen in alle Richtungen ab, als hätte er die Wohnung heute noch nicht verlassen. Er tapste in meine Richtung. »Was machst du schon hier?«

Sämtliche Muskeln in meinem Körper spannten sich an. Warum war er zu Hause? Ich konnte mich aktuell nicht mit ihm befassen. So war das nicht geplant gewesen. Ich wollte meine Ruhe haben, um meine Gedanken in Alkohol ertränken zu können, bis er von der TU zurückkam. »Ich kann das jetzt nicht«, hörte ich mich sagen, griff nach der offenen Wodkaflasche und ging rückwärts auf die Wohnungstür zu. David sollte einfach wieder in seinem Zimmer verschwinden und so tun, als wäre nie etwas geschehen.

Ich hatte die Tür bereits geöffnet, als David mich einholte. Mit einem festen Griff um meine Hand hinderte er mich an meiner Flucht. »Was ist passiert?«, fragte er eindringlich.

Anstatt zu antworten, schüttelte ich bloß den Kopf. Die Bilder in meinem Kopf konnte ich damit aber nicht aufhalten. Unaufhörlich zeigten sie mir, was alles geschehen würde, wenn mein Dad seine Drohung wahr machte. Ich sah, wie sich alle – selbst David – in Abscheu von mir abwandten und ich völlig alleine zurückblieb.

Ich versuchte meine Hand aus Davids Griff loszureißen, aber es gelang mir nicht. Zu allem Überfluss spürte ich, wie eine Träne meine Wange hinablief. Auch das noch. Ehe ich wusste, wie mir geschah, hatte David mich in eine feste Umarmung gezogen. Er presste meinen Kopf an seine Schulter, streichelte mir beruhigend über den Hinterkopf und murmelte mir Nichtigkeiten ins Ohr. Zuerst wollte ich mich ihm entziehen, aber bereits nach wenigen Sekunden merkte ich, wie ich mich langsam entspannte. Ich krallte mich an David fest und ließ mich gegen ihn fallen, bis ich mehr von ihm getragen wurde, als auf meinen eigenen Beinen zu stehen.

Wie lange wir so dastanden, bis ich mich beruhigt hatte, wusste ich nicht. Als ich mich diesmal langsam von David löste, ließ er es zu. Aber seine Hand lag weiterhin an meiner Hüfte, ihre beruhigende Wärme schien in jede Faser meines Körpers vorzudringen. Er betrachtete mich mit einer Intensität, die meinen Puls in die Höhe trieb. Gleich würde er mich erneut fragen, was geschehen war, dabei konnte ich es nicht in Worte fassen.

Doch David überraschte mich. »Bitte geh nicht«, bat er mich. »Du musst nicht darüber reden, wenn du nicht willst. Ich geh auch in mein Zimmer, wenn du deine Ruhe brauchst. Aber hau in deinem Zustand nicht ab. Ich würde mir nur Sorgen machen, wo du bist und ob es dir gut geht.«

Seine Besorgnis rührte mich. Ich hatte nicht viele Freunde, die einfühlsam und rücksichtsvoll wie David waren. Früher hatte ich das begrüßt. Den meisten wäre nicht einmal aufgefallen, dass ich schlecht drauf war – oder sie hätten es schlicht ignoriert. Ich hätte mich in meinem Selbstmitleid suhlen können, ohne von ihnen belästigt zu werden.

Jetzt fragte ich mich, ob es nicht von Anfang an der falsche Weg gewesen war. Davids Umarmung hatte mich mehr beruhigt als eine Flasche Wodka es je könnte. Zwar waren die Angst und die bedrückenden Gedanken noch immer da, aber sie überschwemmten mich nicht mehr mit ihrer Ausweglosigkeit. Sie ließen mir Platz zum Atmen.

Ich griff nach Davids Hand auf meiner Hüfte. »Ich möchte jetzt nicht alleine sein.«

»Okay.« Er führte mich zur Couch und schaltete den Fernseher ein, ohne meine Hand loszulassen. Irgendeine Tierdokumentation lief, auf die ich mich aber absolut nicht konzentrieren konnte. David hielt noch immer meine Hand umklammert, was beständige Schauer durch meinen Arm jagte. Einerseits beruhigte es meine aufgewühlten Emotionen, anderseits beschwor seine Hand auch andere herauf. Zwar dachte ich jetzt nicht mehr an meinen Dad und was er zu mir gesagt hatte, dafür erinnerte ich mich an die ganzen Abende, die ich in Davids Armen verbracht hatte. Es kam mir wie eine Ewigkeit her vor, dabei war das letzte Mal kaum zwei Monate her.

Plötzlich vermisste ich diese Nähe mit einer Heftigkeit, bei der mir das Herz schwer wurde. Ob David sich wohl daran störte, wenn ich mich an ihn lehnte? Nur ein kleines bisschen?

Kapitel 13

David

Was war nur geschehen? Keiran hatte kein Wort gesprochen, seit wir uns auf die Couch gesetzt hatten, aber er hielt meine Hand weiterhin umklammert, als wäre sie sein Rettungsanker. Ich malte mir ein Horrorszenario nach dem anderen aus, was vorgefallen sein könnte. Jedes davon vermutlich noch weiter von der Realität entfernt als das vorige. Zu gerne hätte ich Antworten auf all meine Fragen gehabt, aber ich wollte ihn auch nicht zum Reden drängen und ihn damit verschrecken. Immerhin hatte ich es nur um Haaresbreite geschafft, ihn am Weglaufen zu hindern.

Plötzlich bewegte Keiran sich. Er kam näher, bis er sich an meine Schulter lehnen konnte. Ein Stromstoß durchzuckte mich und ich hielt den Atem an, gespannt darauf, was er als Nächstes tun würde. Doch er ging nicht weiter, er blieb einfach nur an mich gelehnt sitzen. Nach einigen Sekunden entspannte er sich, vermutlich als er sicher war, nicht von mir weggestoßen zu werden.

Doch auf diese Idee kam ich gar nicht. Dafür gefiel mir das hier viel zu sehr. Keirans Nähe löste ein wohliges Kribbeln in meinem Inneren aus, das sich in jede Zelle meines Körpers ausdehnte und mich von innen wärmte. Vorsichtig ließ ich seine Hand los, um meinen Arm stattdessen um seine Schultern legen zu können. Keiran drehte seinen Kopf, warf mir ein dankbares Lächeln zu und schmiegte sich noch enger an mich. Ich wagte es nicht, mich noch zu bewegen oder zu atmen, während die Gefühle in meinem Inneren Achterbahn fuhren.

Zugegebenermaßen hatte ich das vermisst. Kein anderer hatte es je geschafft, dieses Gefühlschaos in mir hervorzurufen. Und ich liebte es. Die Ungewissheit genauso wie die Nervosität vor jedem Treffen mit ihm. Das Feuer, das seine Berührungen in mir entfachten, genauso wie das Behagen, wenn wir einfach nur nebeneinanderlagen. Er konnte mich mit einem simplen Wort auf die Palme bringen, mit einem Blick zum Lachen und mit einem Kuss zum Schweigen. Ich wusste bei ihm nie, was mich als Nächstes erwartete, er forderte mich ständig heraus und brachte mich dazu, über mein eigenes Handeln nachzudenken. Dabei war ihm die Gewalt, die er über mich hatte, nicht einmal bewusst.

»Mein Dad hat mich heute vor der TU abgefangen«, durchbrachen Keirans Worte die Stille.

Im ersten Moment war ich sicher, mich verhört zu haben, dann setzte ich mich abrupt auf. »Was wollte er?«, presste ich hervor.

Keiran drehte den Kopf, bis er mich ansehen konnte. Bei dem Schmerz in seinen Augen ballte sich meine Hand automatisch zur Faust. »Mich erpressen. Wenn ich mich nicht seinem Willen füge, will er mich auffliegen lassen und es so hinstellen, als wäre ich ein Triebtäter oder so.«

»Was? Aber er weiß es doch gar nicht.«

Keiran schnaubte. »Er hat mein Passwort geknackt und in meinem Computer herumspioniert. Er hat mindestens meine selbstgeschriebene Story gefunden, das hat er mir gesagt. Ich will gar nicht wissen, über was er sonst noch gestolpert ist. Von meinen E-Mails bis hin zu Gay Porn ist alles möglich.«

Ein Teil von mir wollte ihn auf den Gay Porn ansprechen und fragen, was er sich davon gerne ansah. Doch das wäre in dieser Situation völlig unangebracht gewesen, daher merkte ich mir diese Information für ein späteres Gespräch. »Shit, das ist übel. Aber wie will er dich als Triebtäter hinstellen? Das ist doch Unsinn.« Auch wenn er ein Arschloch war, würde er über seinen Sohn doch keine Dinge berichten, die nicht stimmten. Oder?

Keiran hob die Schultern. »Ich traue es ihm durchaus zu, die Tatsachen zu verdrehen, um mich als den Bösen darzustellen. Immerhin ... oh mein Gott, ich bin so ein Idiot.« Keiran sprang auf und hechtete zu seinem Handy, das am anderen Ende des Tisches lag.

»Was machst du?«, wollte ich wissen, als er hektisch darauf herumdrückte.

»Ich muss mit meiner Schwester sprechen«, erklärte er und hielt sich das Handy bereits ans Ohr. »Chelle, hey. Ich hab mal eine Frage. Bevor Mom damals den Joint gefunden hat, hattest du da ein Gespräch mit Dad, in dem er dir eine letzte Chance eingeräumt hat, nach seiner Pfeife zu tanzen?« Keiran tigerte im Wohnzimmer auf und ab, während er sich Rachelles Antwort anhörte.

»Ich wusste es!«, platzte er plötzlich heraus. »Ich bin mir sicher, dass er den Joint dort versteckt hat, damit Mom ihn findet.« Rachelle antwortete etwas. Lauter diesmal, sodass ihre Stimme bis zu mir zu hören war. »Nein. Hör mir zu. Dad hat heute vor der TU auf mich gewartet und ...« Keiran wiederholte dieselbe Story, die er mir zuvor erzählt hatte, und obwohl ich den Wortlaut bereits kannte, spürte ich erneut heiße Wut in mir hochkochen. Es war eine Sache, seinen Sohn wegen seiner Sexualität nicht zu akzeptieren – was schon schlimm genug war -, aber ihn damit zu erpressen, ihn deswegen als Verbrecher hinstellen zu wollen, war in meinen Augen einfach nur niederträchtig. Noch mehr, wenn es nur dazu dienen sollte, seinen eigenen Willen durchzusetzen.

»Ich *muss* es versuchen. Wir holen sie da raus«, riss Keirans Stimme mich aus meinen Gedanken. Ich hob den Blick und sah noch, wie er auflegte und das Handy auf meinen Sessel schmiss. Fragend sah ich ihn an und wartete darauf, dass er mir das Telefonat erklärte, weil ich mir daraus keinen Reim machen konnte.

Seufzend setzte Keiran sich neben mich und rieb sich über die Augen. »Mein Dad ist ein größeres Arschloch als gedacht.«

Ich bemerkte das Zittern in seinen Armen und legte ihm eine Hand auf den Rücken. »Warum?«

»Als meine Eltern Rachelle rausgeschmissen haben, haben sie zuvor einen Joint bei ihr gefunden. Chelle behauptet felsenfest, dass er nicht von ihr war und hat bisher vermutet, dass Mom und Dad gemeinsam dahintersteckten. Deswegen hat sie sich auch nie wieder bei den beiden gemeldet. Aber zwei Wochen vorher hat sie ein ähnliches Gespräch mit Dad geführt wie ich heute. Wahrscheinlich hat Dad ihn danach ohne Moms Wissen versteckt, damit sie ihn findet und glaubt, er gehöre Chelle.« Abrupt sprang Keiran auf und eilte durch das Wohnzimmer.

Ich hastete ihm hinterher und bekam ihn zu fassen, als er gerade die Tür öffnen wollte. »Hey, wo willst du hin?«

Unverständlich sah er mich an. »Ich muss mit Mom reden. Sie muss von Dads Machenschaften erfahren. Wer weiß, was er ihr sonst noch für Lügen aufgetischt hat.« Er entzog sich meinem Griff und wollte sich bereits seine Jacke anziehen.

»Keiran, warte.« Beim Klang meiner Stimme hielt er inne. »Es ist Freitagnachmittag. Wann kommt dein Dad da von der Arbeit nach Hause? Du willst sicher nicht, dass er dich bei deiner Mom antrifft, oder? Außerdem bist du völlig aufgewühlt. Du solltest das Gespräch nicht in dieser Verfassung führen und dir vorher in Ruhe überlegen, was genau du ihr sagen willst.«

Langsam drehte er sich zu mir um und schien beim Ausatmen in sich zusammenzusinken. »Du hast recht«, sagte er leise und griff haltsuchend nach meiner Hand. »Wenn Dad mitkriegt, was ich vorhabe ...« Er ließ den Rest des Satzes offen, aber ich hatte eine ziemlich genaue Vorstellung davon, was dann passieren würde. »Ich kann mir einfach nicht vorstellen, dass Mom genauso hinterhältig ist wie er.«

Ich hoffte für Keiran, dass sich seine Vermutung bewahrheitete, denn ich wollte mir nicht ausmalen, was das Gegenteil mit ihm anstellen würde. »Komm, lass uns setzen.« Ich zog ihn zurück zur Couch und deutete auf die Wodkaflasche, die er geöffnet und seitdem nicht mehr angerührt hatte. »Trinkst du die eigentlich noch?«

Keiran hob den Blick. Starrte. Blinzelte. Dann entwich ihm ein überraschtes Lachen. »Ich war sicher, diesen Tag nicht ohne Alkohol zu überstehen.«

»Dann trink sie.«

»Nein, du verstehst nicht.« Er wandte sich mir zu, Erstaunen lag in seinen Zügen. »Ich hab völlig vergessen, den Wodka überhaupt gekauft zu haben. Wie hast du das gemacht?«

Meine Wangen wurden warm und ich wich verlegen seinem Blick aus. »Ich habe gar nichts gemacht«, sagte ich ausweichend.

Stille senkte sich über uns und meine Aufmerksamkeit wurde vom Fernseher angezogen, auf dem mittlerweile irgendeine Sitcom lief. Keiran brachte den Wodka in die Küche und kam stattdessen mit einem Karton Milch zurück. Er setzte sich neben mich, das linke Bein untergeschlagen, und knibbelte an einem Aufkleber am Karton herum.

»Meinst du, es würde Sinn machen, von mir aus an die Öffentlichkeit zu treten? Bevor mein Dad Lügen über mich verbreiten kann?«, brachte er schließlich leise heraus.

Es wäre einen Versuch wert, aber dazu würde er sich outen müssen. »Ist es denn das, was du willst?«

Keiran schnaubte. »Was ich will, ist in Ruhe gelassen zu werden, aber das scheint mir nicht vergönnt zu sein.«

Ich dachte kurz darüber nach. »Vielleicht hab ich eine Idee.«

»Ich dachte, das soll eine Party werden. Jetzt wollt ihr uns nur für Sklavenarbeit missbrauchen?« Fassungslos schüttelte Cole den Kopf und sah auf den riesigen Haufen Steinplatten hinab, der vor uns ausgebreitet lag. Kaum waren wir bei Jaxon und Julian angekommen, hatten die beiden uns hierher gebracht, weil wir die Platten auf der Terrasse auslegen sollten.

»Seht es mal von der Seite: Sobald die Arbeit erledigt ist, grillen wir für euch«, versuchte Julian uns die Sache schmackhaft zu machen.

»Und genügend Alkohol gibt es auch«, fügte Jaxon hinzu.

Marc gab sich geschlagen. »Wir haben eh keine andere Wahl, oder?«

»Nope.« Julian grinste.

»Ich hasse euch alle«, sagte Cole voller Inbrunst, beugte sich aber zu den Platten hinab. Er umfasste die oberste an den Rändern, um sie anzuheben, aber sie bewegte sich kein Stück. »Gott«, ächzte er. »Was wiegen die Teile? Eine Tonne?« Cole richtete sich auf und hielt sich den Rücken. »Marc, hilf mir mal.«

Gemeinsam schafften sie es, die Platte anzuheben und zur Terrasse zu tragen. Keiran und ich nahmen die nächste. Wir bekamen sie kaum angehoben und mussten auf dem Weg zur Terrasse zweimal Pause machen, um sie abzulegen. Danach wandten wir uns einer weiteren zu.

Als wir endlich alle Steine an die richtigen Stellen gelegt hatten, was über eine Stunde gedauert hatte, war ich kaputt wie lange nicht mehr. Meine Finger waren verkrampft, meine Armmuskeln brannten und der Schweiß lief mir in Strömen den Nacken hinab. Stöhnend ließ ich mich in einen Gartenstuhl fallen. Ich war für diese Art von Arbeit einfach nicht gemacht.

»Du hast uns Alkohol versprochen«, sagte ich zu Julian und wischte mir über die Stirn.

»Bist du von dem Bisschen schon außer Atem?« Mein bester Freund drehte sich spöttisch grinsend zu mir um. Weder er noch einer der anderen wirkte so kaputt, wie ich mich fühlte.

Anstelle einer Antwort schnitt ich eine Grimasse.

Julian lachte. »Ich hole das Bier, alter Mann.« Er verschwand im Haus. Jaxon, Cole und Marc folgten ihm und ließen mich mit Keiran auf der Terrasse zurück. Sofort war ich mir seiner Anwesenheit überdeutlich bewusst. Ich wusste genau, wo er war, ohne ihn ansehen zu müssen und spürte, dass er auf mich zukam, obwohl er sich geräuschlos bewegte. Mein Herz begann zu rasen und ich legte eine Hand auf meinen Bauch, als könnte ich damit das Flattern aufhalten, das darin begonnen hatte.

Keiran setzte sich neben mich. »Gehst du nicht mehr schwimmen?«

Ich wandte mich ihm zu und hoffte, dass man mir meinen inneren Tumult nicht ansehen konnte. »Kaum noch.« Während der Highschool war ich im Schwimmteam gewesen und hatte auch zu Beginn des Colleges noch regelmäßige Einheiten absolviert.

»Warum nicht? Das hat dir doch gut gefallen.« Er klang überrascht.

Ich wusste es selbst nicht genau. »Es ist irgendwie eingeschlafen. Seit ich beim Studium von Gemälden zu Skulpturen gewechselt bin, habe ich weniger Zeit dafür. Wenn ich einen Kreativitätsschub habe, verbringe ich manchmal ganze Wochenenden in der Werkstatt. Und wenn ich dann doch mal zu Hause bin, kann ich mich nicht mehr dazu aufraffen.«

»Dann scheint es dir wenigstens nicht zu fehlen.« Keiran lächelte, aber seine Augen strahlten Traurigkeit aus.

»Fehlt dir das Footballspielen?« Ich hatte ihn das nie gefragt, seit er aus L.A. zurück war, vermutlich, weil ich mir die Antwort denken konnte.

»Jeden verdammten Tag.« Eine Schwere lag in seinen Worten, die auch mein Herz ergriff.

»Du siehst aber nicht aus, als hättest du nur ein Gramm Muskelmasse verloren.« Sein T-Shirt spannte sich noch immer so stark um seinen Brustkorb, dass ich manchmal Angst hatte, die Nähte könnten reißen.

»Krafttraining.« Keiran hob die Schultern. »Es ist nicht dasselbe, aber ich muss irgendwas machen, sonst drehe ich durch.«

Ich überprüfte, ob wir noch immer alleine waren. »Das Schreiben ist kein Ventil?«, fragte ich leise. So war es nämlich bei mir. Wenn ich mich in einer Skulptur verlieren konnte, fühlte es sich wie eine seelische Heilung an. Alle Probleme, die mir zuvor unüberwindbar erschienen waren, kamen mir danach gar nicht mehr schlimm vor.

»Doch schon«, pflichtete Keiran mir bei. »Aber es hilft nicht gegen die überschüssige Energie, die ich mit mir herumtrage. Dafür ist Bewegung unabdingbar.«

Marc kam aus dem Haus und wir verstummten. »Hier.« Er reichte jedem von uns ein Bier und prostete uns mit seinem zu.

»Wie geht's Michaela?«, fragte ich ihn. Seit er praktisch bei ihr wohnte, bekam ich sie nur noch selten zu Gesicht.

Marc setzte sich im Schneidersitz vor uns auf den Boden. »Gut so weit. Der neue Job macht ihr Spaß und reiten begeistert sie immer noch. Sie macht mit Lucy jetzt auch Volta-irgendwas.«

»Voltigieren«, brüllte Julian aus dem Haus heraus.

Ich hatte keine Ahnung, was das war. »Wir müssen mal wieder alle zusammen etwas unternehmen.« Obwohl die meisten von uns noch studierten, trafen wir uns in letzter Zeit seltener. Das lag natürlich auch daran, dass meine Freunde alle glücklich vergeben waren und Zeit mit ihren Freundinnen verbringen wollten. Ich hatte vollstes Verständnis dafür, trotzdem fehlten mir die Abende, die wir mit der Clique verbrachten.

Jaxon kam aus der Tür, in den Armen so viel Grillfleisch, als wolle er eine ganze Kompanie damit sättigen. »Das hat Emma letztens auch schon gesagt. Sie hat vorgeschlagen, dass wir den ersten Samstag des Monats als Treffen festhalten könnten.«

»Gute Idee.«

Jaxon machte sich am Grill zu schaffen und Julian gesellte sich zu ihm, vermutlich um ihm gute Ratschläge zu erteilen. Fünf Minuten später bestätigte sich meine Vermutung, weil Jaxon Julian mit den Worten »Setz dich hin, wenn du nichts Produktives beisteuern kannst« verscheuchte.

Mit einem breiten Grinsen kam Julian zu uns geschlendert. Cole betrachtete ihn misstrauisch. »Hast du ihn jetzt absichtlich mit oberschlauen Sprüchen genervt, damit er dich freiwillig wegschickt?«

»Genau.« Julian setzte sich auf die Lehne meines Stuhls.

»Er ist so leicht aus dem Konzept zu bringen.« Cole klang wie ein stolzer Vater, der seinen Sohn lobte.

Ich konnte mir ein Lachen nicht mehr verkneifen. »Hast du eigentlich mit Lucy gesprochen?«, wollte ich von Julian wissen.

Abrupt wurde Julian ernst. »Ja. Du hattest recht, ich habe mir völlig umsonst Sorgen gemacht. Ihr Dad hatte einen Knoten unter den Achseln. Sie hatte Angst, es könnte Krebs sein, aber der Tumor hat sich zum Glück als gutartig herausgestellt.«

»Heftig. Kein Wunder, dass sie so neben der Spur war.«

»Allerdings. Und sie hat mir nichts gesagt, weil sie mich nicht grundlos beunruhigen wollte. Typisch Lucy.«

»Dabei hat sie dich damit nur noch mehr verunsichert«, sagte ich kopfschüttelnd.

»Ja, aber so ist es mir lieber als andersherum.«

Wir verstummten und nachdem ich nicht mehr beschäftigt war, wanderte mein Blick zu Keiran. Das passierte mir in letzter Zeit öfters. Meistens unbeabsichtigt. Er unterhielt sich gerade mit Cole über Football. Das altbekannte Strahlen, wann immer er über den Sport reden konnte, lag in seinen Augen und er gestikulierte beim Reden mit den Händen. Als ich die beiden zusammen sah, fiel mir unser Gespräch von gestern wieder ein.

Ich stand auf und trat vor sie. »Kommt ihr mal mit?«

Keiran nickte verhalten, während sich Verwirrung in Coles Zügen spiegelte, aber sie folgten mir ein Stück den Weg entlang, bis die anderen uns nicht mehr hören konnten. »Du hast doch überlegt, ob du deinem Dad zuvorkommen solltest. Falls du das immer noch willst, Coles Dad gehört die größte Zeitung in Philadelphia«, sagte ich an Keiran gewandt.

Nackte Panik stand in seinen Augen und ergriff auch von mir Besitz. Weil es ihm gestern geholfen zu haben schien, ergriff ich Keirans Hand. Erst als er seine Finger mit meinen verflocht, fiel mir auf, dass wir uns in der Öffentlichkeit befanden und er mich da früher bei jeglicher Art von Körperkontakt von sich gestoßen hatte.

»Das will ich auch immer noch, aber ich muss erst Montag mit meiner Mom sprechen, bevor ich irgendwas entscheide«, sagte er.

»Könnte mich jemand aufklären, worum es geht?«, ging Cole dazwischen.

»Klar.« Keiran erzählte ihm vom Gespräch mit seinem Vater und seiner Vermutung, dass er ihm aus Rache etwas anhängen könnte, wie er es bei Rachelle bereits getan hatte.

»Das sind heftige Vorwürfe ...«, begann Cole, wurde jedoch sogleich von Keiran unterbrochen.

»Glaubst du mir nicht?«

»Doch, natürlich. Was ich sagen wollte, ist, dass die Zeitung von meinem Dad so etwas gar nicht ohne triftige Beweise drucken würde. Profis können leicht erkennen, ob ein Bild mit Photoshop bearbeitet wurde. Natürlich würde mein Dad dein Statement drucken, wenn ich ihn darum bitte. Korrigiere mich, wenn ich falsch liege, aber sollte es nicht deine Entscheidung sein, wann und vor wem du dich outest? Willst du dich wirklich zu so einer öffentlichen Aussage zwingen lassen?«

Keiran verzog das Gesicht, als hätte er in etwas Ungenießbares gebissen. »Natürlich will ich das nicht, aber was bleibt mir für eine andere Wahl? Wenn ich ihm mit meinem Outing zuvorkomme, denken die Leute wenigstens, dass er es aus Homophobie macht, auch wenn das nicht die ganze Wahrheit ist.«

»Mir gefällt das trotzdem nicht. Warum warten wir nicht, bis diese Anfrage von deinem Dad kommt? Noch besser wäre es natürlich, wenn wir im Vorfeld wüssten, was er plant. Dann könnten wir ein Gegenstatement drucken und anhand des Materials von deinem Dad zeigen, warum er den Zeitungen fälschliche Informationen hat zukommen lassen sowie diese widerlegen. Das hätte dann einen viel größeren Effekt, als wenn du jetzt ein Statement rausgibst, das die Leute bis dahin vermutlich wieder vergessen haben.«

Keiran sah Cole sprachlos an und zerquetschte meine Hand dabei fast. »Glaubst du, das würde funktionieren? Ich weiß nicht, ob ich rauskriege, was Dad plant, aber ich kann es zumindest versuchen.«

»Es wäre von Vorteil, wenn wir das wüssten, aber ansonsten fällt uns bestimmt etwas anderes ein. Ich rede mit meinem Dad und sag dir dann Bescheid.«

»Danke.« Keiran atmete erleichtert aus.

»Leute, Essen ist fertig«, brüllte Julian zu uns rüber.

Kapitel 14

Keiran

»Komm, zieh dich an.«

Ich zog die Decke über meinen Kopf und versteckte mich darunter. »Keine Lust«, gab ich zurück. Ich hatte bereits den ganzen Tag nichts anderes getan, als mich in meiner schlechten Laune zu suhlen. Hatte ich gestern Abend noch zuversichtlich gewirkt, dass sich alles zum Guten fügen würde, kam es mir heute sinnlos vor. Was würde Cole schon gegen meinen Dad ausrichten können? Dad ließ sich nicht von College-Studenten ausschalten, wenn er sich etwas in den Kopf gesetzt hatte. Genauso war ich heute sicher, meine Mom nicht überzeugen zu können. Sie hatte es noch nie geglaubt, wenn jemand etwas gegen Dad sagte – egal, wer es war.

David ließ sich davon natürlich nicht beirren. Mit einem Ruck zog er die Decke von mir runter. »Beweg dich, McKenny. Ich kann dein Jammern nicht mehr ertragen.«

»Aber ich sag doch gar nichts«, protestierte ich und richtete mich auf. Ich hatte mich absichtlich auf der Couch verkrochen, um David mit meiner Laune nicht zu stören. Nachdem er sich in dieser Sache so für mich eingesetzt hatte, wollte ich ihm nicht das Gefühl vermitteln, dass es nicht gefruchtet hatte. Wie es schien, war mir das nicht gelungen.

»Deine Gedanken sind so laut, dass ich davon Kopfschmerzen bekomme.« David schob meine Beine von der Couch und setzte sich neben mich. Er betrachtete mich mit einer Mischung aus Mitgefühl und Entschlossenheit. »Zieh dich an, ich habe eine Idee.«

Eigentlich hatte ich überhaupt keine Lust, mich zu bewegen. Schon alleine die Vorstellung, ins Bad zu gehen und mir die Zähne putzen zu müssen, lastete wie ein schweres Gewicht auf mir. Aber ich kannte David gut genug, um zu wissen, dass er nicht aufgeben würde. Er würde mich so lange bearbeiten, bis er mich umgestimmt hatte – und wenn es die ganze Nacht dauerte. Was eine lange Zeit war, da wir erst mittags hatten.

»Okay, okay«, sagte ich daher. »Du gibst ja eh keine Ruhe, bis ich mich dir füge.« Ich seufzte gespielt genervt, konnte das Zucken in meinen Mundwinkeln aber nicht verhindern.

David grinste und schien fünf Zentimeter zu wachsen. »Ich sehe, du hast noch nicht alles verlernt. Ich lasse nicht locker, ich gebe nicht auf und, das Wichtigste, ich habe immer recht.«

Ich schnaubte. »Träum weiter, Moore.« Kopfschüttelnd stand ich auf und verschwand im Bad.

Eine halbe Stunde später saßen wir in Davids Auto und fuhren aus der Stadt heraus. David hatte mir nicht verraten wollen, wohin er mich brachte, aber je länger wir unterwegs waren, desto mehr verdichtete sich mein Verdacht. Als er am Delaware River gegenüber von Petty Island anhielt, gab es nur ein Ziel, das er im Sinn haben konnte.

Grinsend wandte ich mich ihm zu. »Kirmes?«

David nickte und ein jungenhafter Ausdruck, den ich schon lange nicht mehr bei ihm gesehen hatte, legte sich auf sein Gesicht. Seine Augen leuchteten mit einer Lebhaftigkeit, die mich an den Tag erinnerte, als wir zum ersten Mal hier gewesen waren. Damals hatte ich David hergeschleppt, um ihn aufzumuntern. Seine Eltern hatten sich gerade erst getrennt und David hatte befürchtet, dass der Kontakt zu seinem Dad einschlafen könnte, wenn er aus Philadelphia wegzog. Heute wussten wir, dass seine Sorge unbegründet gewesen war, aber damals war für David eine Welt zusammengebrochen. Ich hatte David immer um das innige Verhältnis zu seinen Eltern beneidet. An diesem Tag hatte ich zum ersten Mal begriffen, dass es deswegen trotzdem nicht problemlos war.

David schlug mir auf den Oberarm und riss mich aus der Erinnerung. »Dann lass uns mal schauen, wie viel Kind noch in dir steckt, McKenny.«

»Mehr als in dir, Moore«, gab ich schnaubend zurück.

Mit der Fähre setzten wir über zu Petty Island, einer kleinen Insel mitten auf dem Delaware River. Schon von weitem konnten wir das Riesenrad sehen und laute Musik wurde zu uns getragen. Mit uns auf der Fähre waren überwiegend Familien mit kleinen Kindern, die mit leuchtenden Augen an der Reling standen und die immer näher kommende Kirmes betrachteten.

Sobald wir anlegten, waren David und ich unter den Ersten, die die Fähre verließen. Der süße Geruch von Popcorn und gebrannten Mandeln schlug uns entgegen, vermischt mit dem herben Duft von gebratenem Burger-Fleisch und Steak. Mein Magen begann laut zu knurren und David warf mir einen überraschten Blick zu.

»Hunger?«

»Und wie.« Erst jetzt fiel mir auf, dass ich den ganzen Tag noch nichts gegessen hatte. Bisher hatte meine miese Stimmung alle Bedürfnisse meines Körpers überschattet, doch jetzt war ich nahezu ausgehungert.

»Sollen wir dann erst was essen? Ich könnte auch etwas vertragen.«

Wir entschieden uns für Burger, die wir innerhalb weniger Minuten an einem Stehtisch verputzten.

»Und jetzt?« Frisch gestärkt war ich für alle Schandtaten bereit.

Als Antwort grinste David nur und zog mich hinter sich her. Er führte mich zu einem Schießstand, was mir ein überraschtes Lachen entlockte. »Hier haben wir beim letzten Mal schon versagt«, erinnerte ich ihn.

Er wackelte mit den Augenbrauen. »Vielleicht haben wir uns ja verbessert.«

»Ich ganz bestimmt nicht.« Trotzdem bezahlte ich die sechs Dollar, die jedem von uns fünf Schuss gewährten. Der Mann am Stand lud zwei Gewehre für uns und legte sie vor uns ab. Ich nahm meins zur Hand und versuchte damit auf eine der Zielscheiben zu zielen. Bei drei Treffern innerhalb der kleinen, weißen Kreise hatte man die volle Auswahl aus den Preisen. Ich legte an, zielte und drückte ab. Dann nochmal. Und nochmal. Bis ich alle fünf Schuss verbraucht hatte.

David begann zu lachen und ich wusste, bevor ich hinsah, dass ich verfehlt hatte. Natürlich hatte ich nicht einen einzigen Kreis getroffen. Überhaupt hatte ich nur bei zwei Scheiben den äußeren Rand touchiert. Ich war so schlecht wie eh und je.

»Versuch du es erst mal besser zu machen«, sagte ich, was Davids Lachen in ein siegessicheres Grinsen verwandelte. Selbstbewusst schnappte er sich das Gewehr, legte an und zielte. Drei Schüsse trafen mitten in einen weißen Mittelkreis, die anderen beiden durchbohrten den schwarzen Außenkreis. Nicht ein einziger ging daneben.

Fassungslos starrte ich ihn an. Blinzelte. »Hast du heimlich geübt?« Beim letzten Mal war er genauso schlecht gewesen wie ich und hatte nicht eine einzige Scheibe getroffen.

David räusperte sich und wirkte plötzlich verlegen. »Mein Dad hat uns früher öfter auf den Schießstand mitgenommen. Ich war zwar nie besonders gut, aber aus dieser Entfernung treffe ich meistens.«

»Warum hast du dann beim letzten Mal nicht getroffen?«

»Ich hab absichtlich daneben geschossen. Erinnerst du dich, wie wir kurz zuvor über die Notwendigkeit von schärferen Waffengesetzen gesprochen haben? Ich wollte nicht, dass du mich für den Sohn eines Waffennarren hältst.«

Für einige Sekunden konnte ich David nur anstarren, dann brach ich in Gelächter aus. »Und deswegen hast du absichtlich verfehlt?«, japste ich. »Was für eine Verschwendung. Du hättest mir hiermit eine Freude machen können.« Ich machte eine ausladende Handbewegung über die Gewinne der Bude, die überwiegend aus Kuscheltieren und allerlei Schnickschnack bestanden.

»Das hole ich jetzt nach. Was möchtest du haben?«

Ich blickte auf die Auslagen und war plötzlich von den Möglichkeiten überfordert. Würde David in meine Wahl etwas hineininterpretieren? Eigentlich war es Blödsinn, denn es gab überwiegend Kinderspielzeug und die obligatorischen Plastikrosen. Nichts davon war wirklich interessant für mich. Trotzdem würde ich es immer mit David in Verbindung bringen.

»Such du etwas für mich aus«, sagte ich schließlich.

David betrachtete mich nachdenklich, ehe er sich dem Mann in der Bude zuwandte. »Den Football-Teddy bitte.«

Mein Blick folgte der Richtung, in die David deutete, und mein Herz machte einen Satz, als ich entdeckte, was er ausgesucht hatte. Der Teddy war ungefähr handtellergroß und wie ein Footballspieler gekleidet. In seinen Pfoten hielt er jedoch keinen Ball, sondern ein großes, rotes Herz. Es war total kitschig. Etwas, das ich Rachelle früher im Spaß geschenkt hätte. Ein Teil von mir wollte darüber lachen und David einen dummen Spruch drücken. Trotzdem konnte ich das warme Gefühl nicht verhindern, das sich in meinem Inneren ausbreitete.

David nahm den Teddy entgegen, drehte ihn einige Male in seinen Fingern und legte ihn mir in die Hand. »Er drückt alles aus, was ich mit dir verbinde«, sagte er, ohne mich anzusehen.

Mein Herz pochte so stark, als wollte es aus meiner Brust herausspringen. In mir tobte ein wahrer Gefühlssturm. Ich wollte David fragen, was diese Geste und seine Worte zu bedeuten hatten. Empfand er noch immer dasselbe für mich wie ich für ihn? Aber das konnte nicht sein, oder? Immerhin hatte er mir gesagt, dass zwischen uns nie wieder etwas laufen konnte. Aber warum schenkte er mir dann diesen Teddy? Die Verwirrung schaltete mein Sprachzentrum komplett aus. Ich suchte nach den richtigen Worten, doch kein Ton kam über meine Lippen.

Ich war noch immer zu keiner Reaktion fähig, als David sich von mir abwandte und schnellen Schrittes davonlief. Erst als er hinter einem Popcornstand verschwunden war, konnte ich mich aus meiner Starre lösen und ihm folgen.

Kurz vor dem Riesenrad holte ich ihn ein. »David, warte.« Ich griff nach seiner Hand, um ihn aufzuhalten.

Kopfschüttelnd wandte er sich mir zu. »Vergiss das einfach. Und interpretiere nichts hinein. Das war dumm und unüberlegt.«

Mein Herz sank, doch so schnell wollte ich nicht aufgeben. »Was ist, wenn ich das nicht vergessen will?«

»Das solltest du aber. Es hat nichts zu bedeuten. Rein gar nichts.« Die Vehemenz in seiner Stimme strafte seine Worte Lügen. Ebenso wie der durchdringende Blick, der wie ein Stromstoß durch mich zuckte. Mit einem Mal war ich mir sicher, dass er noch etwas für mich empfand, es aber nicht zugeben wollte. Vielleicht wollte er es sich selber nicht eingestehen, um sich nicht erneut mit diesen Gefühlen auseinandersetzen zu müssen. Ich konnte ihn sogar verstehen. Nach allem, was zwischen uns vorgefallen war, musste es schwer für ihn sein, mir noch zu vertrauen. Instinktiv wurde mir klar, dass es falsch wäre, ihn jetzt zu drängen, zu seinen Gefühlen zu stehen.

David würde sich dann erst recht vor mir verschließen. Es wäre ein Rückschritt von der neuen Vertrautheit, die zwischen uns herrschte. David hatte sich mir in den letzten Tagen geöffnet. Dass er mir aus dem Bauch heraus diesen Teddy gegeben hatte, war Beweis genug dafür. Und das wollte ich nicht zerstören.

Ich ließ Davids Arm los und hob abwehrend die Hände, der Teddy hing wie ein Wahrzeichen zwischen uns. »Okay, es hat nichts zu bedeuten«, sagte ich so neutral wie möglich. »Aber dann gibt es für dich auch keinen Grund wegzulaufen.«

Davids Augen weiteten sich überrascht und für einen Moment war ich nicht sicher, ob er nicht doch wieder abhauen würde. Doch dann nickte er und schien ein wenig in sich zusammenzufallen. »Du hast recht. Sorry.«

»Kein Grund, sich zu entschuldigen. Ich will nur nicht nach Hause laufen müssen, weil ich dich in dem Gewühl hier verloren habe. Du hast mich hergebracht, um mich abzulenken, schon vergessen?«, scherzte ich.

Davids Gesichtsausdruck nahm einen selbstironischen Zug an und er deutete auf den Teddy. »Das scheine ich geschafft zu haben.«

Das hatte er wirklich, aber darauf wollte ich nicht näher eingehen. »Komm, lass uns Autoscooter fahren.«

Am nächsten Morgen traf ich mich mit Natalie vor dem Haus meiner Eltern. Sie wartete bereits auf mich, als ich aus dem Bus stieg. Meine Eltern wohnten etwas außerhalb in einem typischen Vorort. Die Häuser standen ein Stück von der Straße entfernt, die Vorgärten waren gepflegt und am Ende der Straße konnte ich Mrs Bauman sehen, die mit einem Einkaufskorb unter dem Arm zum Supermarkt zu eilen schien. Moms blauer Ford Focus stand in der Einfahrt, während Dads SUV nicht zu sehen war. Ich atmete erleichtert aus. Wenn Dad zu Hause gewesen wäre, wäre ich sofort umgekehrt.

»Danke, dass du mich begleitest«, sagte ich zu Natalie und zog sie in eine Umarmung.

»Das ist doch selbstverständlich.« Sie küsste mich auf die Wange.

Das war es nicht, aber ich begriff so langsam, dass ich auf Natalie immer zählen konnte. Sie war nicht wie die Idioten aus dem Footballteam, die ich für meine Freunde gehalten hatte, von denen ich aber nichts mehr gehört hatte, seit ich nicht mehr regelmäßig zum Training kam.

»Sollen wir reingehen?« Ich rieb meine Handflächen an meiner Jeans trocken und zog den Schlüssel aus meiner Hosentasche.

»Warte mal. Hast du einen Plan? Also was du deiner Mom sagen willst?«

»Die Wahrheit.« Zumindest so viel davon, wie ich verkraften konnte.

Seit ich gestern Abend mit David von der Kirmes zurückgekommen war, hatte ich nichts anderes getan, als mir den Kopf zu zerbrechen. Was ich sagen wollte, wie es ablaufen würde, was schiefgehen konnte. Je länger ich nachgedacht hatte, desto schlimmer wurden die Szenarien, die sich mein völlig übermüdetes Hirn ausgedacht hatte. Schlaf hatte ich trotzdem so gut wie gar keinen gefunden. Zu groß war die Sorge gewesen, was ich machen würde, sollte Mom mir nicht glauben.

»Wir schaffen das schon«, sagte Natalie, als hätte sie meine Gedanken erraten.

Ich nickte und ging mit mehr Zuversicht auf die Haustür zu, als ich empfand.

»Mom?«, rief ich mit zitternder Stimme, nachdem ich eingetreten war. Auf den ersten Blick wirkte es, als wäre niemand da. Die Lichter im Erdgeschoss waren aus und kein Ton war zu hören. Erst nachdem ich ein weiteres Mal gerufen hatte, diesmal lauter, konnte ich von oben Schritte vernehmen.

Kurz darauf erschien Mom auf dem Treppenabsatz. »Keiran? Das ist ja eine Überraschung. Was machst ...« Sie brach ab, als sie Natalie entdeckte. »Natalie, dich habe ich ja schon ewig nicht mehr gesehen.« Sie kam die Treppe herunter und zog erst Natalie und dann mich in eine Umarmung. Danach betrachtete sie uns abwechselnd mit besorgtem Blick. »Ist etwas passiert? Steckt ihr in Schwierigkeiten?«

»Ich weiß es nicht«, gestand ich. »Können wir uns setzen?«

Mom führte uns in die Küche, goss jedem ein Glas selbst gemachten Eistee ein und setzte sich zu uns an den Tisch. »Was gibt es, mein Junge?«

»Dad hat mich letzte Woche an der TU abgefangen«, sagte ich geradeheraus und berichtete Mom, dass er mich erpresst hatte, mich mit irgendetwas auffliegen zu lassen, wenn ich mich nicht seinen Wünschen beugte. Das Herz schlug mir beim Reden bis zum Hals und ich spürte, wie meine Handflächen erneut schweißnass wurden.

Moms Blick war mehr als skeptisch. Immer wieder schüttelte sie den Kopf, ehe ich überhaupt geendet hatte. »Das ist doch Blödsinn. Wie will er dich denn auffliegen lassen, wenn du nichts getan hast? Um was für Lügen geht es überhaupt?«

Das war der Moment, den ich befürchtet hatte. Den ich nur erklären konnte, wenn ich mich ihr öffnete und ihr die Wahrheit sagte. Mein Herz zog sich schmerzhaft zusammen und die Panik lähmte meinen ganzen Körper. Gestern hatte ich mir die passenden Worte zurechtgelegt, die ich ihr sagen wollte, doch jetzt konnte ich mich an kein einziges mehr erinnern. Mein Hals war wie zugeschnürt und ich befürchtete, dass ich mich erbrechen würde, anstatt zu sprechen, sobald ich den Mund öffnete.

Ich wollte es ihr sagen, das wollte ich wirklich, aber erneut brachte ich es nicht über die Lippen. Ich schüttelte den Kopf, bevor das Schweigen um uns unangenehm wurde.

Mom seufzte. »Dann kann ich dir leider nicht helfen.«

Enttäuschung kroch meine Kehle empor und es fühlte sich an, als müsste ich daran ersticken. Würde es wirklich daran scheitern? Ich würde damit nicht nur mir selbst helfen, sondern auch Rachelle. Wieso gehorchte mir mein Körper immer dann nicht, wenn es darauf ankam?

»Versuchen wir es anders«, kam Natalie mir zur Hilfe. »Erzähl ihr, was er mit Rachelle gemacht hat.«

Moms Miene verhärtete sich weiter, was meinen Magen in den freien Fall beförderte. »Rachelle hat sich ihre Verfehlungen selbst zuzuschreiben.«

»Hat sie nicht«, krächzte ich, als ich meine Stimme wiedergefunden hatte. »Der Joint war nicht von ihr. Dad hat kurz zuvor das gleiche Gespräch mit ihr geführt wie jetzt mit mir. Wenn sie sich nicht seinem Willen beugt, wird sie es bereuen. Findest du es nicht seltsam, dass der Joint genau dort war, wo du ihn beim Putzen bestimmt finden musstest? Hätte Rachelle ihn wirklich verstecken wollen, hätte sie dafür einen besseren Platz gefunden.«

Mom bekam einen missbilligenden Zug um den Mund. »Was ich seltsam finde, ist, dass du versuchst deinen Vater schlecht zu reden, um selber besser dazustehen. Ich habe dich eigentlich besser erzogen.«

»Es geht mir doch gar nicht um mich«, polterte ich los. Zu laut anscheinend, da Mom und Natalie erschrocken zusammenzuckten. Ich räusperte mich und sprach leiser weiter: »Wenn Dad das ohne dein Mitwissen macht, hat er auch dich jahrelang belogen. Er nimmt dir deine Kinder weg, nur um seinen eigenen Kontrollzwang ausleben zu können.

Wenn nächste Woche irgendeine Lüge über mich in der Zeitung steht, glaubst du das dann auch ungefragt? Du hast Rachelle nicht einmal die Chance gegeben, sich zu erklären. Wird das bei mir genauso laufen?«

»Natürlich nicht«, empörte Mom sich.

»Aber warum hast du das dann bei Chelle gemacht?«

»Weil ...« Mom brach ab, seufzte laut und rieb sich über die Schläfen, als müsste sie nahende Kopfschmerzen vertreiben. »Euer Dad hat mir vorher gesagt, dass er vermutet, Rachelle könnte Drogen nehmen. Er meinte, er hätte sie am College gesehen und entweder hätte sie einen Joint oder eine Zigarette in der Hand gehabt. Als ich danach den Joint in der Schublade gefunden habe, war die Sache für mich klar. Ich habe trotzdem noch versucht, euren Vater umzustimmen, aber er hat sich nicht davon abbringen lassen, Rachelle vor die Tür zu setzen. Um ihr eine Lektion zu erteilen, wie er sagte. Er war fest davon überzeugt, dass sie nach wenigen Tagen voller Reue zurückkehren würde. Ich übrigens auch. Ich kann bis heute nicht begreifen, dass sie sich nie wieder gemeldet hat.«

Fassungslos schüttelte ich den Kopf. Vielleicht war ich nicht objektiv genug, weil der Fall mich zu sehr an mich erinnerte, aber nicht Rachelle hätte sich bei Mom melden sollen, sondern umgekehrt. Mom und Dad hätten sie niemals rausschmeißen dürfen, egal, was sie vermeintlich angestellt hatte. Sich dann noch darüber zu beschweren, dass Rachelle sich nie wieder gemeldet hatte, ging meines Erachtens eine Spur zu weit. »Aber das hast du doch auch nicht gemacht, dabei bist du ihre Mutter. Mich hast du doch auch angerufen.« Plötzlich war ich unheimlich wütend über diese ungleiche Behandlung.

Mom sah mich flehend an und der Schmerz in ihren Augen linderte meine Wut ein wenig. »Ich habe mich von Rachelle hintergangen gefühlt. Kurz zuvor habe ich mich erst für sie eingesetzt. Tagelang hatte ich Streit mit deinem Vater, bis ich ihn so weit bearbeitet hatte, dass er Rachelle das Studium genehmigte. Den Joint zu finden, hat mich schwer getroffen. So wollte sie mir meinen Einsatz also danken?«

»Dabei ist derjenige, gegen den sich dein Missfallen richten sollte, eigentlich jemand ganz anderes«, entgegnete ich ironisch. Wenn sie nur einmal über ihren Schatten gesprungen wäre und mit Rachelle gesprochen hätte, hätte sie dieses Missverständnis leicht aus der Welt räumen können.

Doch Mom schüttelte vehement den Kopf. »Ich kann mir nicht vorstellen, dass dein Vater dazu fähig wäre. Vermutlich wollte Rachelle vor dir einfach nur gut dastehen und hat deswegen nicht die Wahrheit gesagt. Du warst schon immer der kleine Bruder, der zu ihr aufgesehen hat. Das wollte sie sicher nicht zerstören.«

Ich kniff mir in die Nasenwurzel, dieses Gespräch machte mich unglaublich müde. Ich könnte ihr sagen, dass Rachelle mir jahrelang nicht verraten hatte, was genau vorgefallen war. Aber auch das würde Mom sich aktuell nur so drehen, wie es ihr passte. »Ich glaube Rachelle«, sagte ich nachdrücklich. »Und du solltest es auch tun. Spätestens wenn Dad Lügen über mich verbreitet, wirst du sehen, dass ich recht habe. Hoffentlich ist es dann noch nicht zu spät, sich bei Chelle zu entschuldigen.« Ich stand auf und nickte Natalie zu. »Komm, wir gehen. Mehr können wir hier nicht tun.«

Natalie zögerte kurz. Sie wirkte so unglücklich über den Verlauf des Gesprächs, dass ich kurzzeitig befürchtete, sie würde einen weiteren Versuch starten, meine Mom umzustimmen. Schließlich stand sie aber auf und folgte mir. »Auf Wiedersehen, Mrs McKenny.«

Mom blickte auf, sie wirkte um zehn Jahre gealtert. »Mach's gut, Natalie.«

Draußen raufte ich mir die Haare und stieß ein lautes »Fuck« aus. Eigentlich hatte ich mit einem derartigen Ausgang gerechnet, trotzdem traf es mich unerwartet hart. Mom war meine letzte Hoffnung gewesen. Würde sie mir glauben, könnten wir meinen Dad vielleicht ausschalten, bevor er Unwahrheiten über mich verbreitete. Doch wenn nicht, war alles verloren.

Natalie legte eine Hand auf meine Schulter. »Gib ihr einige Tage Bedenkzeit. Vielleicht kommt sie noch zur Vernunft.«

Ich nickte, auch wenn ich sicher war, dass die Einsicht bei Mom nicht eintreffen würde.

Kapitel 15

David

Der Teddy, den ich Keiran geschenkt hatte, schien mich mit seiner Anwesenheit zu verhöhnen, als ich montags die WG verließ. Keiran hatte ihn auf das kleine Regal neben der Couch gesetzt, wo er von überall im Zimmer zu sehen war. Ob es Absicht gewesen war, damit ich nicht daran vorbeikam, ihn zu bemerken? Oder wollte Keiran ihn immer im Blick haben, wenn er zu Hause war, weil er irgendwas damit verband?

Was hatte mich nur dazu getrieben, dieses Stofftier für Keiran auszusuchen? Ich würde es gerne auf vorübergehende Unzurechnungsfähigkeit schieben, aber ich hatte genau gewusst, was ich da tat. Es war nur der Bruchteil einer Sekunde gewesen, in der mein Herz die Oberhand über meinen Verstand gehabt hatte. Aber es hatte ausgereicht, um mich handeln zu lassen. Der Teddy war alles, was ich mit Keiran verband. Der Footballspieler, dem mein Herz gehörte. Noch immer und trotz allem, was zwischen uns vorgefallen war.

Doch es war mittlerweile so viel mehr als das. Es fühlte sich an, als hätte ich mich neu in ihn verliebt. In den Mann, der sich mir geöffnet hatte, mir seine Ängste und Schwächen gezeigt hatte, aber auch die unfassbare Stärke, die er besaß. Was Keiran in den letzten Wochen vollbracht hatte, wäre unglaublich gewesen, wenn ich es nicht live miterlebt hätte. Ich verstand ihn jetzt viel besser – oder zum ersten Mal in meinem Leben überhaupt. Hinter der abweisenden Fassade von früher versteckte sich ein faszinierender junger Mann, von dem ich noch viel mehr erfahren wollte.

Es hatte lange gedauert, mir das einzugestehen, aber ich konnte mich nicht länger selbst belügen. Die letzten Wochen, die Keiran bei mir verbracht hatte, hatten mir verdeutlicht, dass sich meine Gefühle für ihn nicht geändert hatten. Im Gegenteil, sie waren eher noch stärker geworden. Schicht für Schicht hatte Keiran die Mauern um sich herum eingerissen und den Mann entblößt, der er schon immer hätte sein können. Mir gefiel, was ich entdeckt hatte, das konnte ich nicht bestreiten.

Trotzdem war es nicht genug. Die Angst vor einer neuen Enttäuschung saß einfach zu tief. Wie ein giftiger Stachel mit Widerhaken hatte sie sich in meinem Herzen verankert und jedes Mal, wenn ich nur darüber nachdachte, meinen Gefühlen nachzugeben, bohrte sie sich tiefer und schmerzhafter hinein.

Seufzend warf ich einen letzten Blick auf den Teddy, ehe ich meine Tasche schulterte und die Wohnung verließ. Ich wusste nicht, ob Keiran mir glaubte, dass die Geste nichts zu bedeuten hatte. Gestern hatte er sie nicht mehr angesprochen und ich hatte mich daher in Sicherheit geglaubt. Den Teddy heute zu sehen, hatte jedoch alles wieder umgeschmissen.

Emma wartete bereits vor der TU auf mich. Sie hatte die Hände tief in den Taschen ihres Parkas vergraben, ihre dunklen Haare waren zu einem losen Dutt gebunden und einzelne Haarsträhnen wehten um ihre Nase. Sie schüttelte den Kopf, um sie aus dem Gesicht zu bekommen, und kam auf mich zu, sobald sie mich erblickte. »Warum haben wir nur schon wieder Montag?«, jammerte sie zur Begrüßung.

»Weil das Wochenende rum ist?«, entgegnete ich lachend.

Sie streckte mir die Zunge raus. »Sehr witzig, Sherlock. Das nächste Wochenende könnte ruhig etwas länger sein.«

Ich hob die Schultern. »Nicht mehr lange, dann sind Ferien, dann kannst du ganz lange ausschlafen.«

Emma verzog das Gesicht. »Aber vorher müssen wir die elenden Prüfungen hinter uns bringen. Ich hab so was von keine Lust darauf.«

»So gut wie du bist, schaffst du sie locker. Wie war eigentlich die Baby-Party?«, versuchte ich sie auf andere Gedanken zu bringen.

Sofort hellte sich ihre Miene auf. »Es war großartig. Grace hat überhaupt nichts geahnt und ist aus allen Wolken gefallen, als wir plötzlich ihre Wohnung bevölkert haben. Sie war so gerührt, dass sie Tränen in den Augen hatte.«

»Also war es ein voller Erfolg?«

Emma nickte. »Auf ganzer Linie. Wie war dein Wochenende?«

»Unspektakulär.«

»Hmm«, gab Emma wenig überzeugt von sich. »Du weißt, dass ich es dir an der Nasenspitze ansehen kann, wenn du lügst?«

Manchmal hasste ich es, dass sie mich so leicht durchschauen konnte. An Tagen wie heute wollte ich nicht über den ganzen Mist in meinem Leben reden oder nachdenken, aber Emma würde nicht lockerlassen, ehe sie nicht alles erfahren hatte. Daher berichtete ich ihr, was vorgefallen war. Von Keirans Aufeinandertreffen mit seinem Dad, dem Gespräch mit Cole bis hin zu unserem Ausflug zur Kirmes. Ich ließ nichts aus, selbst den Teddy nicht, obwohl es mir irgendwie unangenehm war, darüber zu sprechen. Emma unterbrach mich bei meinem Monolog nicht, wofür ich ihr dankbar war, aber ihr Gesicht sprach Bände, was meinen Puls in die Höhe trieb.

»Was hast du jetzt vor?«, fragte sie, nachdem ich fertig war.

»Keine Ahnung. Ich kann Keiran ja schlecht aus dem Weg gehen, immerhin wohnen wir zusammen. Außerdem habe ich ihm vor kurzem noch gesagt, dass ich die Freundschaft zwischen uns aufrechterhalten möchte, auch wenn er ausgezogen ist. Wie würde es denn aussehen, wenn ich jetzt sage, ich will ihn nie wiedersehen? Außerdem will ich genau das ja auch nicht. Ich mag diese neue Vertrautheit zwischen uns. Ich habe nur Angst, dass ich mich dadurch zu etwas hinreißen lassen könnte, was mich neuem Herzschmerz aussetzt.«

»Woher weißt du denn, dass es wieder in Herzschmerz endet?« Wir hatten unseren Vorlesungssaal erreicht und setzten uns auf unsere angestammten Plätze im vorderen Drittel. Emma stellte ihren Kaffeebecher auf den Tisch und setzte sich, wobei sie ihre Jacke anbehielt.

»Ich weiß es nicht, das ist ja das Problem.« Wüsste ich genau, dass Keiran mich wieder verletzen würde, hätte ich keine Schwierigkeiten damit, mich von ihm fernzuhalten. »Aber genauso wenig weiß ich, dass es gut ausgeht. Aktuell fühlt es sich an, als würde es bei Keiran einfach keine Garantien geben, und das treibt mich in den Wahnsinn.«

Emma trank einen Schluck Kaffee und betrachtete mich über den Rand des Bechers hinweg. »Wenn du einfach mal mit ihm redest? Ihm wirklich sagst, wie es in dir aussieht, anstatt ihm irgendwelche Halbwahrheiten zu erzählen, nur um ihn eine Armlänge auf Abstand zu halten. Vielleicht geht es ihm ähnlich und ihr wisst es beide nicht, weil ihr nicht in der Lage seid, über eure Gefühle zu reden.«

»Ich rede doch jetzt mit dir darüber«, entgegnete ich.

Emma lachte so abrupt, dass sie sich an ihrem Kaffee verschluckte und einen Hustenanfall bekam. »Ich bin aber die falsche Person. Du musst mit Keiran sprechen, sonst wirst du nie zu einem Ergebnis kommen«, gab sie zurück, als sie sich beruhigt hatte.

Ihre Logik machte Sinn, was mir gar nicht gefiel. Zum Glück betrat unser Dozent den Raum und hielt mich davon ab, eine Antwort geben zu müssen. Trotzdem bekam ich Emmas Worte den Rest des Vormittags nicht mehr aus dem Kopf. Konnte es wirklich helfen, wenn ich mit Keiran redete? Es klang so einfach, dass ein simples Gespräch meine Sorgen zerschlagen sollte. Gleichzeitig war es eine unüberwindbare Hürde, denn wenn ich Keiran von meinen Gefühlen erzählte, würde ich mich doch erst recht angreifbar machen, oder? Egal wie ich es drehte oder wendete, es kam mir immer so vor, als wäre ich der Einzige in diesem Dilemma, der etwas zu verlieren hatte.

Als wir zur Mittagspause aufbrachen, hatte ich mich noch immer nicht entschieden, was ich machen sollte. Ich versuchte jegliche Gedanken an Keiran aus meinem Kopf zu verbannen, während wir in der Mensa für unser Essen anstanden. Jaxon quetschte sich an der Schlange vorbei, um sich zu uns zu stellen. Er gab Emma einen Kuss, schlug mir zur Begrüßung auf die Schulter und beugte sich dann über die Auslage. »Was gibt es denn heute? Ich hab so einen Hunger.«

Emma kicherte. »Ich hab dir gleich gesagt, dass ein Snickers kein vollwertiges Frühstück ist.«

»Na und? Ich hatte heute Morgen halt Bock auf ein Snickers. Manchmal muss man die Vorteile des Erwachsenseins ausleben und etwas Unvernünftiges tun, wenn einem danach ist.«

Amüsiert schüttelte ich den Kopf. »Isst du denn jetzt was Richtiges oder ziehst du deine Schokoriegel-Diät den ganzen Tag durch?«

Jaxon lachte. »Ich müsste eine ganze Tonne von den Dingern essen, um satt zu werden.« Er wandte sich Emma zu. »Bestellst du mir eine Pizza mit? Ich sichere uns schon mal einen Tisch.«

Zehn Minuten später setzten wir uns mit unserem Essen zu Jaxon an den Tisch. Er machte sich sogleich über seine Pizza her, als hätte er seit einer Woche nichts mehr zwischen die Zähne bekommen. Bevor ich dazu kam, meinen Burger in die Hand zu nehmen, vibrierte mein Handy in meiner Hosentasche. Ich zog es heraus und mein Herz setzte für einen Schlag aus, als ich die Nachricht las, die Andrew mir geschickt hatte.

Es tut mir leid.

Nur diese vier Worte. Ich wartete darauf, dass eine weitere Nachricht folgen würde, in der Andrew erklärte, was ihm leidtat, denn ich wusste nicht, was er meinte. Dass er mich nicht mehr in sein Leben einbezog? Dass er mich angelogen hatte? Dass er nicht zur Eröffnung in der Galerie gekommen war? Alles davon? Oder etwas völlig anderes?

Ich versuchte mein Handy mit Blicken zu hypnotisieren, mir diese SMS zu erklären, aber natürlich passierte nichts. Es blieb still und schien mich damit regelrecht zu verhöhnen.

Schnaubend legte ich das Handy zur Seite und machte mich über meinen Burger her. Ich würde mir nicht den Rest des Tages den Kopf darüber zerbrechen, was mein Bruder mir mit dieser kryptischen Nachricht mitteilen wollte. Wenn er sich eine Reaktion von mir erhoffte, musste er schon deutlicher werden.

• • •

Keiran

»Bist du bereit, deinen ersten eigenen Artikel für die Temple News zu schreiben?«, begrüßte mich Tim, sobald ich die Redaktion betrat.

»Was?« Ich war mir sicher, mich verhört zu haben. Die zwei Wochen, in denen ich die anderen nur begleiten und ihnen über die Schulter schauen sollte, waren doch längst nicht vorbei. Tim hatte mir versichert, dass ich nicht sofort etwas alleine schreiben musste, also woher kam seine plötzliche Wandlung?

»Ich weiß, wir wollten dir etwas länger Schonfrist geben, aber die Situation können wir nicht einfach ignorieren«, sagte er entschuldigend. »Du bist einfach die perfekte Person für den Artikel, weil du mit ihm zusammen dort warst und dem Ganzen eine persönliche Note geben kannst.«

Ich verstand nur Bahnhof und blinzelte ihn verständnislos an. »Wovon redest du?«

Tims Augen weiteten sich. »Du weißt es noch gar nicht? Hatte ich dir nicht geraten, morgens die Zeitungen auf aktuelle Themen zu prüfen?« Sein Tonfall war eine Mischung aus Tadel und Amüsement.

Tatsächlich hatte er mir das anfangs gesagt und eigentlich hatte ich mich bisher daran gehalten. Nach dem Treffen mit meiner Mom heute hatte ich es aber völlig vergessen. Ich stand bereits den ganzen Vormittag neben mir und hätte sogar verpeilt, dass ich in die Redaktion musste, hätte Natalie mich nicht daran erinnert. »Sorry, heute ist einfach nicht mein Tag«, gab ich zerknirscht von mir.

Tim klopfte mir mitfühlend auf die Schulter. »Solche Tage haben wir alle mal. Dann bereite dich schon mal auf eine Überraschung vor.« Er schob mich auf den Stuhl vor seinem Arbeitsplatz, rief eine Sport-Webseite am Computer auf und drückte ein wenig auf der Maus herum. »Das meinte ich«, sagte er, als er den richtigen Artikel gefunden hatte.

Meine Augen weiteten sich überrascht, als mir Andrew Moore auf dem Bild entgegenblickte. Wieso schrieb die Philadelphia News einen Bericht über ihn? Ich scrollte ein wenig, bis ich die Titelüberschrift lesen konnte.

UCLA-STAR WEGEN DROGENKONSUM FÜR ZWEI JAHRE VOM SPIEL AUSGESCHLOSSEN.

»Das kann nicht sein«, platzte es aus mir heraus und ich schüttelte wild mit dem Kopf. Der Andrew, den ich kannte, würde niemals Drogen nehmen. Es musste sich um eine Verwechslung handeln. Oder jemand versuchte ihm etwas unterzujubeln, um ihn schlecht dastehen zu lassen. Aber Andrew Moore konnte das unmöglich gemacht haben, davon war ich überzeugt.

»Oh doch, sie haben Blut- und Haarproben von ihm untersucht und in beiden Rückstände gefunden. Außerdem hat er es bereits zugegeben. Steht alles weiter unten im Artikel.« Tim deutete weiterhin auf den Bildschirm und seine verkniffene Miene verursachte mir ein schmerzhaftes Ziehen im Magen.

Fassungslos sah ich Tim an. Mit einem entschuldigenden Gesichtsausdruck nickte er. »Lies den Rest.«

Eine kleine Stimme sagte mir, dass ich es nicht lesen wollte. Dass ich nicht wissen wollte, was über meinen Freund in der Zeitung stand. Aber ich konnte auch nicht verhindern, dass mein Blick sich wie von selbst auf den Artikel lenkte.

Footballstar Andrew Moore von der UCLA wurde bei einer Routinekontrolle positiv auf Kokain getestet. Die anschließende Untersuchung von Blut- und Haarproben ergab, dass er die Droge bereits über einen längeren Zeitraum regelmäßig genommen haben muss. Bei der Durchsuchung seines Zimmers wurden 20 Gramm des Pulvers, verpackt in kleine Tütchen, sichergestellt. Der Spieler hat alle gegen ihn erhobenen Anklagepunkte zugegeben und wurde umgehend aus der Mannschaft suspendiert. Die National Collegiate Athletic Association prüft, ob zudem ein Ausschluss der UCLA aus der diesjährigen Meisterschaft vonnöten sei. Andrew Moore war maßgeblich an einigen Siegen beteiligt, aktuell wird untersucht, ob die Mannschaft auch ohne sein Zutun gewonnen hätte.

Coach Brooks hat zu den Vorfällen ...

Ich hatte genug gelesen. Die Worte lagen wie ein schwerer Klumpen in meinem Magen und verschafften mir Übelkeit. Ich wusste überhaupt nicht, wie ich das Gelesene mit Andrew vereinbaren sollte. Der Andrew, den ich kannte – oder den ich geglaubt hatte zu kennen – hätte so etwas niemals getan. Ich konnte gar nicht zählen, wie oft ich mit ihm über Sportler gesprochen hatte, die sich dopten, um an die Weltspitze zu gelangen. Und jedes Mal hatte er abfällig über sie gesprochen. Was war geschehen, um diese Wandlung zu vollziehen? Hatte er sich dazu hinreißen lassen, um mit den anderen Spielern mithalten zu können und mehr Einsatzzeit zu bekommen?

Ich erinnerte mich an das kurze Telefonat, das ich mit ihm geführt hatte, und wie hektisch und fahrig er gewirkt hatte. Ich hatte gedacht, er wäre im Stress gewesen oder einfach nur genervt von mir. Jetzt erschien mir sein Verhalten jedoch in einem völlig neuen Licht. Hatte er sich deswegen von David zurückgezogen? Weil sein Bruder sofort bemerkt hätte, dass mit ihm etwas nicht stimmte, wenn er länger als zwei Minuten mit ihm gesprochen hätte? Aber David war es ohnehin sofort aufgefallen, das musste auch Andrew bewusst sein. Steckte also doch etwas anderes dahinter?

Ich raufte mir die Haare. Das konnte doch nicht wahr sein. Erst die Sache mit meiner Mom heute Morgen und jetzt auch noch dieses Desaster? Wusste David schon davon? Ich zog mein Handy aus der Tasche und überlegte, ob ich ihn anrufen sollte, schob es aber unverrichteter Dinge wieder zurück. Das war kein Thema, das ich ihm am Telefon erklären sollte. Stattdessen druckte ich den Artikel aus und stopfte das Blatt in meinen Rucksack.

»Hey, wohin willst du?«, fragte Tim überrascht, als ich aufsprang und meine Jacke anzog.

Es tat mir wirklich leid, dass ich ihn an einem Tag wie diesem alleine ließ, aber David ging in dem Fall einfach vor. »Ich muss weg, ich mach das morgen«, rief ich ihm im Vorbeilaufen zu und verließ die Redaktion.

David saß auf der Couch, als ich die WG betrat, vertieft in eine Kunstzeitschrift. Er sah kaum auf, als ich eintrat, und wirkte nicht, als wüsste er bereits über Andrew Bescheid. Meine Nervosität schoss in die Höhe. Ich wollte nicht der Überbringer schlechter Nachrichten sein, aber es schien, als hätte ich keine andere Wahl. »Hast du es schon gehört?«, fragte ich vorsichtig.

Beim Klang meiner Stimme blickte David endlich auf. »Was?«

»Das von Andrew.«

Abrupt setzte er sich aufrecht hin und ließ die Zeitschrift sinken. »Was ist mit ihm?«

Unterwegs hatte ich versucht mir einen Plan zurechtzulegen, wie ich die Neuigkeit am besten überbringen konnte, doch jetzt versagten mir die Worte. Nichts, was ich sagte, konnte den Schmerz lindern, den David gleich empfinden würde. Daher zog ich bloß den Zettel aus meinem Rucksack und reichte ihn David. »Lies selbst.«

David entriss mir den Artikel und begann sofort, ihn zu lesen. Mit angehaltenem Atem wartete ich darauf, dass er fertig wurde. Wie würde er reagieren? Wäre er genauso fassungslos wie ich zuvor. Wäre er wütend? Oder wäre es ihm egal, weil er sich gefühlsmäßig bereits von Andrew distanziert hatte?

Als David endlich den Kopf hob, konnte ich nur Resignation in seinen Augen lesen. »Das ergibt alles so viel Sinn jetzt«, murmelte er.

Ich setzte mich neben ihn. Meine Hand zuckte in dem Wunsch, sich auf seine zu legen. »Was meinst du?«

»Ich habe heute eine SMS von Andrew bekommen, dass es ihm leid täte. Mehr nicht, keine Erklärung, kein gar nichts. Ich dachte erst, er meinte sein Verhalten in der letzten Zeit, aber das erklärt natürlich, was er wirklich ausdrücken wollte. Ihm muss klar gewesen sein, dass wir es rausfinden würden, wenn schon in der Zeitung darüber berichtet wird. Vor allem Mom liest akribisch alles, was über Andrew geschrieben wird. Oh Gott, Mom.« Stöhnend vergrub David das Gesicht in den Händen.

Diesmal konnte ich mich nicht davon abhalten, ihn zu berühren, und legte meine Hand auf seine Schulter. »Willst du sie anrufen oder zu ihr?«

David schüttelte den Kopf. »Wenn sie es bereits wüsste, hätte sie sich längst bei mir gemeldet. Ich fahre morgen früh zu ihr, ich muss das erst mal selbst verarbeiten.«

Verständlich. Davids Verzweiflung pulsierte in Wellen aus ihm heraus und ergriff auch von mir Besitz. Ich wollte ihm so gerne helfen, seinen Schmerz irgendwie lindern, aber ich wusste nicht wie. Wie munterte man Leute nach solch einer Hiobsbotschaft auf?

»Hast du davon gewusst?«, riss David mich aus meinen Überlegungen.

»Was? Nein! Wie kommst du darauf?« Dachte er echt, ich hätte so etwas vor ihm verheimlicht, wenn ich es gewusst hätte?

»Weil du es so schnell erfahren hast. Ich dachte, vielleicht hast du nur auf so einen Artikel gewartet.« David kaute auf seiner Unterlippe herum und schaffte es nicht mehr, mir in die Augen zu sehen.

»Ich war vorhin in der Redaktion, da hat Tim ihn mir gezeigt. Er wollte, dass ich einen Bericht für die Temple News darüber verfasse. Aber ich konnte es nicht. Ich musste nur daran denken, dass du davon erfahren musst. Ich habe mir unterwegs sogar zurechtgelegt, was ich sagen will, konnte es dann aber nicht über die Lippen bringen«, entschuldigte ich mich.

»Es ist nicht deine Schuld.« David lächelte traurig und lehnte sich auf der Couch zurück. Für einige Sekunden blieb er regungslos, dann rutschte er langsam näher, bis er an meiner Schulter lehnte. Mein Herz stolperte und ich wagte nicht zu atmen. War ihm bewusst, was er da tat? Suchte er absichtlich den Körperkontakt oder geschah es unwillkürlich?

Egal was sein Grund war, ich wollte nicht, dass er damit aufhörte.

Das wohlige Gefühl, das von der Schulter her meinen Körper durchflutete, wärmte mich von innen und beschleunigte meinen Herzschlag. Ich wagte nicht, mich zu bewegen, um David nicht wieder zu verschrecken. Doch meine Vorsicht schien unbegründet zu sein. Nach einem Moment seufzte David und presste sich noch enger an mich. Davon ermutigt, befreite ich meinen Arm, der zwischen uns eingequetscht war, und legte ihn um seine Schulter. Augenblicklich drehte David sich zu mir und schlang seinen Arm um meine Mitte.

»Danke«, murmelte er, was ich über das Rauschen des Blutes in meinen Ohren kaum verstehen konnte.

Kapitel 16

David

Die nächsten Tage vergingen wie im Flug. Ich hatte mit Mom geredet, für die das Ganze ein riesiger Schock gewesen war, weil sie im Gegensatz zu mir nicht schon länger vermutete, dass mit Andrew etwas nicht stimmte. Sie war untröstlich darüber gewesen, in was Andrew hineingeschlittert war und wie es jetzt weitergehen würde. Mehr noch, weil wir beide mehrfach versucht hatten, meinen Bruder anzurufen, aber immer nur die Mailbox erreicht hatten. Wir wussten nicht, wo Andrew war, was er machte und wie es ihm ging. Die Ungewissheit trieb mich in den Wahnsinn.

Zumindest bis heute Morgen. Da hatte Mom angerufen und mir gesagt, dass Andrew zu Hause wäre. Er hatte einfach vor der Tür gestanden, als wäre er nie weg gewesen. Danach hatte ich all meine Pläne für den Tag verworfen, war zur nächsten U-Bahn-Station geeilt und ebenfalls nach Hause gefahren.

Jetzt stand ich vor der Tür und versuchte meine aufgewühlten Emotionen zu beruhigen. In den letzten Tagen war die Wut auf Andrew in den Hintergrund getreten und hatte der Sorge um ihn Platz gemacht. Doch jetzt kam sie mit einer Vehemenz zurück, die mich erzittern ließ. Das Gefühl, von ihm ungerecht behandelt worden zu sein, obwohl ich nichts falsch gemacht hatte, kochte in mir hoch. All die Gespräche, in denen er mich abgewimmelt oder einfach aufgelegt hatte, fielen mir wieder ein. Meine Hände ballten sich zu Fäusten und ich versuchte den ganzen Ärger hinunterzuschlucken. Es würde mir nichts bringen, Andrew anzuschreien, bevor ich mir nicht wenigstens seine Erklärung angehört hatte.

Die Tür öffnete sich, bevor ich mich wieder komplett beruhigt hatte. Mom steckte den Kopf raus und betrachtete mich kritisch. »Was stehst du hier draußen rum? Komm rein.«

Ich schloss für einen Moment die Augen und nahm einen tiefen Atemzug, in der wahnwitzigen Hoffnung, mich damit irgendwie beruhigen zu können. Was natürlich nicht funktionierte. »Ich komme schon.«

Ich folgte ihr ins Haus und bis ins Wohnzimmer. Andrew stand mit dem Rücken zu mir am Fenster. Beim Klang unserer Schritte drehte er sich zu uns um. Auf den ersten Blick sah er genauso aus wie immer. Dunkle Haare, die das komplette Gegenteil von meinen waren, aber dieselben eisblauen Augen, die wir von unserem Dad geerbt hatten.

Auf den zweiten Blick hatte ich jedoch das Gefühl, einem völlig Fremden gegenüberzustehen.

Andrews Haare waren kürzer geschnitten, als ich es gewohnt war. Obwohl ich selber groß war, überragte er mich noch um einen halben Kopf. Er war durchtrainierter geworden, sein T-Shirt spannte sich über seine muskulösen Oberarme. Doch die auffälligste Veränderung waren seine Augen. Sie schienen ihren Glanz verloren zu haben. Müde und traurig blickten sie mich an, was meine Wut endgültig verrauchen ließ.

»Andrew.« Ich schluckte. Räusperte mich. »Was ist passiert?«

Er sah mich an. Blinzelte. Dann kam Bewegung in ihn. In zwei Schritten war er bei mir und zog mich in eine kräftige Umarmung. Seine Arme legten sich wie Schraubstöcke um mich und drückten unaufhörlich zu, bis ich keine Luft mehr bekam. Doch es war kein erdrückendes Gefühl. Ich war einfach unheimlich froh, ihn wieder bei mir zu haben. »Es tut mir so leid«, raunte Andrew mir zu.

Ich hob meinen Arm, um ihm auf den Rücken klopfen zu können. »Es ist okay«, versicherte ich ihm, obwohl es das natürlich nicht war. Gar nichts war okay. Nicht nur, dass er mich mit seinem Verhalten verletzt hatte, jetzt hatte er sich zudem noch seine Zukunft verbaut. Aber die komplette Hoffnungslosigkeit in seinem Blick zu sehen, hatte mir verdeutlicht, dass Andrew wirklich bereute, was geschehen war.

Endlich löste Andrew sich von mir und ich konnte wieder atmen.

»Willst du uns nicht erst mal erzählen, was passiert ist?«, fragte Mom mit sanfter Stimme. Ich spürte genau, dass sie ihre Verärgerung und Verzweiflung nicht zeigen wollte. Andrews Blick sagte mir, dass ihm das ebenfalls nicht entgangen war.

Andrew nickte und wir setzten uns gemeinsam in der Küche an den Tisch. Mom hatte bereits Kaffee gekocht und goss jedem von uns eine Tasse ein.

»Wo fange ich nur an?«, sagte Andrew und legte die Hände um die Tasse. Er blickte in das schwarze Gebräu, als könne er uns nicht ansehen, oder als würde er darin die Antwort auf die Frage nach dem Sinn des Lebens finden. »Ihr habt ja mitbekommen, dass ich anfangs Schwierigkeiten hatte, mich an der UCLA zurechtzufinden. Ich kam gegen die anderen Spieler nicht an und wurde vom Trainer nie berücksichtigt. Zuerst ging es noch, weil es Keiran ähnlich erging, doch nachdem sich der Quarterback verletzt hatte und Keiran öfter spielte, wurde es schlimmer. Ich fühlte mich überflüssig und zu schlecht, um auf College-Niveau mithalten zu können.«

»Das hat Keiran mir schon erzählt, aber du hast deine Chance ja bekommen«, sagte ich, denn das erklärte noch überhaupt nichts.

Andrew schnaubte und rieb sich die Stirn. »Das ist ja das Problem.«

Irritation breitete sich in mir aus. Sprach Andrew absichtlich in Rätseln? »Verstehe ich nicht.«

»Ich erkläre es euch.« Andrew trank einen Schluck Kaffee und sah uns danach endlich direkt an. »Kurz nachdem Keiran sich verletzt hatte, kam ein Student nach dem Training auf mich zu. Er habe mich beobachtet, hat er gesagt, und fände, dass ich Potenzial habe. Er könne mir helfen, zu Spielzeiten zu kommen, aber dazu müsste ich ihrer Studentenvereinigung beitreten.«

»Andrew«, warf Mom tadelnd ein. »Das ist dir nicht sofort bedenklich vorgekommen?«

»Doch, natürlich. Aber ich war verzweifelt, er war meine letzte Hoffnung. Ich habe gedacht, ich würde mich schon zu nichts überreden lassen, was ich nicht machen möchte, und würde rechtzeitig die Notbremse ziehen, wenn es mir zu viel wird.«

Andrew rieb sich die Augen und wirkte mit einem Mal um zehn Jahre gealtert. Ich hatte eine schreckliche Vorahnung, was kommen würde. »Zuerst war es auch ganz harmlos. In der Bruderschaft waren einige der etablierten Footballspieler. Sie haben gesondert mit mir trainiert, mir beim Krafttraining gezeigt, worauf ich achten muss und so was. Ich habe Eiweißdrinks zum Muskelaufbau bekommen, extra Laufeinheiten gemacht, so was in der Art. Die Spieler haben mich zudem in ihren Kreis aufgenommen, auch beim Training mit mir gesprochen, so ist der Trainer etwas mehr auf mich aufmerksam geworden.«

Das klang zuerst nicht mal schlecht, konnte aber bei weitem nicht alles sein. »Was ist dann passiert?«

»Es hat alles nichts gebracht. Das zusätzliche Training hat mich eher müde gemacht, als irgendwas zu verbessern. Irgendwann hat einer der Spieler mir vorgeschlagen, doch mal Koks zu probieren. Sie würden es alle machen, sagte er, und hat mir seinen Vorrat gezeigt. Es würde mich schneller machen, mir mehr Ausdauer geben und die Müdigkeit verscheuchen. Ich habe sofort abgelehnt, immerhin werden regelmäßige, nicht angekündigte Tests gemacht. Aber Ian hat bloß abgewunken. Sie wüssten genau, welche Spieler an welchen Tagen zu Tests müssten und dann würden diejenigen vorher informiert. Nach vier Tagen wäre Kokain im Urin immerhin nicht mehr nachweisbar.«

Ich wollte Andrew schütteln wegen seiner Blödheit, darauf eingegangen zu sein. Gleichzeitig konnte ich seine Verzweiflung nachvollziehen. Wenn man etwas unbedingt wollte, war man bereit, Dinge dafür zu tun, die man unter normalen Umständen nie machen würde. Hatte nicht auch ich zumindest kurzzeitig darüber nachgedacht, einem Angebot der Galeristen zuzustimmen, obwohl sie Skulpturen von mir wollten, die ich eigentlich nicht herstellen wollte?

Andrews Stimme holte mich in die Wirklichkeit zurück. »Es hat danach noch knapp eine Woche gedauert, bis ich nachgegeben habe. Und das Schlimmste ist: Es hat funktioniert. Ich habe danach keinen Schmerz und keine Müdigkeit mehr verspürt. Anfangs habe ich mir geschworen, das Zeug nur so lange zu nehmen, bis ich ein Teil der Mannschaft sein würde, doch als es so weit war, konnte ich nicht aufhören. Jede Woche habe ich mir gesagt, es wäre das letzte Mal, aber dann konnte ich die Finger doch nicht davon lassen. Weil ich gemerkt habe, dass ich schlechter spiele, wenn ich es nicht nehme. An den Tagen, an denen ich zur Kontrolle musste, war ich langsamer und behäbiger als normal.«

Ich wollte ihn schütteln, weil er sich dazu hatte hinreißen lassen. Gleichzeitig konnte ich ihn in gewisser Weise auch verstehen. Nur eine Sache war mir nicht klar. »Warum hast du dann dieses Mal was genommen, wenn du zur Kontrolle musstest?«

Ein verzweifelter Laut entwich Andrews Kehle. »Ich wusste nichts davon. Es kam völlig überraschend für mich. Es gab in den letzten Wochen etwas Stress in der Bruderschaft zwischen mir und einem anderen Spieler. Vielleicht habe ich es vergessen oder den Plan nicht richtig gelesen. Ich weiß es nicht.« Andrew hob die Schultern. »Jedenfalls war ich mir sicher, nicht zur Kontrolle zu müssen.«

Ein seltsames Ziehen machte sich in meinem Magen breit. »Meinst du, sie haben es dir absichtlich verschwiegen?« Wenn er vorher Streit mit jemandem gehabt hatte, könnte das eine Erklärung sein.

Andrew schüttelte den Kopf. »Glaube ich nicht. Für so nachtragend halte ich sie eigentlich nicht. Das macht im Nachhinein auch keinen Unterschied mehr. Es ist passiert und ich muss mit den Konsequenzen leben.«

Mom seufzte tief. »Ich weiß nicht, ob ich dich schütteln möchte oder einfach froh sein soll, dass du wohlbehalten zurück bist.«

»Mach dir vor allem keine Vorwürfe, bitte. Es ist nicht deine Schuld, dass ich so hirnlos gehandelt habe.« Andrew verzog entschuldigend das Gesicht und schien zehn Zentimeter in sich zusammenzusacken.

Mom betrachtete ihn einen Moment lang, dann zog sie ihn in eine kräftige Umarmung. »Mach so etwas nie wieder. Hörst du?«

»Versprochen, Mom«, nuschelte er an ihrer Schulter. Für einen Moment krallte er sich regelrecht an Mom fest und wirkte dadurch wieder wie der kleine Junge von früher, der gefallen war und sich das Knie aufgeschürft hatte. Doch Andrew war mittlerweile ein erwachsener Mann, der den Mist ausbaden musste, den er sich eingebrockt hatte.

Mom fuhr sich durch die Haare, nachdem sie sich von ihm gelöst hatte. »Was hast du jetzt vor?«

»Zuerst muss ich einen Entzug machen. Das war die Bedingung dafür, dass die Anklage gegen mich fallengelassen wird. Was danach passiert? Ich weiß es ehrlich gesagt nicht. Mein Studium beenden, denke ich, am liebsten hier.«

»Willst du wieder spielen?«, wollte ich wissen.

»Natürlich. Ich liebe Football, daran hat sich nichts geändert. Aber wahrscheinlich bin ich dem Druck im Profisport nicht gewachsen und sollte bei Amateurvereinen bleiben. Das scheint sicherer für mich zu sein. Aber das will ich nicht jetzt entscheiden. Ich muss für sechs Wochen in den Entzug. Was danach geschieht, werde ich mir später überlegen.«

Ich nickte, das war sicherlich die vernünftigste Entscheidung.

»Und David?«, lenkte Andrew meine Aufmerksamkeit zurück auf sich. »Es tut mir leid, was ich zu dir gesagt und wie ich dich behandelt habe. Das war nichts Persönliches, aber ich wusste, dass du sofort durchschauen würdest, dass etwas mit mir nicht stimmt. Daher dachte ich, es wäre sinnvoller, wenn ich einfach gar nicht mehr mit dir rede und dir bestmöglich aus dem Weg gehe.«

»Ich habe auch so gemerkt, dass etwas mit dir nicht stimmt. Aber ich habe gedacht, es würde an mir liegen. Dass ich etwas getan oder gesagt hätte, das dich verärgert hat.«

Entschieden schüttelte er den Kopf. »Das könntest du gar nicht. Du bist doch mein kleiner Bruder.« Das hatte er früher immer zu mir gesagt, weil mein Wachstumsschub erst in der Pubertät eingesetzt hatte und ich lange Zeit deutlich kleiner war als er.

Ich schnaubte. »So klein bin ich gar nicht mehr. Außerdem scheine ich mittlerweile die deutlich besseren Entscheidungen zu treffen.«

»Touché.« Andrew hielt seine Hand hoch, damit ich einschlagen konnte. »Und jetzt erzähl mal, was gibt es Neues bei dir und wie ist die Ausstellung gelaufen?«

Dass ich endlich wusste, was mit Andrew los war, erleichterte mich ungemein. Auch wenn wir nicht viel Zeit miteinander verbringen konnten, weil er in zwei Tagen in den Entzug musste, fühlte ich mich deutlich leichter als zuvor. Das Wiedersehen gestern hatte für mich etwas Heilendes gehabt. Obwohl ich meine Befürchtung nie laut ausgesprochen hatte, war die Angst, dass Andrew plötzlich doch Probleme mit meiner Sexualität gehabt und sich deswegen von mir abgewandt hatte, immer da gewesen. Zu wissen, dass seine Veränderung nichts mit mir zu tun hatte, war wie ein Befreiungsschlag gewesen.

Die Wut auf ihn war natürlich noch nicht vollständig verraucht, aber das war nur eine Frage der Zeit und wie er sich in dieser mir gegenüber verhielt. Jede Wunde brauchte Zeit zur Heilung, egal wie klein sie vermeintlich war.

Zwar hatte ich erst gestern das College geschwänzt, um mich mit Mom und Andrew zu treffen, doch heute machte ich es gleich wieder. Andrew wollte mit mir in die Galerie gehen, um die Ausstellung zu sehen, deren Eröffnung er verpasst hatte. Um nicht zu viel Aufsehen zu erregen, falls andere Studenten ihn erkennen sollten, hatten wir uns für vormittags entschieden, wenn es in der Galerie meistens leer war.

Ich musste nicht lange vor dem Eingang warten, bis Andrew um die Ecke getrabt kam. Heute sah er schon ein wenig mehr wie er selbst aus. Etwas Farbe war in sein Gesicht zurückgekehrt und sein Blick war weniger hoffnungslos als am Vortag.

»Hey, David.« Er umarmte mich kurz und deutete dann auf die Tür. »Wollen wir reingehen?«

Wir betraten die Galerie und begrüßten Bryan im Vorbeigehen, der nicht wirklich überrascht wirkte, Andrew zu sehen. Vermutlich war der Zeitungsartikel ebenfalls nicht an ihm vorbeigegangen. Aber wenigstens sagte er nichts zu uns, wofür ich ihm dankbar war.

Ich führte Andrew zuerst zu meinen Skulpturen. Als er den Schwimmer sah, schlich sich ein wissendes Grinsen auf seine Lippen. »Wie hieß der Typ aus dem Schwimmteam noch mal, den du damals so toll fandst?«

Innerlich stöhnte ich auf. Ich konnte es nicht fassen, dass er sich noch daran erinnerte. Es war so lange her, dass selbst ich ihn kaum noch im Kopf hatte. »Mike. Aber die Skulptur ist ihm nicht nachempfunden.«

»Mike, genau«, sagte Andrew, ohne auf den Rest einzugehen. »Hast du wegen ihm damals nicht mit dem Schwimmen angefangen?«

»Ich kann es nicht glauben, dass du dich noch daran erinnerst«, sagte ich lachend.

»Ich habe ein besseres Gedächtnis, als du denkst.« Dann wandte er sich dem Schwimmer wieder zu. »Aber warum hast du keinen Footballer gemacht?«

»Meinst du, ich hätte dich nachbilden sollen?«, fragte ich mit so viel Sarkasmus, wie ich aufbringen konnte.

Andrew lachte und verzog den Mund. »Bitte nicht. Ich dachte eher an Keiran.«

Natürlich musste er auch dieses Thema ansprechen. Gestern vor Mom war er verdächtig ruhig gewesen, jetzt schien die Schonfrist vorbei zu sein. »Zwischen Keiran und mir ist es schwierig.«

»Weil du es schwierig machst?«

»Hey, ich war nie derjenige, der aus unserer Beziehung ein Problem gemacht hat«, protestierte ich. Warum ich das Bedürfnis verspürte, mich zu rechtfertigen, wusste ich nicht.

»Aber du denkst manchmal zu viel, anstatt einfach zu genießen, was du hast«, konterte Andrew.

Ich schüttelte den Kopf. »Ich bin nicht wie du. Ich kann nicht einfach nur meinen Spaß haben, ohne an die Konsequenzen zu denken, und Keiran war schon immer viel mehr für mich als bloß etwas für nebenbei.« Genau deswegen hatte ich ja Bedenken, mich wieder auf ihn einzulassen.

»Wie sieht Keiran das denn? Hast du ihn mal gefragt?«

Mein Schweigen schien Antwort genug für meinen Bruder zu sein. »Dann solltest du das mal nachholen, sonst wirst du es nie erfahren.«

»Hmpf.« Etwas Ähnliches hatte Emma mir auch schon geraten und irgendwie passte es mir nicht, dass Andrew in dieselbe Kerbe schlug. Hatten sie alle vergessen, wie Keiran sich verhalten hatte? Zählte das alles nicht mehr? »Was ist denn mit dir? Irgendwelche heiße Liebschaften, die jetzt traurig über deinen Abgang sind?«, fragte ich, um von mir abzulenken.

Andrew verdrehte die Augen. »Ich bin mir sicher, dass sie sich bereits einen anderen Spieler ausgesucht haben, den sie anhimmeln können. Keine dort war an mir oder meinem Charakter interessiert, nur an dem Ruhm, der mit mir einherging.«

»So schlimm?« Ich konnte mir vorstellen, dass viele meinen Bruder nur als Footballspieler und nicht als Menschen mit Gefühlen gesehen hatten, aber das konnten doch nicht alle gewesen sein.

»Das lag aber auch an den Spielern, mit denen ich unterwegs war. Auch von denen kann ich keinen zu meinen Freunden ...« Er brach ab und rieb sich die Schläfen. »Können wir über was anderes reden?«

Mitgefühl für ihn stieg in mir auf. Je mehr ich über seine Zeit an der UCLA erfuhr, desto klarer wurde, dass es keine glückliche Zeit gewesen war. Ich fragte mich, wie er das alles durchgestanden hatte, nachdem Keiran verletzungsbedingt aus Los Angeles abreisen musste.

»Hast du Bock, Keiran noch mal zu sehen?«, fiel mir dabei ein.

»Klar. Jetzt gleich?«

»Nein, er muss jetzt in irgendeiner Vorlesung sitzen. Aber komm doch heute Abend vorbei, Keiran wohnt aktuell bei mir.«

Kapitel 17

Keiran

»Zwei Bier und einen Tequila Sunrise, bitte.«

Die dunkelhaarige Frau erschien so plötzlich vor mir, dass ich aus meinem Tagtraum hochschreckte. In Gedanken war ich noch beim gestrigen Abend gewesen. Ich hatte Andrew bei David vorgefunden, als ich von der TU zurückgekommen war. Es war seltsam gewesen, ihn nach der langen Zeit wiederzusehen. Eine Mischung aus Wehmut und Erleichterung hatte mich bei seinem Anblick erfasst. Wehmut, weil er zu dem Teil meines Lebens gehörte, den ich nur schwer hatte zurücklassen können. Und Erleichterung, weil ich – obwohl der Football mir früher so wichtig gewesen war – mich nie zu einer ähnlichen Dummheit hatte hinreißen lassen.

Ich schüttelte den Kopf, um mich auf das Hier und Jetzt zu konzentrieren. Es war meine dritte Schicht in der Bar und obwohl bisher überhaupt nichts los gewesen war, würde sich das bald ändern, denn heute spielten die Eagles.

»Bier vom Fass?«, fragte ich sie, nachdem ich mich gefangen hatte.

»Genau.« Sie lächelte leicht und ließ ihren Blick über meinen Körper wandern.

»Kann ich bitte noch deinen Ausweis sehen?« Sie wirkte deutlich älter als 21, aber es war Vorschrift, das Alter von allen zu überprüfen, die Alkohol bestellten.

Wie selbstverständlich zog sie den Ausweis aus der Handtasche und schob ihn mir zu. Ich warf einen Blick darauf und nickte dann. »Danke, Karen.« Ihren Namen hatte ich darauf ebenfalls überflogen.

»Du bist neu hier, oder?«, wollte sie wissen, als ich das Bier für sie zapfte.

Ein verlegenes Lachen entwich mir, weil sie mich auf den ersten Blick durchschaut hatte. »Ist das so leicht zu erkennen?«

»Oh nein, du hast nichts falsch gemacht«, wiegelte sie schnell ab. »Aber meine Mädels und ich sind zu jedem Eagles Spiel hier und dich hab ich nie zuvor gesehen. Du wärst mir aufgefallen.«

Überrascht sah ich auf. Flirtete sie mit mir? Das hatte ich mich zuvor bei ihrer Musterung schon gefragt, es aber als Einbildung abgetan. Jetzt besah ich sie mir genauer. Sie sah hübsch aus. Ihre Haut war eine Nuance heller als meine, ihre Haare hingen ihr lockig über die Schulter und ihre Augen funkelten mich herausfordernd an. Normalerweise hätte ich so eine eindeutige Einladung nicht abgelehnt. Aber sobald ich auch nur darüber nachdachte, auf ihr Flirten einzusteigen, schob sich David in den Vordergrund meiner Gedanken. Und plötzlich kam es mir falsch vor, mit einer anderen Person zu flirten, egal wie schön ihr Lächeln war.

»Ich habe einen Freund«, sagte ich entschuldigend, auch wenn es nicht ganz der Wahrheit entsprach.

Ihre Augen weiteten sich überrascht und sie kratzte sich verlegen am Kinn. »Oh, sorry, das wusste ich nicht.«

»Woher solltest du es auch wissen?« Ich stellte die Getränke vor ihr ab. »Und du bist mir übrigens trotz allem auch aufgefallen«, fügte ich zwinkernd hinzu.

Sie kicherte leise und zahlte mir ein viel zu hohes Trinkgeld. Aber wie von Julian angeordnet, beschwerte ich mich nicht, sondern nahm es dankend an.

Erst als sie mit den Getränken zurück zu ihrem Tisch ging, fiel mir auf, dass ich einer wildfremden Frau meine Sexualität offenbart hatte und die Welt nicht untergegangen war. Ich wusste gar nicht, wie es passiert war. Bisher hatte die Angst mich immer sofort gelähmt, aber diesmal hatte ich gar nicht darüber nachgedacht. Es war einfach passiert, ohne dass ich groß überlegt hatte.

Ehe ich diesen Gedanken zu Ende führen konnte, erklang plötzlich ein Räuspern vor mir. Ich zuckte leicht zusammen und wandte meine Aufmerksamkeit der Person am Tresen zu.

Meine Augen verengten sich, als ich ihn erkannte. »Mason.« Ich hatte ihn weder gesehen noch mit ihm gesprochen, seit meinem Anruf damals, bei dem er mir gesagt hatte, dass ich wegen einer Frau nicht bei ihm übernachten könnte. Er hatte sich nicht mal die Mühe gemacht, sich zu erkundigen, ob ich einen Schlafplatz gefunden hatte oder unter einer Brücke nächtigen musste. Ihn jetzt mit einem selbstgefälligen Grinsen vor mir stehen zu sehen, ließ Wut in mir aufsteigen. So etwas hatte ich für einen Freund gehalten.

»Keiran. Lange nicht mehr gesehen.« Sein Grinsen war alles andere als freundlich und mich überkam der Wunsch, es ihm aus dem Gesicht zu fegen. Schade, dass ich nett zu meinen Kunden sein musste.

»Was kann ich dir bringen?«, fragte ich, ohne auf seine Bemerkung einzugehen.

»Eigentlich wollte ich Bier für die Jungs und mich.« Er reckte den Daumen über die Schulter und als ich der Richtung folgte, sah ich die halbe Footballmannschaft an einem Tisch in Sichtweite dreier Fernseher sitzen. »Aber nach dem, was ich gerade mit angehört habe, weiß ich nicht, ob ich bei dir noch etwas bestellen will.« Er sagte das mit solch einer Abscheu, dass ich genau wusste, worauf er anspielte. Zwar hatte ich ihn nicht bemerkt, aber er musste meine Unterhaltung mit Karen belauscht haben. Und damit auch die Aussage über meinen angeblichen Freund.

Obwohl ich mich vor genau so einer Konfrontation immer gefürchtet hatte, stieg jetzt nur Wut in mir auf. Meine Hände ballten sich unter dem Tresen zu Fäusten und ich musste mich zusammenreißen, ihn nicht direkt anzuschreien. »Du kannst auch gehen, wenn es dir nicht passt«, presste ich hervor.

Mason verschränkte die Arme vor der Brust. »Ich bin Gast hier und damit König. Ich verlange einen anderen Barkeeper, einen der seinen Schwanz nicht in andere Ärsche schiebt.«

Für einige Sekunden konnte ich ihn nur sprachlos anstarren. Seine Aussage unterstrich nur, dass er absolut keine Ahnung hatte. »Was ich in meiner Freizeit mache, geht dich nichts an«, gab ich zurück. Sollte er doch denken, was er wollte. Ich würde ihn ohnehin nicht umstimmen können, egal was ich sagte.

»Das geht mich sehr wohl etwas an, wenn du danach mit deinen dreckigen Fingern unsere Getränke oder, schlimmer noch, unser Essen servieren willst.«

»Was ist denn nun das Problem? Mein Schwanz oder meine Finger?«, rutschte es mir heraus. Im nächsten Moment wollte ich mir den Mund zukleben. Solche Äußerungen waren sicher nichts, was ich zu meinen Kunden sagen durfte, aber ich war mir sicher, dass ich mir gleichzeitig nicht alles gefallen lassen musste. Was nahm er sich eigentlich raus?

»Das Problem bist du. Du und deine widerliche Lebensweise. Weiß dein Chef davon? Das ist hier doch sicher nicht erlaubt.« Er sah sich im Raum um, als könnte mein Vorgesetzter direkt hinter ihm stehen.

So langsam bekam ich es doch mit der Angst zu tun. Es war mir egal, was Mason von mir dachte, das hatte ich jetzt verstanden, aber ich wollte meinen Job nicht verlieren. Ich hatte ihn gerade erst bekommen und war auf ihn angewiesen, wenn ich nächste Woche umziehen wollte. Sonst konnte ich mir das Zimmer im Wohnheim nicht leisten.

Ich wollte gerade klein beigeben und Mason sagen, ich würde ihn an einen anderen Kellner übergeben, als plötzlich Julian neben mir erschien. »Alles okay?«

Die Frage war an mich gestellt, aber natürlich war es Mason, der antwortete. »Gar nichts ist okay. Ich wollte nur einen gemütlichen Footballabend mit meinen Kumpels hier verbringen, aber diese Schwuchtel weigert sich, mir einen anderen Kellner zu holen. Ich lasse mich nämlich nicht von jedem bedienen. Aber jetzt bist du ja hier. Du bist doch normal, oder? Wir hätten gerne ...«

»Moment mal.« Julian hielt eine Hand hoch, um ihn zu unterbrechen. Sein Gesicht war ausdruckslos, aber seine linke Augenbraue zuckte leicht, was seine Verärgerung zeigte, wie ich mittlerweile gelernt hatte. »Siehst du das Schild da, das an der Tür klebt?« Er deutete zum Eingang.

Mason wandte sich in die Richtung, nur um sich mit fragendem Gesicht wieder zu uns zu drehen. »Welches?«

Julians Nasenflügel bebten leicht. »Das mit der Regenbogenfahne. Weißt du, was das bedeutet?«

»Was weiß denn ich. Dass es hier fliegende Einhörner gibt vielleicht?«

Julians Wut war mittlerweile in der Luft greifbar und ich musste ein Grinsen unterdrücken. Auch wenn mir das Schild bisher ebenfalls nicht aufgefallen war, wusste ich genau, was es bedeutete: ich war sicher.

»Das bedeutet, dass dieses Lokal Menschen jeder Sexualität willkommen heißt. Und zwar nicht nur als Gäste, sondern auch als Angestellte. Es bedeutet außerdem, dass wir Diskriminierung von Gästen oder Angestellten wegen ihrer Sexualität nicht akzeptieren. Ich schlage daher vor, dass du dich bei Keiran entschuldigst und deine Bestellung aufgibst oder deine Freunde schnappst und mit ihnen woanders hingehst.« Julians Stimme war eisig, sein Blick hart. Selbst mir lief bei seiner Rede ein Schauer über den Rücken.

Masons Mund öffnete sich, aber kein Ton kam heraus. Er wirkte fassungslos, als hätte er nie mit dieser Behandlung gerechnet. »Du schmeißt mich raus?«, fragte er schließlich.

Diesmal konnte Julian das Augenrollen nicht unterdrücken. »Ich schmeiße dich nicht raus, ich habe dir eine Wahl gelassen.«

»Du glaubst ja wohl selber nicht, dass ich mich von dieser Schwuchtel bedienen lasse. Wer weiß, worin er seine Finger vorher stecken hatte«, empörte Mason sich. Dann verengte er die Augen. »Warte mal, bist du etwa auch so einer?«

»Das tut überhaupt nichts zur Sache. Es geht dich nichts an, was die

Leute in ihrem Privatleben machen, falls dir das noch niemand gesagt hat.«

Mason beugte sich gefährlich über den Tresen. »Natürlich muss ich das wissen. Vielleicht hat der Aids und steckt mich damit an. Dann könnte ich die Bar auf einen Millionenbetrag verklagen.«

Ich konnte mich nur mit Mühe davon abhalten, den Kopf mehrfach auf den Tresen zu schlagen. Mason war noch nie der Schlauste gewesen, aber etwas mehr Grips hatte ich ihm dennoch zugetraut.

Julian schüttelte nur mitleidig den Kopf, ehe er einen der Security-Leute zu uns rief.

»Was gibt's, Julian?«, fragte der massige Typ, als er bei uns war.

»Bullet, kannst du Mason und seine Freunde bitte des Lokals verweisen? Er möchte sich nicht von Keiran bedienen lassen und hat ihn beleidigt, was wir hier nicht akzeptieren.«

Bullet wandte sich Mason zu und verschränkte die Arme vor der Brust, was seinen Bizeps anspannte und noch imposanter erscheinen ließ. »Du hast ihn gehört, Mann. Gehst du freiwillig oder muss ich Gewalt anwenden?«

Mason schnaubte. »Komm schon, Bullet. Du kannst mir nicht erzählen, dass du auch für diese Scheiß-Homo-Rechte bist. Ich wollte doch nur eine Bedienung haben, die nicht falsch gepolt ist.« Er grinste, als wüsste er genau, dass er den Security Typen in der Tasche und längst gewonnen hatte.

Bullet trat einen Schritt auf Mason zu. Langsam, bedächtig, gefährlich. »Ob du freiwillig gehst, habe ich gefragt?«, knurrte er.

Im Bruchteil einer Sekunde verwandelte Masons Grinsen sich in eine angewiderte Fratze. »Du auch? Ich fasse es nicht, dass ich hier jahrelang gerne hingekommen bin. Keine Sorge, wir gehen freiwillig und werden auch nie wiederkommen.« Mason machte auf dem Absatz kehrt, nur um sich nach zwei Schritten noch einmal umzudrehen. »Das wirst du bereuen, McKenny.«

Unter Bullets Aufsicht trommelte er seine Freunde zusammen. Zuerst herrschte große Enttäuschung, dass sie gehen mussten, doch das änderte sich schlagartig, als Mason ihnen den Grund dafür nannte – so laut, dass jeder in der Bar es mitbekam. Nicht nur meine ehemaligen Footballkollegen wandten den Blick in meine Richtung, sondern auch alle anderen Gäste. Ich fühlte mich wie auf dem Präsentierteller und musste mich an die Theke klammern, um den Wunsch zu unterdrücken, mich darunter zu verstecken.

Julian rückte näher an mich, bis unsere Schultern sich berührten. »Wenn einer von ihnen etwas gegen dich sagt, bekommt er es mit mir zu tun.«

Überrascht sah ich auf. »Ich dachte, du kannst mich nicht leiden.«

»Das habe ich nie gesagt. Ich mochte nur nie, wie du David behandelt hast und dass du ihn gezwungen hast, eure Beziehung zu verstecken.« Julian schüttelte den Kopf. »Auf der Highschool, wo es um deine Footballkarriere ging, konnte ich das noch nachvollziehen, aber danach nicht mehr.«

»Ich verstehe es mittlerweile selbst nicht mehr«, gestand ich. Julian warf mir einen eindringlichen Blick zu, den ich nicht recht deuten konnte, sagte aber nichts weiter.

»Warum hast du es mir nicht gesagt?«, fragte Tim am nächsten Morgen, kaum dass ich mich in der Vorlesung neben ihn setzte, und wedelte mit seinem Handy herum.

»Wovon redest du?« Ich war noch nicht richtig wach und klammerte mich an meinen Kaffee, als wäre er mein Lebenselixier. Nach meiner Schicht gestern war ich zu aufgewühlt zum Schlafen gewesen und hatte noch bis in die Nacht Netflix geschaut. David war bereits im Bett gewesen, als ich zurück in die WG kam, daher war der Fernseher meine einzige Möglichkeit der Ablenkung gewesen.

»Na, von deinem Freund.« Tim schob mir das Handy zu und endlich konnte ich das Display erkennen. Darauf war eine sehr schlechte Fotomontage von David und mir zu sehen, auf der wir uns vermutlich küssen sollten. *Plötzlich schwul, nachdem er nicht mehr Football spielen kann?*, stand in pink leuchtenden Buchstaben darüber.

Mir wurde heiß, dann gefror das Blut in meinen Adern. »Wo hast du das her?«, fragte ich atemlos.

»Von Masons Instagram-Account. Ich bin Journalist, ich folge praktisch jedem Studenten der TU auf Social Media.«

»Shit.« Tausend Gedanken rasten durch meinen Kopf und ich stellte mir etliche Fragen. Wo hatte Mason das noch verbreitet? Wer hatte es bereits gesehen? Was würde David sagen, wenn er davon erfuhr? Und dann auch: »Hast du vor, einen Artikel darüber zu schreiben?«

»Spinnst du?«, empörte Tim sich. »Wir sind eine Zeitung und kein Klatschblatt. Außerdem ist es mir völlig egal, ob du schwul bist. Ich wollte nur wissen, warum du es mir nicht gesagt hast, wenn es ein Spinner wie Mason weiß?«

Ich erzählte Tim in knappen Sätzen, was am Vorabend passiert war. Insgeheim ärgerte ich mich über meine unbedachte Äußerung Karen gegenüber. Wenn ich zu ihr einfach gesagt hätte, ich hätte eine Freundin, wäre es gar nicht so weit gekommen. Zwar wollte ich mich nicht mehr verstecken, aber dass über Nacht die ganze TU über mich Bescheid wusste, war nicht mein Plan gewesen. Vor allem nicht auf diese Weise. Es sollte *meine* Entscheidung sein, wem ich es wann verriet. Ich sah mich vorsichtig im Vorlesungssaal um, aber niemand schien mir Beachtung zu schenken, zumindest nicht mehr als vorher. Vielleicht hatten es gar nicht so viele gesehen und es würde nicht so schlimm werden.

»Bist du jetzt mit David zusammen oder nicht?«, wollte Tim wissen.

»Bin ich nicht.« Leider. Und nach diesem Vorfall würden meine Chancen sicher noch weiter sinken.

»Ist das der Grund, warum du bei ihm ausziehen willst?«

Wenn es doch nur so einfach wäre. »Ich bin nur vorübergehend bei David untergekommen und schlafe dort aktuell auf der Couch. Lange Geschichte, aber ich muss einfach meinen eigenen Platz haben.«

Tim nickte. »Verständlich. Also bleibt es dabei, dass du nächste Woche einziehst?«

»Wenn sich für dich nichts geändert hat?«, fragte ich vorsichtig.

Tim sagte kein Wort, aber sein Gesicht sprach Bände. »Okay, okay.

Ich hab verstanden.« Ich hob abwehrend die Hände und das Lächeln auf meinem Gesicht fühlte sich zum ersten Mal seit gestern wieder echt an.

Kapitel 18

David

»Hey, David. Glückwunsch«, sagte jemand mit einer guten Portion Ironie.

Eine Gruppe Studenten, die ich nie zuvor gesehen hatte, lief an uns vorbei. Der Typ in der Mitte hatte mich angesprochen und grinste dreckig, eine der Frauen kicherte hinter vorgehaltener Hand, während die andere mich eher mitleidig ansah. Was war heute los? Das war nicht der erste Vorfall dieser Art. In der Mensa hatte ein anderer Kerl, den ich entfernt aus der Footballmannschaft kannte, anzügliche Bemerkungen gemacht, und eine wildfremde Frau hatte mir auf dem Campus zugerufen, sie würde gerne mit mir tauschen. Mittlerweile beschlich mich das Gefühl, etwas verpasst zu haben.

»Kennst du die?« Emma war neben mir stehen geblieben und wirkte genauso verwirrt, wie ich mich fühlte.

»Nein.«

»Was wollen sie heute alle von dir?«

Ich hob bloß die Schultern, darauf hatte ich auch keine Antwort. »Komm, lass uns in die Werkstatt gehen.« Ich warf einen letzten Blick auf die Studenten, die uns aber keine Beachtung mehr schenkten, ehe ich mit Emma in die andere Richtung ging. Unsere Kurse waren für heute vorbei, aber wir wollten noch an unseren Werken für die Galeristen arbeiten. Die TU hatte uns erlaubt, die Werkstatt auch außerhalb der offiziellen Zeiten zu benutzen, solange wir nie alleine waren. Die Gefahr, dass sich einer von uns – vor allem ich – verletzen konnte, war einfach zu groß.

In der Werkstatt angekommen, schmiss ich meine Jacke und Tasche in eine Ecke und zog die feuerfeste Schürze sowie den Gesichtsschutz an. Ich wollte heute einige Metallstäbe verbiegen, die ich morgen an mein aktuelles Werk anpassen konnte. Emma schaltete das Radio ein und ging zu ihrer Staffelei.

Sobald ich mit der Arbeit begann, vergaß ich alles um mich herum. Die seltsamen Bemerkungen der Studenten heute, dass ich übermorgen eine Hausarbeit abgeben musste, die ich nicht einmal begonnen hatte, oder dass Andrew gestern mit dem Entzug begonnen hatte und ich ihn für eine lange Zeit nicht sehen würde. Selbst die Gedanken an Keiran, die zu einem ständigen Begleiter geworden waren, traten in den Hintergrund. Nur noch das Metall in meinen Händen und die Flamme des Bunsenbrenners, in der ich es erhitzte, zählten noch.

Ich wusste nicht, wie viel Zeit vergangen war, als das Schrillen meines Handys mich aus der Trance riss. Aber meine Finger schmerzten bereits von der Anstrengung, das Metall zu biegen, und der Schweiß lief mir den Nacken hinab.

Ich schaltete den Brenner aus, nahm den Gesichtsschutz ab und zog die Handschuhe aus. Eine Mischung aus Vorfreude und Nervosität machte sich in mir breit, als ich die Nummer auf dem Display erkannte.

»David hier«, ging ich ran und klemmte mir das Handy zwischen Schulter und Ohr.

»Hallo, David, hier ist Robert. Ich habe deine Skizzen erhalten und finde sie so toll, dass ich gerne alle nehmen würde. Also wenn du damit einverstanden wärst, sieben anstatt fünf Skulpturen für mich herzustellen. Ich würde den Vertrag dann natürlich noch ändern und die Bezahlung anheben.«

»Du willst wirklich alle sieben?«, hakte ich erleichtert nach. Ich hatte schon Angst gehabt, dass ihm meine Vorschläge nicht gefielen, weil ich so lange nichts von ihm gehört hatte.

»Wenn das für dich okay ist.«

»Absolut. Ich werde etwas mehr Zeit benötigen als für fünf, aber ich würde sehr gerne alle Vorschläge fertigen.« Mit der ersten Skulptur hatte ich bereits begonnen, daran arbeitete ich gerade. Hätte Robert sie nicht genommen, hätte ich sie einfach selbst behalten oder Mom geschenkt. Sie lag mir schon länger damit in den Ohren, dass ich auch mal etwas für sie anfertigen sollte.

»Das macht überhaupt nichts. Aber die Idee mit den Handwerkern gefällt mir richtig gut und deine Ausarbeitungen sind fantastisch.«

»Das freut mich sehr«, sagte ich ehrlich. »Ich werde so schnell wie möglich etwas Vorzeigbares für dich haben.«

Robert lachte. »Nur keine Eile, David. Vergiss dein Studium daneben nicht.«

Zum Glück konnte er mein Augenrollen nicht sehen. »Keine Sorge, das lassen meine Dozenten nicht zu.«

»Richtig so. Ich schicke dir den veränderten Vertrag die Tage zu. Bis bald, David.«

»Bye.«

Ich unterbrach die Verbindung und richtete meinen Blick auf Emma. Ihre leuchtenden Augen waren weit aufgerissen, ihre Hände vor den Mund gedrückt und sie hüpfte auf den Fußballen herum, als würde die aufgestaute Energie jede Sekunde in ihr explodieren.

»Das war der Galerist. Er nimmt alle sieben Vorschläge.«

Emma quietschte laut und eine Sekunde später sprang sie in meine Arme. »Ich wusste es!«, platzte sie heraus. »Du bist einfach so unfassbar gut, er hatte gar keine andere Wahl.«

Ich wirbelte sie herum, bis mir von den Drehungen schwindelig wurde. Aber ich war so dermaßen froh – und erleichtert -, dass ich mich nicht davon abhalten konnte. Emma begann zu kichern, und als ich sie endlich runterließ, schwankte sie genauso auf den Füßen wie ich.

Das Hochgefühl begleitete mich bis nach Hause, doch sobald ich die Tür hinter mir geschlossen hatte und sah, wie Keiran mit verkniffenem

Gesicht im Wohnzimmer auf und ab tigerte, fühlte ich mich, als hätte mich jemand mit Eiswasser übergossen. Was war jetzt wieder passiert?

Ich ließ meinen Rucksack achtlos auf den Boden fallen und eilte zu ihm. »Was ist los?«

Beim Klang meiner Stimme zuckte Keiran zusammen und wandte sich mir zu. Seine Augen waren geweitet und sein Gesicht blasser als sonst. »David, es tut mir so leid, es war nicht meine Absicht, dass es die ganze TU erfährt.«

Wovon redete er? »Setz dich erst mal hin. Du siehst aus, als könntest du ein Glas Wasser gebrauchen.« Ich dirigierte ihn zur Couch und schob die Wasserflasche zu ihm. Seine Haut fühlte sich klamm an und er wirkte völlig aufgelöst. So hatte ich ihn nicht einmal erlebt, als sein Dad versucht hatte ihn zu erpressen.

Keiran blinzelte. »Du bist nicht sauer?«

»Ich weiß nicht einmal, was du meinst. Aber was immer es ist, so schlimm kann es nicht sein.«

»Das sagst du nicht mehr, wenn du weißt, worum es geht.« Keiran senkte den Blick und zog seine Unterlippe zwischen die Zähne.

Ich deutete auf die Flasche. »Jetzt trink erst mal was, dann kannst du mir in Ruhe erzählen, was vorgefallen ist.« Wie lange er wohl schon im Wohnzimmer auf und ab lief? Emma und ich hatten in der Werkstatt völlig die Zeit vergessen und hatten den Campus erst nach acht Uhr verlassen, als der Hausmeister uns gefunden und rausgeschmissen hatte.

Keiran setzte die Flasche an und trank sie in einem Zug halb leer. »Whoa, mir war gar nicht bewusst, wie nötig ich das hatte«, sagte er etwas atemlos.

»Seit wann bist du zurück?«

»Zwei rum?«

»Und seit wann tigerst du so durch die WG?«

Keiran zog verlegen den Kopf ein. »Ziemlich genau seitdem. Ich habe gedacht, du kommst eher heim, mir war gar nicht bewusst, wie viel Zeit vergangen ist.«

Kein Wunder, dass er derart neben der Spur war. Wer weiß, was er sich in der Zeit alles Schreckliches ausgemalt hatte. »Was ist denn überhaupt passiert?«

Keiran nahm einen tiefen Atemzug und senkte den Blick, ehe er zu reden begann. »Gestern in der Bar hat eine Frau mit mir geflirtet. Sie war echt nett und ich wollte sie nicht vor den Kopf stoßen, also habe ich ihr gesagt, ich hätte einen Freund.«

Erstaunt sah ich zu ihm auf. »Du hast Freund gesagt? Nicht Freundin?« Das war ein großer Schritt für ihn, den ich ihm so schnell nicht zugetraut hätte.

»Ja, leider.« Keiran vergrub das Gesicht in den Händen.

Es juckte mir in den Fingern, nach seiner Hand zu greifen, weil ich es nicht ertrug, ihn in diesem Zustand zu sehen. »Hat sie es nicht gut aufgenommen?«

»Doch, sie schon.«

»Was ist dann das Problem?«

Das Seufzen, das Keiran ausstieß, schien tief aus seiner Seele zu kommen. Er sackte dabei ein Stück in sich zusammen, als lasteten die Probleme der ganzen Welt auf seinen Schultern. »Mason hat mich dabei gehört. Er hat sofort Theater in der Bar gemacht und wurde daraufhin mit seinen Kumpels rausgeschmissen. Das hat er mir übel genommen, denn heute hat er das auf Instagram gepostet.« Keiran zog einen zusammengefalteten Zettel aus der Hosentasche und drückte ihn mir in die Hand.

Ich faltete ihn auseinander und sah ihn an. Ein Bild war darauf zu sehen, auf die billigste Weise mit Photoshop zusammengeschustert, das Keiran und mich zeigte, wie wir uns küssen sollten. Meine Mundwinkel zuckten. Mehr fiel Mason nicht ein?

»Ich schwöre, ich habe deinen Namen im Zusammenhang mit meinem angeblichen Freund nie erwähnt«, entwich es Keiran.

Dann fand mein Blick die pinke Bildüberschrift. Ich stutzte. Blinzelte. Und brach endgültig in Gelächter aus. Es war einfach so lächerlich und kindisch. Zudem verdeutlichte es nur, wie wenig Ahnung Mason von der Welt hatte. Leute wurden nicht durch äußere Einflüsse schwul. Das war absoluter Bullshit.

»Findest du das etwa witzig?«, fragte Keiran entgeistert.

Augenblicklich wurde ich ernst. »Nicht unbedingt witzig, aber absolut lachhaft. Die Hälfte der Leute wird das nicht mal glauben, wenn sie das sehen. Das ist so billig aus zwei unterschiedlichen Fotos zusammengesetzt, das erkennt jedes Kind. Und von denen, die es glauben, werden mindestens achtzig Prozent wissen, dass man nicht schwul wird, nur weil man nicht mehr Football spielen kann. Und die restlichen zwanzig Prozent? Das sind Spinner wie Mason. Scheiß auf sie.« Das erklärte aber zumindest die seltsamen Kommentare und die Blicke, die ich heute an der TU kassiert hatte.

Keiran blickte mit geweiteten Augen zu mir auf. Meine Rede schien ihn nicht beruhigt zu haben. »Ich habe mir nicht wegen mir solche Gedanken gemacht.«

Jetzt verstand ich gar nichts mehr. Das war doch genau die Situation, die er immer gefürchtet hatte. »Hast du nicht?«

Vehement schüttelte er den Kopf. »Ich dachte, du könntest sauer auf mich sein. Du hast in letzter Zeit so sehr betont, dass zwischen uns nichts mehr sein kann und du keine Gefühle mehr für mich hast. Ich hatte Angst, du könntest die falschen Schlüsse ziehen, dass ich Mason dazu beauftragt habe, und willst jetzt nichts mehr mit mir zu tun haben.«

Ich versuchte zu schlucken, aber mein Hals war plötzlich staubtrocken. Meine Gedanken fuhren Achterbahn, weil Keiran sich mittlerweile so sehr weiterentwickelt hatte, dass ich ihn kaum wiedererkannte. Er reagierte nicht mehr so, wie ich es aufgrund seiner früheren Taten von ihm gewohnt war, was mich völlig aus der Bahn warf. Natürlich freute ich mich auch darüber, aber es fiel mir schwer, den Keiran von heute mit dem von früher zu vereinbaren.

»So etwas würde ich niemals denken«, sagte ich mit belegter Stimme, die nicht mir zu gehören schien. »Außerdem ist es mir ziemlich egal, was ein Spinner wie Mason sagt oder denkt.«

»Stört es dich denn gar nicht, wenn alle plötzlich das Falsche über uns denken?«, hakte Keiran nach.

»Unsere Freunde wissen doch die Wahrheit und alle anderen denken ohnehin, was sie wollen. Über das Foto wird drei Tage getuschelt, danach vergessen die meisten es wieder.«

Außerdem hätte ich gar nichts dagegen, wenn wir wieder zusammen wären.

Whoa. Wo kam der Gedanke auf einmal her? Zwar hatte ich mir mittlerweile eingestanden, dass sich meine Gefühle für Keiran nicht geändert hatten, aber das hatte bisher nichts an meiner Meinung geändert, dass wir besser getrennte Wege gingen. Doch der Gedanke war eindeutig gewesen und er brachte eine Sehnsucht mit sich, die mich wünschen ließ, Keiran in meine Arme zu schließen. Wie ein schweres Gewicht drückte sie auf meine Brust und meine Hand kribbelte in dem Wunsch, sie nach Keiran auszustrecken. Ich schob sie stattdessen unter meinen Oberschenkel.

Keiran war mir plötzlich ganz nah, sein Gesicht nur Zentimeter von meinem entfernt. Sein Blick wanderte über mein Gesicht, als würde er darin irgendwas suchen. »Was hast du gesagt?«, raunte er mir zu.

Oh, shit. Hatte ich das etwa laut ausgesprochen?

Mein Herz verfiel in einen unsteten Rhythmus, aber bevor ich dazu kam, Keiran zu antworten, hämmerte jemand von außen an unsere Tür. Erstaunt wandte ich mich in die Richtung und konnte mich nicht entscheiden, ob ich dankbar über die Unterbrechung war oder nicht. Wer konnte das sein?

• • •

Keiran

»Erwartest du jemanden?«, fragte ich verwundert. Meine Gedanken waren noch zerstreut von dem, was David gerade gesagt hatte, und ich verfluchte denjenigen, der es gewagt hatte, diesen Moment zu zerstören. Hätte er oder sie nicht zehn Minuten später kommen können?

»Nein.« David wirkte eher erleichtert über die Unterbrechung. Er ging zur Tür, um zu öffnen. Weil er mir den Blick verdeckte, konnte ich zuerst nicht sehen, wer draußen stand.

»Hallo, David, ist mein Sohn hier?«, erklang die Stimme meiner Mom. Mein Herz setzte erneut einen Schlag aus, wie zuvor bei Davids Worten, diesmal jedoch aus einem anderen Grund.

David nickte und stieß die Tür auf. Sofort rauschte meine Mutter in den Raum und schloss mich in ihre Arme. Sie klammerte sich regelrecht an mich und ein Teil der Anspannung, die ich seit unserem letzten Gespräch mit mir herumschleppte, fiel von mir ab.

»Mom? Was machst du hier?« Ich schob sie ein Stück von mir weg, bis ich sie ansehen konnte. Sie wirkte müde und zerzaust, als hätte sie seit Tagen nicht richtig geschlafen. Dunkle Ringe lagen unter ihren Augen, ihr Make-up war verschmiert und einzelne Strähnen hingen aus ihrem sonst makellosen Dutt heraus.

»Ich habe dich gesucht, weil du nicht an dein Handy gegangen bist«, schalt sie mich.

Ich tastete meine Hosentaschen ab. »Oh, ich glaube mein Handy ist noch im Rucksack und auf lautlos gestellt«, entschuldigte ich mich. Bei dem ganzen Chaos mit Mason hatte ich daran gar nicht mehr gedacht. »Aber warum bist du nicht zu Hause? Was ist mit Dad?«

Moms Blick verhärtete sich. »Ich habe mich von deinem Vater getrennt.«

»Du hast *was?*« Meine Stimme war kaum mehr als ein Flüstern und meine Beine versagten mir den Dienst. Kraftlos ließ ich mich auf die Couch sinken. Was bedeutete das?

Mom setzte sich neben mich und griff vorsichtig nach meiner Hand. Erst als ich sie ihr nicht entzog, sprach sie weiter: »Du hattest recht, was deinen Vater betrifft. Unser Gespräch hat mich nicht mehr losgelassen, daher bin ich einige Tage später in sein Arbeitszimmer gegangen und habe belastendes Material gefunden. Nicht nur gegen dich, sondern auch gegen Remy und Rachelle. Die unterschiedlichsten Dinge, als hätte er sich in euren verschiedenen Lebensphasen immer darauf vorbereitet, dass er, wie er sagt, mit harter Hand durchgreifen müsste. Keine Sorge, ich habe alles zerstört und ihm geraten, es gar nicht erst mit weiterem Material zu versuchen, weil ich ihn ansonsten vor Gericht zerre und gegen ihn aussage.« Sie atmete zitternd ein und sah mich flehend an. »Es tut mir so leid, dass ich dir nicht eher geglaubt habe. Ich habe euer ganzes Leben lang mit angesehen, wie er euch kontrolliert und versucht, euch nach seinen Wünschen zu formen. Mit mir hat er dasselbe gemacht, deswegen durfte ich auch nie arbeiten gehen. Das ist mit ein Grund, warum deine Granny immer gegen ihn war.«

Ich schüttelte langsam den Kopf und versuchte mich aus meiner Schockstarre zu befreien. Tausend Fragen gingen mir durch den Kopf, doch ich hatte Schwierigkeiten, sie zu erfassen. Ich sollte froh sein, dass Mom mir glaubte, aber ich machte mir auch Sorgen, wie es jetzt weitergehen würde. »Warum hast du denn nie etwas gesagt oder versucht ihn zu stoppen?«

Fast schon hilflos hob Mom die Schultern. »Ihr habt immer glücklich gewirkt. Du und Rachelle habt euch nie eurem Vater gebeugt. Ihr habt immer euer Ding durchgezogen und ich habe im Hintergrund die Fäden gezogen, damit euer Vater das zulässt. Und Remy? Er schien immer darin aufzugehen, Daddys Liebling zu sein und alles zu tun, was von ihm erwartet wurde.« Der Schmerz in ihren Augen war unübersehbar und ich legte automatisch einen Arm um sie.

»Ich war nie glücklich«, gestand ich. »Es hat mich immer schwer getroffen, dass Dad mich nie als den Menschen akzeptieren konnte, der ich war ... bin. Nichts, das ich getan habe, war je gut genug für ihn. Immer hatte er etwas an mir auszusetzen. Rachelle ging es nicht anders. Wir wussten unsere Gefühle nur gut zu verstecken, weil sie alles nur noch schlimmer gemacht hätten.«

Mom schlug die Hände vor den Mund und eine einsame Träne lief ihre Wange hinab. »Ich hatte ja keine Ahnung«, flüsterte sie. »Es tut mir so unendlich leid, dass ich so eine schlechte Mutter war.« Ein Schluchzen entwand sich ihrer Kehle und ich zog sie enger an meine Brust.

Beruhigend strich ich über ihren Rücken und spürte, wie sie ihre Hände in mein Shirt krallte. »Du bist keine schlechte Mutter«, versicherte ich ihr. Ja, sie hatte Fehler gemacht, mit Rachelle mehr als mit mir, aber sie hatte sie eingesehen und sich dafür entschuldigt. Das war kein Vergleich zu Dad, der *wirklich* ein schlechter Vater gewesen war. Im Gegensatz zu ihm war es Mom immer wichtig gewesen, dass es uns gut ging.

»Doch«, schluchzte Mom. »Ich hätte euch viel mehr vor eurem Vater schützen müssen.«

»Shhh«, machte ich und wiegte uns leicht. »Lass uns nicht mehr darüber reden.« Ich spürte eine Hand auf meiner Schulter und blickte nach rechts, direkt in Davids eisblaue Augen, die mich voller Mitgefühl betrachteten.

»Was haltet ihr davon, wenn ich uns erst mal etwas Starkes zu trinken hole?«

Ich nickte ihm zu und sah ihm nach, wie er in der Küche verschwand, ehe ich mich erneut Mom zuwandte. »Wo bleibst du jetzt eigentlich?«, wollte ich wissen.

»Bei deiner Gran. Ich habe deinen Vater heute Morgen zur Rede gestellt und bin danach zu ihr gefahren. Sie ist froh, dass ich endlich zur Vernunft gekommen bin, wenn auch zwanzig Jahre zu spät.«

Trotz der miserablen Situation konnte ich ein Schmunzeln nicht verhindern. Das war typisch Gran, sie nahm nie ein Blatt vor den Mund. »Ich habe nichts anderes von ihr erwartet.«

David erschien neben mir und stellte drei Gläser mit einer klaren Flüssigkeit auf den Tisch. »Was ist das?«

»Wodka.«

Ich wandte mich Mom zu. »Bist du mit dem Auto gekommen?«

Sie schüttelte den Kopf. »Ich brauchte bei deiner Gran schon einen Schnaps, um nicht verrückt zu werden, als du nicht an dein Handy gegangen bist. Danach hat sie mich nicht mehr fahren lassen.«

»Sehr vernünftig.« David schob ein Glas in ihre Nähe und nahm ein anderes in die Hand. Mom und ich griffen nach den Gläsern und hielten sie hoch.

»Auf uns, schätze ich?« Ich stieß zuerst mit Mom und dann mit David an, ehe ich das Glas in einem Zug leerte. Der Wodka zog eine brennende Spur meine Kehle hinab und setzte eine Wärme in mir frei, die mich augenblicklich etwas beruhigte.

»Willst du dich jetzt von Dad scheiden lassen?« Der Alkohol musste meine Zunge gelöst haben, anders konnte ich mir dieses Vorpreschen nicht erklären.

Mom zuckte mit den Schultern. »Ich weiß es nicht. Der Teil von mir, der deinen Vater trotz allem noch immer liebt, hofft darauf, dass er zur Vernunft kommt. Dass mein Auszug ihm die Augen öffnet, er sich entschuldigt und euch eure eigenen Entscheidungen treffen lässt. Der rationale Teil von mir weiß allerdings, dass dieser Fall nie eintreten wird.«

Das konnte ich mir auch nicht vorstellen, aber ich wollte ihr die Hoffnung auch nicht nehmen. »Was ... was hast du bei Dad gefunden? Womit wollte er mich bloßstellen?« Ich musste masochistisch veranlagt sein, diese Frage überhaupt zu stellen.

Ein schmerzhafter Ausdruck trat auf Moms Gesicht. »Es ist besser, wenn du das nicht weißt«, sagte sie mitfühlend.

Mein Hals war wie zugeschnürt und ich musste schlucken, um das beklemmende Gefühl loszuwerden. »Aber was ist, wenn ein Teil davon wahr ist?«

Mom blinzelte. Schüttelte den Kopf. »Was meinst du?«

»Also es ist so ...« Mir versagte die Stimme. Erneut schaffte ich es nicht, das auszusprechen, was ich sagen wollte. Dabei war ich sicher gewesen, dass es einfacher werden würde, je öfter ich darüber sprach. Doch die Angst, von meiner eigenen Mutter abgelehnt zu werden, nachdem ich sie endlich wieder bei mir hatte, war einfach zu groß.

David setzte sich neben mich. Er griff nach meiner Hand, verflocht seine Finger mit meinen und nickte mir aufmunternd zu. Sein Blick war ein Versprechen, dass alles gut werden würde, und selbst wenn nicht, er immer zu mir stand. Das gab mir die Kraft, es endlich auszusprechen.

»Mom, ich liebe David.«

Oh Gott, das war nicht das, was ich hatte sagen wollen. Diese Worte, auch wenn sie die Wahrheit waren, hatte ich mir bisher nicht einmal selbst eingestehen wollen. Wo kamen sie plötzlich her? Und was würde David dazu sagen? Ich wagte ihn nicht anzusehen, doch dann spürte ich, wie er mit seinem Daumen beruhigend über meinen Handrücken strich. Mein Puls schoss in die Höhe und in meinem Inneren begann es zu kribbeln.

»Aber das weiß ich doch«, riss Moms Stimme mich aus meiner Trance.

Erstaunt sah ich sie an. Hatte sie das gerade wirklich gesagt? Nach Natalie und Rachelle war sie die Dritte, die es geahnt hatte? Konnte ich denn niemandem etwas vormachen? »Du wusstest es?«

Mom griff nach meiner freien Hand, ein liebevolles Lächeln zierte ihre Lippen. »Du bist mein Sohn«, sagte sie nachdrücklich. »Ich kenne dich und ich weiß, dass du nie zuvor eine Person so angesehen hast, wie du David ansiehst. Eine Mutter spürt das einfach.«

Für einige Sekunden konnte ich Mom nur sprachlos anstarren. Ich versuchte das Brennen in meinen Augen zu unterdrücken, doch gegen die Träne, die sich aus meinem Augenwinkel löste, war ich machtlos. »Und es stört dich nicht?«, flüsterte ich.

»Wie könnte ich etwas dagegen haben, dass du Liebe empfindest? Es ist doch völlig egal, ob es für eine Frau oder einen Mann ist. Ich habe wohl mit meiner Erziehung nicht alles falsch machen können, wenn du solche Gefühle nicht nur empfinden, sondern auch ausdrücken kannst.«

Eine zweite Träne lief meine Wange hinab und eine Sekunde später zog ich Mom in eine Umarmung. Die Erleichterung, die ich empfand, schickte ein Beben durch meinen Körper und für einen Moment befürchtete ich, von den aufkochenden Emotionen überwältigt zu werden. Sie drückte mich genauso fest an sich, wie ich sie, und strich mir beruhigend über den Rücken. »Ich hatte solche Angst, dass du mich verstößt.«

»Niemals«, versicherte sie mir. »Nicht dafür.«

Kapitel 19

David

»Mom, ich liebe David.«

Seit zwei Tagen gingen mir Keirans Worte nicht mehr aus dem Kopf. Sie begleiteten mich an die TU, verfolgten mich den ganzen Tag und ließen mich selbst nachts nicht los. Sogar wenn ich an meinen Skulpturen arbeitete, wobei ich normalerweise alles um mich herum vergaß, ließ der Gedanke daran mich nicht los. Ich fragte mich, ob es die Wahrheit war, oder ob Keiran es nur so dahingesagt hatte, um nicht aussprechen zu müssen, dass er bi war. Ich konnte es ihm nicht einmal verdenken, wenn Letzteres der Fall war. Gleichzeitig konnte ich nicht mehr leugnen, mir Ersteres zu wünschen.

Es war wie verhext. Bis zu unserem Besuch auf Petty Island war ich absolut sicher gewesen, nicht mehr mit Keiran zusammen sein zu wollen. Doch seitdem? Es war, als hätte sich ein Schalter in meinem Inneren umgelegt, der zuvor all meine Gefühle unter Verschluss gehalten hatte. Einmal freigelegt fühlte ich mich nun, als würde ich an ihnen ertrinken. Meine Gedanken kreisten ständig um Keiran und ich nutzte jede Gelegenheit, um ihn wie zufällig berühren zu können.

Trotzdem hatte ich nicht den Mut aufbringen können, ihn zu fragen, ob seine Worte ernst gemeint waren. Dabei stellte sich mein verliebtes Herz alles so einfach vor. Ich fragte Keiran, er gestand mir seine unendliche Liebe und wir würden auf einem weißen Schimmel unter einem Regenbogen hindurch in den Sonnenuntergang reiten.

Ugh, selbst mir wurde schlecht dabei.

Aber es änderte nichts daran, dass ich mir wünschte, meine Differenzen mit Keiran, an denen ich teilweise selber schuld war, endlich begraben zu können. Doch dazu würde es nicht kommen, wenn ich nicht endlich den Mut fand, mit ihm zu reden. Denn Keiran würde den ersten Schritt nicht machen. Ich konnte die Verunsicherung in seinen Augen sehen, immer wenn er mich betrachtete. Er hatte mir seine Gefühle auf dem Silbertablett präsentiert und den Spielball damit in meine Ecke gerollt. Jetzt war es an mir, darauf zu reagieren, aber irgendwas in mir hielt mich zurück.

Und als wäre das alles nicht ausweglos genug, war heute auch noch der Tag, an dem Keiran auszog.

Yay?

Eher nicht.

Keiran hatte nicht viele Sachen, die er in die neue WG bringen musste, bloß zwei Reisetaschen voller Klamotten, trotzdem hatte ich darauf bestanden, ihm dabei zu helfen. Es war natürlich nur ein Vorwand, um länger bei ihm zu bleiben und endlich den berüchtigten Tim kennenzulernen, von dem ich schon so viel gehört hatte.

»Bist du sicher, dass du alles hast?«, fragte ich mit Blick auf die zwei Reisetaschen, die bereits fertig gepackt neben der Tür standen.

»Ich denke schon.« Keiran trat neben mich und stupste mich leicht mit der Schulter an. »Und wenn ich was vergessen haben sollte, komme ich einfach vorbei und hole es ab.« Ein verschmitztes Grinsen lag in seinen Zügen und ich spürte, wie sich auch meine Mundwinkel hoben.

»Dann musst du darauf hoffen, dass ich zu Hause bin«, gab ich schmunzelnd zurück.

Grinsend hob Keiran sein Handy. »Ich habe deine Nummer, ich kann dich einfach anrufen. Außerdem ... vielleicht habe ich absichtlich etwas vergessen, damit ich morgen zurückkommen kann.«

Eine Herausforderung lag in seinem Blick, bei der mir der Atem stockte. Unwillkürlich lehnte ich mich näher zu ihm, bis unsere Schultern sich fast berührten. Neben der Herausforderung spiegelte sich Unsicherheit in Keirans Augen. Genauso wie ich hatte er den Vorfall mit seiner Mom nicht mehr angesprochen, aber anstatt mir aus dem Weg zu gehen, wie ich befürchtet hatte, schien er meine Nähe seitdem vermehrt zu suchen.

Frag ihn, frag ihn, frag ihn.

Die Stimme in meinem Kopf schrie mich regelrecht an, doch ich schaffte es nicht, die Worte über die Lippen zu bringen. Je länger ich schwieg, desto mehr schwand das hoffnungsvolle Leuchten in Keirans Augen.

Schließlich räusperte er sich und wandte sich ab. »Wir sollten dann mal los«, murmelte er.

Ich konnte wieder atmen und zugleich verkrampfte sich mein Herz schmerzhaft. Zog Keiran jetzt die falschen Schlüsse? Ich betrachtete seinen Rücken, als er eine der Taschen schulterte und zur Tür hinausging. Erst als er im Flur verschwunden war, kam Bewegung in mich. Ich griff nach der zweiten Tasche und folgte ihm.

»Hat Mason eigentlich noch mal was zu dir gesagt?«, wollte ich wissen, als ich ihn eingeholt hatte.

»Nein, aber ich habe ihn auch nicht mehr gesehen. Auch sonst hat mich niemand auf den Post angesprochen. Du hattest recht, entweder glauben die Leute es nicht oder es scheint ihnen egal zu sein.«

»Mason ist ein Spinner, das ist hinlänglich bekannt.« Mir war von vornherein klar gewesen, dass kaum jemand seiner Darstellung Glauben schenken würde.

Keiran blieb stehen und wandte sich mir zu. »Es ist mir auch gar nicht mehr so wichtig, was andere über mich denken. Ich meine, du, Natalie, Mom, ihr steht alle hinter mir. Was interessiert mich da die Meinung von anderen, die ich nicht einmal kenne?«

Seine Worte lösten ein Prickeln in mir aus und ich lehnte mich unwillkürlich ein Stück näher zu ihm. »Du weißt, dass du das schon viel eher hättest haben können?«, murmelte ich.

Keirans Augen blitzten kurz auf, ehe er verlegen den Blick senkte.

»Ich brauche wohl manchmal etwas länger, bis der Groschen bei mir fällt.« Er stieß die Tür auf und trat ins Freie.

Der Weg von meinem zu seinem Wohnheim betrug genau 48 Schritte. Ich hatte das letzte Woche schon mal ausprobiert und auch jetzt zählte ich nach. Das waren weniger als 50 Meter Luftlinie von mir zu ihm, was wirklich nicht viel war. Trotzdem fühlte es sich an, als würde von nun an ein Ozean zwischen uns liegen, wegen dem wir uns nie wiedersehen würden.

Was völliger Schwachsinn war. Es würde mich keine fünf Minuten kosten, um zu Keiran zu gehen, wenn ich das wollte, und ich konnte ihn jederzeit anrufen. Aber der Umzug bedeutete eine gravierende Veränderung für uns beide und ich wusste nicht, wie unsere neu aufgeblühte Freundschaft – und vor allem die unausgesprochenen Gefühle zwischen uns – das verkraften würden.

Viel zu schnell hatten wir Keirans Wohnheim und sein Zimmer im zweiten Stock erreicht. Keiran benutzte die Schlüsselkarte, die Tim ihm bereits gegeben hatte, um uns einzulassen. Hier sah es ähnlich aus wie bei mir. Eine dunkle Ledercouch dominierte den Raum. An der einen Wand stand ein Fernseher, an der gegenüberliegenden Wand waren Regale aufgebaut, in denen Bücher und DVDs gestapelt waren. Die Wände waren kahl und weiß, nur am Fenster stand eine kleine Topfpalme, die dem Raum etwas Gemütlichkeit verlieh.

Tim saß über seinen Laptop gebeugt auf der Couch, blickte aber sofort auf, als er uns hörte. »Hey, da seid ihr ja schon.« Er stand auf und kam mit ausgestreckter Hand auf mich zu, während er mit der anderen die Brille auf seiner Nase zurechtrückte. »Ich bin Tim.«

»David.« Sein Handdruck war kräftig, aber nicht so fest, als wollte er meine Hand zerquetschen. Er hatte ein freundliches, offenes Gesicht und war ein Stück kleiner als ich.

»Ich hab für dich schon Bettwäsche von der Wohnheimleitung geholt und alles in dein Zimmer gelegt«, sagte Tim an Keiran gewandt. »Wenn du noch etwas brauchst, sag Bescheid.«

»Danke.« Keiran nickte ihm zu.

»Ihr entschuldigt mich, ich muss noch etwas recherchieren.« Damit ging Tim zu seinem Laptop zurück und beachtete uns nicht weiter.

Ich folgte Keiran in sein neues Zimmer, schloss die Tür hinter mir und stellte die Tasche auf den Boden. Auch hier war die Einrichtung wie bei mir. Ein schmales Bett, ein Kleiderschrank, der kaum genug Platz bot, und ein Schreibtisch, der unters Fenster geschoben war. Es wirkte zwar wie ein Abbild meines Zimmers, fühlte sich aber gleichzeitig an, als sei ich auf einem anderen Planeten.

»Danke, dass du mir geholfen hast.«

Ich sah zu Keiran, der seine Reisetasche noch immer geschultert hatte. »Willst du mich schon loswerden?« Ich sagte es als Witz, konnte dabei aber nicht verhindern, dass sich mein Innerstes vor Enttäuschung verkrampfte.

Keiran schüttelte den Kopf. »Ich dachte, du hast vielleicht noch etwas vor.«

»Nein, ich habe mir den ganzen Tag für dich freigehalten.«

Keiran lachte und ließ endlich die Tasche von seiner Schulter gleiten. »Für die paar Klamotten? Ich denke nicht, dass wir so lange brauchen.«

»Dann gehen wir danach halt Pizza essen oder so. Wir kriegen den Tag schon rum. Sollen wir anfangen?« Ich realisierte, dass ich fast schon flehend klang, aber zum ersten Mal machte es mir nicht einmal etwas aus. Wenn ich Keiran zeigen wollte, dass ich an mehr als einer bloßen Freundschaft interessiert war, musste ich irgendwo anfangen.

Keiran sah mich für einen Augenblick aus diesen unergründlichen grünen Augen an, dann zog er seine Tasche zum Kleiderschrank und begann einzelne Shirts in ein Fach zu schmeißen. Sie landeten dort als ein unordentlicher Haufen, in dem sie sofort zerknittern würden. Ein Muskel in meinem Kiefer begann zu zucken. »Was machst du denn da?« Ich griff nach seinem Arm, gerade als er die nächste Ladung reinschmeißen wollte.

Keiran blickte runter zu meiner Hand auf seinem Arm. »Meinen Kleiderschrank einräumen.«

»Aber so verknittert doch alles«, entgegnete ich, als würde er das nicht wissen.

Keiran trat einen Schritt näher, bis unsere Hände zwischen unseren Bäuchen eingeklemmt waren. Seine Wärme drang durch sein T-Shirt zu mir und ich konnte seine harten Bauchmuskeln an meine Finger gepresst spüren. »Ich habe die letzten Wochen bei dir aus meiner Reisetasche gelebt. Die Sachen *sind* längst zerknittert. Ob ich sie ordentlich oder chaotisch in den Schrank lege, macht keinen Unterschied mehr.«

Ich wollte widersprechen. Alles in mir drängte mich dazu, eine Diskussion mit Keiran anzufangen, dass er doch so nicht rumlaufen könnte. Ich würde es nicht tun, selbst wenn ich den ganzen Tag mit Bügeln zubringen würde, bevor ich den Schrank einräumen könnte. Es würde mir keine Ruhe lassen, wenn meine Klamotten nicht ordentlich zusammengelegt wären, selbst wenn ich es nicht sehen könnte.

Doch Keiran war nicht ich. Er schien sich an ein bisschen Unordnung nicht zu stören, das war offensichtlich. Wollte ich wirklich eine Diskussion mit ihm beginnen, weil mich etwas störte, was mich gar nicht betraf?

Ich schüttelte den Kopf. »Du bist unverbesserlich«, murmelte ich.

Ein Grinsen brach auf seinem Gesicht aus, das den ganzen Raum zu erhellen schien und seltsame Dinge mit meinem Magen anstellte. »Du hast keine Ahnung, wie viel Spaß es machen kann, einfach mal gegen seine eigenen Regeln zu verstoßen, oder?«, raunte er mir zu.

Seine Stimme schickte einen Schauer über meinen Rücken. »Das sind keine Regeln«, protestierte ich halbherzig. »Ich bin einfach so, ich kann nichts dagegen machen.«

»Ich wette, du könntest es, wenn du es nur wolltest.« Vorsichtig zog Keiran seine Hand zwischen unseren Bäuchen hervor und schmiss die Sachen, die er darin gehalten hatte, achtlos auf ein Regalbrett. »Ups. Wie ungeschickt von mir.«

Ein überraschtes Lachen entwich mir. »Als hättest du das nicht mit voller Absicht gemacht.«

»Na und? Jetzt bist du dran. Los, versuch es.« Keirans Blick bohrte sich in meinen, beschleunigte meinen Herzschlag und setzte ein aufgeregtes Flattern in meinem Magen frei. Dann trat er einen Schritt zurück und ich spürte nur noch die kühle Luft an den Stellen, die zuvor von ihm berührt worden waren.

Ich räusperte mich, um dieses seltsame Gefühl loszuwerden, und beugte mich nach unten. Ich war gewillt, das richtig zu machen, um Keiran zu zeigen, dass auch ich mich mal unvernünftig verhalten konnte. Beim ersten Mal fiel es mir noch schwer, eine Handvoll Klamotten aus der Tasche zu nehmen und sie wahllos in den Schrank zu schmeißen. Doch die fast schon kindische Freude, die in Keirans Augen funkelte, und sein anfeuerndes »Weiter so« stachelten mich dazu an, weiterzumachen. Mit jedem Wurf wurde es einfacher, vor allem, als Keiran selber wieder in seine Tasche griff und mitmachte. Wir vollführten bei unseren Würfen die schrägsten Verrenkungen und arbeiteten völlig planlos und ohne System. Noch immer konnte ich den Gedanken, dass ich mit dieser Unordnung in meinem Kleiderschrank nicht leben könnte, nicht vollständig abschütteln, gleichzeitig wusste ich auch nicht, wann ich das letzte Mal so ausgelassen gewesen war und so viel gelacht hatte. Keiran schaffte es immer wieder, etwas in mir freizusetzen, von dem ich gar nicht gewusst hatte, dass es in mir schlummerte.

Die WG kam mir viel zu leise und einsam ohne Keiran vor. Ich war so lange bei ihm und Tim geblieben, bis mir die Ausreden ausgegangen waren, warum ich nicht zurück in meine Wohnung wollte. Nachdem wir den Klamottenweitwurf beendet hatten, hatten wir Pizza bestellt und den Abend mit Tim und einigen alten 80iger Film-Klassikern verbracht. Doch als es auf Mitternacht zugegangen war und Keiran und Tim mehrfach gegähnt hatten, war ich in mein Wohnheim zurückgekehrt.

Jetzt saß ich im Halbdunkel auf meiner Couch und wünschte mir nichts sehnlicher, als nicht alleine zu sein. Es war ein eigenartiges Gefühl. Wenn Marc eine ganze Woche bei Michaela und ich deswegen alleine gewesen war, hatte mich das nie gestört. Ganz im Gegenteil. Meistens hatte ich die Ruhe dann begrüßt und mich gefreut, die Wohnung für mich zu haben.

Aber Marc ist nicht Keiran, flüsterte mir eine leise Stimme zu.

Das wusste ich, aber mir war nicht bewusst gewesen, dass der Unterschied so gravierend sein würde.

Ich holte mein Handy hervor, um Emma eine Nachricht zu schreiben, doch ehe ich wusste, was geschah, hatte ich bereits eine an Keiran verfasst: *Ganz schön still hier ohne dich.* Ich zögerte den Bruchteil einer Sekunde, bevor ich auf *Senden* drückte und sie abschickte.

Es dauerte nicht lange, bis ich eine Antwort erhielt: *Schon Sehnsucht nach mir, Moore?*

Eine Mischung aus Lachen und entrüstetem Schnauben entwich mir. *Das hättest du wohl gerne. Mir ist nur langweilig und ich kann nicht schlafen*, schrieb ich zurück.

Diesmal verging mehr Zeit, bis ich eine Antwort erhielt: *Bist du sicher? Ich kann deine Wohnung von meinem Fenster aus sehen. Warum sitzt du im Dunkeln und hast nicht mal den Fernseher an, wenn dir so langweilig ist?*

Ertappt sah ich mich um, obwohl Keiran unmöglich hinter mir stehen konnte. Nachdem sich mein Herzschlag wieder etwas beruhigt hatte, stand ich auf und ging zum Fenster. Das Gebäude gegenüber war überwiegend dunkel, nur in wenigen Fenstern brannte noch Licht. Vom Haupteingang zählte ich die Fenster ab, bis ich meinte, bei Keirans Zimmer angekommen zu sein. Dort brannte tatsächlich Licht und eine dunkle Silhouette zeichnete sich vor dem Fenster ab. Ich konnte nicht erkennen, ob es sich dabei wirklich um Keiran handelte, trotzdem schoss mein Puls in die Höhe und das mittlerweile altbekannte Kribbeln setzte in meinem Magen ein.

Mein Handy vibrierte erneut. *Du bist ans Fenster gekommen, oder?*

Meine Lippen verzogen sich zu einem Lächeln und mit zitternden Fingern antwortete ich ihm: *Ich wollte nur prüfen, ob ich noch bis zu dir sehen kann.*

Nur Sekunden später schrieb Keiran: *Kannst du. Zum Glück.*

Mein Magen schlug Purzelbäume. Als würde ich mich mitten im

Looping einer Achterbahn befinden. Was Keiran mit nur wenigen Worten in mir auslösen konnte, war unglaublich. Umso mehr, weil ich mich mit Händen und Füßen dagegen gewehrt hatte. Aber es schien, als sei ich machtlos gegen meine Gefühle. Sie ließen sich nicht besänftigen oder mit logischen Erklärungen, warum es besser wäre, sie nicht zu fühlen, verdrängen. Sie verlangten meine volle Aufmerksamkeit, und vielleicht war es endlich an der Zeit, dass ich ihnen nachgab.

Eine weitere Nachricht traf ein, ehe ich diesen Gedankengang zu Ende führen konnte: *Ich geh ins Bett. Schlaf gut.*

Ich beobachtete, wie Keiran die Vorhänge zuzog, und blieb so lange am Fenster stehen, bis das Licht in seinem Zimmer ausgeschaltet wurde. Erst dann schrieb ich ihm zurück: *Schlaf du auch gut.*

Kapitel 20

Keiran

Nicht mehr mit David zusammenzuwohnen fühlte sich seltsam an. Es war erstaunlich, wie schnell man sich an die Gesellschaft einer bestimmten Person gewöhnen konnte. Obwohl es toll war, endlich ein eigenes Zimmer zu haben und wieder in einem richtigen Bett zu schlafen, konnte ich es nicht richtig genießen. Bereits dreimal in der letzten Woche war ich aufgesprungen, um David etwas zu erzählen, nur um im Nebenraum festzustellen, dass nicht er, sondern Tim dort saß. Es fehlte mir, einfach mit ihm reden zu können, wenn mir danach war.

Natürlich könnte ich ihm stattdessen eine Nachricht schreiben oder bei ihm vorbeigehen, er war immerhin nicht aus der Welt. Aber ich wollte ihn auch nicht nerven. Vielleicht war er froh, endlich wieder seine Ruhe zu haben, und wollte nicht ständig wegen Kleinigkeiten kontaktiert werden.

Ich wusste einfach nicht mehr, was ich denken sollte. David sendete so viele unterschiedliche Signale aus, dass mir davon schwindelig wurde. Am einen Tag stieß er mich von sich weg, dann sagte oder tat er etwas, das mir erneut Hoffnung verschaffte, nur um diese kurz darauf wieder zu zerstören. Er hatte mich auch nicht auf mein Geständnis angesprochen, dass ich ihn liebte, obwohl ich manchmal das Gefühl gehabt hatte, er stünde kurz davor. Ich war verwirrt und auch verletzt, dass er mein Geständnis mit keinem Wort erwähnt hatte. Ließ es ihn kalt?

Hatte er es bereits wieder vergessen? War ich es nicht mal wert, eine Antwort zu erhalten, selbst wenn sie negativ war?

Ein wenig kam es mir vor, als wüsste David selbst nicht genau, was er wollte, und ich wollte ihm auch die Freiheit lassen, es herauszufinden. Dass er mir am Abend meines Auszugs gleich geschrieben und mich gestern eingeladen hatte, ihn ins ICandy zu begleiten, wertete ich als gutes Zeichen. Zwar hatten wir seitdem nicht mehr geschrieben, aber er hatte seine Einladung auch nicht zurückgenommen.

Nachdenklich drehte ich mein Handy zwischen meinen Fingern. Sollte ich David schreiben, wann er mich abholen würde oder ob wir uns vorher treffen würden? Ich wollte nicht aufdringlich wirken, aber nicht zu wissen, wann ich fertig sein musste, machte mich nervös. So etwas war mir noch nie passiert. Normalerweise reichte es mir, eine Stunde vorher zu wissen, wann ich wo sein musste. Aber mit David war nichts normal, wie es schien.

Plötzlich begann das Handy in meinen Händen zu klingeln und verpasste mir einen halben Herzinfarkt. Vor Schreck ließ ich es fallen und sah dabei zu, wie es mit einem dumpfen Knall zu Boden fiel.

»Shit.« Ich beugte mich vor, um es aufzuheben. Mein Herz setzte für einen Schlag aus, nur um danach in unregelmäßige Schläge zu verfallen, als ich Davids Namen auf dem Display aufblinken sah.

»Hey«, ging ich etwas atemlos ran.

»Hey, Keiran. Schon startklar für heute Abend?«

Ich blickte an mir herab, auf die Jogginghose und das ausgeleierte T-Shirt, das ich trug. »Wenn ich mich an deine Vorgaben zur Kleiderordnung vom letzten Mal zurückerinnere, dann eher nicht«, entgegnete ich schmunzelnd.

Davids Lachen drang an mein Ohr und setzte ein warmes Flattern in meinem Bauch frei. »Dann geht es dir wie mir. Ich gammle auch noch auf der Couch rum.«

»Die Couch, die wieder dir alleine gehört?«

»Die Couch, die sich ohne dich irgendwie einsam anfühlt.«

Mein Atem stockte und das Handy rutschte mir fast erneut aus der

Hand. Zuerst dachte ich, mich verhört zu haben, doch die erwartungsvolle Stille versicherte mir, dass ich mir Davids Worte nicht eingebildet hatte.

»Ich …« Die Stimme versagte mir, daher räusperte ich mich und begann von vorne. »Ich könnte vorbeikommen. Also bevor wir ins ICandy gehen?«, schlug ich vor.

»Das wäre cool«, sagte David wie aus der Pistole geschossen. »So gegen sechs?«

»Sechs passt perfekt.«

»Dann bis später.«

Als ich um kurz vor sechs den Weg entlangging, der mein Wohnheim mit dem von David verband, war ich aufgeregt wie vor einem ersten Date. Was irgendwie ironisch war, da ich nie zuvor auf einem Date gewesen war. Mit David hatte ich mich immer nur heimlich getroffen und bei meiner ersten – und einzigen – Freundin auf der Highschool hatte ich über so etwas gar nicht nachgedacht. Mir war auch durchaus bewusst, dass dieses Treffen kein Date war, trotzdem fühlte es sich für mich irgendwie so an.

Erneut wischte ich meine schweißnassen Hände an meiner Jeans ab, ehe ich an Davids Tür klopfte. Es war seltsam, keinen Schlüssel mehr zu haben und kommen und gehen zu können, wann ich wollte. So seltsam wie alles in der letzten Woche. Obwohl Tim ein toller Typ war und ich gut mit ihm klarkam, würde es einige Zeit dauern, bis ich mich an meine neue Wohnsituation gewöhnt hatte.

David öffnete die Tür und automatisch wanderte mein Blick über seinen Körper. Über seine blonden, nach hinten gegelten Haare, seine strahlenden blauen Augen, das hautenge Tanktop und die schwarze Jeans, die tief auf seinen Hüften saß und einen Streifen blasser Haut entblößte. Er sah unverschämt gut aus und für einen Moment verschlug es mir die Sprache.

»Hey, Keiran.« Davids Augen taxierten mich auf dieselbe Weise wie meine ihn zuvor. Mein Puls schoss in die Höhe und die Temperatur im Flur schien um zehn Grad anzusteigen.

»Ich sehe, du hast dich aus den Gammelklamotten befreien können«, versuchte ich die Reaktion meines Körpers zu überspielen.

»Du aber auch.« David trat einen Schritt näher und strich mit den Fingern über mein Hemd. »Das steht dir hervorragend und bringt deine Augen toll zur Geltung.«

Meine Haut brannte, wo David über mein Shirt strich, und am liebsten hätte ich seine Finger viel länger dort gespürt. Bevor ich etwas erwidern konnte, war David jedoch zurückgetreten und zog die Tür ganz auf.

»Ich hoffe, es stört dich nicht, dass Logan und Eden auch schon hier sind.«

Sämtliche Vorstellungen, wie dieser Abend ablaufen würde, verpufften wie eine Seifenblase. Mein verräterisches Herz hatte sich erneut Hoffnungen gemacht, dass diese Einladung etwas Besonderes war, doch wenn Logan und Eden ebenfalls hier waren, konnte David dabei keine Hintergedanken gehabt haben.

Warum war ausgerechnet Logan hier? Bei unserem letzten Besuch im ICandy hatte er regelrecht an David geklebt, sodass ich befürchtet hatte, zwischen den beiden könnte etwas laufen. Doch seitdem hatte ich ihn nicht mehr gesehen. Hatte David ihn absichtlich eingeladen, um mir von vornherein aufzuzeigen, dass ich nicht zu viel in diesen Abend hineininterpretieren sollte? Falls das seine Intention gewesen war, funktionierte sie hervorragend.

Ohne David noch mal anzusehen, betrat ich die Wohnung. »Hey, Leute«, begrüßte ich Logan und Eden und setzte mich ihnen gegenüber auf den Sessel. Edens lange Haare waren heute zu einem Zopf gebunden und seine Augen waren dunkel umrahmt, was ihn irgendwie verwegen wirken ließ. Logan sah aus wie beim letzten Mal und sein herausforderndes Lächeln sagte mir, dass er David nicht kampflos aufgeben würde.

Ich spürte, wie sich Widerstand in mir regte. Auch ich hatte kein

Interesse daran, Logan das Feld kampflos zu überlassen. Die Entscheidung musste ohnehin David treffen und keiner von uns, trotzdem würde ich mich von ihm nicht einschüchtern lassen. Meine Lippen verzogen sich ebenfalls zu einem Lächeln, von dem ich sicher war, dass es alles andere als freundlich aussah.

Logan nickte mir leicht zu und lehnte sich auf der Couch zurück. Er wirkte irgendwie zufrieden, als hätte er erreicht, was er wollte.

»Keiran? Möchtest du etwas trinken?«, riss Davids Stimme mich aus meinem Starr-Contest mit Logan.

Ich wandte ihm meine Aufmerksamkeit zu. »Was hast du da?«

»Wein, Wodka und irgendein süßes Zeug, das Eden mitgebracht hat.«

»Aperol ist nicht süß«, protestierte Eden, ehe er resigniert fortfuhr: »Du weißt einfach nicht, was gut ist.«

»Dann nehme ich Wein.« Ich hatte von Aperol noch nie gehört, aber wenn ich die leuchtende orangefarbene Flüssigkeit in Edens Glas betrachtete, wollte ich es auch nicht ausprobieren. Wenn es so schmeckte, wie es aussah, konnte es nur fürchterlich sein.

»Kommt sofort.« David verschwand in der Küche und kam kurz darauf mit einem vollen Weinglas zurück. Er stellte es vor mir auf den Tisch und setzte sich auf die Lehne des Sessels. Sein Rücken presste sich warm gegen meinen Arm und Hitze sammelte sich in meinem Inneren. Ich hatte gedacht, dass er den freien Platz auf der Couch besetzen würde, direkt neben Logan, und konnte mein Glück kaum fassen, dass er stattdessen die unbequeme Lehne neben mir wählte.

Eden und Logan waren in ein Gespräch vertieft und beachteten uns gar nicht, als David sich zu mir lehnte. »Sorry deswegen.« Er nickte zu ihnen rüber. »Sie sind einfach unangemeldet bei mir aufgetaucht.«

Die Hoffnung in mir blühte wieder auf. »Und ich dachte schon, du hättest sie absichtlich eingeladen, weil du nicht mit mir alleine sein wolltest«, raunte ich ihm zu.

»Ganz im Gegenteil.«

Diese drei Worte waren dafür verantwortlich, dass ich mich bis zu unserem Aufbruch nicht mehr auf die Gespräche der anderen konzentrieren konnte. Ich musste ununterbrochen daran denken, dass David ebenfalls mit mir alleine sein wollte. Was hätten wir getan, wenn es dazu gekommen wäre? Die Möglichkeiten waren schier endlos.

Als wir zum ICandy aufbrachen, nahm ich mir vor, heute mutiger zu sein. Ich würde nicht tatenlos herumstehen wie beim letzten Mal und Logan das Feld überlassen. Ich würde mein Glück selber in die Hand nehmen. Sollte mich David dann abweisen, würde ich wenigstens endlich wissen, woran ich war.

Allerdings konnte ich mir diesen Ausgang nicht vorstellen. David war bisher nicht von meiner Seite gewichen. Auch jetzt in der U-Bahn saß er neben mir. Sein Arm war auf meiner Sitzlehne abgelegt und seine Finger berührten wie zufällig meinen Arm. Ein Schauer nach dem anderen jagte über meinen Rücken und bekräftigte meinen Entschluss.

Die anderen warteten bereits vor dem Eingang auf uns, als wir am ICandy eintrafen. Wir begrüßten sie und stellten uns in der Schlange an. Diesmal wusste ich genau, was mich im Inneren erwarten würde, und ich freute mich darauf. Es gab kein Unbehagen wie beim letzten Mal. Keine Unsicherheit, nur Nervosität wegen dem, was ich gleich tun wollte.

Sobald wir den Club betreten hatten, griff ich nach Davids Hand. »Lass uns tanzen gehen«, sagte ich.

Für den Bruchteil einer Sekunde war Überraschung in Davids Gesicht zu lesen, dann wurde sie von einem strahlenden Lächeln durchbrochen und er nickte. Ich verflocht unsere Finger miteinander und zog ihn hinter mir her.

Obwohl es nicht einmal Mitternacht war, war die Tanzfläche bereits gut gefüllt. Die Musik war erneut laut und der Bass wummerte durch meinen Körper, was mich nur in meinem Vorhaben bestätigte. Wir bahnten uns einen Weg durch die Tanzenden, bis wir mitten im Getümmel standen.

Ohne Vorwarnung legte David von hinten die Arme um mich und zog mich an sich heran. Sein harter Oberkörper presste sich an meinen

Rücken, während seine Hände auf Wanderschaft gingen. Fast schon andächtig strichen sie über meinen Bauch und ließen meine Muskeln erzittern. Dazu bewegte David seine Hüften im Takt der Musik. Sie rieben an meinem Po entlang und lösten eine wahre Gefühlsexplosion in mir aus. Ich wagte nicht einmal zu atmen, aus Angst, etwas davon verpassen zu können.

»Entspann dich«, raunte er mir nach einigen Augenblicken zu. »Und genieß es einfach nur.«

Zitternd atmete ich aus und versuchte meine angespannten Muskeln zu lockern. Gar nicht so einfach, wenn ich mich insgeheim davon abhalten musste, hier und jetzt über David herzufallen. Er löste so viele Dinge in mir aus, die ich schon vor langer Zeit weggeschlossen hatte, dass ich zuerst nicht wusste, wie ich in diesem Meer aus Emotionen bestehen sollte.

Daher schloss ich die Augen und gab mich völlig den Gefühlen hin. Ich hieß sie willkommen als einen Teil von mir, der unumstößlich mit David verbunden war. Ich schloss einen Pakt mit ihnen, dass ich sie nicht wieder einfach wegschließen würde, um jemand zu werden, der ich nicht sein wollte. Ich hatte dazugelernt und würde mich nie wieder verstellen.

Langsam entspannte ich mich und begann den Tanz mit David zu genießen. Meine Hüften bewegten sich im Takt mit seinen, viel langsamer als die Musik, aber das war uns vermutlich beiden egal. Ich schob eine Hand nach hinten, bis ich sie in Davids hintere Hosentasche schieben und ihn damit noch enger an mich pressen konnte. Obwohl kein Blatt Papier mehr zwischen uns passte, war es mir noch nicht nah genug.

Mit einem Ruck drehte David mich um, bis wir uns gegenüberstanden. Er lehnte seine Stirn an meine, legte einen Arm um meine Mitte und zog mich an sich. Ich spürte seinen rasenden Puls, der mit meinem um die Wette zu schlagen schien. Davids Blick brannte sich in meinen, als wollte er seinen Abdruck auf meiner Seele hinterlassen. Ich konnte nicht wegsehen, wagte nicht einmal zu blinzeln und wünschte mir, dass dieser Moment nie vergehen würde.

Davids warmer Atem traf meine Lippen und jagte einen Schauer über meinen Rücken. Ich schob ein Bein zwischen seine und rieb unsere Becken aneinander. Heißes Verlangen pulsierte durch meine Venen und ich konnte spüren, dass unser Tanz auch an ihm nicht spurlos vorüberging. Davids Pupillen weiteten sich lustvoll, was mein Blut in südliche Regionen schickte. Das hier war so viel mehr, als ich mir von diesem Abend erhofft hatte, und trotzdem war es nicht genug. Ich hatte die Befürchtung, dass es nie genug sein würde. Egal was David mir zu geben bereit war, ich wollte immer mehr.

Davids Zunge schnellte hervor und befeuchtete seine Unterlippe. Ein Stöhnen entwich mir, das aufgrund der Musik zum Glück niemand hören konnte. Mein Blut kochte mittlerweile und meine Aufmerksamkeit hatte sich komplett auf Davids Lippen gerichtet. Ich wusste genau, wie sie sich auf meinen anfühlten, wie weich sie waren und wie perfekt sie mit meinen harmonierten. Es war viel zu lange her, seit ich sie zuletzt gespürt hatte und in dieser Sekunde vermisste ich sie so sehr, dass es körperlich wehtat.

Dabei waren sie direkt vor mir, nur wenige Zentimeter von meinen entfernt, was mir jedoch wie eine unüberwindbare Distanz vorkam. David erweckte nicht den Anschein, als hätte er etwas dagegen, wenn ich ihn jetzt küsste, aber ich hatte seine Signale zuvor schon falsch gedeutet und war von ihm zurückgewiesen worden. Ich wollte das nicht noch einmal erleben. Nicht heute, nicht hier. Das würde ich nicht verkraften.

Davids Hand schob sich unter mein Shirt und zog eine brennende Spur meinen Rücken hinauf. Mein ganzer Körper wurde von einem Schaudern erfasst und ich presste mich unwillkürlich noch enger an ihn, obwohl das eigentlich nicht mehr möglich war. Mein Bein drückte dabei gegen die Beule in Davids Schritt, was ihm ein Stöhnen entlockte, das ich zwar nicht hören, aber an meiner Wange spüren konnte.

Plötzlich lagen unsere Lippen aufeinander und ich konnte nicht einmal sagen, wer von uns sich zuerst bewegt hatte. War es überhaupt wichtig? David küsste mich voller Leidenschaft, unsere Lippen fest aufeinandergepresst. Unsere Zungen schienen einen kleinen Kampf auszufechten. Mein Puls schoss in die Höhe und sämtliche Gedanken flogen aus meinem Kopf. Ich hatte David schon hunderte Male geküsst, trotzdem fühlte es sich wie das erste Mal an.

In meinem Bauch explodierte ein ganzer Schwarm Bienen, deren Kribbeln mich durchdrang, und mein Herz pochte so stark, dass ich befürchtete, es wolle gleich aus meiner Brust springen. Jede noch so kleine Berührung von Davids Händen auf meiner Haut fühlte sich wie eine Explosion an. Ich kam mir vor wie ein Teenager, der zum ersten Mal verliebt war.

Ich wusste nicht, wie lange wir uns geküsst hatten, bis wir uns schwer atmend voneinander lösten. Es kam mir zu kurz und gleichzeitig wie eine halbe Ewigkeit vor. Jede Zelle meines Körpers verzehrte sich nach mehr. Mir kam der irre Gedanke, dass ich am liebsten in David hineinkrabbeln wollte, um ihm noch näher zu sein.

Davids Hand ruhte in meinem Nacken und er beugte sich vor, bis sein Mund direkt an meinem Ohr war. »Wollen wir abhauen?«

Ein Zittern raste über meinen Rücken und ich wusste nicht, ob es seinen Worten entsprang und dem, was sie implizierten, oder ob es einfach eine Reaktion darauf war, dass sein Atem beim Sprechen meinen Nacken streifte. Ich lehnte mich zurück, bis ich ihn ansehen konnte. Seine Augen drückten dasselbe Verlangen aus, das auch mich erfasst hatte. Ich konnte keine Unsicherheit mehr in ihnen entdecken.

»Bist du sicher?«, fragte ich dennoch. Ich wollte ihn so sehr, dass ich kaum noch an etwas anderes denken konnte. Aber nur dann, wenn er es genauso sehr wollte wie ich. Würde er morgen bereuen, was zwischen uns geschehen war, könnte ich das nicht verkraften.

»So sicher wie nie zuvor in meinem Leben.«

Das war Antwort genug für mich. Ich gab David einen letzten Kuss, bevor ich nach seiner Hand griff. »Wollen wir den anderen noch Bescheid geben?«

David schüttelte den Kopf. »Sie werden schon merken, dass wir nicht mehr da sind.«

Gott sei Dank. Ich hatte wirklich keine Lust, sie zu suchen und mit ihnen zu diskutieren, warum wir gehen wollten, obwohl wir gerade erst gekommen waren. Aber ich hatte auch nicht unfreundlich erscheinen wollen.

Wir verließen das ICandy und anstatt auf den Weg zu achten, grinsten wir uns dümmlich an. Das Funkeln in Davids Augen war ein Versprechen auf mehr. Ich konnte es gar nicht abwarten, endlich mit ihm alleine zu sein.

»Hey, passt doch auf!«, rief jemand.

Mein Blick zuckte nach vorne, gerade rechtzeitig. Eine Frau stand direkt vor mir, die Augen erschrocken geweitet. In der letzten Sekunde ließ ich Davids Hand los und sprang zur Seite, um sie nicht über den Haufen zu rennen.

»Sorry«, rief ich ihr zu, als wir sie umrundet hatten und griff automatisch wieder nach Davids Hand. Unsere Blicke kreuzten sich und wir brachen in Gelächter aus. Es tat so gut, einfach mal ausgelassen zu sein, dass ich David an der Hand an mich zog und ihm einen Kuss auf die Wange drückte. Sein Lächeln wurde sanfter und er beugte sich vor, um mich ebenfalls auf die Wange zu küssen. Ich war mir sicher, dass ich das Grinsen selbst dann nicht aus meinem Gesicht bekommen würde, wenn mein Leben davon abhing.

Drei Blocks weiter, wir waren schon auf halbem Weg zur U-Bahn-Haltestelle, blieb David unvermittelt stehen und wandte sich mir zu. Wir hatten die belebten Straßen des Szeneviertels hinter uns gelassen, außer uns war keine Person zu sehen und nur eine Straßenlaterne spendete schummriges Licht. Plötzlich war die Luft um uns herum wie elektrisiert. David betrachtete mich mit einer Mischung aus Verlangen und nacktem Erstaunen.

»Du hältst noch immer meine Hand.« Wie zur Verdeutlichung malte er mit seinem Daumen Kreise auf meinen Handrücken, was einen Schauer durch meinen Arm jagte.

Ich wusste nicht, worauf er hinauswollte. »Ist das falsch?«

Davids Mundwinkel zuckte und er trat näher an mich heran. So nah, dass unsere Oberkörper sich fast berührten. »Nein, es wundert mich nur. Sonst hast du in der Öffentlichkeit immer einen gehörigen Sicherheitsabstand zu mir gehalten.«

Ein heiseres Lachen entwich mir. »Ich habe dir doch gesagt, dass ich mich nicht mehr verstecken will.«

Davids freie Hand legte sich auf meine Hüfte und krallte sich in mein Hemd. »Du machst keine halben Sachen, oder?«

Ich schüttelte den Kopf. »Nie wieder.« Nicht wenn es um ihn ging. Ich hatte meine Lektion gelernt. Wenn ich es der ganzen Welt erzählen müsste, um ihn zu halten, würde ich genau das tun.

David kam noch näher, bis unsere Oberkörper fest aneinandergepresst waren. »Was machst du, wenn ich dich jetzt mitten auf der Straße küsse?« Seine Augen loderten vor Intensität, was mein Herz zum Stolpern brachte.

Ich befeuchtete meine Lippen. »Probiere es aus.«

Das ließ David sich nicht zweimal sagen. Eine Sekunde später lagen seine Lippen auf meinen. Sanft und vorsichtig, als würde er testen, ob ich nicht doch noch einen Rückzieher machte. Doch darauf konnte er lange warten. Ich würde ihn nie wieder von mir stoßen.

Ich schob eine Hand in seinen Nacken und verkrallte sie in seinem dichten Haar. Das schien für David Beweis genug zu sein, denn er stürzte sich regelrecht auf mich. Er drängte mich zurück, bis ich mit dem Rücken gegen eine Hauswand prallte und attackierte mich mit seinem Mund. Seine Hände schienen überall an meinem Körper gleichzeitig zu sein. An meinen Hüften, an meinem Hintern und unter meinem Shirt. Seine Zunge verwickelte meine in einen leidenschaftlichen Tanz, seine Zähne knabberten an meiner Unterlippe, was eine direkte Auswirkung auf meine Lenden hatte. Ich spürte, wie ich hart wurde und meine Hüften sich wie von selbst bewegten, aber ich war machtlos dagegen.

Ich konnte – und wollte – mich nicht dagegen wehren. Jede Zelle meines Körpers verzehrte sich nach David und ich drohte an den aufschäumenden Emotionen zu ertrinken. Ich konnte nichts anderes tun, als mich an Davids Haaren und seinem T-Shirt festzuhalten, als wären sie mein Rettungsanker, während die Lust und Liebe, die ich für ihn empfand, wie ein Hurrikan über mich hinwegfegten. Nie hätte ich gedacht, wie befreiend es sich anfühlen würde, endlich zu mir zu stehen und das auszuleben, was schon seit jeher in mir schlummerte.

David löste sich schwer atmend von mir, aber nur, um seine Stirn an meine zu legen. »Fuck«, stieß er hervor. »Wir sollten zu mir, bevor ich mitten auf der Straße über dich herfalle.«

Das Blut rauschte so laut in meinen Ohren, dass ich ihn nur gedämpft verstehen konnte. »Gleich«, murmelte ich. Ich wollte dasselbe wie er, gleichzeitig war ich noch nicht bereit, ihn aus meinen Armen zu entlassen. Ich küsste ihn erneut und genoss das Gefühl seiner weichen, vollen Lippen, die sich im Einklang mit meinen bewegten. David stieß ein zufriedenes Seufzen aus, welches das Feuer in mir weiter entfachte und mich von innen wärmte. Ich fühlte eine Geborgenheit in mir, von der ich nicht gewusst hatte, dass sie existierte. Ich wollte nie wieder aus diesem Kuss auftauchen und doch endete er viel zu abrupt.

In der einen Sekunde war ich noch mit David verschlungen gewesen, in der nächsten spürte ich nur noch die kühle Nachtluft an meinem Oberkörper. Ein dumpfer Knall ertönte, gefolgt von einem erstickten Schrei. Was ging hier vor sich?

Meine Augen öffneten sich nur langsam, weil mein Verstand noch immer von Lust benebelt war und sich die Geräusche nicht erklären konnte. Doch als ich das Geschehen vor mir erfasste, war ich mit einem Schlag hellwach. Ein Typ stand vor mir, den ich nie zuvor gesehen hatte. Sein Gesicht war zu einer Fratze verzerrt und die linke Faust war zum Schlag gehoben. Ich sah sie bereits auf mich zu sausen und konnte erst in letzter Sekunde den Kopf zur Seite reißen, sodass sie anstatt meines Gesichts die Hauswand traf.

Der Typ fluchte laut und wandte sich mir erneut zu. »Du Wichser«, spie er mir entgegen. »Dich mache ich fertig, du dumme Schwuchtel.« Ohne Vorwarnung stürzte er sich erneut auf mich. Mit links deutete er einen Schlag an, dem ich gekonnt auswich, nur um von seinem rechten Haken an der Schläfe getroffen zu werden. Der Kontakt rüttelte meine Gehirnzellen ordentlich durch, doch mir blieb keine Zeit, mich um den aufkommenden Schwindel zu kümmern, da mein Angreifer einen erneuten Vorstoß wagte. Diesmal durchschaute ich sein Manöver. Ich konnte seinen Schlag mit rechts abwehren und boxte ihm mit links in den Bauch.

Stöhnend krümmte der Kerl sich vor und hielt eine Hand vor die schmerzende Stelle. Ich ließ ihm keine Zeit zum Luftholen, sondern rammte ihm mein Knie mit voller Wucht ins Gesicht. Ein Knacken war zu hören und gleich darauf jaulte er auf. Seine Hände flogen zu seiner Nase, doch auch das vermochte den Blutfluss nicht zu stoppen.

Ich wollte mich bereits abwenden, um nach David zu sehen, da richtete der Kerl sich wieder auf. Er wischte sich mit dem Ärmel über das Gesicht, was nur zur Folge hatte, dass er das Blut weiter verschmierte. Seine Augen loderten voller Hass, als er ein weiteres Mal auf mich losging. Wie konnte es sein, dass ich ihn mit meinem Tritt nicht ausgeknockt hatte? Oder ihm wenigstens begreiflich gemacht hatte, dass ich kein einfach zu überwindender Gegner war? Zwar hatte ich nicht viele Erfahrungen mit Schlägereien, aber für eine dreckige Straßenprügelei reichte es durchaus aus.

Im Augenwinkel sah ich, wie David mit einem weiteren Angreifer kämpfte und von diesem zu Boden gerungen wurde. Mein Herz setzte für einen Moment aus, bis er sich wieder bewegte. Ich wollte zu ihm eilen, um ihm zu helfen, als mich ein Faustschlag mitten ins Gesicht traf. Schmerz explodierte in meiner Wange und ich taumelte einige Schritte zurück. Ich fühlte mich benommen und ein Piepsen in meinem Ohr setzte ein, doch ich konnte mich davon jetzt nicht beeinflussen lassen. Sonst würde mein Angreifer nur noch mehr Oberwasser gewinnen.

Ich schüttelte meinen Kopf, um den Schwindel loszuwerden, und wandte mich dem Typen erneut zu. Mit geballten Fäusten stand er vor mir, ein siegessicheres Grinsen auf den Lippen, das ihn aufgrund des Blutes in seinem Gesicht ein wenig wie Pennywise wirken ließ.

Ich dachte gar nicht über mein Handeln nach, sondern stürzte mich auf ihn. Meinen ersten Schlag konnte er parieren, doch der zweite traf ihn mit voller Wucht an der Schläfe. Er taumelte leicht, doch diesmal ließ ich mich davon nicht beeinflussen. Ich hatte schon mal gedacht, ihn besiegt zu haben und wurde eines Besseren belehrt. Ich packte ihn am Kragen und verpasste ihm einen rechten Haken, der seinen Kopf nach hinten fliegen ließ. Er versuchte sich zu fangen, stolperte über seine eigenen Füße und knallte mit dem Hinterkopf voran gegen die Hausmauer. Wie ein nasser Sack rutschte er an dieser zu Boden. Stöhnend versuchte er sich aufzurichten, erachtete es dann wohl für sinnlos und sackte in sich zusammen.

Keuchend stützte ich mich auf meinen Knien ab. Dieser Kampf hatte weniger als eine Minute gedauert, aber ich fühlte mich, als hätte ich zwölf Runden im Ring durchgestanden. Ich bekam kaum genügend Luft in meine Lunge und Seitenstiche attackierten mich.

Ein dumpfes »Uff« lenkte meine Aufmerksamkeit jedoch sofort zurück auf David. Ich drehte mich um und entdeckte ihn einige Meter weiter. Er stand wieder auf den Beinen und verpasste seinem Angreifer gerade einen Schlag, dem dieser gekonnt auswich. Ich eilte auf die beiden zu und stieß den Typen mit einem Bodycheck weg, der ihn durch die Luft segeln ließ. Er fiel seitlich zu Boden, richtete sich aber umgehend wieder auf. Nur dass er diesmal nicht einen, sondern zwei Gegner vor sich stehen hatte. Abschätzend blickte er von David zu mir und wieder zurück. Vermutlich überlegte er, ob er es mit uns beiden gleichzeitig aufnehmen konnte.

»Verpiss dich«, rief ich ihm zu. »Oder es ergeht dir so wie deinem Freund.« Ich reckte den Daumen über die Schulter in die Richtung, wo sein Kumpel hoffentlich noch auf dem Boden lag. Er folgte der Richtung, ehe er sich mit verkniffenen Augen wieder uns zuwandte. Er zögerte einen weiteren Moment, ehe er im großen Bogen um uns herumging. »Das werdet ihr bereuen, ihr Pussies.«

Ich sah ihm hinterher, wie er zu seinem Freund ging und ihm auf die

Beine half. *Selber Pussy*, dachte ich mir, sprach es aber nicht aus, weil ich mich nicht auf sein Niveau begeben wollte.

»Alles okay?«, fragte ich David und ging auf ihn zu. Er hatte sich von mir abgewandt und hielt sich eine Hand auf das Gesicht.

»Fass mich nicht an«, herrschte er mich an, als ich gerade seine Schulter berühren wollte.

Erschrocken ließ ich meinen Arm sinken. »David, ich bin es nur. Die Arschlöcher sind weg.«

David schüttelte unentwegt den Kopf, als würde er mich gar nicht richtig wahrnehmen. Er richtete sich auf und nahm die Hand vom Gesicht, sah mich dabei aber weiterhin nicht an. »Lass mich einfach in Ruhe. Bitte.« Dann entfernte er sich schnellen Schrittes von mir. Perplex und verletzt sah ich ihm hinterher. Was war jetzt geschehen?

Kapitel 21

David

Mein Gesicht erblühte in allen Farben des Regenbogens. Um mein Auge hatte sich ein dunkelviolettes Veilchen gebildet, meine Unterlippe war aufgeplatzt und rot geschwollen und meine rechte Wange zierte ein blau-schwarzer Bluterguss. Zudem war ich blasser als gewöhnlich und dunkle Schatten lagen unter meinen Augen, weil ich die letzte Nacht praktisch keinen Schlaf gefunden hatte. Ich würde mich fragen, wie ich auf diese Weise morgen an die TU gehen sollte, wenn ich nicht längst beschlossen hätte, die nächste Woche zu Hause zu bleiben. Mindestens.

Das Zusammentreffen mit den Schlägern gestern hatte mich mehr getroffen, als ich zugeben wollte. Meine Hände begannen noch immer zu zittern, wenn ich daran zurückdachte. Nie zuvor hatte ich einen derartigen Hass aus dem Nichts heraus erfahren. Natürlich hatte auch ich mir schon mal abfällige Bemerkungen anhören müssen. Aber das? Sie hatten uns angegriffen, weil wir uns auf offener Straße geküsst hatten. Wäre Keiran eine Frau, hätten sie uns überhaupt keine Beachtung geschenkt – oder schlimmstenfalls anzüglich gerufen, wir sollten uns ein Zimmer nehmen. Doch wir waren nun mal zwei Männer und das allein hatte uns in diese Lage gebracht.

Ich drückte mit dem Finger auf dem Veilchen unter meinem Auge herum. Jep, tat immer noch weh.

Die Schmerzen waren jedoch nicht das Schlimmste. Viel schlimmer war meine Angst, dass so etwas noch mal passieren könnte. Sie lähmte mich und hinderte mich daran, überhaupt noch einen Fuß vor die Tür zu setzen. Mein Herz begann von einer auf die andere Sekunde zu rasen und in ein unregelmäßiges Pochen zu verfallen, ohne Vorwarnung bekam ich Schweißausbrüche oder der Atem blieb mir weg. Ich wusste genau, was das zu bedeuten hatte, denn ich hatte es schon einmal erlebt.

Damals, als mir klar geworden war, dass ich niemals auf Frauen stehen würde und ich unheimliche Angst davor hatte, unfreiwillig geoutet zu werden. Auch da war ich von diesen Ängsten und den Reaktionen meines Körpers darauf heimgesucht worden. Ich hatte nie jemandem davon erzählt und wusste bis heute nicht, wie ich es geschafft hatte, dass niemand es bemerkt hatte. Wenn es während der Schulzeit passiert war, hatte ich mich auf der Toilette versteckt und war erst wieder hervorgekommen, wenn sich mein Körper beruhigt hatte. Julian hatte sich zwar gewundert, warum ich öfter als gewöhnlich das Klo aufsuchte, sonst war aber niemandem etwas aufgefallen.

Wobei das nicht ganz stimmte. Eine Person hatte ich nicht täuschen können. Mein Bruder Andrew hatte mich durchschaut. Ihm hatte ich nichts vormachen können, dafür kannte er mich zu gut. Er war es auch gewesen, der mir durch diese schwere Zeit geholfen hatte. Er war immer für mich dagewesen, hatte mir Mut gemacht und mir beigestanden, als ich mich endlich getraut hatte, meinen Freunden die Wahrheit zu erzählen. Zudem war ich mir sicher, dass Andrew der Grund war, warum mich auf der Highschool niemand wegen meiner Sexualität fertiggemacht hatte. Als Star der Footballmannschaft hatte er sich beschützend vor mich gestellt und lautstark verkündet, dass jeder, der auch nur ein böses Wort gegen mich fallenlassen würde, es mit ihm zu tun bekäme.

Denn etwas wie gestern hatte ich nie zuvor erlebt. Vielleicht war es naiv von mir, so zu denken, aber ich hatte mich immer sicher gefühlt. Zwar hatte es auch zuvor Leute gegeben, die nichts mit mir zu tun haben wollten, weil ich schwul war, aber keiner von ihnen war mir mit dieser Art von Hass begegnet. Sie hatten sich mir gegenüber zivilisiert verhalten, höchstens mal einen abfälligen Kommentar in meine Richtung abgegeben, sodass es mich nicht gestört hatte.

Was sollte ich jetzt bloß tun? Ich konnte mich nicht für den Rest des Lebens in meinem WG-Zimmer verkriechen, aber sobald ich nur daran dachte, einen Schritt vor die Tür zu setzen, kroch nackte Panik meinen Nacken hinauf.

Das Klingeln meines Handys riss mich aus meinen Überlegungen. Auch ohne hinzusehen, wusste ich sofort, wer es war. Keiran. Nachdem ich ihn gestern einfach stehengelassen hatte, versuchte er mich stündlich anzurufen. Doch ich ging nie ran. Ich wusste nicht, was ich zu ihm sagen sollte. Es war genau das passiert, wovor er sich immer gefürchtet hatte. In gewisser Weise fühlte ich mich sogar dafür verantwortlich. Ich hatte ihn seit Jahren dazu gedrängt, endlich in der Öffentlichkeit zu mir zu stehen. Auch wenn er unermüdlich betonte, dass er es vor allem machte, um sich selbst nicht mehr zu verleugnen, wusste ich genau, dass ich diesen Stein überhaupt erst ins Rollen gebracht hatte. Ohne mein Vorpreschen könnten wir noch immer glücklich im Verborgenen sein.

Ob er jetzt sauer auf mich war und sich wünschte, er hätte sich nie auf meine Bedürfnisse eingelassen?

Ich könnte es ihm nicht einmal verdenken. Der größte Witz an der ganzen Sache war jedoch, dass ausgerechnet ich jetzt derjenige war, der sich verkroch. Ich, der seit Jahren jedem predigte, wie wichtig es war, das Leben nach seinen eigenen Träumen zu gestalten und sich dabei bloß nicht von anderen hineinreden zu lassen. Ausgerechnet ich zog jetzt den Schwanz ein, weil ich in eine Schlägerei geraten war. Ehrlich, wenn es nicht so traurig wäre, würde ich mich selbst auslachen.

Zwei Tage später hatte ich mich noch immer nicht nach draußen gewagt. Mein Handy hatte ich mittlerweile ausgeschaltet, da nicht nur Keiran, sondern auch meine anderen Freunde unentwegt versuchten, mich zu erreichen. Ich hatte nicht einen Anruf angenommen, weil ich nicht über das reden wollte, was geschehen war. Vor allem wollte ich ihnen nicht von meinen Ängsten erzählen, denn so ungern ich es zugab, es war mir unangenehm. Es ließ mich schwach und verweichlicht wirken, wo ich doch immer stark erscheinen wollte. Ich verfluchte meinen Körper dafür, dass er mich im Stich ließ, wo ich gerade jetzt seine Unterstützung am dringendsten gebraucht hätte.

Aus lauter Verzweiflung hatte ich am Sonntag angefangen *The Blacklist* zu schauen und war mittlerweile bei Staffel drei angelangt. Die Serie um Red, Elizabeth und Ressler hatte mich derart in ihren Bann gezogen, dass ich vor Schreck fast von der Couch fiel, als es an meiner Tür klopfte. Nachdem ich mich vom ersten Schreck erholt hatte, machte ich mich auf der Couch möglichst klein. Totstellen, wenn ich niemanden sehen wollte, war eine meiner Spezialitäten.

Erneutes Klopfen an der Tür. »David, mach die Tür auf«, erklang Julians gedämpfte Stimme von draußen.

Innerlich stöhnte ich auf. Was wollte er hier?

»Ich weiß genau, dass du da bist, ich kann den Fernseher hören.«

Shit. Warum hatte ich daran nicht früher gedacht? Kurz überlegte ich, ob ich den Ton leiser stellen sollte, doch dann würde Julian vermutlich die Tür eintreten. Wenn ich mich daher weiter ruhig verhielt, würde er vielleicht denken, dass ich schlief und von alleine wieder abziehen.

»Okay, du hast es nicht anders gewollt.« Ich hörte Resignation in Julians Stimme und kurz darauf, wie ein Schlüssel ins Schloss gesteckt wurde. Was zur Hölle? In der nächsten Sekunde war ich aufgesprungen. Warum wusste ich selber nicht. Um mich von innen gegen die Tür zu schmeißen vielleicht?

Doch kaum war ich auf den Beinen, schwang die Tür auf und mein bester Freund trat ein. Als er mich erblickte, blieb er abrupt stehen. Sein Blick wanderte über meinen Körper und eine Falte bildete sich zwischen seinen Augenbrauen. »Du siehst genauso beschissen aus wie Keiran«, sagte er anstelle einer Begrüßung.

»Was machst du hier?«, wollte ich wissen, ohne auf seine Bemerkung einzugehen, auch wenn mir tausend Fragen durch den Kopf gingen, die ich mir zwar nicht zum ersten Mal stellte, die aber wieder in den Vordergrund traten, weil Julian das Thema angesprochen hatte. War Keiran auch so zugerichtet wie ich oder meinte Julian etwas anderes? Wie ging es Keiran? Wie hatte er den Vorfall verkraftet? Und über was hatte er mit Julian geredet?

»Ich wollte nach dir sehen, weil du seit Tagen nicht an dein Handy gehst. Wir haben uns Sorgen gemacht.« Julian ließ die Tür hinter sich ins Schloss fallen und schob den Schlüssel in seine Hosentasche.

»Es geht mir nicht gut. Ich glaube, ich werde krank.« Die Lüge kam mir erschreckend leicht über die Lippen.

Julian verdrehte die Augen. »Keiran hat uns erzählt, was Samstag vorgefallen ist.«

»Er hat was?«, entwich es mir vorwurfsvoller als geplant.

Julian hob die Schultern. »Er hat sich Sorgen gemacht, weil du Samstag einfach abgehauen bist, er dich seitdem nicht mehr erreichen konnte und du auch nicht am College warst.« Julian ließ seinen Rucksack von der Schulter gleiten. »Willst du mir nicht sagen, was *wirklich* los ist? Ich habe auch eine Flasche von deinem Lieblingssekt mitgebracht.« Er zog besagte Flasche aus der Tasche.

Meine Augen weiteten sich. »Seit wann weißt du, welchen Sekt ich bevorzuge?« Julian konnte außer Biersorten keinen Alkohol unterscheiden und das obwohl er in einer Bar arbeitete.

»Emma hat es mir verraten. Also, was sagst du?«

Nein, nein, nein.

Dieses Wort hallte laut in Endlosschleife durch meine Gedanken. Ich wollte mit niemandem darüber reden, Julian bildete da keine Ausnahme. Aber es schien, als bliebe mir keine andere Wahl. Ich konnte mich schließlich nicht ewig hier verstecken und meinen Freunden aus dem Weg gehen.

Julian öffnete den Sekt, während ich zwei Gläser aus dem Schrank holte, ehe wir uns nebeneinander auf die Couch setzten. »Also was ist jetzt?«, fragte Julian, nachdem er uns eingeschenkt hatte.

Ich betrachtete die blubbernde Flüssigkeit in meinem Glas und schüttelte leicht den Kopf. »Ich … ich weiß auch nicht. Der Vorfall hat mich echt schockiert, weißt du? In der einen Sekunde küsse ich Keiran und, zack, in der nächsten liege ich auf dem Boden und jemand hat auf mich eingeschlagen. Das ging alles so schnell ... und ich wusste zuerst überhaupt nicht, was los ist. Und jetzt habe ich Angst, dass es wieder passieren könnte. Dass an jeder Ecke jemand stehen könnte, der mich überfällt.« Stockend beende ich meinen Erklärungsversuch.

Julian nickte. »Kann ich nachvollziehen.«

Mit dieser Antwort hatte ich nicht gerechnet. Julian war kein bösartiger Mensch, mir war klar gewesen, dass er sich deswegen nicht über mich lustig machen würde. Aber mehr Skepsis hatte ich dennoch erwartet. *Stellst du wegen einem Vorfall jetzt alles infrage? Dir hätte doch klar sein müssen, dass so etwas passieren kann.* So was in der Art.

»Ist es auch normal, dass ich jetzt Angst habe, vor die Tür zu gehen?« Ich konnte die Bitterkeit nicht aus meiner Stimme raushalten. Ich hatte mich immer für stark gehalten, doch mittlerweile fragte ich mich, ob ich mir meine Stärke nicht bloß eingebildet hatte.

Julians Blick lag auf mir. Voller Verständnis, Mitgefühl und völlig urteilsfrei. »Natürlich ist es das. Aber je länger du dich verkriechst, desto größer und unüberwindbarer wird die Hürde. Du hast einen furchtbaren Moment erlebt. Jeder hätte danach Angst, dass sich das wiederholen könnte. Ich kann verstehen, dass du solchen Situationen von nun an aus dem Weg gehen willst, aber du kannst dich nicht für den Rest des Lebens hier verkriechen.«

Das wusste ich. Ich hatte nur gehofft, dass die Panik nachlassen würde, wenn ich ein wenig Abstand zu dem Vorfall bekam. Doch das war nicht passiert. Nicht einmal ansatzweise. Hatte ich einfach den falschen Weg gewählt? Ich trank einen Schluck Sekt und sah zu meinem besten Freund auf. »Was schlägst du vor?«

Julian grinste. »Lass uns vor die Tür gehen.«

Sofort schoss mein Puls in die Höhe und ich spürte, wie sich alles in mir dagegen sträubte. Ich schüttelte den Kopf und presste das Sektglas wie ein Schutzschild vor meine Brust. Wer wusste schon, was mich da draußen erwarten würde? Vielleicht warteten die Schläger vor meiner Tür auf mich, um zu Ende zu bringen, was sie begonnen hatten. Oder der dritte Weltkrieg war ausgebrochen. Oder die Zombie-Apokalypse.

Okay, jetzt wurde es eindeutig lächerlich.

Julians Hand landete auf meinem Arm. Wie ein beruhigendes Gewicht, das mir einen Teil meiner Ängste nahm. »Ich verspreche dir, dass nichts passieren wird und ich die ganze Zeit bei dir bleiben werde«, sagte er, als hätte er meine Gedanken gelesen.

Das klang alles total logisch, doch ein Teil von mir sträubte sich noch immer. »Und du meinst wirklich, mit einem Spaziergang verschwindet die Angst so einfach?«

Julians Mundwinkel zuckte, als hätte er mit dieser Antwort gerechnet. »Vielleicht nicht sofort, aber nach und nach. Wenn du es nicht wenigstens ausprobierst, wirst du es natürlich nie erfahren.«

Eine halbe Stunde später war ich geduscht, angezogen und bereit, vor die Tür zu gehen. Oder eher nicht. Eigentlich hätte ich mich viel lieber unter der Decke verkrochen, aber das würde Julian nie zulassen. Und er hatte Recht. Ich musste mich meinen Ängsten stellen, damit sie nicht die Oberhand gewinnen konnten. Ich hatte ihnen in den letzten Tagen ohnehin zu viel Macht eingeräumt, es war an der Zeit, dass ich etwas änderte. Daher folgte ich Julian in den Flur, die Treppe ins Erdgeschoss hinunter und durch die breiten Flügeltüren hinaus ins Freie. Meine zitternden Hände schob ich in die Hosentaschen, damit sie niemand bemerkte, und mein rasendes Herz versuchte ich mit gleichmäßigen Atemzügen zu beruhigen.

»Erzähl mir was«, forderte ich Julian auf, als das nicht funktionierte.

»Was willst du wissen?«

»Irgendwas.« Hauptsache, es lenkte mich ab.

Julian dachte kurz nach und lachte dann. »Das wird dir gefallen. Jaxon hat Spencer ein neues Spielzeug gekauft. Einen Plastikball, in dem innen drin Glöckchen sind, die beim Rollen laut klingeln. Gerade wegen den Geräuschen ist Spencer total verrückt nach dem Ding und treibt Emma und Lucy damit in den Wahnsinn.«

Ich musste schmunzeln. Spencer war der Hund von Lucy und Julian und der Grund, warum die beiden sich kennengelernt hatten. Julian hatte den ehemaligen Streuner versehentlich angefahren und ihn danach in die Tierklinik gebracht, in der Lucy arbeitete. »Habt ihr es euch eigentlich zur Aufgabe in der Hausgemeinschaft gemacht, euch gegenseitig zu übertreffen?« Bisher hatte ich gedacht, dass nur Julian und Jaxon in diesen *Sport* verwickelt waren, doch mittlerweile klang es, als hätten auch Emma und Lucy ihren Anteil daran.

»Quatsch. Natürlich nicht«, widersprach er sofort.

»Ach nein? Und was ist mit dem Ding, das Jaxon und du laufen habt? Bei dem ihr versucht den anderen auf die Palme zu bringen?«

»Daran ist Jaxon schuld. Er hat damit angefangen und ich kann das nicht einfach auf mir sitzen lassen.«

»Ist klar.« Ich glaubte ihm kein Wort. Julian hatte viel zu viel Spaß an der Sache. Ständig sprach er Ideen mit mir durch und fragte mich, ob ich glauben würde, dass etwas, was er sich überlegt hatte, Jaxon ärgern würde.

»Hey, auf welcher Seite stehst du eigentlich?«, protestierte Julian.

»Auf deiner. Ich wüsste nur gerne, wogegen ich auf deiner Seite stehen soll.«

»Hmm.« Julian betrachtete mich aus dem Augenwinkel, als wir die Straße überquerten und in den Campuspark einbogen. »Gegen Evil-Jaxon natürlich.«

»Evil-Jaxon?« Ich konnte das Lachen nicht mehr unterbinden. »Seid ihr jetzt unter die Antihelden gegangen?«

»Das nicht. Aber Jaxon führt unsere interne Liste noch immer an. Und das ärgert mich.«

Im Gehen stupste ich Julian leicht mit der Schulter an. »Wer bestimmt denn diese ominöse Liste?«

»Emma und Lucy vergeben Punkte für alles, was wir uns ausdenken, und bisher hat Jaxon fast immer mehr Punkte bekommen.« Entgeistert wandte er sich mir zu und hob die Arme. »Kannst du das glauben? Meine eigene Freundin vergibt Punkte gegen mich?«

»Ich bin mir sicher, sie wollte nur ehrlich sein, damit es nachher nicht heißt, sie würde dich bevorzugen«, entgegnete ich grinsend.

»Aber das sollte sie! Es steht in der Jobbeschreibung einer Freundin, dass sie parteiisch sein muss.« Schmollend schob Julian die Unterlippe vor und plötzlich wirkte er wieder wie der kleine Junge, dem Andrew früher gerne das Lieblingsspielzeug weggenommen hatte. Selbst zu zweit hatten wir nichts gegen ihn ausrichten können, weil er damals größer und stärker gewesen war.

Ich wusste nicht, wie lange wir durch den Park spaziert waren und herumgeblödelt hatten, als Julian stehenblieb und sich mir zuwandte. »Ist dir was aufgefallen?«, wollte er wissen.

Ich sah mich in der Nähe um, konnte aber nichts Ungewöhnliches entdecken. »Was meinst du?«

»Wir laufen seit einer Stunde durch den Park und du hast dir kein einziges Mal Sorgen gemacht, dass etwas passieren könnte, oder?«

Ich hielt inne. Sah mich erneut um. Er hatte vollkommen recht. Seit Julian mit seiner Story von Jaxon begonnen hatte, hatte ich nicht mehr über den Vorfall nachgedacht. Mein Herz raste schon lange nicht mehr und die Angst war nur noch eine dumpfe Erinnerung – die sich jetzt wieder meldete, als ich darüber nachdachte. Schnell schob ich meine Hände zurück in meine Hosentaschen.

Aber es bestätigte zumindest Julians Vermutung. Wenn ich die Angst bezwang, würde sie früher oder später ganz verschwinden.

In den nächsten Tagen kam Julian jeden Nachmittag vorbei, um mit mir vor die Tür zu gehen. Wir gingen in den Zoo, zum Shoppen in die Stadt und ins Kino. Jedes Mal wurde es einfacher, den ersten Schritt nach draußen zu setzen und unter Menschen zu gehen. Das Zittern war vollständig abgeklungen und das Herzrasen ließ immer mehr nach. Heute hatte ich es sogar geschafft, alleine zum Supermarkt zu gehen. Daher wollte ich Julian heute sagen, dass ich seine Hilfe nicht mehr benötigte.

Als es an der Tür klopfte und ich öffnete, riss ich erstaunt die Augen auf. Denn vor mir stand nicht Julian, sondern Michaela, die Freundin meines Mitbewohners. Ihre dunklen Haare waren zu einem Zopf gebunden und ihre Augen sahen mich vorsichtig an.

»Hey, Michaela. Mit dir habe ich jetzt nicht gerechnet.«

»Ich wollte mit dir reden und hab deswegen mit Julian getauscht. Ich hoffe, das ist okay?« Verlegen trat sie von einem Fuß auf den anderen und rieb ihre verknoteten Hände, als dachte sie wirklich, ich würde sie abweisen.

Ich stieß die Tür ganz auf, um sie einzulassen. »Aber sicher. Ich war nur überrascht, das ist alles. Komm rein.«

Ein diebisches Grinsen stahl sich auf ihr Gesicht. »Oh nein, mein Freund. Du kommst raus und wir gehen an die frische Luft.«

Also wussten sie alle, was Julian und ich die letzten Tage zusammen getrieben hatten. Großartig. Ein merkwürdiges Gefühl durchfuhr mich und es dauerte eine Weile, bis ich es als Scham identifizieren konnte. Es war mir unangenehm, dass meine Freunde über meine Probleme Bescheid wussten. Was, wenn sie mich jetzt für schwach hielten und für nicht in der Lage, mein Leben auf die Reihe zu bekommen? Was genau hatte Julian ihnen erzählt und wie hatten sie es aufgenommen? Hatten sie es untereinander ausdiskutiert?

Michaela griff nach meiner Hand und befreite sie sanft vom Türgriff. Ich hatte gar nicht bemerkt, wie sehr ich diesen umklammert hatte. »Hey, David. Du weißt, dass es nichts ist, was dir peinlich sein muss, oder?«, sagte sie sanft.

Abrupt hob ich den Kopf. Konnte sie jetzt auch noch Gedanken lesen?

Ein verständnisvolles Lächeln schlich sich auf ihre Lippen. »Julian und du habt nicht wirklich über den Vorfall geredet, oder?«

»Doch, klar. Ich hab ihm immerhin erzählt, was passiert ist.« In den letzten Tagen hatten wir das Thema allerdings nicht mehr angeschnitten, was mir ganz recht gewesen war.

Michaela verdrehte die Augen. »Typisch Männer. Komm mit, ich zeig dir jetzt, wie es richtig geht.«

Eine halbe Stunde später stiegen wir am Delaware River aus der U-Bahn. Wir gingen zur Waterfront, wo Michaela zielstrebig eine freie Parkbank ansteuerte. Sie setzte sich, schob ihre Sonnenbrille nach oben und hielt das Gesicht in die Sonne. Sie wirkte völlig im Reinen mit sich, ganz anders als die Michaela, die ich damals kennengelernt hatte. »Wie hast du das gemacht?«, platzte es aus mir heraus.

Michaela wandte den Kopf in meine Richtung und blinzelte mich gegen die Sonne an. »Was meinst du?«

»Wie hast du das alles hinter dir gelassen? Deine Vergangenheit, was dir passiert ist? Es macht den Anschein, als würde es dir keine Schwierigkeiten mehr bereiten.«

»Doch, das tut es manchmal noch. Die Tage werden weniger, aber so etwas kann man nicht von heute auf morgen abstellen. Man muss daran arbeiten und sich selbst immer wieder ins Gedächtnis rufen, dass man nicht schuld an dem ist, was einem passiert ist.«

»Das weiß ich doch«, sagte ich sofort.

Michaela zog eine Augenbraue hoch. »Aber *glaubst* du es auch? Oder denkst du nicht insgeheim, dass du dafür verantwortlich bist, dass ihr angegriffen wurdet? Wenn du Keiran nicht dazu gedrängt hättest, öffentlich zu dir zu stehen, hättet ihr euch nie auf offener Straße geküsst und die Typen hätten euch nicht verprügelt.«

Mit geweiteten Augen starrte ich Michaela an. Es war fast schon gruselig, wie sie mich durchschaute. War ich so leicht zu lesen oder hatte sie einfach eine derart gute Menschenkenntnis? Ich fühlte mich unter ihrem Blick beinahe entblößt und verspürte das Verlangen, die Arme vor der Brust zu kreuzen, um mich zu schützen.

Michaela seufzte und wandte den Blick von mir ab. Während sie auf den Delaware River sah, wirkte sie völlig in Gedanken versunken. »Als mein Stiefvater mich angerufen und mir gedroht hat, Marc oder seinem Sohn etwas anzutun, wenn ich die Anzeige gegen ihn nicht zurückziehe, ging es mir ganz genauso. Ich habe gedacht, dass ich dieses Unheil über sie gebracht hätte, dass es ihnen besser ginge, wenn sie mich gar nicht kennen würden. Deswegen bin ich abgehauen, um sie zu schützen. Es hat lange gedauert, bis ich verstanden habe, dass es genau der falsche Weg gewesen war.«

Ich konnte mich noch gut an die Zeit erinnern. Michaela war von einem auf den anderen Tag verschwunden. Zwar hatte sie Jaxon mitgeteilt, dass sie zu einer Schulung nach New York musste, aber weil sie für keinen mehr erreichbar war, hatten wir nicht gewusst, ob das stimmte. Ich wusste noch genau, wie viel Angst wir damals um sie gehabt hatten, weil wir nicht sicher waren, wo sie war und ob es ihr gut ging. Der Gedanke durchfuhr mich, ob Keiran sich genauso gefühlt hatte, nachdem ich ihn Samstag einfach stehengelassen hatte.

»Shit«, murmelte ich und rieb mir die Stirn. »Mir war bis gerade nicht bewusst, wie ähnlich sich unsere Fälle sind. Hast du auch so eine Angst gehabt, vor die Tür zu gehen?«

Michaela nickte und kaute auf ihrer Unterlippe herum. »Bevor ich die Wohnung verlassen habe, habe ich vom Küchenfenster aus die Straße gecheckt, um zu kontrollieren, ob unbekannte Personen oder Autos zu sehen sind. Anfangs habe ich mich ständig umgedreht, wenn ich Schritte hinter mir gehört habe. Ich habe Herzrasen bekommen, wenn jemand hinter mir hergelaufen ist. Aber mit jedem Mal, dass ich mich gezwungen habe, rauszugehen, sind diese Reaktionen meines Körpers weniger geworden.«

»So geht es mir auch. In den letzten Tagen haben die Ängste sukzessive nachgelassen. Rational weiß ich auch, dass so etwas nicht an jeder Straßenecke passiert, weil die meisten Leute kein Problem mit Schwulen haben. Aber ich weiß halt einfach nicht, wo die Arschlöcher sich rumtreiben und wo ich deswegen vorsichtiger sein muss.«

Michaela betrachtete mich nachdenklich. »Willst du denn vorsichtiger sein? Also dich in der Öffentlichkeit eher zurückhalten?«

Ich schüttelte den Kopf. Nickte. Und hob dann die Schultern. »Der Stolz in mir schreit gerade ganz laut Nein. Er will sich von niemandem dazu zwingen lassen, sich zu verstecken. Aber die Angst brüllt ein Ja dagegen. Sie will nie wieder in einer ähnlichen Situation landen. Wir wussten einfach gar nicht, wie uns geschah. In der einen Sekunde waren wir völlig alleine in der Straße, in der nächsten lag ich auf dem Boden und dieser Typ hat auf mich eingeprügelt.«

Michaelas Blick wanderte über mein Gesicht, über die grün-gelb-blauen Flecken, die langsam verblassten. »Er hat dich auch gut erwischt. So etwas steckt man nicht so einfach weg.«

Es beruhigte mich, dass sie das sagte. Insgeheim fragte ich mich die ganze Zeit schon, ob ich zu empfindlich reagierte. Da Keiran seit Montag wieder an der TU war, schien er diese Probleme nicht zu haben. Aber Keiran war schon immer gut darin gewesen, seine Gefühle zu unterdrücken. War das jetzt wieder geschehen? War er wieder in den Hetero-Modus verfallen und hatte verdrängt, dass er auch auf Männer stand, um sich mit seinen Ängsten nicht auseinandersetzen zu müssen? »Sieht Keiran genauso aus?«, fragte ich Michaela, in der Hoffnung, mit ihrer Hilfe etwas darüber herauszufinden.

»Ich hab ihn nicht gesehen«, sagte sie entschuldigend. »Marc hat mir nur davon erzählt und als ich gestern bei Lucy war, habe ich Julian gefragt, ob ich heute seine Runde mit dir übernehmen könnte, weil ich mit dir reden wollte.«

»Ah, okay.« Es schien, als blieb mir nur eine Möglichkeit, herauszufinden, wie es um Keiran stand. Ich musste mit ihm reden. Aber beim bloßen Gedanken daran zog sich mein Magen schmerzhaft zusammen und ein bleiernes Gefühl breitete sich in mir aus. Keiran hatte sich schon so oft von mir abgewandt, meistens wegen viel kleinerer Vorfälle, ich würde es nicht ertragen, wenn er es ein weiteres Mal tat.

»Sag mal, was ganz anderes«, riss Michaela mich aus meinen Gedanken. »Würdest du uns mal mitnehmen ins ICandy?«

Es dauerte einige Sekunden, bis ihre Worte zu mir durchgedrungen waren. »Ähm, klar. Aber was wollt ihr da?«, fragte ich vorsichtig. Ich konnte mir nicht erklären, warum meine Freunde in einen Gay-Club wollten.

Michaela grinste. »Als ich in New York war, waren wir in Hells Kitchen, was echt cool war. Daher habe ich mit den anderen gesprochen, die mir erzählt haben, dass du regelmäßig ins ICandy gehst. Es ist uns echt unangenehm, dass wir dich nie begleitet haben, immerhin ist es ein Teil von dir und wir würden einfach mal gerne mit dir gehen. Also … wenn du uns lässt.«

Ein warmes Gefühl durchflutete mich und das Herz ging mir auf. Ich hätte nie vermutet, dass meine Freunde Interesse daran hätten, mich in den Club zu begleiten, weshalb ich nie gefragt hatte. Ich konnte gar nicht in Worte fassen, wie viel es mir bedeutete, dass sie von sich aus gefragt hatten.

Ich zog Michaela in meine Arme und drückte ihr einen Kuss auf die Schläfe. »Ihr könnt mitkommen, wann immer ihr wollt.«

Kapitel 22

Keiran

Ich starrte auf mein Handy und versuchte es mit der Kraft meiner Gedanken dazu zu zwingen, endlich zu klingeln. Seit einer Woche zog ich dieses Spiel durch, bisher ohne Erfolg. Dabei war es nicht einmal so, dass sich niemand bei mir meldete, aber es war nie die Person, mit der ich sprechen wollte. Es war nie David.

Seit er letzten Samstag fluchtartig abgehauen war, hatte ich von ihm weder etwas gehört, noch ihn gesehen. Anfangs hatte ich versucht, ihn anzurufen, aber sein Handy war entweder ausgeschaltet gewesen oder er hatte mich weggedrückt. Ich verstand einfach nicht, was ich falsch gemacht hatte, dass er mich ignorierte. Deshalb war ich an der TU auch zu Julian gegangen, um ihn zu fragen, ob er wüsste, was mit David los war. Dachte David, es wäre meine Schuld, dass wir von den Schlägern angegriffen worden waren? Oder war ihm klar geworden, dass ich so viel Ärger einfach nicht wert war? War es Schicksal oder Karma, dass mir das Glück genau in der Sekunde wieder entrissen worden war, als ich gedacht hatte, es endlich festhalten und wertschätzen zu können?

Ich wusste es nicht und dass David mir sein Verhalten nicht wenigstens erklärte, trieb mich in den Wahnsinn. Seine Ablehnung hatte eine tiefe Wunde in meine Brust gerissen, genau an die Stelle, wo einmal mein Herz gesessen hatte. Der Schmerz war zu einem ständigen Begleiter geworden, den ich nur noch am Rande wahrnahm. Doch wann immer ich an David dachte oder mich etwas an ihn erinnerte, flammte der

Schmerz erneut auf wie am ersten Tag und schien alles andere zu überschatten.

Irgendwann hatte ich beschlossen, David in Ruhe zu lassen, bis er von selbst auf mich zukam. Ich wollte ihn nicht terrorisieren, sondern ihm die Zeit lassen, die er brauchte, um die Sache zu verarbeiten. Außerdem verbot mir mein Stolz, ihm weiter hinterherzulaufen. David hatte mich mit seinem Verhalten verletzt, mehr als die Schläger es getan hatten, und ich wollte darauf warten, dass er von sich aus auf mich zukam.

Der Teddy, den David mir auf der Kirmes geschenkt hatte, saß auf meinem Nachttisch und schien mich mit seiner Anwesenheit zu verhöhnen. Ich fragte mich nicht zum ersten Mal, warum er ihn für mich ausgewählt hatte. Oder warum er mich geküsst hatte. Für ein paar Sekunden hatte ich gedacht, endlich dort angekommen zu sein, wo ich hinwollte, nur um kurz darauf alles zu verlieren. War der Teddy das Einzige, was mir von David bleiben sollte?

Ein Poltern an meiner Tür ließ mich aufschrecken. Ich hatte mich kaum im Bett aufgesetzt, als sie aufgedrückt wurde und Tim den Kopf in mein Zimmer steckte. »Deine Schwester ist da.«

Was? Jetzt schon?

Ein Blick auf die Uhr ließ mich aufspringen. Eigentlich waren Rachelle und ich bereits vor zehn Minuten verabredet gewesen und ich lag noch in Gammelklamotten im Bett. Wo war nur der ganze Tag hin?

»Ich bin in fünf Minuten draußen«, rief ich Tim zu, während ich bereits wahllos irgendwelche Klamotten aus dem Schrank zog. Wie konnte ich derart die Zeit vergessen haben? Das war mir noch nie passiert.

Als ich mein Zimmer verließ, saßen Rachelle und Tim auf der Couch, beide eine Tasse Kaffee in der Hand. Meine Schwester stellte ihre zur Seite, sobald sie mich erblickte, und kam auf mich zu.

Sie sah unserer Mutter unheimlich ähnlich. Wenn man Fotos von Mom aus ihren Zwanzigern mit Rachelle verglich, waren sie fast identisch, einmal davon abgesehen, dass Chelles Hautton etwas heller war.

Ihr dichtes Haar war zu kleinen Zöpfen geflochten, die sie im Nacken zusammengebunden hatte. Ihre Lippen waren tiefrot geschminkt und ihre Augen dunkel umrahmt. Ein Strahlen lag darin, das ich schon lange nicht mehr bei ihr gesehen hatte.

»Bruderherz, wie hast du das nur geschafft?« Sie flog mir regelrecht in die Arme und klammerte sich an mir fest.

»Ich hab doch gar nichts gemacht«, wiegelte ich ab.

»Doch. Mom will mich sehen, ich kann es noch gar nicht glauben.«

»Sie hat Dad endlich durchschaut.« Ich hatte Rachelle bereits erzählt, was Mom auf seinem Computer gefunden hatte. Doch der Anruf, dass Mom Chelle sehen und sich bei ihr entschuldigen wollte, war auch für mich überraschend gekommen. Es schien, als hätte sie ihren Fehler endlich eingesehen. Noch mehr gewundert hatte mich jedoch, wie schnell meine Schwester einem Treffen zugestimmt hatte. Ich wusste nicht, ob ich an ihrer Stelle nach den vielen Jahren der Ablehnung so zügig zu einer Aussprache bereit gewesen wäre.

»Bist du denn gar nicht mehr sauer auf sie?«, fragte ich.

Rachelle blies angestrengt die Luft aus und hob die Schultern. »Natürlich bin ich noch wütend, dass sie mir nicht geglaubt und mich jahrelang ignoriert hat. Gleichzeitig bin ich unheimlich froh, dass sie die Kurve gekriegt hat und sich entschuldigen möchte. Das ist genau das, was ich mir immer gewünscht habe. Ich wäre doch bescheuert, das jetzt abzulehnen und weiter beleidigt zu spielen. Zwar werde ich ihr sagen, dass nicht sofort alles vergeben und vergessen ist, aber ich bin einfach so glücklich, dass meine Mama mich wiedersehen will.«

Ein Schluchzen entwich ihr bei den letzten Worten, das unterstrich, wie sehr diese ganze Sache sie mitgenommen hatte. Ich konnte sie verstehen, ich war mir sicher, dass es mir an ihrer Stelle genauso ergangen wäre. »Dann lass uns mal los.«

Wir verabschiedeten uns von Tim und verließen das Wohnheim. Ich führte Rachelle über den Campus, den sie von ihrer eigenen Studienzeit kannte. »Wie cool wäre es eigentlich gewesen, wenn wir zusammen hier studiert hätten?«, überlegte ich laut.

Rachelle grinste mich von der Seite an. »Deine Schuld, dass es nicht dazu gekommen ist. Was musstest du auch an die UCLA gehen, um ein Footballstar zu werden?« Rachelle hatte ihren Abschluss gemacht, kurz nachdem ich die erste Operation an meinem Knie gehabt hatte. Dass ich die Feier deswegen verpasst hatte, war das Schlimmste für mich gewesen.

»Ich frage mich mittlerweile, ob alles anders gekommen wäre, wenn ich gleich hiergeblieben wäre.« Ich hätte mit Cole bei den Temple Owls spielen können und mich nie von David trennen müssen. Ich hätte Rachelle nicht alleine gelassen. Vielleicht war die Verletzung die gerechte Strafe gewesen, weil ich so viel Unruhe gestiftet hatte. Aber damals hatte ich nur daran denken können, dass ich so weit weg wie möglich von zu Hause sein wollte, um endlich dem Einfluss meines Dads entkommen zu können. Mir war gar nicht in den Sinn gekommen, dass das auch hier möglich gewesen wäre, wenn ich endlich zu mir gestanden hätte.

»Mach das nicht«, sagte Rachelle und schüttelte den Kopf. »Du kannst die Zeit nicht zurückdrehen, daher ist es müßig, darüber nachzudenken, was geschehen wäre, wenn du etwas anders gemacht hättest. Sieh es lieber von der Seite: Vielleicht hast du die Erfahrungen gebraucht, um zu dem Menschen zu werden, der du heute bist.« Sie hatte recht, das wusste ich, trotzdem war es schwierig, diese Gedanken einfach abzustellen. Vor allem jetzt, wo die Sache mit David so gegen die Wand gefahren schien.

Wir erreichten den kleinen Park auf dem Campus, wo wir uns mit Mom treffen wollten. Ich hatte absichtlich einen neutralen Platz gewählt, an dem wir weitestgehend ungestört waren. Unter der Woche wimmelte es hier von Studenten, die ihre Vorlesungen schwänzten, aber am Wochenende war verhältnismäßig wenig los. Ich entdeckte Mom auf einer Bank, die im Schatten eines Baumes stand. Rachelle musste sie ebenfalls gesehen haben, denn sie blieb abrupt stehen und sog scharf die Luft ein.

Ich wandte mich ihr zu. »Alles okay?«

Rachelle nickte. Schüttelte den Kopf. »Ich muss mich kurz sammeln. Ich hätte nicht gedacht, dass ihr Anblick so viel in mir auslösen würde.« Sie schloss die Augen und nahm einige tiefe Atemzüge. Als sie sie wieder öffnete, lag ein Lächeln auf ihren Lippen. »Wir können weiter.«

Sobald wir uns in Bewegung setzten, entdeckte Mom uns. Sie drehte den Kopf in unsere Richtung, stand mit einem Ruck auf und presste die Hände vor den Mund. Ihre ganze Haltung drückte den Schmerz, aber auch die Hoffnung aus, die sie empfand. Mein Unterleib verkrampfte sich und es verschlug mir den Atem, obwohl es hier gar nicht um mich ging. Trotzdem lagen all meine Hoffnungen in diesem Treffen. Meine Familie war gespaltener denn je und ich wünschte mir, dass wenigstens Mom, Rachelle und ich ein gutes Verhältnis zueinander aufbauen konnten.

»Rachelle.« Moms Stimme war kaum mehr als ein Flüstern. Tränen glitzerten in ihren Augen und sie ließ langsam die Hände sinken.

»Hallo, Mom.« Rachelles Stimme zitterte und auch in ihrem Augenwinkel schimmerte es, doch sie trat einen festen Schritt auf Mom zu. Dann noch einen. Als sie direkt vor ihr angekommen war, hielt sie die Arme auseinander, um Mom den letzten Schritt machen zu lassen.

Mit einem Schluchzen ließ Mom sich in die angebotene Umarmung fallen und zog Rachelle fest an sich. Selbst von meiner Position aus war deutlich zu erkennen, wie sehr die beiden Frauen sich aneinander krallten. Leise Worte wurden gemurmelt, die ich nicht verstehen konnte, aber mein Gefühl sagte mir, dass es sich nur um Zuspruch oder Entschuldigungen handeln konnte. Die beiden versprühten eine Stimmung, die auch von mir Besitz ergriff. Sie wärmte mein Herz, ließ mich Geborgenheit empfinden und erweckte den Wunsch in mir, sie ebenfalls in meine Arme zu schließen.

Irgendwann lösten Mom und Rachelle sich voneinander. Mom zog ein Taschentuch aus ihrer Handtasche und wischte sich damit die Tränen vom Gesicht. Rachelle wirkte gefasster, doch auch sie tupfte mit dem Ärmel ihres Shirts ihre Augenwinkel ab.

»Wollen wir uns setzen?«, fragte Mom, nachdem sie tief durchgeatmet hatte.

Wir nahmen sie auf der Bank in die Mitte. Rachelle saß etwas weiter weg von Mom als ich, war ihr aber zugewandt. »Du hast dich wirklich von Dad getrennt?«, fragte Rachelle.

»Er hat mir keine andere Wahl gelassen«, erklärte Mom. »Ich habe noch versucht, vernünftig mit ihm zu reden und ihn davon abzubringen, Keiran öffentlich zu diskreditieren, aber er wollte sich nicht umstimmen lassen.« Mom griff nach Rachelles Hand. »Es tut mir so leid, dass ich dir nicht eher geglaubt habe. Hätte ich das damals schon gesehen, wäre es gar nicht so weit gekommen. Ich hätte zumindest in Betracht ziehen sollen, dass du die Wahrheit sagen könntest. Aber dein Dad war sehr geschickt darin, nicht nur euch, sondern auch mich zu manipulieren.«

Rachelle senkte den Blick und als sie wieder aufsah, glitzerten erneut Tränen in ihren Augen. »Es tut so gut, dich das sagen zu hören. Es hat mich sehr verletzt, dass du mich damals einfach so aufgegeben hast. Ich will ganz ehrlich sein. Es wird bestimmt noch eine Weile dauern, bis ich dir vergeben kann. Ich kann nicht einfach so tun, als hätte es die letzten vier Jahre nicht gegeben. Aber Dad hat dich genauso getäuscht wie uns und ich habe keine Lust mehr, wütend zu sein. Wenn es eine Chance für uns gibt, wieder ein vernünftiges Verhältnis zueinander aufzubauen und den Schmerz zu verarbeiten, den wir uns zugefügt haben, dann möchte ich diese ergreifen.«

Mom schluckte sichtlich. »Das ist alles, was ich möchte. Eine Chance, um dir zu zeigen, dass ich mein falsches Verhalten eingesehen habe. Ich möchte dich zurück in meinem Leben haben und werde alles dafür tun, damit du mir irgendwann verzeihen kannst.«

Rachelle lächelte leicht. »Okay. Und jetzt genug von diesem Thema, lasst uns über etwas Schöneres reden.« Das war typisch meine Schwester. Sie hielt nicht lange an negativen Gefühlen fest, sondern versuchte immer, nach vorne zu schauen. Sie hatte gesagt, was ihr wichtig war, aber sie war nicht nachtragend und hatte auch kein Problem damit, das zu zeigen.

»Erzähl mir von deinem Job, was machst du jetzt genau?«

Das brachte Rachelle endgültig zum Strahlen. Sie liebte ihren Job abgöttisch. »Ich bin Sozialarbeiterin in einer Einrichtung für Kinder aus sozial schwachen Familien. Wir betreuen die Kinder nach der Schule, machen Hausaufgaben mit ihnen und versuchen ihre Talente zu fördern, wenn wir welche erkennen. Sie bekommen bei uns Abendessen, weil die Eltern sich das oft nicht leisten können. Wir versuchen auch die Eltern zu unterstützen, wo es geht. Viele sind junge, alleinerziehende Mütter, die mit der Situation überfordert sind. Der Vater ist abgehauen, zahlt keinen Unterhalt und die meisten haben keinen vernünftigen Abschluss und bekommen dadurch keinen Job, der ihnen genug Geld bietet.«

»Das hört sich nach einem spannenden Job an, aber da siehst du bestimmt auch viel Leid, oder?«, fragte Mom.

Rachelle nickte. »Aber das lässt mich umso mehr schätzen, wie ich aufgewachsen bin. Dad hat uns zwar manipuliert, aber ich musste nie Angst haben, ob es für den nächsten Tag genug zu essen gibt oder ob die Heizung funktioniert und ich im Warmen schlafen kann. Viele Kinder haben dieses Glück nicht.«

Rachelles Worte lösten etwas in mir aus, das ich zuerst nicht benennen konnte. Ich hatte mir nie Gedanken darüber machen müssen, ob es genug zu essen geben würde. Es hatte immer reichlich gegeben, meistens sogar im Überfluss. Ich wusste zwar, dass viele dieses Glück nicht hatten, trotzdem war es eine Selbstverständlichkeit gewesen, der ich kaum Beachtung geschenkt hatte. Bis jetzt hatte ich nie wirklich für etwas kämpfen müssen, deswegen war es mir so schwer gefallen, den ersten Schritt zu machen und für mich einzustehen.

Doch es gab noch so viel mehr, das ich für mich verwirklichen wollte. Nicht nur wollte ich als die Person akzeptiert werden, die ich war. Ich wollte auch für David kämpfen und unsere Chance, zusammen glücklich zu werden. Genauso wie für mein Schreiben. In den letzten

Wochen war meine Geschichte in den Hintergrund getreten, weil mein Sozialleben meine volle Aufmerksamkeit beansprucht hatte, doch plötzlich juckte es mir in den Fingern, mich an meinen Laptop zu setzen und daran weiterzuarbeiten. Und während ich neben meiner Mom und Rachelle saß, tauchten meine Gedanken immer weiter in meine Romanidee ab.

»Hey, Keiran.«

Ich war gerade auf dem Weg zu meiner ersten Vorlesung, als eine entfernt bekannte Stimme mich aufblicken ließ. Zuerst konnte ich niemand Bekanntes entdecken, bis ich plötzlich Logan sah, der grinsend auf mich zukam.

Sofort verspannte sich alles in mir. Was wollte er von mir? Ausgerechnet er? Immerhin wusste ich immer noch nicht, wie er zu David stand. Wollte er etwas von ihm? Waren die beiden nur Freunde? Würde er mir jetzt sagen, ich sollte David endgültig in Ruhe lassen?

Wenn er nur ein Wort in die Richtung sagen würde, würde er mich kennenlernen. »Was willst du?«, fragte ich schärfer als beabsichtig.

Logan hob abwehrend die Hände. »Nur reden. Über David.« Die Art, wie er es sagte, beruhigte mich augenblicklich. Er klang nicht wie jemand, der gekommen war, um Streit mit mir zu beginnen, sondern eher, als verfolgten wir dasselbe Ziel.

Ich schob die Hände in die Hosentaschen. »Was gibt es?«

»Du solltest David nicht aufgeben.«

»Das tue ich doch gar nicht.« Der Protest kam mir schnell über die Lippen, gleichzeitig meldete sich mein schlechtes Gewissen. Denn insgeheim hatte ich genau das getan. Ich hatte den Glauben daran, dass David sich melden würde, längst aufgegeben.

Ein verständnisvoller Ausdruck legte sich in Logans Züge. Zuerst wusste ich nicht, was ich davon halten sollte. Logan und ich hatten uns nie wirklich unterhalten, bisher hatte ich uns sogar als Rivalen angesehen, doch jetzt fragte ich mich, ob ich die Situation nicht falsch eingeschätzt hatte.

»Du bist nicht schuld an dem, was passiert ist. Das weiß David auch. Der Vorfall hat ihn nur ziemlich aus der Bahn geworfen. Er selbst hätte vermutlich am wenigsten damit gerechnet, dass es ihn so sehr trifft.«

Ich verengte die Augen. »Woher weißt du davon?«

»David war gestern in der Galerie, weil er einen Termin mit Bryan hatte«, erklärte Logan. »Es hat mich einiges an Energie gekostet, bis er mir davon erzählt hat.«

»Warum hat er es mir nicht gesagt?« Es verletzte mich, dass David eher mit Logan als mit mir darüber sprach. Ich hätte Verständnis dafür gehabt, wenn er erst mal Zeit für sich brauchte.

Logan bekam einen ironischen Zug um den Mund. »Du kennst David vermutlich viel besser als ich und solltest daher wissen, dass er immer alles mit sich selbst ausmachen muss und vor allem vor niemandem Schwäche zeigen will. Er wusste einfach nicht, wie er damit umgehen soll.«

Ich nickte, denn das passte genau zu David.

»Außerdem hat er Angst, dass du dich deswegen wieder von ihm abwenden könntest. Das war genau so eine Situation, wegen der du dich immer versteckt hast. David denkt, dass es gar nicht so weit gekommen wäre, wenn er dich nicht dazu gedrängt hätte, öffentlich zu dir und auch zu ihm zu stehen. Dass es andernfalls gar nicht zu dem Kuss gekommen wäre.«

Ich schüttelte bereits den Kopf, bevor Logan überhaupt zu Ende gesprochen hatte. »Das ist Schwachsinn.« Ich hatte diesen Kuss genauso gewollt wie David und es war mir in diesem Moment egal gewesen, ob uns jemand dabei sah. Ich bereute keine Sekunde davon und selbst mit dem Wissen, wie es zuletzt ausgegangen war, würde ich es noch mal genauso machen.

»Das dachte ich mir, sonst wäre ich nicht zu dir gekommen. Jetzt musst du es nur noch David begreifbar machen.« Logan zwinkerte mir zu und wandte sich zum Gehen ab.

Blitzschnell griff ich nach seinem Arm und hielt ihn auf. »Warte mal, wie soll ich das machen? Ich habe mehrfach versucht, ihn anzurufen, aber er will nicht mit mir reden.«

»Du musst größer denken. Sag es ihm auf eine Weise, die keinen Zweifel mehr daran lässt, dass du es ehrlich meinst. Dir fällt sicher etwas ein.« Logan klopfte mir auf die Schulter und entfernte sich von mir.

Während ich ihm hinterhersah, formte sich eine Idee in meinem Kopf. Sie auszuführen wäre beängstigend und aufregend zugleich für mich. Aber sie würde David mehr als alles andere zeigen, wie ernst es mir war, und keinen Zweifel mehr daran lassen, dass ich jemals plante, mich zurück in mein Schneckenhaus zu verkriechen.

Kapitel 23

David

»Wir müssen unsere Pläne fürs Wochenende umschmeißen.« Emma kam in den Raum gestürmt und warf ihre Tasche auf den Tisch.

»Hm?« Ich versuchte gerade zwei Metallstäbe zusammenzulöten und hörte ihr nicht wirklich zu. Nachdem ich fast zwei Wochen nicht in die Werkstatt gekommen war, hatte mich heute endlich wieder ein Kreativitätsschub erfasst und ich hatte bereits die letzten Vorlesungen geschwänzt, um mich an meiner Arbeit austoben zu können. Ich wollte Robert nächste Woche eine erste Skulptur zusenden, doch dazu müsste ich sie erst einmal fertigstellen.

Neben mir klatschte es und ich zuckte erschrocken zusammen. Emma hatte einen Flyer neben mir auf den Tisch geknallt. »Was ist das?« Ich schob das Visier des Gesichtsschutzes nach oben, um ihn in Augenschein nehmen zu können. Es war ein Aufruf der Temple Owls, zu ihrem letzten Spiel der Saison zu kommen, das am Samstag stattfand. Da die Footballmannschaft der TU bereits vor Wochen aus den Playoffs ausgeschieden war, würde es nur ein Freundschaftsspiel sein, aber der Flyer versprach trotzdem einen spektakulären Abend mit einer großen Show.

»Was sollen wir da? Wir gehen doch sonst auch nicht zu den Spielen.« Emma mochte Football nicht einmal besonders, daher wunderte es mich, dass sie deswegen unseren Netflix-Abend verschieben wollte.

»Es ist Coles letztes Spiel«, erklärte sie. »Brittany und er waren gestern bei uns und haben uns eingebläut, dass wir alle kommen müssten.

Cole will dort irgendetwas bekanntgeben und hat sich sehr geheimniskrämerisch deswegen verhalten. Keine Ahnung, was es sein soll, aber so wie er sich verhalten hat, wäre er sicher sauer, wenn wir nicht geschlossen erscheinen.«

Ich hatte völlig vergessen, dass Cole in seinem letzten Jahr war und in zwei Wochen seinen Abschluss in der Tasche haben würde. Er und Jaxon waren die Ersten, die ihr Studium in diesem Sommer beenden würden, und es war mir fast schon unangenehm, dass ich sie nicht gefragt hatte, wie es bei ihnen weitergehen würde, weil ich in letzter Zeit zu viel mit meinen eigenen Problemen zu tun hatte.

»Vielleicht will er dort verkünden, dass ein NFL-Team ihn unter Vertrag genommen hat?« Cole lebte für den Sport, hatte sein Studium immer nur als Sprungbrett gesehen, um nebenbei entdeckt zu werden. Ich würde es ihm wünschen, wenn sein Traum in Erfüllung ging.

Emma hob die Schultern. »Ich weiß es nicht, aber er wird auf jeden Fall offiziell verabschiedet, daher denke ich, wir sollten uns das nicht entgehen lassen. Wir können den geplanten Netflix-Marathon ja auf Sonntag verschieben.«

»Okay«, stimmte ich zu und beugte mich wieder über meine Arbeit. Ich war noch nicht komplett zufrieden damit. Die Stäbe befanden sich noch nicht in dem Winkel, den ich mir vorgestellt hatte, daher würde ich die Verbindung lösen und von vorne beginnen müssen.

»Wie kommst du voran?« Emma deutete auf den unfertigen Haufen.

»Schleppend«, seufzte ich. »In meinem Kopf hat es besser ausgesehen.«

Emma schnaubte. »Tut es das nicht immer? Wenn ich so malen könnte, wie mein Kopf es sich vorstellt, wäre ich schon längst reich und berühmt.«

»Ach komm, du bist doch wirklich gut. Immerhin hast du mittlerweile schon zwei Aufträge von Galeristen an Land gezogen«, erinnerte ich sie. Erst letzte Woche hatte sich ein zweiter gemeldet und Interesse an ihrer Arbeit bekundet. Emma hatte völlig aufgekratzt vor meiner Tür gestanden, um es mir zu erzählen.

»Das bestreite ich auch gar nicht. Aber auch ich habe das Gefühl, als würden die Vorstellungen in meinem Kopf von dem abweichen, was ich letztendlich auf der Staffelei zustande bringe.«

»Wir müssen einfach weiter an uns arbeiten, dann wird sich diese Kluft sicher irgendwann schließen.«

Emma grinste und krempelte die Ärmel hoch. »Deswegen sind wir ja hier.«

»Sind hier immer so viele Leute?«, fragte ich und sah mich um. Es schien, als wäre die ganze TU zum letzten Saisonspiel der Temple Owls erschienen. Das Stadion war gerammelt voll, dabei dauerte es noch eine halbe Stunde bis zum Anpfiff.

»Normalerweise nicht.« Jaxon schüttelte den Kopf und verglich die Nummern auf den Plastiksitzen mit denen auf unseren Eintrittskarten. »Ah, hier ist es.«

Emma ging an ihm vorbei zu ihrem Platz. »Ich glaube, Cole hat alle, die er kennt, dazu genötigt, heute zu kommen. Ich bin wirklich gespannt, was er verkünden wird.«

Julian biss von seinem Hotdog ab. »Wenigstens haben wir vernünftige Plätze«, nuschelte er mit vollem Mund.

»Die wir Cole zu verdanken haben«, erinnerte ich ihn. Wir saßen mittig in der fünften Reihe, von wo aus wir einen guten Blick auf die Bühne hatten, die auf dem Spielfeld aufgebaut war. Was auch immer Cole verkünden würde, wir würden es nicht verpassen können.

Der Gedanke, ob Keiran heute wohl auch hier war, traf mich völlig unvorbereitet. In der letzten Woche hatte ich versucht, möglichst nicht an ihn zu denken, was mir überhaupt nicht gelungen war. Immer wieder drängte er sich in meinen Kopf, meistens dann, wenn ich nicht damit rechnete. Er fehlte mir mehr als ich zugeben wollte, aber ich wusste einfach nicht, was ich zu ihm sagen sollte, weshalb ich mich noch nicht bei ihm gemeldet hatte. Die Hoffnung, dass er sich von sich aus melden würde, hatte ich mittlerweile aufgegeben. Trotzdem ließ ich meinen Blick über die Ränge gleiten, um ihn vielleicht irgendwo zu entdecken.

Aber es waren so viele Menschen hier, dass es praktisch unmöglich war, ihn zu finden.

Julian stieß mich mit dem Ellbogen in die Seite. »Schau mal da«, raunte er mir zu.

Mein Blick folgte der Richtung, in die er deutete, und ich entdeckte Cole und Mason. Die beiden schienen in einen Streit verwickelt zu sein. Coles Augen waren wütend zusammengekniffen und sein Gesicht gerötet. Er redete auf Mason ein und bohrte ihm dabei regelrecht seinen Zeigefinger in die Brust. Leider waren sie zu weit weg, um verstehen zu können, was gesagt wurde. »Was geht da vor sich?«, fragte ich.

»Keine Ahnung, aber wenn ich raten müsste, würde ich sagen, dass Cole vor seinem letzten Spiel noch mal mit allen abrechnet.« Julian grinste zufrieden.

»Du meinst, es ist wegen Keiran?«

»Entweder das, oder weil Mason auch in allen anderen Belangen ein 1A-Arschloch ist. Aber Cole war ganz schön sauer, als ich ihm erzählt habe, wie Mason sich in der Bar aufgeführt hat.«

»Das ist ja auch unmögliches Verhalten.« Warum man andere Leute nicht ihr Leben so leben lassen konnte, wie sie es für richtig hielten, würde ich nie verstehen. Wir taten damit doch niemandem weh oder nahmen jemandem was weg, nur weil wir uns liebten.

»Er hat letzte Woche tatsächlich noch mal versucht, in die Bar zu kommen. Bullet hat mir davon erzählt. Ist ganz unschuldig mit seinen Kumpels angekommen, als wäre nichts passiert, und hat dann erneut einen Riesenaufstand geprobt, weil Bullet ihn nicht reinlassen wollte. Er muss sogar mit seinem Anwalt gedroht haben.«

»Armselig«, war alles, was mir dazu noch einfiel. Auf dem Spielfeld ging Coach Tiller gerade zwischen die zwei Streithähne und drängte sie auseinander. Auch wenn ich nicht hören konnte, was er sagte, konnte ich es mir bildhaft vorstellen. *Seid ihr verrückt, so aufeinander loszugehen? Hebt euch die Aggressivität lieber für das Spiel und eure Gegner auf.*

Als der Coach seine Tirade beendet hatte, packte er Cole am Kragen und zog ihn auf das Podest rauf. Er stellte sich vor das Mikrofon und tippte zweimal dagegen, um zu prüfen, ob es funktionierte. Erst als die Gespräche auf den Rängen langsam verklangen, begann er zu sprechen. »Herzlich willkommen zum letzten Spiel der Saison. Es tut mir leid, dass unsere Mannschaft zu unfähig war, es ins Finale zu schaffen, aber ich hoffe, dass wir euch mit diesem letzten Spiel trotzdem etwas versöhnen können. Wir werden noch einmal alles geben und in der nächsten Saison erneut voll angreifen, um den Cup endlich dahin zu holen, wo er hingehört. An die *Temple University*.« Die letzten zwei Wörter brüllte er ins Mikro, woraufhin lauter Applaus und Jubelgeschrei von den Rängen erklang.

Ein seltenes Lächeln erschien auf seinen Lippen und Coach Tiller hob die Hände, um die Ränge zur Ruhe zu bringen. »Leider müssen wir uns in diesem Jahr von einigen Spielern verabschieden, die ihren Abschluss gemacht haben. Wir werden sie nach dem Spiel gebührend feiern und möchten euch alle dazu einladen, es mit uns zu tun. Sie alle werden später noch zu Wort kommen, nur dieser hier«, er reckte den Daumen in Coles Richtung, »hat jetzt schon etwas auf dem Herzen, das er euch mitteilen will. Ich habe keine Ahnung, was es ist, aber wer ihn kennt, weiß, dass nichts Gutes dabei rumkommen kann.« Gelächter ertönte und Cole schob seinen Trainer gespielt erbost zur Seite.

»Hey, Leute«, begann Cole. »Schön, dass ihr meinem Aufruf so zahlreich gefolgt seid.«

Jetzt konnte auch ich mir das Lachen nicht mehr verkneifen. »Er hat sie doch erpresst, um zu kommen«, raunte ich Julian zu.

»Ich frage mich nur, warum«, gab mein bester Freund zurück.

Wir würden es gleich erfahren. Cole sprach weiter, sobald es in der Menge wieder ruhig war. »Eigentlich hatte ich vorgehabt, euch heute mitzuteilen, welches NFL-Team mich unter Vertrag genommen hat. Aber dazu ist es leider nicht gekommen. Zwar haben zwei Teams Interesse bekundet und auch gute Gespräche mit mir geführt, sich aber am Ende für jemand anderen entschieden.«

Ich beugte mich vor, bis ich Brittany ansehen konnte. »Ehrlich? Oder verarscht er uns alle nur?« Cole wäre es durchaus zuzutrauen, uns an der

Nase herumzuführen, nur um uns später mitzuteilen, dass er sehr wohl von einer Mannschaft ausgewählt worden war.

Brittanys trauriger Blick war Antwort genug. »Leider stimmt es. So wie es aktuell aussieht, wird Cole nächste Saison nicht in der NFL spielen.«

»Fuck«, entwich es Emma und die anderen pflichteten ihr bei.

»Warum hat er uns dann hierher zitiert?«, wollte Michaela wissen.

Ein breites Grinsen erschien auf Brittanys Lippen. »Das werdet ihr gleich erfahren.«

»Zuerst war ich enttäuscht darüber«, sprach Cole weiter. »Football ist immer mein Traum gewesen und ich habe noch keinen Plan, wie es jetzt weitergehen soll. Doch dann habe ich begriffen, dass Traurigkeit gar nicht nötig ist, denn das hier bedeutet nicht das Ende. Ich werde weiterhin spielen und es versuchen. Cole Anderson wird ein weiteres Mal angreifen. Außerdem kann ich voller Stolz sagen, dass ich immer alles gegeben habe. Ich habe dafür gekämpft und nie den Glauben an mich selbst verloren. Ich habe nie aufgegeben und das werde ich auch weiterhin nicht.«

Tosender Applaus brandete auf, in den wir alle mit einstimmten.

»Sollte es mit dem Football nicht klappen, könnte Cole auch noch Motivationstrainer werden«, sagte Marc.

Lachend drehte ich mich in seine Richtung, als ich jemanden auf dem Spielfeld entdeckte, der mein Herz zum Stolpern brachte. Keiran war dort und ging langsam auf das Podest zu. Was machte er hier und warum schien es, als hätte er ebenfalls etwas zu sagen? Ich wurde von einer Sehnsucht nach ihm gepackt, die ich in den letzten zwei Wochen erfolgreich verdrängt hatte. Ich hatte versucht, nicht an ihn zu denken, aber jetzt schienen all die Gefühle über mich hereinzubrechen. Sie überschwemmten mich, bis ich kaum noch wusste, wie ich über diesen Druck hinweg atmen sollte. Ehe ich wusste, was ich tat, war ich bereits aufgestanden, um zu ihm zu eilen.

Jemand packte mein Handgelenk und hielt mich davon ab. »Setz dich hin und hör dir an, was er zu sagen hat«, sagte Brittany.

Überrascht wandte ich mich ihr zu. Ihr verkniffener Gesichtsausdruck sprach Bände. »Ich wollte nicht abhauen«, erklärte ich. »Ich wollte zu Keiran.«

Sie deutete auf meinen Sitz, ohne etwas zu sagen, und ich folgte ihrem Befehl.

Auf dem Podium räusperte Cole sich. »Ich möchte euch einen Freund vorstellen, der ebenfalls um etwas kämpft. Um etwas viel Wichtigeres als bloß um den Sport. Er kämpft um die Liebe und darum, so akzeptiert zu werden, wie er ist. Hört euch an, was er zu sagen hat, und sollte ich nur eine negative Stimme von euch dazu hören, bekommt ihr es im Nachhinein mit mir zu tun.«

Erneut ertönte Gelächter von den Rängen, doch ich war mir ziemlich sicher, dass Cole es todernst gemeint hatte.

Als Keiran an das Mikro trat, verfiel mein Herz in einen unregelmäßigen Galopp. Ich hatte es schon vermutet und konnte mir in etwa vorstellen, was er zu sagen hatte, trotzdem hörte ich mit angehaltenem Atem zu. Keirans Anspannung und Unsicherheit waren bis zu mir zu spüren und ich betete, dass das hier wirklich gut ausgehen würde.

»Hallo, ich bin Keiran«, sagte er mit zitternder Stimme. »Die meisten von euch kennen mich nicht und die, die mich kennen, kennen nur das von mir, was ich sie sehen lassen wollte. Mein Leben lang wurde mir eingetrichtert, dass ich nur gewisse Sachen von mir zeigen darf und andere unbedingt verstecken muss, wenn ich akzeptiert werden will. Doch ich habe in den letzten Monaten gelernt, dass das Schwachsinn ist. Eine wundervolle Clique hat mir gezeigt, dass die richtigen Leute dich immer so akzeptieren und lieben, wie du bist.«

Wärme durchflutete mich und der Wunsch, auf der Stelle zu ihm zu eilen, wurde nahezu übermächtig. Doch ich kam nicht einmal dazu aufzustehen, weil Keiran bereits weitersprach.

»In dieser Gruppe befindet sich eine Person, die einen speziellen Anteil daran hat. Ich kenne ihn bereits seit der Highschool und weiß seitdem, dass er etwas Besonderes ist. Er hat sich nie versteckt, hat sich nie verändert, um anderen zu gefallen, und hat mir immer wieder gepredigt, dass das auch für mich möglich sei.« Keiran hob den Kopf und sah mich direkt an. Sein Blick durchfuhr mich wie ein Blitzschlag und setzte meinen ganzen Körper unter Strom.

»Es tut mir leid, dass ich es erst so spät begriffen habe«, sagte Keiran an mich gewandt, ehe er den Blick durch die Menge wandern ließ. »Einige von euch werden sicher die schlechte Fotomontage gesehen haben, die Mason von mir gepostet hat. Das war eine Retourkutsche, weil er aus *Barney's Bar* geschmissen wurde. Er schiebt mir den Vorfall in die Schuhe, dabei ist er dafür ganz alleine verantwortlich. Er wurde vor die Tür gesetzt, weil er sich nicht von mir bedienen lassen wollte.«

Ein Raunen ging durch die Menge und einige reckten ihre Köpfe, um Mason zu beobachten, der schimpfend am Spielfeldrand stand und von Coach Tiller zurück auf die Bank gezerrt wurde. Vermutlich sollte ich Befriedigung dabei empfinden, aber dafür war in mir aktuell kein Platz. Die Gefühle für Keiran nahmen mich noch immer voll ein und ließen nichts anderes zu.

»Er wollte sich nicht von mir bedienen lassen, weil ich bisexuell bin. Das bin ich übrigens schon mein ganzes Leben, ich bin es nicht erst geworden, weil ich kein Football mehr spielen kann, wie Mason euch weismachen wollte.«

»Dass der Typ keine Ahnung hat, haben wir schon immer vermutet«, brüllte jemand von den Rängen, was einzelne Lacher nach sich zog.

Auch auf Keirans Gesicht erschien ein Lächeln, was das Prickeln in meinem Inneren noch verstärkte. Ich konnte nicht glauben, dass er sich in aller Öffentlichkeit geoutet hatte.

»Ich erzähle euch das alles, weil ich jemandem zeigen will, wohin sein Glaube mich gebracht hat«, fuhr Keiran fort. Sein Blick fand erneut den meinen und das Lächeln auf seinem Gesicht wurde breiter. »David, ohne dich würde ich heute nicht hier stehen. Du hast mir gezeigt, wie wichtig es ist, an sich selbst zu glauben. Du hast mir Mut gemacht, wenn ich selbst keinen hatte, und hast immer für mich eingestanden, wenn ich nicht weiterwusste. Du hast mich nie im Stich gelassen, obwohl ich es mehrfach verdient gehabt hätte. Aber vor allem hast du mir gezeigt, wie es ist, jemanden mit seinem ganzen Herzen zu lieben.«

Lautes Gegröle setzte auf Keirans Worte hin ein, während es mir die Sprache verschlug. Ich merkte gar nicht, dass ich aufgestanden war.

Keiran hob die Hände, um die Menge zu beruhigen. Hatte er noch mehr zu sagen?

»David Moore, ich liebe dich, und wenn ich ehrlich zu mir bin, dann tue ich das schon seit der Highschool. Ich weiß, dass ich viel Mist gebaut habe. Ich könnte es verstehen, wenn du mir manches davon nie vergeben könntest. Trotzdem wollte ich, wie Cole es vorhin so schön gesagt hat, diese Möglichkeit nicht ungenutzt lassen, dich um eine letzte Chance zu bitten.«

Meine Beine setzten sich wie von selbst in Bewegung, während mein Hirn noch zu begreifen versuchte, was Keiran gesagt hatte. Die Menge rastete erneut aus und irgendjemand – ich vermutete Cole oder Julian – startete einen »David, David, David«-Sprechchor, der mich zu den Treppen begleitete, die mich nach unten zum Spielfeld brachten.

Kapitel 24

Keiran

Ich konnte nicht glauben, dass ich es tatsächlich getan hatte. Nachdem ich Cole vor einigen Tagen gebeten hatte, mich vor dem letzten Spiel der Saison etwas sagen zu lassen, waren mir Zweifel gekommen, ob ich den Mut aufbringen würde, der gesamten TU die Wahrheit über mich zu erzählen. Unmittelbar vor dem Event war mir kotzübel gewesen und Natalie hatte mich regelrecht aus der Umkleide heraus und auf das Feld schieben müssen. Ohne ihr gutes Zureden würde ich vermutlich noch immer in der Umkleide kauern und niemandem unter die Augen treten wollen.

Doch ich hatte es geschafft und alleine das strahlende Lächeln auf Davids Gesicht, während er auf mich zukam, war die ganze Sache wert gewesen.

Es tat so gut, ihn endlich wieder zu sehen. Die letzten zwei Wochen ohne ihn waren die Hölle gewesen. Ich hatte mich einsam wie nie zuvor gefühlt, nichts hatte mir mehr Spaß gemacht. Als David vor zwei Wochen abgehauen war, hatte er all die Freude, die ich am Leben empfand, mitgenommen. Doch jetzt, wo er auf mich zukam, setzten sich die zerbrochenen Teile meines Herzens langsam wieder zusammen.

Ich dachte, dass David vor dem Mikro stehenbleiben und selber ein paar Worte sagen würde. Doch David wäre nicht David, wenn er nicht etwas völlig Unerwartetes tun würde. Er ignorierte das Mikro völlig und hielt auf mich zu, bis er direkt vor mir stehenblieb. Ohne ein Wort zu sagen legte er die Hände an meine Wangen, zog mich zu sich heran und küsste mich. Hier, mitten auf dem Footballfeld und vor all den Leuten.

Ich sog überrascht die Luft ein, was David schamlos ausnutzte, um seine Zunge in meinen Mund zu schieben. Sobald sie meine berührte, war es um mich geschehen. Die Gefühle für ihn, die ich die letzten zwei Wochen unter Verschluss gehalten hatte, explodierten regelrecht aus mir heraus. Es war wie eine Sturmflut, die über mich hereinbrach und mich mit sich riss. Sie zog mich in ihren Sog und ich wollte nicht, dass er mich jemals wieder frei ließ.

Ich schlang meine Arme um David und presste mich an ihn, bis kein Blatt Papier mehr zwischen uns passte und ich spüren konnte, dass Davids Herz genauso sehr raste wie meins. Davids Lippen auf meinen waren wie eine süße Droge, von der ich nie genug bekommen würde, und wenn ich einatmete, benebelte mich sein Duft noch zusätzlich.

Nur entfernt nahm ich wahr, dass die Menschen auf den Rängen in Begeisterungsstürme ausgebrochen waren. Sie klatschten, pfiffen und jubelten uns zu, doch das Einzige, was für mich zählte, war der Mann in meinen Armen. Der, der mein Herz erst richtig zum Leben erweckt hatte und den ich am liebsten nie wieder loslassen würde.

Doch so gerne ich es wollte, wir konnten nicht auf ewig in diesem Kuss versunken bleiben. Irgendwann wurden Davids Küsse weniger intensiv, bis er sich schließlich langsam von mir löste. »Ich hoffe, für den Anfang war das Antwort genug«, sagte er mit rauer Stimme.

Sanft strich ich mit dem Daumen über seine Wange. »Du musst aber auch gar nichts mehr sagen, wenn du nicht willst.«

Sein rechter Mundwinkel zog sich nach oben. »Doch, will ich, aber nicht hier.«

Ich konnte nicht anders, als zurückzulächeln. »Worauf warten wir dann noch?«

David griff nach meiner Hand und zog mich hinter sich das Podest runter. Coles Footballmannschaft jubelte uns fast geschlossen zu, nur Mason sah aus, als hätte er in etwas Ungenießbares gebissen. Als hätten wir uns abgesprochen, hoben David und ich gleichzeitig die freie Hand und streckten Mason den Mittelfinger entgegen. Ich wusste mittlerweile nicht mehr, warum es mir so eine Panik bereitet hatte, dass andere mich wegen meiner Sexualität ablehnen könnten. Die richtigen Leute waren alle geblieben und das Gefühl, Hand in Hand mit David das Footballstadion zu verlassen, war so großartig, dass alles andere dagegen so kurzweilig wie eine Feder im Wind erschien. Mit ihm an meiner Seite konnte ich alles bewältigen und ertragen, da war ich sicher.

Wir liefen die Treppe an der Tribüne hoch, um zum Ausgang zu gelangen. Die meisten Leute klatschten uns ab oder nickten uns zu, nur vereinzelt war ein dummer Spruch zu hören. Kaum waren wir ganz oben angekommen, trat plötzlich jemand in unseren Weg.

»Dad?«, gab ich erschrocken von mir und taumelte zwei Schritte zurück. Nur Davids Hand hielt mich davon ab, rücklings die Treppen runterzufallen.

Dads Augen waren so kalt, dass mir das Blut in den Adern gefror. »Nenn mich nie wieder so. Du bist nicht mehr mein Sohn. Dass du so ein öffentliches Spektakel aus deiner Abnormalität machen musst, widert mich an.«

Ich wartete darauf, den altbekannten Schmerz zu spüren, den ich bei seinen abwertenden Worten immer empfunden hatte. Das Verkrampfen meines Unterleibs, der Stich durch mein Herz, das Zusammenziehen meiner Lunge. Doch das alles setzte nicht ein. Alles, was ich fühlte, war absolutes Desinteresse gegenüber diesem Mann, dem ich es so lange versucht hatte, recht zu machen. Aufgewogen wurde es durch diese unumstößliche Liebe für David, dessen Hand beständig Wärme durch meinen Körper jagte, die das gefrorene Blut langsam wieder auftaute.

»Dann stört es dich ja nicht, wenn wir einfach weitergehen.« Ich zog David an meinem Dad vorbei, nur um drei Schritte weiter noch einmal stehen zu bleiben. »Du hast dich mir gegenüber nie wie ein Vater verhalten«, sagte ich ihm. »Du hast mich nie unterstützt, meine Talente gefördert oder mich zu dem Mann heranwachsen lassen, der in mir schlummert. Du hast nur versucht, mich zu kontrollieren und einen Roboter aus mir zu machen, der deinen Befehlen gehorcht. Ich bin nicht traurig darum, wenn ich dich nie wiedersehe, denn du verdienst es nicht, mein Vater zu sein.« Nach einem letzten Blick auf ihn wandte ich mich endgültig ab und verließ gemeinsam mit David das Stadion.

»Geht es dir gut?«, fragte David, als wir bei ihm angekommen waren. Er zog mich in die Arme, sobald die Tür hinter uns ins Schloss gefallen war, und drückte mir einen Kuss auf die Schläfe.

Tief atmete ich seinen unvergleichlichen Geruch ein und ließ mich in die Umarmung fallen. Einfach von ihm gehalten zu werden, war das größte Geschenk für mich, und ich konnte noch nicht so recht begreifen, dass ich das von nun an machen konnte, wann immer ich wollte. »Jetzt ja«, sagte ich und lehnte mich zurück, bis ich ihn ansehen konnte.

»Wie du deinem Dad die Stirn geboten hast, war einfach unglaublich.« Er lachte leise und strich mir eine Strähne aus der Stirn. Sein Finger hinterließ eine brennende Spur auf meiner Haut, die durch meinen ganzen Körper zu vibrieren schien.

»Es war längst überfällig«, sagte ich etwas atemlos.

Davids Finger fuhr von meiner Stirn meine Wange hinab zu meinem Hals, wo sie auf meinem Adamsapfel liegen blieb. »Weißt du, wie sexy es ist, wie du der ganzen Welt selbstbewusst mitteilst, dass du bi bist und mich liebst?« Davids Stimme war heiser und sein Blick senkte sich zu meinen Lippen.

Ich schluckte und mein Blut schoss in südliche Regionen. »Wie sexy?«

»So sexy, dass ich am liebsten auf dem Podest über dich hergefallen wäre.«

Unsere Gesichter waren sich mittlerweile so nah, dass sich unsere Nasenspitzen berührten. »Aber du bist doch auf dem Podest über mich hergefallen.«

Ein heiseres Lachen war die einzige verbale Antwort, die ich erhielt, denn gleichzeitig prallten Davids Lippen auf meine. Er küsste mich so stürmisch, dass ich einen Schritt zurücktaumelte. Ich krallte mich an ihm fest, als könnte er mich am Umfallen hindern und irgendwie schafften wir es tatsächlich, auf den Beinen zu bleiben, ohne unseren Kuss unterbrechen zu müssen.

Davids Hände schoben sich am Rücken unter mein Shirt und hinterließen eine brennende Spur auf meiner Haut. Mein Puls schoss in die Höhe und jede Zelle in meinem Körper schien vor Erregung zu vibrieren. Gemeinsam stolperten wir ins Schlafzimmer, ohne uns voneinander zu lösen. Ich wollte mich auf das Bett fallen lassen, doch Davids Arme blieben fest um mich geschlungen und hielten mich davon ab.

Meine Lider öffneten sich flatternd und ich musste blinzeln, bis ich den Blick auf David fokussieren konnte. In seinen Augen konnte ich dasselbe Verlangen sehen, das auch durch meine Venen pulsierte, aber auch so viel Liebe und Zuneigung, dass mir für einen Moment die Luft wegblieb. David hatte mich nie zuvor auf diese Weise angesehen und ich wollte diesen Ausdruck festhalten, um mich später, wenn ich alleine in meinem Zimmer war, daran zurückerinnern zu können.

»Ich liebe dich auch«, sagte er und gab mir einen sanften Kuss. Glück durchflutete mich, wurde von seinen Lippen in mich übertragen und breitete sich in Windeseile in alle Zellen aus. Ich hatte das Gefühl, als könnte ich fliegen und gleichzeitig die ganze Welt umarmen, und das alles nur, weil David meine Gefühle erwiderte. Ich hatte nicht gedacht, dass es sich so euphorisch anfühlen würde.

Als er sich wieder von mir löste, waren wir beide etwas atemlos. David griff nach dem Bund meines Shirts und riss es mir mit einem Ruck über den Kopf. Sein Blick heftete sich auf meinen Oberkörper und seine Hände folgten kurz darauf. Fast schon andächtig fuhren sie die Konturen meiner Brust nach und setzten mich unter Strom. Jede Berührung schien einen direkten Einfluss auf meine Lenden zu haben und ich spürte, wie ich hart wurde. Meine Lider schlossen sich und ich gab mich völlig den Berührungen hin.

Ohne Vorwarnung schubste David mich nach hinten und ich plumpste mit einem überraschten Aufschrei aufs Bett. »Hey, das war unfair«, protestierte ich lachend und rutschte in die Mitte des Bettes.

Mit einem Satz war David über mir. In seinen Augen funkelte der Schalk, aber ein zärtliches Lächeln umspielte seine Lippen. Er schob die Hände unter meine Schultern, bis er sie in meine Haare schieben konnte, was einen wohligen Schauer über meinen Rücken jagte. »Beschwer dich nicht«, murmelte er. »Denn ich werde dir jetzt zeigen, wie es sich anfühlt, wenn ich wirklich über dich herfalle.«

Davids Lippen prallten ungestüm auf meine. Sein Kuss war hungrig und ich konnte ihn bis in meine Zehenspitzen spüren. Ich vergrub meine Finger in seinen weichen Haaren und versuchte ihn noch enger zu mir zu ziehen, obwohl das gar nicht möglich war. David lag bereits mit seinem ganzen Körper auf mir. Sein Gewicht drückte mich in die Kissen, ich konnte seine harten Bauchmuskeln spüren und wie er seine Erektion an meiner rieb.

David saugte meine Unterlippe in seinen Mund und knabberte mit seinen Zähnen sanft daran. Dann stieß er forsch mit seiner Zunge in meinen Mund und verwickelte meine in einen leidenschaftlichen Tanz. Ich gab mich ihm völlig hin, zu mehr war ich nicht mehr fähig. So oft hatte ich mir gewünscht, wieder mit David zusammenzukommen, und mir ausgemalt, was ich dann mit ihm anstellen würde. Doch jetzt hatten mich meine Gefühle derart überwältigt, dass jegliches Denken unmöglich war und ich nur noch auf ihn reagieren konnte.

David rieb sich erneut auf diese wunderbare Weise an mir und entlockte mir damit ein Stöhnen, das von seinem Mund geschluckt wurde. Keuchend ließ er von mir ab, bis er mich ansehen konnte. Das brennende Verlangen in seinen Augen raubte mir den Verstand. Ohne Vorwarnung stieß er seine Hüften wieder gegen mich, bis ich Sterne sah. Das Geräusch, das dabei meine Kehle verließ, konnte man schon fast als pornografisch beschreiben.

»Spürst du, was du mit mir anstellst?«, raunte er mir zu.

Fast hätte ich gelacht. Denn natürlich spürte ich Davids harte Erektion direkt an meiner, aber im Gegensatz zu mir schien er trotzdem noch die Kontrolle über seinen Körper zu haben. »Das ist nichts im Vergleich zu dem, was du mit *mir* machst. Ich kann nicht einmal mehr denken.« Meine Stimme klang rau in meinen Ohren.

Etwas blitzte in Davids Augen auf, als würde ihm gefallen, was er mit mir anstellte. »Für das, was ich mit dir vorhabe, ist Denken auch überflüssig.«

»Aber ich habe so lange darauf gewartet, dir zu zeigen …«

David unterbrach mich, indem er den Zeigefinger gegen meine Lippen hielt. »Du hast mir alles gezeigt, was ich wissen muss. Nicht nur heute, sondern auch in den letzten Wochen. Ich wollte das nur nicht einsehen, weil ich Angst hatte, wieder von dir zurückgestoßen zu werden. Jetzt ist es an mir, *dir* zu zeigen, wie viel du mir bedeutest und was ich mir schon lange wünsche, mit dir anzustellen.«

David ließ mir gar keine Zeit, darauf zu antworten, sondern küsste mich erneut. Wilder, forschender als noch zuvor. Er raubte mir den Atem. Ich das Gefühl hatte, in meinen Emotionen zu ertrinken. Doch ich wehrte mich nicht mehr dagegen. Wenn David mir zeigen wollte, wie viel ich ihm bedeutete, würde ich ihn gewähren lassen. Ich krallte mich an seinen Schultern fest, in der Hoffnung, nicht komplett von dem Orkan in meinem Inneren mitgerissen zu werden.

David hielt sich nicht lange an meinem Mund auf. Zuerst wanderte er zu meinem Ohr, knabberte an meinem Ohrläppchen und saugte es dann zwischen seine Lippen, um kurz darauf den leichten Schmerz mit seiner Zunge zu lindern. Dann küsste er sich an meinem Hals hinab über mein Schlüsselbein zu meiner Brust. Meinen Nippeln schenkte er besondere Aufmerksamkeit, weil er genau wusste, dass es mich in den Wahnsinn trieb, wenn man an ihnen leckte oder sie mit der Zunge umkreiste.

Meine Hüften hoben und senkten sich von alleine, weil sie auf der Suche nach Reibung waren, aber sie fanden keine, was mich immer tiefer in die Verzweiflung trieb. Bereits jetzt hatte ich das Gefühl zu platzen, wenn nicht bald etwas mehr passierte.

David jedoch ließ sich nicht aus der Ruhe bringen. Voller Hingabe bedeckte er jeden Zentimeter meines Oberkörpers mit Küssen und ließ sich alle Zeit der Welt. Erst als er beim Bund meiner Jeans angelangt war, richtete er sich auf.

»Du hast zu viel an«, verkündete er, während er am Knopf herumnestelte.

Ich konnte das Schnauben nicht verhindern. »Das sagt gerade der Richtige.« Ich setzte mich auf und griff nach seinem T-Shirt, um es ihm über den Kopf zu ziehen.

Er packte mein Handgelenk und hielt mich davon ab. »Das hier ist für dich«, erinnerte er mich.

»Das kann es ja auch gerne sein. Aber dabei möchte ich dich trotzdem berühren und spüren. Alles von dir.« Ich wollte Davids nackte Haut an meiner fühlen. Auch wenn David heute den Ton angeben würde, wollte ich nicht teilnahmslos daliegen. Das war überhaupt nicht mein Stil und das wusste er genau.

David betrachtete mich für einen Moment mit diesem intensiven Blick, der mir durch Mark und Bein ging – auf eine gute Weise. Dann nickte er und zog sich mit einer fließenden Bewegung das Shirt über den Kopf. »Besser?«

»Viel besser.« Sofort ließ ich meine Hände über seinen Oberkörper wandern. Seine Haut war samtig weich unter meinen Fingerspitzen und sobald ich sie berührte, breitete sich eine Gänsehaut auf Davids Armen aus. Er sog scharf die Luft ein und senkte den Blick auf meine Hände, welche die gerade noch erkennbaren Konturen seiner Bauchmuskeln nachfuhren. Als David auf der Highschool noch regelmäßig trainiert hatte, waren sie ausgeprägter gewesen. Irgendwie mochte ich es total, David gut genug zu kennen, um die kleinen Veränderungen an ihm zu bemerken.

Meine Finger erreichten den Bund von Davids Jeans und begannen den Knopf zu öffnen. Als ich den Reißverschluss runterzog, drückte ich gleichzeitig absichtlich meine Hand nach unten, um sie gegen seine Erektion pressen zu können. Davids Augen rollten sich nach hinten, bis nur noch das Weiße zu sehen war. Ich nutzte diesen Moment seiner Unachtsamkeit aus und schob ihm die Jeans sowie die Boxershorts über den Hintern runter. Seine Erektion sprang mir entgegen und mir lief das Wasser im Mund zusammen. Ich beugte mich vor, nur um von einer Hand an meiner Schulter aufgehalten zu werden.

»Waren wir uns nicht einig, dass es heute um deinen Spaß geht«, sagte David mit amüsierter, aber auch atemloser Stimme.

»Aber das macht mir Spaß.« Ich deutete auf sein Glied, das bei meinen Worten zuckte, als wollte es mir zustimmen.

David schluckte. »Das weiß ich. Glaub mir, ich kann mich sehr gut daran erinnern.« Ein verklärter Blick trat in seine Augen und für eine Sekunde schien er den Faden zu verlieren, dann schüttelte er sich und sah mich wieder direkt an. »Aber darum geht es hier heute nicht. Los, ausziehen!« Eine Dominanz trat in seine Stimme, die ich nie zuvor gehört hatte und die mein Blut zum Kochen brachte.

Die Dringlichkeit in seiner Stimme veranlasste mich dazu, mich in Rekordgeschwindigkeit meiner restlichen Klamotten zu entledigen. David tat es mir gleich und als er sich wieder über mich beugte, waren wir beide nackt.

Ich kam David bei unserem nächsten Kuss entgegen, vergrub meine Hand in seinem Nacken und zog ihn so nah zu mir wie möglich. David drängte mich zurück in die Kissen und bedeckte mich mit seinem Körper. Ihn völlig nackt auf mir zu spüren, ließ Erinnerungen an früher aufflammen. Ich hatte es vermisst, hatte *ihn* vermisst, und ich konnte noch nicht ganz glauben, dass David wieder in meinen Armen lag. Meine Hände wanderten von seinem Nacken seinen Rücken hinab, bis ich seinen Hintern packen und seine Hüften stärker an meine drängen konnte. David stöhnte laut, ein Ton, der tief aus seiner Kehle zu kommen schien.

Seine Küsse wurden stürmischer, bis er von meinem Mund abließ. Er glitt an mir herab, verteilte dabei Küsse auf meiner Haut, ohne sich diesmal länger an einer Stelle aufzuhalten. Ich wusste, was er vorhatte, und meine Anspannung steigerte sich bis ins Unermessliche. Bereits jetzt raste mein Herz, als wollte es aus meiner Brust herausspringen. David schob meine Beine auseinander, bis er sich dazwischen legen konnte. Seine Hände fuhren meine Oberschenkel hinauf und kamen endlich da an, wo ich sie haben wollte. Locker umfasste er mein Glied und fuhr ein paarmal auf und ab, ehe er seinen Kopf darüber senkte. Sein heißer Atem auf meinem Schwanz brachte mich zum Erschaudern.

Beim ersten Kontakt seiner Zunge mit meiner empfindlichen Spitze durchfuhr ein Stromstoß meinen Körper. Heißes Verlangen durchflutete mich und ich konnte mich nur mit Mühe davon abhalten, ihm meine Hüften entgegenzustoßen. Als hätte David gewusst, was in mir vorging, presste er mich mit der freien Hand in die Matratze und machte sich über mich her. Die Hitze seines Mundes umfing mich, mit der Zunge fuhr er an meinem Schaft entlang und zeichnete die hervortretenden Venen nach. Es dauerte nicht lange, bis ich vor Lust meinen eigenen Namen nicht mehr wusste. Meine Hüften bewegten sich auf der Suche nach mehr Reibung wie von selbst, denn ich brauchte mehr, um Erlösung zu finden. Ich hatte meine Hände in die Laken gekrallt, um ihn nicht dazu zu drängen, schneller zu machen. Es war, als würde David sich absichtlich zurückhalten, um das Ganze so lange wie möglich hinauszuzögern.

»David«, knurrte ich, als meine Ungeduld ins Unermessliche stieg. Ich hatte so lange auf diesen Moment gewartet, dass ich das Gefühl hatte, verrückt zu werden, wenn er mich nicht bald erlösen würde.

Davids Lachen vibrierte durch meinen Körper, dann ließ er von mir ab. Seine Augen waren lustverschleiert und seine Haare standen in alle Richtungen ab, weil ich so oft mit den Händen hindurchgefahren war. »Ungeduldig?« Er versuchte es ironisch klingen zu lassen, aber seine heisere Stimme verriet, dass er genauso erregt war wie ich.

»Komm her«, forderte ich ihn auf und griff nach seiner Hand. Er kam meiner Aufforderung nach, bis er direkt über mir war, legte unsere verschränkten Hände um unsere Erektionen und ließ sich auf mich sinken. Die Enge, die sich um meine Härte bildete, entlockte mir ein lustvolles Stöhnen. Wie von selbst begannen sich meine Hüften zu bewegen, und ich fühlte mich wie im Himmel. Die Mischung aus Enge, Reibung und Hitze ließ den Druck in meinem Inneren stetig steigen. Dazu

Davids heißer Atem, der bei jedem keuchenden Atemzug auf meine Wange traf. Ich verstärkte den Druck unserer Hände. Eine Schweißperle rann meine Stirn hinab, doch das nahm ich nur entfernt wahr.

»Ich liebe dich«, sagte David und schickte mich damit über den Abgrund. Sterne explodierten hinter meinen geschlossenen Lidern und mein Körper versteifte sich, als die ganze angestaute Lust aus mir herausschoss. David folgte mir wenige Sekunden später und brach danach erschöpft auf mir zusammen. Für einen Moment waren unsere keuchenden Atemzüge die einzigen Geräusche. Davids Herzschlag donnerte an meiner Brust und ich war mir nicht sicher, wo David begann und ich aufhörte.

»Ich liebe dich auch«, sagte ich, als ich wieder zu Atem gekommen war.

»Ich weiß.«

Später am Abend lagen wir Arm in Arm im Bett. Davids Finger streichelten sanft über meinen Rücken, unsere Beine waren ineinander verschlungen und seine Stirn lehnte an meiner. Ein Gefühl tiefer Geborgenheit hatte sich in mir breitgemacht, von dem ich hoffte, dass es nie vergehen würde. Ich hätte auf ewig so mit David verweilen können, auch wenn ich wusste, dass das unmöglich war. Spätestens am Montag würde uns der Alltag wieder einholen, aber bis dahin wollte ich jede Sekunde auskosten.

»Nach der Schlägerei habe ich gedacht, ich hätte dich endgültig verloren«, rutschte es mir heraus.

David drehte den Kopf, bis er mich ansehen konnte, und das gleichmäßige Streicheln seiner Finger stoppte kurz. »Tut mir leid, das war nicht meine Absicht. Ich brauchte nur etwas Zeit für mich, um die Sache zu verarbeiten.«

»Ich weiß, Logan hat es mir erzählt.«

»Er ist wirklich zu dir gegangen?«

»Hmm.« Ich ließ meine Hand von seinem Bauch zu seinem Rücken gleiten, um mich noch enger an ihn kuscheln zu können. »Hast du ihn zu mir geschickt?«

David lachte leise. »Nein, eigentlich habe ich ihm gesagt, er soll das nicht machen. Aber wie du siehst, kann er nicht gut hören.«

»Sei froh darüber, dadurch ist mir die Idee für heute überhaupt erst gekommen.«

David schob mich ein Stück von sich weg und legte seine Hand an meine Wange. »Dann bin ich sehr froh. Ich kann noch immer nicht glauben, was du für mich getan hast.«

»Ich habe es nicht nur für dich, sondern auch für mich gemacht. Du hattest recht, dass ich zu mir stehen muss, wenn ich eine Chance haben will, glücklich zu werden. Ich kann mich nicht darauf verlassen, dass du mich glücklich machst. Das hoffe ich natürlich trotzdem, aber ich muss auch selber etwas dafür tun. Du hast mir erst gezeigt, wie wichtig es ist, für sich selbst einzustehen. Denn sonst kann man es auch nicht von anderen erwarten.«

Davids Lächeln wurde ein wenig wehmütig. »Ich finde es wirklich toll, dass du dich getraut hast, aber ich möchte noch einmal betonen, dass es keine Pflicht ist, dich vor allen zu outen. Grundsätzlich geht es die Leute nichts an. Du selbst entscheidest, wem du dich anvertrauen möchtest.«

Ich nickte. »Das weiß ich. Aber ich wollte es wirklich für mich machen und um den Gerüchten ein Ende zu setzen, die seit Masons Instagram-Posting kursieren. Und ich wollte dir zeigen, dass ich jetzt endlich bereit bin, dich so zu lieben, wie du es verdienst.«

»Manchmal weiß ich nicht, ob ich das überhaupt verdiene. Auch ich habe Fehler gemacht und bin nicht perfekt«, widersprach David. Er versuchte sich wegzudrehen, aber ich hielt ihn davon ab. Ich wollte jetzt keine Distanz zwischen uns und er sollte mir bei meinen nächsten Worten in die Augen sehen.

»Niemand ist perfekt, aber darum geht es auch gar nicht. Ich habe diesen Arschtritt von dir gebraucht, deswegen nehme ich ihn dir nicht übel. Außerdem bist du perfekt für mich und ich kann mir niemand anderen an meiner Seite vorstellen. Ich will es auch gar nicht.«

Ein strahlendes Lächeln brach auf Davids Gesicht aus, das meinen Magen Saltos schlagen ließ. »Dann lass uns daran arbeiten, dass wir weiterhin perfekt füreinander bleiben«, sagte er und verschloss meine Lippen mit einem Kuss.

Epilog

David

Ein Jahr später

»Herzlichen Glückwunsch an alle Absolventen.«

Der Direktor der TU hatte kaum zu Ende gesprochen, da rissen wir uns die Hüte vom Kopf und schmissen sie mit lautem Geschrei in die Höhe. Es war wie ein Tsunami, der durch die Halle rollte und von uns allen Besitz ergriff. Ich konnte es noch immer nicht ganz glauben, dass ich meine Studienzeit hinter mich gebracht hatte – sogar mit einem annehmbaren Ergebnis. Als ich mein Studium begonnen hatte, war mir das Ende unheimlich weit entfernt vorgekommen, doch je näher es gerückt war, desto mehr hatte ich mir eine Verlängerung gewünscht. Eine Zugabe sozusagen, die mir ein bisschen mehr der unbeschwerten Zeit ermöglichte.

Eine Sekunde später flog Emma mir regelrecht in die Arme und riss mich aus meinen Gedanken. Sie klammerte sich an mir fest und vergrub ihr Gesicht in meiner Halsgrube, bis ich ihre feuchten Tränen auf meiner Haut spüren konnte. Es waren Tränen der Freude und der Erleichterung, es endlich geschafft zu haben. Aber ich kannte Emma gut genug, um zu wissen, dass auch sie Wehmut empfand, weil dieser wichtige Abschnitt unseres Lebens jetzt vorbei war.

Unsere Clique war in den letzten Jahren zu einer Einheit verschmolzen, die nun nach und nach zerbröckelte. Bereits letztes Jahr hatten

Cole und Jaxon ihren Abschluss gemacht. Cole hatte es in der Zeit bis zum Start der Footballsaison doch noch geschafft, bei einem NFL-Team unterzukommen. Die Miami Dolphins hatten ihm einen Vertrag angeboten, den er dankend angenommen hatte. Obwohl wir immer noch Kontakt zu ihm hatten, war es nicht mehr dasselbe, wie ihn jeden Tag zu sehen. Jaxon dagegen sahen wir regelmäßiger, da er in Philadelphia geblieben war. Weil er nicht wusste, was er nach seinem Geschichts-Studium machen wollte, hatte er vorerst ein Praktikum in der Firma seines Adoptivvaters begonnen. Trotzdem hatte bereits im letzten Jahr das Damoklesschwert der Veränderung drohend über unseren Köpfen gehangen. Ich hatte versucht, es bestmöglich auszublenden und stattdessen die Gegenwart mit Keiran zu genießen, aber mit jeder verstrichenen Woche hatte sich die Realität weiter in den Vordergrund meines Denkens geschlichen.

Weitere Arme schlossen sich um mich und ich entdeckte Brittany, die uns ein lautes »*Jaaaaaa*« ins Ohr brüllte. Brittany würde uns ebenfalls verlassen. Nachdem sie im letzten Jahr eine Fernbeziehung mit Cole geführt hatte, würde sie ihm nach Miami folgten. Ich konnte ihre Entscheidung verstehen, denn ich würde Keiran zur Not bis ans Ende der Welt folgen, trotzdem würde ich sie vermissen. Emma jedoch blieb in Philadelphia, und ich vorerst auch – zumindest so lange, bis Keiran sein Studium beendet hatte. Mit meinen Skulpturen hatte ich im letzten Jahr ein ordentliches Zubrot verdient. Noch nicht genug, um davon leben zu können, aber ich war auf einem guten Weg und mittlerweile fest entschlossen, meinen Durchbruch in der Kunstszene zu schaffen. Ich arbeitete bereits mit drei Galerien zusammen, die meine Werke erfolgreich verkauften. Fast wöchentlich erhielt ich neue Angebote, aber ich wählte die Leute, mit denen ich zusammenarbeitete, noch immer so sorgfältig aus wie zu Beginn. Niemals würde ich mich verbiegen lassen, um in irgendeine Schublade zu passen. Da verzichtete ich lieber auf einen Teil des Geldes und nahm zur Not einen Nebenjob an, um meinen Unterhalt zu finanzieren. Das war vorerst ohnehin der Plan, bis wir entschieden hatten, wie es nach Keirans Studium weiterging. Wohin es mich danach ziehen würde, hing davon ab, welche Arbeit Keiran nach seinem Abschluss antreten würde.

Als sich das Gedrängel um uns herum langsam lichtete, lösten wir uns voneinander. Anstatt uns in den Armen zu liegen, hielten wir uns an den Händen. »Ich kann es nicht fassen, dass wir unseren Abschluss geschafft haben.« Emma strahlte, als wolle sie der Sonne Konkurrenz machen, dabei glitzerten noch immer vereinzelte Tränen auf ihren Wangen.

»Nicht wahr?« Brittany sah von Emma zu mir und drückte meine Hand. »Ich bin so glücklich, dass ich endlich wieder mit Cole zusammen sein werde, gleichzeitig bin ich traurig, dass ich euch verlassen muss. Ihr seid in den letzten Jahren zu einer zweiten Familie geworden.« Nun löste sich auch aus ihrem Augenwinkel eine Träne, aber sie dachte gar nicht daran, sie wegzuwischen.

Ich nickte und musste gegen einen plötzlichen Kloß in meinem Hals ankämpfen. Ich hätte nicht gedacht, dass die Abschlusszeremonie mich derart emotional zurücklassen würde. »Aber das bedeutet ja nicht das Ende. Ihr seid nicht aus der Welt.«

Brittany seufzte. »Ich weiß, aber es wird nicht mehr dasselbe sein. Keine gemeinsame Mittagspause und kein monatliches Cliquentreffen mehr. Ihr werdet mir fehlen.«

»Du uns auch«, stimmte Emma mit erstickter Stimme zu. Dann ging ein Beben durch ihren Körper und ein Lächeln erschien auf ihrem Gesicht, als hätte sie die Traurigkeit abgeschüttelt. »Aber ich habe einen Plan. Lasst uns zu den anderen gehen, dann erzähl ich euch davon.«

Wir nickten und bahnten uns einen Weg durch die Halle, bis wir unsere Freunde erreichten. Jaxon, Julian, Lucy, Michaela, Cole und Marc saßen an einem Tisch mit Mom und Andrew. Sie alle standen auf, als wir ankamen. Andrew zog mich zuerst in seine Arme. »Glückwunsch, David.« Er hielt mich länger fest als nötig, aber ich wehrte mich nicht dagegen. Nach seinem Entzug hatte sich Andrew ebenfalls an der TU eingeschrieben, um sein Informatikstudium zu beenden, das er an der UCLA begonnen hatte. Dem Football hatte er komplett abgeschworen und stattdessen begonnen, mit Julian regelmäßig laufen zu gehen. Es tat ihm gut, sich nicht mehr dem täglichen Leistungsdruck auszusetzen. Er war wieder der Bruder geworden, mit dem ich aufgewachsen war – nur etwas älter und erfahrener.

Mom löste Andrew ab. Sie hielt mich etwas länger fest als nötig und ließ ihren Freudentränen freien Lauf.

Danach umarmten mich Lucy und Julian. Lucy hatte das erste Jahr ihres Tiermedizinstudiums hinter sich, das sie mit Bestnoten abgeschlossen hatte. Grace hatte ihr bereits mitgeteilt, dass sie voll in die Praxis einsteigen dürfte, sobald sie ihren Abschluss in der Tasche hätte. Julian würde weiterhin an der TU bleiben und wollte sich auf die Auswirkungen des Klimawandels auf die Flora und Fauna spezialisieren.

Als Nächstes warteten Marc und Michaela auf mich. Marc hatte das erste Jahr des PreMed-Studiums hinter sich gebracht, was seinen Wunsch, Kinderarzt zu werden, nur bestärkt hatte. Michaela war mit ihrem Job im technischen Service weiterhin glücklich und hatte dort gerade erst eine Gehaltserhöhung bekommen. Die beiden überlegten, ob sie richtig zusammenziehen wollten, nachdem Marc ohnehin mehr Zeit bei ihr als in der WG der PreMed-Schule verbrachte.

Für einen Moment betrachtete ich meine Freunde, die ich für eine lange Zeit nicht mehr in der Konstellation sehen würde. Wie erwachsen wir alle geworden waren! Ich konnte mich noch daran erinnern, wie grün wir hinter den Ohren waren, als wir mit dem Studium begonnen hatten. Die TU war uns mit ihrem großen Campus wie der Nabel der Welt vorgekommen, doch mittlerweile wussten wir, dass es nur der Startschuss zu etwas viel Größerem bedeutete.

Nachdem alle in der Runde uns beglückwünscht hatten, setzten sie sich wieder. Nur ich blieb stehen und drehte mich im Kreis. Denn einer fehlte. Erstaunt sah ich mich um. »Wo ist Keiran?«, fragte ich Julian.

»Er hat gerade einen Anruf erhalten und ist zum Telefonieren rausgegangen.«

Emma schien davon nichts mitbekommen zu haben. Sie räusperte sich und verkündete mit lauter Stimme. »Leute, ich habe eine Idee. Ich hab euch alle so sehr ins Herz geschlossen, dass ich eure Freundschaft auch dann nicht verlieren möchte, wenn wir nicht mehr alle in Philadelphia sein werden. Lasst uns einen Pakt schließen. Wir bleiben in Kontakt, wohin auch immer es uns verschlägt, und wir treffen uns mindestens einmal im Jahr und machen Urlaub zusammen.«

»Tolle Idee.«

»Großartig.«

»Das machen wir.«

Alle redeten wild durcheinander und stürmten auf Emma zu, um sie in den Arm zu nehmen, was natürlich nicht funktionierte und in einem Gewühl aus Armen, Körpern und Beinen endete. Aber das war uns egal, denn es unterstrich genau, wie wir uns als Gruppe fühlten. Chaotisch, verworren, aber perfekt zueinander passend.

Lachend lösten wir uns voneinander und im Augenwinkel sah ich, wie Keiran durch eine Tür zurück in die Halle kam. In tief sitzenden Jeans und einem enganliegenden T-Shirt sah er einfach nur verboten gut aus. Zudem hatte er ein Strahlen in den Augen, das den ganzen Raum zu erhellen schien und ein Kribbeln in meinem Magen freisetzte. Mein Herz begann zu rasen und der Atem stockte mir. Selbst nach einem Jahr hatten die Reaktionen meines Körpers, wenn ich ihn sah, noch nicht nachgelassen. Ich war noch immer verliebt wie am ersten Tag und hoffte, dass sich daran nie etwas ändern würde.

Keiran zog mich in seine Arme und küsste mich überschwänglich. »Herzlichen Glückwunsch, ich bin unheimlich stolz auf dich.«

Seine Worte berührten mein Innerstes und ich versteckte mein Lächeln in seiner Halsbeuge. »Danke.« Es war nichts Außergewöhnliches mehr, dass er mich in der Öffentlichkeit küsste, aber es würde immer etwas Besonderes bleiben. Niemals würde ich die Verwandlung, die er durchgemacht hatte, als selbstverständlich ansehen.

»Was war das für ein Anruf?«, fragte ich ihn und hauchte einen Kuss auf seinen Hals. Zufrieden betrachtete ich die Gänsehaut, die sich auf seiner Haut bildete. Ich liebte es, dass er genauso heftig auf mich reagierte, wie ich auf ihn.

»Erzähle ich dir später.« Keiran küsste mich auf die Schläfe und löste sich langsam von mir. Aber nicht komplett. Denn stattdessen ergriff er meine Hand und verflocht unsere Finger miteinander.

Wir drehten uns gerade zu unseren Freunden um, als Cole rief: »Dann wollen wir mal feiern gehen.«

Erst sehr viel später fiel mir der Anruf wieder ein. Wir lagen bereits im Bett und ich befand mich auf halbem Weg in den Schlaf, als der Gedanke daran mich wieder aufweckte. »Du wolltest mir noch von dem Anruf erzählen.« Ich richtete mich auf den Ellbogen auf und rieb meine Augen, um auch den Rest Müdigkeit zu verscheuchen.

Keiran blinzelte und setzte sich im Bett auf. »Du erinnerst dich, dass ich meine Geschichte eingeschickt habe?«

»Ja.« Vor einigen Wochen hatte er seine Story über den schwulen Footballspieler fertiggestellt und auf Anraten von mir an Verlage geschickt. Ich kannte mich zwar mit Literatur nicht gut aus, aber die Geschichte hatte mich mitgerissen und eine ganze Palette an Emotionen in mir hervorgerufen. Wenn das bei jemandem möglich war, der sonst mit Lesen nicht viel anfangen konnte, mussten Bücherwürmer erst recht darauf abfahren. Oder? »Was ist damit?«

Das glückliche Lächeln, das sich auf Keirans Gesicht ausbreitete, verriet mir die Antwort, bevor er es aussprach. »Sie wurde genommen und wird noch in diesem Jahr veröffentlicht.«

»Oh mein Gott, das ist ja fantastisch.« Ich überfiel Keiran regelrecht mit einem Kuss, sodass er auf dem Bett nach hinten kippte. »Ich freue mich unheimlich für dich. Du hast das so sehr verdient.«

Keiran vergrub eine Hand in meinem Nacken und zog mich enger an sich. »Danke«, murmelte er an meinen Lippen. »Es ist erst mal nur ein kleiner Verlag, aber ich bin unheimlich erleichtert, dass mich überhaupt jemand haben will.«

Ich hatte nie daran gezweifelt. »Warum hast du das nicht eher gesagt? Wir hätten mit den anderen darauf anstoßen können.«

Keiran schüttelte den Kopf. »Das heute war dein Tag, den solltest du genießen. Ich habe noch ganz viel Zeit, mit den anderen auf mein Buch anzustoßen.«

Vehement schüttelte ich den Kopf. »Es gibt keinen Tag, der mir gehört, alle Tage gehören uns. Ich hätte mich nur noch mehr gefreut, wenn ich gewusst hätte, dass du ebenfalls eine positive Nachricht bekommen hast«, versicherte ich ihm. »Dein Glück verdoppelt meins nur noch.«

Das Lächeln auf Keirans Lippen wurde breiter und der Ausdruck in seinen Augen zärtlicher. Erneut zog ein Schwarm Bienen in meinen Bauch ein, der mir das Gefühl vermittelte, zehn Zentimeter über dem Bett zu schweben. »Ich werde in Zukunft daran denken.«

»Ich bitte darum.« Dann verschloss ich seine Lippen erneut mit einem Kuss. Ich wusste nicht genau, was die Zukunft für uns bringen würde, aber in einer Sache war ich mir absolut sicher. Egal, was kommen würde, wir würden es gemeinsam meistern und es würde uns nur stärker zusammenschweißen. Nichts würde uns mehr trennen können.

Danksagung

Diese Danksagung zu schreiben fällt mir unheimlich schwer. Die *Philadelphia Love Storys* begleiten mich seit mittlerweile über anderthalb Jahren. Die Geschichten haben mich geprägt, die Protagonisten sind zu Freunden von mir geworden und ich bin als Autorin an diesen Büchern gewachsen. Davids und Keirans Buch war eine absolute Herzensangelegenheit für mich, weshalb es mir doppelt schwerfällt, Abschied zu nehmen.

Danken möchte ich zuallererst dem Forever Verlag, dass sie mir diese Reihe ermöglicht und mich auf meinen ersten Schritten als Autorin begleitet haben. Dank gebührt auch meiner Lektorin Pascalina Murrone, die dem Buch den letzten Schliff gegeben hat.

Caro, Becka, Katharina und Anja. Ihr seid nicht nur die ersten, die meine neuen Kapitel lesen und deren Feedback für mich unverzichtbar ist, ihr seid auch meine erste Anlaufstation, wenn ich gute Neuigkeiten habe oder einfach mal wieder alles mies läuft. Danke, dass ihr immer ein offenes Ohr für mich habt.

Jana, danke für die virtuellen Schreib-Dates, ohne die dieses Buch nicht so schnell fertig geworden wäre.

Silke, Hussein und Ella, danke für euer Feedback und die Begeisterung, die ihr David und Keiran entgegengebracht habt. Es hat mir viel Spaß bereitet, mich mit euch über das Buch auszutauschen.

Meine Familie darf nicht unerwähnt bleiben, die immer hinter mir steht, mich gefördert hat und genauso ungeduldig auf den nächsten Erscheinungstermin wartet wie ich.

Danke auch an meine Freunde, die mir oft – vermutlich unfreiwillig – Ideen für lustige Szenen geben. Ihr seid die Besten.

Zu guter Letzt, danke an meine Leser*innen. Ohne euch wäre diese aufregende Reise nicht möglich gewesen. Ich würde mich freuen, wenn euch auch bei kommenden Büchern wiederzusehen.